Der letzte Fall hat bei Zack Spuren hinterlassen. Wochenlang saß er am Krankenbett seines besten Freundes Abdula, bis dieser schließlich aus dem Koma erwachte. Doch zum Grübeln bleibt keine Zeit, denn sein Job verlangt erneut seine ganze Konzentration. Auf einem alten Fabrikgelände in Stockholm wurde die Leiche eines elfjährigen Jungen entdeckt. Festgebunden auf einem Schornstein in grausigen Höhen. Niemand kann sich erklären, wie das Kind dorthin gekommen ist, doch dann spüren Zack und seine Partnerin Deniz einen wichtigen Zeugen auf. Ein alter Mann hat beobachtet, wie Ismail aus dem Asylbewerberheim geflohen ist, in dem er untergebracht war. Die Spur führt zu einem Mann namens Lejonet, der Löwe, der unter falscher Identität in Schweden lebt. Deniz und Zack sind sich sicher, dass er an der Entführung mehrerer Kinder beteiligt ist, doch als sie bei seiner Wohnung ankommen, eröffnet jemand das Feuer auf die Polizisten. Die Jagd hat begonnen.

Mons Kallentoft, geboren 1968 in Linköping, ist Autor der weltweit erfolgreichen schwedischen Krimiserie um Zack Henry und Malin Fors. Seine Bücher wurden in sechsundzwanzig Sprachen übersetzt, eine Verfilmung ist in Arbeit.

Markus Lutteman, geboren 1973, ist ein schwedischer Journalist und Buchautor. Nach mehreren hochgelobten Sachbüchern, betrat er die Krimibühne und schrieb gemeinsam mit Mons Kallentoft die Zack-Herry-Reihe mit Schauplatz in Stockholm.

TROPEN

THRILLER

MONS KALLENTOFT &
MARKUS LUTTEMAN

IN DEN FÄNGEN DES LÖWEN

AUS DEM SCHWEDISCHEN VON CHRISTEL HILDEBRANDT

Tropen
www.tropen.de
Die Originalausgabe erschien unter dem Titel
»Leon« im Bookmark Förlag, Stockholm

First published by Bookmark/Stockholm Text, Sweden
Published by arrangement with Nordin Agency AB, Sweden
Für die deutsche Ausgabe

Printed in Germany
Cover: Zero Media GmbH, München, unter Verwendung
eines Fotos von © GettyImages/Andrew John Simpson
Gesetzt von Dörlemann Satz, Lemförde
Gedruckt und gebunden von CPI – Clausen & Bosse, Leck
ISBN 978-3-608-50437-8

Wer häutet das gelbe Monster mit dessen eigenen Krallen?
Wer wagt sich in die finsterste Höhle?
Wer rettet Nemeas Kinder?
Unser Held, unser Held, unser Held.

PROLOG

Stockholm, der 22. Dezember

Die Jeans rutscht an den Beinen entlang zu Boden. Dabei hat er das Gefühl, als verließe ihn alles Menschliche, um durch etwas Größeres ersetzt zu werden. Etwas Reineres.

Er steigt aus der Hose, lässt sie auf dem Boden liegen, zieht den grauen Pullover mit V-Ausschnitt und das weinrote Hemd aus.

Die Luft ist feucht und schwül. Aufdringlich. Altertümlich.

Dunkel.

Wie in einer Höllengrotte.

Wie in der Höhle eines Löwen.

Aus einem schwarzen Müllsack zieht er ein langes Kleidungsstück aus Fell. Der Form nach erinnert es an den Umhang eines Königs, aber mit Ärmeln.

Er streichelt es mit der Hand. Genießt seine Weichheit. Seine Stärke.

Langsam schlüpft er in den einen Ärmel. Dann in den anderen. Die eigens behandelte Tierhaut ist rau, schmiegt sich aber an seine eigene Haut.

Er schließt die Schnalle um den Hals, lässt die Knöpfe noch offen.

Dann beugt er sich erneut zum Müllsack hinunter und holt den steifen Löwenkopf heraus. Der Schädel ist entfernt worden, auch der Unterkiefer. Aber die Mähne ist noch vorhanden. Lang, dick und golden schimmernd legt sie sich über seine Schultern, als er sich den Löwenkopf über den eigenen Kopf stülpt. Aus dem Augenwinkel sieht er die geschliffenen Reißzähne des Oberkiefers.

Einen Moment lang bleibt er reglos stehen. Spürt die Kraft seiner Bekleidung. Wie sie von dem Tier auf ihn übertragen wird.

Die Schultern senken sich. Der Atem wird tief und regelmäßig.

Dann schiebt er die Hände in die Tatzen. Hebt eine Hand vors Gesicht und betrachtet die Klauen. Er ist sorgfältig vorgegangen, als er sie geschliffen hat, es sollten die schärfsten Klauen werden, die es jemals gegeben hat.

Er ritzt damit in die Haut seines nackten Brustkorbs und spürt einen brennenden Schmerz.

Dann schaut er hinaus in die Dunkelheit. Weit hinten in der Finsternis kann er die Pflanzen und die großen Steinblöcke erahnen.

Die Welt des Löwen.

Schließlich dreht er sich um und geht zu einer schmalen Blechtür. Schaut durch das schmutzige kleine Fenster.

Die Metallstäbe des Käfigs schimmern in dem schwachen Sternenlicht, das wie ein blasser Nebel durch das Dachfenster hereinfällt. Der Junge kauert in einer Ecke, die dünnen Beine bis ans Kinn hochgezogen und das Gesicht zwischen den Knien verborgen. Der Körper zittert. Hin und wieder zuckt der Kopf.

Wie bei einem Beutetier.

Einem Beutetier des Löwen.

Eines Löwen, der ein Unrecht zu vergelten weiß, der weiß, wer der Stärkste ist.

Ein dumpfer, vibrierender Laut steigt aus seiner Kehle auf. Er reißt den Mund weit auf und greift mit den Händen in die Luft.

Dann schließt er die Augen. Sieht vor seinem inneren Auge, wie er den Hals des Jungen mit den Klauen zerreißt. Ihn zerfetzt. Wie er damit durch die zarte Menschenhaut dringt und die ganze Welt mit Blut erfüllt.

Die Klauen werden die Ordnung wiederherstellen.

Bald.

Aber jetzt noch nicht.

Er schaut hinauf zur Anzeige der Digitaluhr über der Tür. Sie zählt unerbittlich den Countdown hinunter. Zwölf Tage, drei Stunden, sechzehn Minuten und vier Sekunden sind noch übrig. Drei. Zwei. Eine.

Er fährt mit den Klauen über die Tür. Sieht, wie der Junge noch heftiger zittert.

Bald.

Er dreht sich um und geht fast lautlos hinaus in die Dunkelheit.

Der Junge im Käfig hebt den Kopf. Schaut mit aufgerissenen Augen zur Tür.

Was war das für ein Geräusch?

Bedeutet es, dass es jetzt anfängt?

Ich will nicht hier sein.

Ich will weg von hier.

Aber der Junge kann sich nicht rühren. Nur das Zittern lässt seinen Körper erbeben.

Er lauscht nach weiteren Geräuschen hinter der Tür.

Doch sie sind alle verstummt.

Der Junge schaut hinauf zum Dachfenster. Hoch oben sieht er die zahlreichen Sterne. Sie schweigen in der Dunkelheit. Schauen auf ihn herab, kümmern sich aber nicht um ihn.

Niemand kümmert sich um ihn.

Er versucht, verschiedene Sternbilder auszumachen, doch es gelingt ihm nicht. Irgendwie sitzen sie an der falschen Stelle, als hätte jemand den Himmel umgekippt. Trotzdem starrt er weiter auf die leuchtenden Punkte.

Komm doch, flüstern sie. Komm, wenn du kannst.

Das täte er nur zu gern. Durch die Luft schweben, durch das verstaubte Dachfenster hinaus in die kalte Winterluft. Hoch, immer höher. Durch die dünnen Wolkenschleier, fort aus diesem Loch. Hinauf ins Schwarze. Um dann nach unten zu schauen. Wie die Sterne. Auf ein Stockholm, das sich ganz in den Klauen des eisigen Winters befindet.

Die Welt nur betrachten. Ohne einzugreifen.

Die Zeit verstreichen lassen.

Und die Zeit verstreicht.

Tage, Wochen.

Immer beißender schlingt sich die Winterkälte um den Schlund der Stadt. Das Eis wächst fast bis zu den äußeren Schären. Es hat Inseln und Felsen fest im Griff. Lässt ganz Stockholm erstarren.

Zwei Obdachlose sterben unter ihren zerrissenen Decken auf der Götgatan. Dicht aneinandergekauert, sitzen sie da, als der Tod zu ihnen kommt, und als sie fortgeschafft werden sollen, sind ihre Kleider am Asphalt festgefroren.

Alles ist kalt.

Die Luft, der Boden.

Und die Mündung des Revolvers an der Schläfe.

Die zitternde Hand, die den Kolben hält, ist kaltschweißig, trotz der Hitze in dem engen Kellerraum am Park Tegnérlunden. Die letzten feuchten Geldscheinbündel wechseln den Besitzer, das Gemurmel verstummt. Die Menschen schreien ihm nicht mehr ins Ohr. Die etwa dreißig Personen im Raum werden jetzt ganz ruhig.

Es herrscht absolute Stille. Glänzende Augen starren Zack Herry an, seine perfekte gerade Nase, sein blondes, lockiges Haar, das ihm bis in den Nacken hängt.

Ungeduldig, hungrig starren sie.

Der Zigarettenrauch brennt in den Augen, Schweißtropfen rollen einem älteren Mann von der Oberlippe. Er steht zu dicht bei ihm, mit seinem Schweißgeruch und dem wässrigen Blick. Alle stehen zu dicht bei ihm.

Jetzt der Finger auf dem Abzug. Kaltes Metall, vielleicht ist eine Kugel im Lauf, vielleicht auch nicht.

Ich will nicht, denkt Zack. Das hier bin nicht ich. Ich kann doch nicht hier am Tisch sitzen, umgeben von all diesen Menschen.

Ich kann das nicht tun. Ich kann nicht, ich werde nicht abdrücken.

Aber ich muss.

Plötzlich merkt er, dass er die ganze Zeit einem älteren Mann mit teigigen Wangen und grauem Filzhut in die Augen starrt. Sein Hemdkragen ist vergilbt, und sein gesamter Körper scheint sich nach dem Tod zu sehnen.

Was ist das nur für ein Ort? Und was sind das für Menschen hier?

Hau ab, Zack. Nimm die Mündung der Pistole von deiner Schläfe. Verlass deinen Platz am Tisch und geh weg.

Nein, bleib sitzen.

Ich muss es tun.

Um des Kindes willen.

Er krümmt den Finger um den Abzug. Will fester zudrücken, aber sein ganzer Körper sperrt sich dagegen. Bilder und Stimmen tauchen in seinem Kopf auf und verschwinden wieder. Papa, der ihn mit starken, gesunden Armen hochhebt. Abdulas Kinderstimme in einem Treppenhaus in Bredäng. Mamas toter Blick. Die Wunde in ihrem Hals, aus der das Blut herauspulsiert. Ihr lebloser Körper auf dem dunklen Weg. Papa, der weinend im Flur auf dem Boden liegt, mit dem Telefon in der Hand.

Zumindest muss Papa diese Todesnachricht nicht entgegennehmen.

Doch wer wird dann um mich weinen? Mera? Deniz?

Ester. Die im Treppenhaus auf mich wartet. Die strahlt, wenn sie mich sieht. Die enttäuscht in ihre Wohnung hinaufgehen muss, wenn ich nicht öffne.

Aber scheiß drauf.

Scheiß auf alles.

Ich drücke trotz allem ab.

Die feuchte Haut unter der Revolvermündung ist rutschig. Zack drückt die Waffe immer härter gegen seinen Schädel.

All diese Augen im Raum, deren Pupillen sich zusammenziehen und die wie Kugeln auf ihn zuzufliegen scheinen. Sie können nicht töten, sondern ihn nur ermahnen:

Tu es jetzt.

Tu es.

Okay.

Es ist okay, verdammt noch mal.

Er drückt den Abzug, soweit es geht, und das Loch, das sich in seinem Inneren öffnet, ist größer als alles andere. Eine Explosion in Schwarz, die ihn verschluckt. Jede Zelle seines Körpers windet sich in schmerzhaftem Genuss, und alles fühlt sich wieder gut an, aber dennoch möchte er nur laut schreien und …

Klick.

Eine Stille, kürzer als ein Atemzug.

Dann das Inferno.

Die Männer brüllen um die Wette. Geballte Fäuste werden in die Luft gereckt, zerknitterte Geldscheinbündel wechseln den Besitzer. Ein Arm schlägt gegen die nackte Glühbirne, die an einem Kabel von der Decke hängt. Sie schaukelt hin und her über den Tisch, und jemand stolpert über Zacks Stuhlbeine, so dass der Stuhl fast umkippt.

Zack legt den Revolver hin. Ein abgenutzter FN Barracuda, eine alte belgische Polizeiwaffe. Der Lauf ist kurz, das schwarze Metall matt und voller Kratzer.

Er beugt und streckt die Finger und spürt ihre Bewegungen deutlicher, als er je zuvor eine Bewegung gespürt hat.

Ein Mann mittleren Alters mit einem Geierhals setzt sich auf die andere Seite des kleinen runden Holztisches. Zack kennt seinen Namen nicht. Er weiß nur, dass er die Sachen hier im Griff hat.

Der Geierhals streckt einen blauen Plastikkorb vor, in dem sich fünf braune Umschläge befinden.

Zack nimmt den zweiten von unten und reißt ihn mit zitternden Fingern auf.

Leer.

Was zum Teufel …?

Er will den Korb mit den Umschlägen an sich reißen und verschwinden. Aber er weiß, das wäre zwecklos. Zwischen ihm und der Tür befinden sich mindestens zwanzig Personen, und direkt dahinter stehen zwei bewaffnete Wachleute.

Scheiß auf den Umschlag. Geh schon, du Idiot. Mach, dass du von hier wegkommst.

Er steht auf.

Der Mann ihm gegenüber hat den Korb mit den Umschlägen hingestellt und zieht eine goldglänzende Patrone .357 Magnum heraus, die er Zack vor die Augen hält.

»One more? Okay?«

Zack starrt ihn an. Flüstert: »Ich werde dich umbringen.«

Der Mann lächelt und zeigt seine gelbbraunen Zähne.

»One more. Yes? No?«

Die Männer, die sich um den Tisch drängen, feuern ihn an.

»Do it, do it!«

Jemand stellt eine Flasche mit stinkendem, billigem Whisky in die Mitte.

Wie viele Leute hier unten sind. Wie viel Rauch und Schweiß. Die Luft kann nicht bis in die Lunge dringen, ihm kommt es so vor, als umklammerte ein Raubtier seinen Brustkorb.

Er schaut auf den Revolver.

»Yes. One more.«

Wieder fängt der Raum an zu brodeln. Von Menschen, die den Tod wittern.

Seinen Tod.

Der Mann ihm gegenüber öffnet die Trommel des Revolvers.

Hält die Patrone hoch in die Luft, damit alle sie sehen können.

Mit einer langsamen, fast rituellen Geste schiebt er anschließend die Kugel in ihre Kammer, gegenüber der Kugel, die sich bereits im Magazin befindet. Dann hält er die Waffe in die Luft und wischt kurz mit der Handfläche über die Trommel, so dass diese schnell herumwirbelt.

Er legt den Revolver vor Zack auf den Tisch.

Wieder verstummt das Stimmengewirr.

Zack nimmt den Revolver hoch. Angst und Zweifel. Aber daneben noch ein anderes Gefühl. Eine Wärme irgendwo tief in ihm.

Er hebt die Waffe an die Schläfe. Sie wiegt etwas über ein Kilo, und seine Hand zittert, als wäre er auf Entzug nach einer schlaflosen Nacht auf Speed.

Die Mündung an der Schläfe.

Kaltes Metall an verschwitzter Haut.

Er sieht einen Jungen auf einer Wiese und nimmt den Geruch von Gras und Blut wahr.

Er drückt den Abzug durch.

Siebenundsechzig Prozent Überlebenschance.

Klick.

Wieder schluckt ihn das Loch. Schleudert ihn nach oben, nach unten, nach innen, nach außen. Verschlingt ihn und spuckt ihn wieder aus. Dann sitzt er wieder auf seinem Stuhl und ist im Hier und Jetzt auf eine Art, wie er es noch nie zuvor erlebt hat.

Der Plastikkorb mit den Umschlägen wird ihm vors Gesicht gehalten. Noch vier. Er nimmt den obersten. Das Geräusch von Papier, das zerrissen wird, dröhnt in seinen Ohren.

Leer.

Wieder.

Der Geierhals verzieht keine Miene, Zack wünschte, er würde grinsen, dann hätte er einen Grund, sein Gegenüber um ein paar der gelben Zähne zu erleichtern.

Zack nickt in Richtung Revolver, sagt: »One more.«

Der Mann holt eine dritte Kugel heraus.

Erneutes Drehen. Erneutes Klicken.

Ich brauche eine Antwort.

Ich muss das Kind retten.

Die Hand zittert nicht mehr so stark, als er dieses Mal den Revolver hochhebt. Der Zweifel ist weniger aufdringlich, die Angst nicht mehr so intensiv.

Er drückt den Abzug durch. Hört die erregten Stimmen nicht mehr. Bemerkt kaum, wie die Scheine über seinem Kopf den Besitzer wechseln, die glühende Zigarettenasche, die auf seiner Hand landet, die Stöße und Knuffe in seinen Rücken.

Er befindet sich in einem Tunnel aus Licht, und die Geräusche, die Bewegungen und die Menschen verwandeln sich in Licht.

Die vierte Kugel.

Langsam – unendlich langsam – wird sie in die Trommel geschoben.

Der Raum ist erfüllt von angehaltenem, erregtem Atem. Und Zack sehnt sich danach, abzudrücken, er will nichts lieber als das.

Er nimmt den Revolver in die Hand und drückt ihn sich gegen die Schläfe. Denkt, dass nur das Hier und Jetzt zählt. Sonst nichts.

Zack starrt dem Geierhals in die Augen und drückt ab.

Der Raum wird auseinandergerissen. Die Menschen verschwinden hinter den Rauchschwaden eines Schlachtfeldes.

Nur noch mich gibt es auf der Welt, denkt er. Nur mich, und ich habe einen braunen Umschlag in der Hand, und ich öffne ihn, und er ist leer, und das spielt keine Rolle, denn dort ist die Antwort sowieso nicht zu finden. Sie befindet sich woanders. Auf dem Tisch vor mir, in einem abgegriffenen Revolver, den jemand hochnimmt und mit einer fünften Kugel füttert, und ich nehme die Waffe hoch und überlege, ob es jemals etwas anderes als diesen Augenblick gegeben hat. Ob es jemals jemand anderen als mich und meinen Finger am Abzug gegeben hat.

Ich drücke jetzt die Revolvermündung an die Schläfe. Das gefällt mir. Ich brauche das.

Nichts sonst ist noch von Bedeutung.

Langsam drückt mein Finger den Abzug durch.

Immer weiter, immer weiter.

1

Montag, der 19. Januar
Sechs Tage früher

Stockholm, halb acht Uhr morgens. Vierzehn Grad minus und Eiswind aus Nordost. Die Straßen sind bedeckt von Eis und Streusplitt. Schneereste voller Hundepisse vermischen sich mit Sand, der stinken wird, wenn die Wärme kommt.

Und dann diese Dunkelheit. Dicht und alles umschlingend. Rachsüchtig, als wollte sie die Menschen für ihre Sünden bestrafen.

Wie schlaflose Gespenster huschen die Einwohner der Stadt auf ihrem Weg zur Arbeit vorbei. Niemand scheint zu lächeln, und niemand hat Lust zu sprechen, nicht einmal ins Handy.

Bereits den fünften Tag in Folge zeigt das Thermometer Temperaturen unter zehn Grad minus, und am Sveavägen hat jemand die Fensterscheiben zweier Reisebüros eingeschlagen. Nichts wurde gestohlen. Nur die Plakate mit sonnigen Stränden und lachenden, braungebrannten Familien heruntergerissen. Auf P4 Stockholm sprechen sie darüber. Machen ihre Scherze. Sympathisieren mit den Tätern.

Zack Herry sitzt mit Ester Nilsson im 7-Eleven am Fridhemsplan, und als er aus den Lautsprechern des Ladens die Radiosendung hört, fragt er sich, ob es dem Täter hinterher wohl besserging. Ob die Kälte und die Dunkelheit für ihn leichter zu ertragen waren, nachdem er keine Bilder mehr sehen musste, die ihm zeigten, wie das Leben sein könnte, wenn er sich an einem anderen Ort auf der Welt befände.

Oder ob die Tat die Kälte nur noch schlimmer werden ließ.

Zack trinkt einen Schluck Kaffee aus seinem Pappbecher und schaut durchs Fenster hinaus. Die Titelseiten der Zeitungen locken mit milderen Temperaturen und den Listen von Managern mit den höchsten Boni, aber keiner der Vorbeieilenden sieht aus, als hätte er auch nur die Kraft, den Kopf zu drehen. Weißer Dampf tritt zwischen ihren blaugefrorenen Lippen hervor und erweckt den Anschein, als hätte die gesamte Stadt kollektiv beschlossen, wieder zu rauchen.

Ester tunkt ihr Croissant in einen Becher mit Kakao und beißt dann ab.

Ihr rötliches Haar hat sie in einem Pferdeschwanz gebändigt und um ihren dünnen, zwölfjährigen Hals hat sie mehrere Male ein orangefarbenes Halstuch gewunden.

»Stell dir vor, wenn man nach Paris fahren könnte«, sagt sie, nachdem sie den Bissen hinuntergeschluckt hat. »Dann würde ich jeden Tag so was essen.«

Als er am frühen Morgen nach Hause gekommen war, hatte sie vor seiner Wohnungstür gestanden. Beide waren gleich verwundert gewesen.

»Hallo«, hatte sie gesagt. »Bist du schon draußen gewesen?«

»Ich habe bei Mera geschlafen, muss aber noch kurz bei mir was holen, bevor ich zur Arbeit gehe.«

»Hast du deine Pistole schon wieder bei dir zu Hause vergessen?«

Er hatte sich einen Finger vor den Mund gehalten.

»Pst. Nicht so laut.«

Sie hatte gekichert.

»Aber du«, hatte er dann gefragt, »was machst du eigentlich hier? Nicht einmal du klingelst normalerweise so früh bei mir.«

»Ich wollte dich fragen, ob wir uns ein bisschen Milch leihen könnten. Wir haben keine mehr zu Hause.«

Sie hatte dabei zu Boden geschaut und versucht, Zacks Blick auszuweichen, aber er hatte die Scham in ihren Augen gesehen, die immer da war, wenn sie von ihrem Alltag erzählte. Weil sie sich für ihre Mutter Veronica schämte, die so tief in ihrer Depression versunken war, dass sie Psychopharmaka deutlich mehr schätzte als ihre eigene Tochter.

»Komm mit rein«, hatte er geantwortet. »Ich muss nur ein paar Sachen holen, dann lade ich dich zum Frühstück bei 7-Eleven ein. Okay?«

Sie hatte genickt und gar nicht versucht, ihr strahlendes Lächeln zu verbergen.

Die Schlange vor dem Kaffeeautomaten bei 7-Eleven ist lang, und die Menschen, die von der Straße hereinkommen, bringen Wellen eiskalter Luft mit, wenn sie an Zacks und Esters Tisch vorbeigehen.

Ester stopft sich den letzten Rest des Croissants in den Mund und reibt sich die Krümel von den Händen.

»Möchtest du noch etwas essen?«, fragt Zack.

»Nein danke. Aber das war ganz toll.«

Sie lächelt, und er denkt, dass er sie reingelegt hat. Indem er ihr den Eindruck vermittelt hat, dass sie nur ihretwegen hier wären. Dass er keine anderen Gründe dafür hätte.

Er ist ihr Vertrauen nicht wert.

Nicht im Geringsten.

Im Laufe der letzten Monate hat er sie mehrere Male abgewiesen, als sie an seine Tür geklopft hat.

Manchmal hat er gar nicht erst geöffnet.

Bestimmt weiß sie, dass er auch diese Male zu Hause gewesen ist, davon ist er überzeugt.

Erst vor ein paar Wochen hatte er auf dem Sofa gelegen und gespürt, wie der Amphetaminrausch einsetzte, als sie an seine Tür klopfte. Dreimal ganz vorsichtig, wie immer. Sie war eine Weile draußen stehen geblieben, dann hatte er gehört, wie sie sich mit dem Rücken zur Tür auf den Boden setzte. Er hatte versucht, sich ganz still zu verhalten, aber die Minuten waren zu einer halben Stunde geworden, und zum Schluss war er überzeugt davon, dass sie hinter ihm her war. Dass sie eine Spionin war, die sich bereits vor mehreren Jahren bei ihm eingeschlichen hatte, nur mit einem einzigen Ziel: ihn des Drogenmissbrauchs zu überführen.

Natürlich war es so. Warum sonst sollte sie so oft bei ihm klingeln, vor seiner Tür sitzen und heimlich lauschen?

Er hatte seine Waffe gezogen. Mit aufgerissenen Augen und pochenden Schläfen hatte er dagestanden und die Pistole auf die Tür gerichtet, eine gefühlte Ewigkeit lang.

Bis sie gegangen war.

Er beobachtet Ester, wie sie dasitzt und ihre weißen, kalten Hände an dem Becher wärmt.

Du hast auf sie gezielt.

Wie konntest du nur?

Er war damals vollkommen am Ende gewesen. Ein kniffliger Fall mit einem vergifteten Multimillionär aus Täby hatte ihm den ganzen Dezember über die Kraft geraubt.

In dieser Zeit war er häufig bei Mera gewesen, und später auch. Ihre Wohnung war für ihn ein Ort geworden, an dem er alles andere ausblenden konnte.

Die Drogen.

Die Erinnerungen. Die Dunkelheit.

Trotzdem war es kein guter Ort gewesen. Das letzte Jahr haben sie überhaupt nichts zusammen unternommen. Nur gearbeitet, gearbeitet und noch mehr gearbeitet. Insbesondere Mera. Sie hat Ikea als Kunden für ihr PR-Büro gewinnen können, und das hat sie voll und ganz verschlungen, genau wie dieses Unternehmen alles andere auf der Welt verschlingt.

Er hat keine Zeit für sie gehabt und sie keine für ihn. Sie benehmen sich fast wie Roboter. Mera scheint gar nicht zu registrieren, wie viele Drogen er nimmt.

Sie haben Sex, aber sie geben einander kein echtes Vertrauen, keine wirkliche Nähe.

Doch letzte Nacht war die Nähe real. Sie hatte Essen gekocht, als er spätabends um kurz vor elf Uhr kam. Teuren Fisch, den sie in der Östermalmshallen gekauft hatte, und dazu selbstgemachtes Kartoffelpüree, so eines, wie sein Vater es gekocht hatte an den Tagen, als er gesund genug war.

Nach dem Essen waren sie ins Schlafzimmer gegangen. Hatten sich schweigend gegenseitig ausgezogen und Nähe zugelassen, langsam und ohne Eile, und als er sie anschaute, Mera Leosson, ihre spitze Nase, das dunkle Haar, die Augenlider, die ihren intelligenten, fordernden Blick verbargen, da hatte er geglaubt, dass es etwas mit ihnen beiden werden könnte. Etwas Ernstes. Mit Kindern und Ehe. Er hatte ihren weichen, warmen Körper gespürt und gedacht, so ein Leben, das wäre eine Möglichkeit.

Als er sie kurz danach schlafend verließ, hatte er das immer noch geglaubt.

Dann war er auf die Straße getreten, in der sie wohnt. Hatte die protzigen Steinhäuser betrachtet, den Eiswind vom Nybroviken auf sich wirken lassen, und auf einmal war dieses Gefühl in ihm gestorben.

Sie war älter als er, führte ein ganz anderes Leben und plante eine andere Zukunft. Welche, das wusste er nicht, aber keine mit ihm.

Er hatte versucht, die Gedanken an Mera von sich zu schieben.

Als ihm das nicht gelang, schrieb er stattdessen eine SMS an Abdula.

»Hast du eine neue Jacke?«, fragt Ester und reißt Zack aus seinen Überlegungen.

Er schaut an sich herab, als müsste er nachprüfen, was er eigentlich angezogen hat.

»Ja. So ziemlich.«

»Hast du die von Mera gekriegt?«

»Nein, so teuer ist sie nicht.«

Als Mera ihm das letzte Mal eine Jacke gekauft hatte, eine Rick Owens, hatte er durch Zufall erfahren, dass sie zweiundzwanzigtausend Kronen gekostet hatte. Für diese hier hatte er zweitausendfünfhundert im Schlussverkauf bezahlt, und das hatte Zack schon teuer genug gefunden. Immerhin hat sie ihm bis jetzt bei der Eiseskälte gute Dienste geleistet.

»Die ist schick«, sagt Ester und streicht mit der Hand über den schwarzen Gore-Tex-Stoff.

Dann wirft sie mit vor Schreck aufgerissenen Augen einen schnellen Blick über Zacks Schulter und weicht zurück.

Zack spürt die Anwesenheit des Mannes, noch bevor er sich umdreht und ihn sehen kann.

»Scheiße, ich wusste gar nicht, dass du eine Tochter hast! Hast du noch mehr Geheimnisse vor mir?«, poltert der Mann und streckt seine geballte Faust zur Begrüßung vor.

Zack stößt mit seinen Knöcheln gegen die des anderen, steht auf und umarmt Abdula.

»Wie geht's?«

»Schon okay, wenn mich nicht so ein Idiot mitten in der Nacht mit einer SMS geweckt und mir befohlen hätte, mich in die schlimmste Monsterkälte hinauszubegeben.«

»Mitten in der Nacht? Nun hör aber auf, es war fast sieben. Und eine gewisse Tagesstruktur ist nur gut für dich. Du weißt, was der Arzt gesagt hat.«

»Ja, ja, und lange Spaziergänge, gekochtes Gemüse und Salat. Da wünscht man sich ja fast, man wäre gar nicht wieder aufgewacht in diesem Krankenhaus.«

Zack wendet sich Ester zu.

»Das ist mein Freund Abdula. Ich habe dir bestimmt schon von ihm erzählt. Wir kennen uns, seit wir kleine Rotzbengel waren und in Bredäng herumgetollt sind.«

Schüchtern streckt Ester ihre Hand aus.

»Hallo. Ester Nilsson.«

Abdula ergreift ihre Hand und verneigt sich vorsichtig.

»Abdula Kahn. Zu Ihren Diensten, meine Schönheit.«

Ester zieht kichernd ihre Hand zurück.

»So ist er nun einmal«, bemerkt Zack. »Man gewöhnt sich daran … einigermaßen zumindest.«

Abdula zieht einen Stuhl heran und verzieht das Gesicht vor Schmerzen, als er sich hinsetzt.

»Ist es der Bauch?«, fragt Zack.

»Ich dachte, das würde sich geben, aber durch die Kälte wird es nur noch schlimmer.«

»Und du weigerst dich immer noch, Schmerztabletten zu nehmen?«

»Ja. Die sind lebensgefährlich.«

Abdula beugt sich zu Ester vor.

»Hörst du? Werde nie eins dieser Mädchen, die den Tag mit Kopfschmerztabletten beginnen.«

Zack kann nicht an sich halten, er muss laut lachen. Der Kerl, der jahrelang und kiloweise Kokain und anderen Mist konsumiert hat, sitzt hier und hält eine Predigt über die Gefahren von Paracetamol.

Aber Ester lacht nicht, und als Zack ihr Gesicht sieht, findet er Abdulas Kommentar auch nicht mehr lustig.

Ester weiß mehr als die meisten anderen über den Einfluss von Tabletten auf das Leben.

Trotzdem ist es schön, dass Abdula seinen Humor wiedergefunden hat. Dass seine Laune nicht mehr durch das beeinträchtigt wird, was im Juni letzten Jahres in Skärholmen passiert ist, als er einen Bauchschuss erlitt und anschließend neununddreißig Tage im Koma lag, mit ganz schlechten Prognosen.

Zack hat im letzten Sommer viel Zeit an seinem Krankenbett verbracht. Stundenlang saß er dort und erzählte seinem bewusstlosen Freund Geschichten aus alten Zeiten. Erinnerte ihn an die lebensgefährlichen Spiele in den U-Bahn-Tunneln, an die Sonntagnachmittage in Ernesto Santos Fixerbude, die Fußballspiele auf dem Hinterhof, die immer ausarteten. Sprach davon, wie sie weggerannt waren und wie sie später die anderen hatten rennen lassen.

Während Zack dort an Abdulas Seite saß, hatte er mehrere Male geglaubt, dass es jetzt vorbei sei, dass er seinen Freund für immer verloren habe.

Aber Abdula wachte wieder auf. Erholte sich schneller, als die Ärzte zu hoffen gewagt hatten.

Schmerzen können ihn nicht umwerfen, und wenn der Körper manchmal zickt, so what?

Ester klopft Zack vorsichtig auf die Schulter.

»Ich muss gehen«, sagt sie, »die Schule fängt gleich an.«

»Soll ich dich hinbringen?«

Sie verdreht nur die Augen, während sie von ihrem Stuhl rutscht.

Dann zieht sie sich Daunenjacke, Fausthandschuhe und Mütze an und wirft sich die Schultasche über die Schulter. Schnell drückt sie Zack an sich, winkt etwas schüchtern Abdula zu und läuft hinaus auf die Straße.

Abdula schaut ihr nach.

»Ist sie das Mädchen, das im selben Haus wohnt wie du, mit der verrückten Mutter?«

»Ja.«

Abdula verzieht spöttisch das Gesicht.

»Dann pass nur auf, dass sie nicht in schlechte Gesellschaft gerät und solche kennenlernt wie mich«, sagt er, worauf Zack wieder laut lachen muss.

Abdula überreicht ihm ein Taschenbuch, einen abgegriffenen Michael Connelly.

»Ich glaube, der Inhalt wird dir gefallen«, bemerkt er.

Zack schiebt sich das Buch in die Innentasche. Er weiß, dass ein Teil der Seiten herausgeschnitten ist und der Umschlag eine Tüte mit 0,6 Gramm bolivianischem Kokain enthält. Eine Deluxe-Variante – zumindest laut Abdula – mit einem Reinheitsgrad von siebzig Prozent.

Sofort erwacht in Zack der Wunsch, den Tag so schnell wie möglich hinter sich zu bringen und erst in der Nacht die Zeit anzuhalten, in einem Club mit tanzenden Menschen und Druckwellen aus den Lautsprechern, die bis unter die Rippen dringen.

Ein stetiger kalter Wind weht Zack in den Nacken, und als er sich umdreht, entdeckt er am Eingang eine Mutter mit Kinderwagen. Das eine Rad des Gefährts ist in der Tür steckengeblieben. Im Kinderwagen liegt ein etwa sechs Monate altes Baby, gut eingemummelt in einem Schaffell, und lässt sich von dem Rütteln der Mutter in den Schlaf wiegen. Schließlich gelingt es ihr, das Rad zu befreien, und sie stellt sich in die inzwischen kürzer gewordene Schlange vor den Kaffeeautomaten.

Aus dem Augenwinkel sieht Zack zwei Männer um die zwanzig den Laden betreten. Der eine mit pickligem Gesicht, blass und langhaarig, der andere kleiner, mit Bartstoppeln und dunkleren Gesichtszügen. Beide haben die Schultern hochgezogen und die Hände tief in die Taschen ihrer viel zu dünnen Jacken geschoben.

Ihr Blick flackert, und Zack bemerkt, dass etwas nicht stimmt, noch bevor der Picklige eine Pistole herauszieht und schreit: »Jetzt halten hier alle mal das Maul, kapiert?«

Seine Stimme überschlägt sich fast, und die Mutter stellt sich sofort schützend vor den Kinderwagen. Ein älterer Mann mit Baseballcap, der direkt am Kaffeeautomaten steht, verschüttet seinen Kaffee und schreit auf, als die kochend heiße Flüssigkeit ihm über die Hand rinnt.

»Schnauze, hab ich gesagt!«

Der Kumpel des Pickligen eilt zu der jungen Kassiererin, doch die ist schneller, stürzt in den Raum hinter dem Tresen und wirft die Tür hinter sich zu.

»Komm zurück, du Bitch!«, brüllt er, springt über den Tresen und rüttelt an der Tür. Ohne Erfolg.

Der Picklige fuchtelt mit der Pistole in alle Richtungen und schreit: »Nimm die Kohle, Yussuf. Scheiß auf die Hure!«

Yussuf dreht sich um und versucht, die Kasse zu öffnen.

Der Mann, der seinen Kaffee verschüttet hat, zieht ein paar Servietten aus der Halterung, doch er rüttelt so fest daran, dass die ganze Metallschachtel zu Boden fällt.

Der Picklige zuckt zusammen und zielt auf ihn: »Was machst du da, du Idiot? Los, runter auf den Boden.«

Zack schaut zu Yussuf, der sich gerade über die Kasse beugt und herauszufinden versucht, wie man sie aufbekommt.

Perfekt.

Mit zwei schnellen Schritten ist Zack am Tresen. Blitzschnell zieht er seinen Teleskopschlagstock aus dem Holster unter der Jacke und macht eine Bewegung mit dem Handgelenk, so dass der schwarze Leichtmetallstab mit einem metallischen Geräusch aus dem Griff herausschießt. Yussuf schaut auf, nur wenige Hundertstelsekunden bevor ihn der Stock hart am Nasenrücken trifft und ihn nach hinten wirft, in ein Stativ mit Geschenkgutscheinen.

Zack zieht seine Sig Sauer und richtet sie auf den Kerl mit der Pistole, während er hört, wie Yussuf hinter dem Tresen auf den Boden sackt.

»Polizei!«, sagt Zack laut. »Lass die Waffe fallen.«

Die Frau mit dem Kinderwagen fängt an zu weinen. Der ältere Mann mit dem verschütteten Kaffee hockt auf allen vieren am Boden, und die übrigen drei Kunden in der Kaffeeschlange geben ihr Bestes, um sich so reglos wie möglich zu verhalten.

»Waffe runter! Sofort!«, befiehlt Zack, doch der Picklige hält weiterhin den Arm ausgestreckt vor sich, und sein Blick flackert. Plötzlich macht er einen überraschend schnellen Sprung zur Seite und packt die Mutter mit dem Kinderwagen am Arm. Sie schreit vor Panik auf, während er ihren Oberarm umklammert und ihr die Pistole an die Schläfe drückt.

Er zittert am ganzen Leib, sein Blick huscht hin und her. Ein Anfänger, denkt Zack. Trotz der Brutalität. Verzweifelt auf der Suche nach schnellem Geld. Wer sonst würde auf die Idee kommen, an einem Montagmorgen ein gut frequentiertes 7-Eleven zu überfallen?

Aber jetzt reicht es.

Zack zielt schnell, aber genau, drückt die Sig Sauer ab und trifft den Kerl in der rechten Schulter. Der Picklige wirbelt herum, seine Waffe fällt ihm aus der Hand und landet im Kinderwagen. Er schaut auf seine Schulter, tastet mit der Hand und fängt dann an, vor Schmerzen zu heulen.

Zack tritt ihm die Beine unter dem Körper weg und dreht ihn auf den Bauch. Reißt dann seine Arme auf den Rücken und legt ihm Handschellen an.

Der Picklige jammert noch lauter.

»Hör auf, wie ein Hund zu jaulen«, flüstert Zack ihm ins Ohr, und endlich verstummt er.

Die Mutter weint immer noch, aber ihr Kind schläft tief und fest in seinem Schaffell, direkt neben der Waffe.

»Brauchst du Hilfe?«, fragt eine Frau, die Zack bisher gar nicht bemerkt hat.

Sie ist um die dreißig und trägt einen langen weißen Kunstpelz.

»Gerne, ja. Setz dich auf ihn und drück seine Schultern runter, wenn er Widerstand leistet.«

»Okay.«

Die Frau setzt sich rittlings auf den Rücken des Pickelgesichts. Zack nimmt die Waffe aus dem Kinderwagen und eilt damit zu dem anderen Mann.

Der liegt immer noch ohnmächtig auf dem Boden.

Zack wendet seinen Blick Abdula zu.

Dieser sitzt auf seinem Stuhl und starrt mit leerem Blick vor sich hin.

Er zittert am ganzen Körper.

Die Ereignisse haben dich doch reichlich mitgenommen, mein Freund, denkt Zack.

Das Geräusch von Polizeisirenen ist schwach zu hören, sie dürften noch einige Straßen entfernt sein.

»Abdula«, sagt Zack.

Keine Reaktion.

»Abdula!«

Dieses Mal lauter. Das wirkt. Abdula blinzelt und sieht ihn mit klarem Blick an.

Zack will ihm sagen, er solle lieber abhauen, bevor die Polizei kommt, aber einige Kunden stehen dicht neben ihnen, also begnügt er sich mit einem Nicken in Richtung Ausgang.

Abdula steht wortlos auf und geht zur Tür, ohne sich noch einmal umzudrehen.

2

Die kleine Drohne dreht sich und surrt langsam über die Dächer von Stocksund dahin. Gegen den morgendunklen Himmel sieht sie wie ein mechanischer, mutierter Raubvogel aus. Leuchtend weiß und mit vier Armen, die in alle vier Himmelsrichtungen zeigen und mit Propellern versehen sind.

Der sechsundvierzigjährige Lars Albinsson lenkt die Drohne mit seinem Handcontroller, während er auf dem OLED-Display die ganze Zeit verfolgt, was die Kamera da oben einfängt.

Er überlegt, ob er das Gerät über Johanssons Villengelände lenken und nachsehen soll, ob sie mit dem Ausbau ihrer Orangerie fertig sind. Oder »Orangeriiie«, wie die Frau des Hauses zu sagen pflegt.

Aber er verzichtet lieber darauf. Schließlich möchte er mit seiner Drohne nicht zu viel Aufmerksamkeit erregen. Es gibt immer irgendeinen Dummkopf, der mit Forderungen nach Verboten und großem Geschrei wegen der Privatsphäre daherkommt. Hinterwäldler, die sich weigern, die Vorteile der modernen Technik zu sehen.

Seine Frau war es, die hierherziehen wollte, in dieses bürgerliche, konservative Villenviertel. Er selbst wäre am liebsten in der Stadt geblieben, in Vasastan. Aber alles Schlechte hat auch sein Gutes: Hier kann er die Drohne fliegen lassen.

Lars Albinsson hat seine Dienste bereits an zwei große Bauunternehmen und eine Elektronikkette verkauft, die Nahaufnahmen einiger Flächen brauchten, für eine eventuelle künftige Erschließung und Nutzung.

Die Einkommensmöglichkeiten sind grenzenlos, denkt er, besonders bei diesem neuen Modell, mit beweglicher Kamera, Telezoom und der Möglichkeit, in HD-Qualität zu filmen.

Mit sicherer Hand lenkt er die Drohne weg vom Villengelände, am Thai-Imbiss und an der geschlossenen Videothek vorbei, dann höher über die Baumwipfel, hin zu den Ruinen der alten Zementfabrik.

Eine Handvoll noch funktionierender Scheinwerfer wirft ein düsteres Licht auf das Fabrikgelände. Das meiste ist dem Erdboden gleichgemacht worden. Große Haufen von Beton, Armierungseisen und anderem Bauschrott liegen halb begraben unter dem zusammengeschobenen alten Schnee, der nicht mehr geschmolzen ist, bevor die arktische Kälte einsetzte.

Der alte Schornstein steht noch. Vierzig Meter hoch.

Lars Albinsson drückt einen Knopf auf seinem Handcontroller, woraufhin die starken Scheinwerfer der Drohne aufleuchten. Auf dem Display sieht es beeindruckend aus, als der Schornstein in der Dunkelheit erleuchtet wird.

Höher und immer höher lässt er die Drohne steigen. Das Bild auf dem Display ist scharf und deutlich, trotz der Dunkelheit und der permanenten Bewegung.

Die Drohne nähert sich der Schornsteinspitze, ein paar Krähen flattern erschrocken auf. Lars Albinsson drosselt die Geschwindigkeit. Er sieht, dass etwas aus dem Schornstein herausragt.

Etwas, das irgendwie falsch wirkt.

Zum Teufel noch mal.

Das ist ja ein … Nein, das kann nicht wahr sein.

Er fingert am Handcontroller herum, und die Drohne berührt den Rand des Schornsteins.

Verflucht noch mal.

Eine finstere, brennende Angst in der Magengegend.

Er lenkt die Drohne ein paar Meter weg vom Schornstein, atmet schwer.

Hat er wirklich richtig gesehen?

Das kann einfach nicht wahr sein.

Er atmet ein paar Mal tief ein und aus, bis die Neugier die Furcht besiegt, und lenkt dann das Fluggerät vorsichtig zum Schornstein zurück. Dieses Mal ein wenig höher. Über den oberen Rand.

Die Scheinwerfer richtet er schräg nach unten. Zwei Lichtkegel, die die Finsternis durchschneiden.

Das Autozoom der Kamera arbeitet schnell, das Bild wird scharf.

Viel zu scharf.

Sein Magen verkrampft, aber es gelingt ihm, das erste saure Aufstoßen zu unterdrücken.

Aber nicht das nächste.

Die Drohne schaukelt durch die Luft, und hoch oben in der Dunkelheit kehren die hungrigen Krähen zurück.

3

Die Lichtkegel der Scheinwerfer tanzen über den unebenen Kiesweg, als Kriminalinspektorin Deniz Akin den Volvo V50 der Sondereinheit auf das Fabrikgelände lenkt. Es scheint, als hätte die winterliche Dunkelheit beschlossen, an diesem Tag nichts außer einem kalten, graublauen Schein durchzulassen, wie eine höhnische Parodie auf Licht.

Deniz schaut sich im Rückspiegel an.

Das lange, dunkle Haar, das ihr Gesicht umrahmt, und die geraden, kräftigen Augenbrauen, die den Blick ihrer braunen Augen noch entschlossener wirken lassen.

Ihr kurdischer Ursprung ist deutlich zu sehen, nicht jedoch ihre Geschichte.

Aber daran will sie jetzt nicht denken. Sondern an das, was sie erwartet.

Immer noch spürt sie Cornelias Nähe. Den Geschmack ihrer Haut, ihre Stimme am Frühstückstisch vor wenigen Minuten, die Wärme darin, die Aufrichtigkeit.

Habe ich die verdient?, fragt sich Deniz und wirft dann einen schnellen Blick auf Zack, der auf dem Beifahrersitz neben ihr sitzt. Zumindest sieht er heute ganz passabel aus. Wahrscheinlich hat er letzte Nacht bei Mera geschlafen, dann wirft er nichts ein.

Sie versucht wegzugucken, wenn es um seine schwachen Seiten geht. Aber sie weiß nicht, wie lange sie das noch tun kann.

Oder ob das überhaupt richtig ist.

Wie soll man das schon wissen? Was für einen anderen Menschen richtig und was falsch ist?

Dieser brillante, schöne junge Polizist.

Der zugleich so kaputt ist.

Ich möchte doch nur das Beste für ihn. Aber wie kann ich ihm helfen?, fragt sich Deniz im Stillen und schaltet einen Gang runter, während sie die Lippen zusammenpresst.

Sie hat trockene Lippen, denkt Zack. So trocken wie er selbst, wenn er Koks genommen hat.

Er schaut auf die Uhr. 08.33, und er hat bereits auf einen Kerl geschossen und einem anderen die Nase gebrochen.

Eigentlich sollte er in diesem Moment bei den Kollegen von der Internen im Verhör sitzen. Das ist so üblich bei Polizeibeamten, die ihre Waffe zum Einsatz gebracht haben.

Doch dann rief Deniz an und berichtete von dem gerade eingegangenen Anruf.

Vollkommen geisteskrank.

»Hol mich auf dem Weg dorthin ab«, hatte Zack gesagt.

Die interne Ermittlung kann ihn mal.

Auf der Rückbank sitzt Kriminaltechniker Samuel »Sam« Koltberg. Er weiß nichts von dem versuchten Raub bei 7-Eleven. Sonst hätte er sicher mit einem schadenfrohen Grinsen den Wachhabenden angerufen und gefordert, dass bitte schön die Vorschriften zu beachten sind und Zack augenblicklich einbestellt wird.

Zack kann seinen verächtlichen Blick im Nacken spüren. Er weiß, dass Koltberg ihn für einen Emporkömmling hält, der nur dank der Meriten seiner Mutter auf der langen Warteliste nach oben gerutscht ist – als wäre seine Beförderung zum Kriminalinspektor eine Art Kompensation dafür, dass sie im Polizeidienst starb. Es scheint für ihn keine Rolle zu spielen, was Zack tut, um das Gegenteil zu beweisen, Koltberg findet immer irgendwas, das seine These bestärkt.

Deniz fährt um ein Fichtenwäldchen herum, und Zack sieht den grauen Schornstein, der sich wie ein gigantischer Grabstein gegen den farblosen Himmel erhebt.

Ein Streifenwagen und ein roter Passat stehen vor einem halb geöffneten Tor weiter vorn. Neben dem Tor zwängt sich ein Uniformierter durch sperriges Unterholz, um das eine Ende des Absperrbands an einem Baumstamm zu befestigen.

Deniz parkt hinter dem Kastenwagen. Vom Rücksitz ist ein langes Ausatmen zu hören, dann Koltbergs ewig mürrische Stimme: »Tja, dann können wir wohl nur die Daumen drücken, dass sie noch nicht überall herumgetrampelt sind und alle Spuren zerstört haben. Aber das ist wohl zu viel erwartet.«

Zack öffnet die Beifahrertür, ihm bläst ein eiskalter Wind ins Gesicht. Er schlägt die Wagentür hinter sich zu und zieht sich seine mit Fleece gefütterte Mütze über die Ohren. Hier draußen liegt etwas mehr Schnee, aber auch nur wenige Zentimeter. Also knirscht auch hier der raue Kies unter den dicken Gummisohlen der Winterstiefel, als er die ersten Schritte auf das hohe Gatter zu macht.

Am Zaun hängt ein riesiges Schild.

HIER BAUT JM 450 NEUE WOHNUNGEN

Unter dem Text befindet sich das computeranimierte Bild einer idyllischen Wohnsiedlung im Sommermodus. Grüne Bäume, grüne Rasenflächen. Fröhliche Menschen in Shorts und T-Shirts.

Zack muss an die eingeschlagenen Fensterscheiben der Reisebüros denken. Und an die Wut, die durch die Sommerbilder entfacht wurde.

Er hält für Deniz und Koltberg das Absperrband hoch und folgt ihnen aufs Fabrikgelände. Es kommt ihm so vor, als wanderte er in einem Märchenbuch durch das Land des Bösen. Grau und kalt. Und mit einem hohen Turm, der seinen Schatten auf jegliche menschliche Güte zu werfen scheint.

Da oben soll es sich also befinden?

Er kann ein paar Krähen erahnen, die um die Spitze des Schornsteins flattern.

Fressen sie davon?

Koltberg scheint das Gleiche bemerkt zu haben, denn plötzlich geht er mit weit ausholenden Schritten weiter. Mit jedem Meter scheint der Schornstein zu wachsen, und die drei Männer, die an seinem Fuß stehen, sehen vor ihm wie Zwerge aus.

Zack begrüßt sie. Per Karlsson, Polizeiassistent, Pelle Sörensson, Bereichsleiter von JM, und Lars Albinsson, gekleidet in eine sportliche orangefarbene Winterjacke, mit einer Fernbedienung in der Hand, die aussieht, als gehörte sie zu einem Computerspiel.

Koltberg begnügt sich damit, die drei anzustarren und zu sagen: »So, so, und Sie sind also hier am Tatort herumgetrampelt?«

Die drei Männer wechseln betretene Blicke, doch bevor einer antworten kann, fragt Deniz: »Wofür wurde der Schornstein benutzt?«

»Der gehörte zu dem alten Zementofen«, erklärt Pelle Sörensson. »Aber der Ofen ist schon vor langer Zeit abgerissen worden. Nur der Schornstein ist noch übrig. Es ist geplant, dass wir ihn zum Frühjahr sprengen.«

Zack wendet sich an Lars Albinsson.

»Wie kommt es, dass Sie so frühmorgens Ihre Drohne haben fliegen lassen?«

»Die ist ganz neu. Ich wollte sie in der Dunkelheit ausprobieren. Und das verlassene Gelände kam mir geeignet vor, weil ich dort niemanden störe. Die Leute hier sind ziemlich konservativ, und den Drohnen gehört die Zukunft, besonders ...«

»Ist der Film da drin gespeichert?«, unterbricht Zack ihn.

»Ja, wollen Sie ihn sehen?«

Will ich das?

Lars Albinsson spult, ohne zu zögern, den Film zurück, bis die Drohne sich der Spitze des Schornsteins nähert. Deniz und Koltberg stellen sich neben Zack, und gemeinsam sehen sie, wie die Scheinwerfer der Drohne den Schornstein punktuell beleuchten, während das Fluggerät ihn langsam umkreist.

Beton, Beton, Beton.

Dann die Spitze des Schornsteins, sein breiter, abgerundeter Rand.

Das Bild jetzt schräg von oben.

Was ist das da?

Ich weiß, was das ist.

Eine kleine, steifgefrorene Hand. Klauenähnlich. Rotblau von der Kälte. Festgebunden mit einem Seil.

Dann ein vom Frost gezeichnetes Gesicht.

Ein Auge, das direkt in die Kamera starrt. Eine gigantische Pupille, die vom Leben aufgegeben wurde.

Und ein großes, aufgehacktes Loch dort, wo das andere Auge sitzen sollte.

»Oh, verdammt«, sagt Deniz.

Dann beginnen die Bilder zu zittern, und es ist ein kräftiges Kratzen zu hören, als die Drohne gegen den Schornstein stößt.

Es dauert ein paar Sekunden, bis das Bild wieder ruhig und

scharf wird. Die Drohne befindet sich nun weiter oben, und sie sehen den ganzen Körper des Jungen, festgezurrt über der Schornsteinöffnung.

Die Arme weit ausgestreckt wie eine Jesusfigur, die Hände und Füße mit groben Seilen festgebunden.

Das dünne T-Shirt flattert im Wind, und die Arme und das Gesicht sind übersät mit kleinen roten Löchern, die von den Attacken der Vögel stammen.

Etwas Einsameres gibt es nicht. Und nichts Kälteres.

Ich muss hoch zu ihm, denkt Zack. Jetzt. Sofort.

Er drückt auf »Pause« und gibt das Gerät zurück.

»Was denken Sie, was passiert ist?«, fragt Lars Albinsson.

»Keine Ahnung«, sagt Zack. »Aber er sollte nicht noch länger da oben hängen.«

Lars Albinsson nickt.

Zack wendet sich an Pelle Sörensson.

»Wie kommt man da hoch?«

»Es gibt auf der anderen Seite eine Leiter. Ich kann sie Ihnen zeigen.«

»Achtung!«, schreit Koltberg. »Bitte keine Spuren verwischen!«

»Tut mir leid, aber wir haben schon ein paar Runden gedreht«, erklärt Pelle Sörensson.

Koltbergs bleiches Gesicht nimmt blitzschnell eine dunkelrote Farbe an. Er öffnet den Mund, um etwas zu sagen, doch Zack kommt ihm zuvor.

»Das ist in Ordnung«, sagt er zu Pelle Sörensson. »Aber wir sollten ab jetzt nur in den alten Spuren laufen.«

Sie gehen halb um den Schornstein herum, und Pelle Sörensson zeigt, wo die Leiter sich befindet.

»Da ist sie. Sie klettern allerdings nur unter den folgenden beiden Bedingungen hoch: Sie tragen einen Helm, und ich begleite und sichere Sie.«

Zack folgt den schwarzen Eisenstufen mit dem Blick bis zum oberen Ende.

Und dort, ganz hoch oben.

Der Junge.

Die Füße hängen über den Rand.

Zack rüttelt an den Stufen und wendet sich Koltberg zu.

»Ich kann die erste Runde hoch übernehmen«, sagt Zack. »Ich werde aufpassen, dass ich nichts kaputtmache. Oder willst du zuerst hochgehen?«

Koltberg entweicht sämtliche Farbe aus den Wangen.

»Ich … Klettre du nur hoch, aber sieh zu, dass du ein paar Fotos machst, bevor du etwas anfasst. Und lass mich erst ein paar Spuren an der untersten Stufe sichern, bevor du alles verwischst.«

4

Die Nikonkamera baumelt an einem Riemen auf dem Rücken, als Zack sich vorbeugt, um den Karabinerhaken an einem gefrorenen Trittbrett zu befestigen.

Sie haben etwa die Hälfte geschafft. Der Wind zerrt an der Kleidung, aber er ist warm angezogen. Ein dicker Wollpullover unter der Jacke, eine winddichte Mütze.

Solche Herausforderungen liebt er. Die physische Anstrengung, das Gefühl drohender Gefahr – und gleichzeitig totale Freiheit. Aber heute hat er das Gefühl, als führte ihn jeder Schritt näher an einen Ort, dem man sich nicht nähern sollte.

Doch er will hoch zu dem Jungen.

Er muss dorthin.

»Alles in Ordnung?«, ruft Pelle Sörensson ein paar Meter weiter unten. »Sagen Sie Bescheid, wenn Sie Hilfe brauchen.«

»Alles in Ordnung«, antwortet Zack und klettert weiter, dem Körper da oben entgegen.

Er kann auf Stockholm hinunterschauen. Es kommt ihm so vor, als starrte er auf eine Welt, in der alle Farben von der Palette verschwunden sind, alle bis auf Grau, Braun und Schwarz. Selbst die vereinzelten Schneeflecken sehen unter den düsteren Wolken grau aus.

Er schaut nach oben. Eine Windböe bewegt den einen Fuß des Jungen, und für den Bruchteil einer Sekunde denkt Zack, dass er noch lebt.

Reiß dich zusammen.

Das ist unmöglich.

Aber er klettert schneller.

Ein paar Krähen starren ihn vom oberen Schornsteinrand herab an. Sie zögern eine Weile, doch als sie sehen, dass er sich ihnen immer weiter nähert, flattern sie davon.

Zack klettert noch einige Meter weiter, bis er eine Hand hochstrecken und mit den Fingern die nackten Füße des Jungen berühren kann.

Steifgefroren. Die Haut weiß vom Frost.

Zack zieht sich über den Rand des Schornsteins hoch.

Jetzt bin ich bei dir, denkt er.

Jetzt bist du nicht mehr allein.

Der Junge liegt festgebunden auf einem verrosteten Gitter, das die gesamte Schornsteinmündung überzieht.

Zack möchte am liebsten die Augen schließen, zwingt sich aber hinzugucken. Nicht aufs Gesicht. Noch nicht.

Der Junge trägt ein weißes T-Shirt mit roten Flecken und eine schwarze Sporthose mit Löchern auf beiden Knien. Sonst nichts.

Bist du hier zurückgelassen worden, um zu erfrieren?, fragt sich Zack.

Dann entdeckt er den dunklen, tiefen Schnitt am Hals und registriert, dass nur wenige schmale Blutrinnsale bis auf die Brust hinabgelaufen sind.

Du warst schon tot, als du hierhergebracht wurdest.

Und irgendwie ist es ein gutes Gefühl, das zu wissen.

Nichts kann schlimmer sein, als so hier oben zu sterben.

Oder?

Er befestigt seinen Karabinerhaken am Gitter, richtet sich dann vorsichtig auf und holt die Kamera heraus.

So viele kleine Wunden auf der Haut des Jungen. Auf den Armen, den Wangen, den Knöcheln. Das T-Shirt hat einen breiten Riss direkt unterhalb des Brustkorbs, und dort befindet sich eine tiefe Wunde. Als hätten sie versucht, ihm seine inneren Organe herauszupicken.

Diese Scheißkrähen.

Zack zoomt auf das Gesicht des Jungen und muss feststellen, dass es vollkommen egal ist, wie warm er sich heute angezogen hat. Die Kälte, die sich in seinem Körper ausbreitet, kommt von innen.

Das übriggebliebene Auge schaut ihn unter einer dünnen Eisschicht an.

Der Glanz ist verschwunden, aber nicht die Angst.

Der Mund des Jungen ist halb geöffnet. Als hätte er etwas sagen wollen oder vergebens versucht, noch einmal Luft zu holen, gerade als sein Leben endete.

Was haben sie mit dir gemacht?

Zack bewegt sich vorsichtig auf dem Gitter, um einen anderen Kamerawinkel zu bekommen. Er fühlt sich wie ein Eindringling. Wie ein Paparazzo im Dienste des Todes.

Nach einer Weile hängt er sich die Nikon wieder auf den Rücken und versucht, die Knoten an den Riemen zu lösen, die die blaugefrorenen Hände des Jungen festhalten. Doch es geht nicht.

Das Seil ist starr vor Frost, und wegen der Kälte sind seine Bewegungen unbeholfen.

»Haben Sie ein Messer bei sich?«, ruft er Pelle Sörensson zu.

»Ja. Brauchen Sie eines?«

»Wäre wohl das Beste, wenn Sie hochkommen würden.«

Er hört Pelle Sörensson husten und begreift, dass der Mann gegen die Übelkeit ankämpft.

»Alles in Ordnung?«

»Ja, schon. Aber das ist ja … verdammte Scheiße …«

»Wir müssen ihn hier runterkriegen«, sagt Zack. »Wenn Sie das Seil durchschneiden, das die Arme hält, können wir anschließend den Körper lösen.«

»Und dann?«

»Dann nehme ich ihn auf den Rücken. Sie müssen ihn irgendwie an mir festbinden.«

Zehn Minuten später beginnen sie mit dem Abstieg. Die Leiche des Jungen ist mit demselben Seil auf Zacks Rücken gebunden, mit dem sie an den Schornstein gefesselt war.

Zack geht vorsichtig hinunter, Schritt für Schritt. Der Rücken fühlt sich an wie taub, als übertrüge sich die Kälte des Todes von dem Jungen direkt auf seinen Träger.

Einerseits möchte er am liebsten laut losschreien und die Leiche abschütteln, andererseits ist er bereit, die Bürde zu tragen.

Er schaut nach unten. Sieht, dass jetzt noch mehr Menschen dort unten stehen. Douglas Juste, der Einsatzleiter der Sondereinheit, außerdem Zacks Kollege Niklas Svensson.

Auf halbem Weg nach unten fängt Zack an zu schwitzen. Ganz so, als hätte der Junge ihn schließlich als Träger akzeptiert und versuchte nicht mehr, seinen eigenen Tod auf Zack zu übertragen.

Er schaut hoch zum Schornsteinrand und überlegt, wer so verbissen gewesen sein kann, vierzig Meter mit einem toten Kind auf dem Rücken dort hinaufzuklettern.

Um es dann dort oben festzubinden.

Und zurückzulassen.

Warum?

Noch zwanzig Meter. Zack atmet schwer.

Deniz steht auch dort unten.

Er denkt daran, dass sie erst zwölf Jahre alt war, als sie ihren kleinen Bruder auf den Rücken nahm und mit ihm durch die karge Berglandschaft von Kurdistan floh.

Wie hat sie das nur geschafft?

Vielleicht, weil sie gesehen hatte, was sie erwartete.

Sie hatte ihren großen Bruder und einige andere junge Männer dabei beobachtet, wie sie ihre beste Freundin anzündeten. Deren Verbrechen: Sie hatte sich geweigert, ihren zwanzigjährigen Cousin zu heiraten.

Zack rutscht mit einem Fuß ab und packt mit beiden Händen fest die Sprosse über sich.

»Keine Gefahr«, sagt Pelle Sörensson. »Ich halte das Seil gespannt. Sie würden nicht weit kommen, wenn Sie den Halt verlieren.«

»Alles klar.«

Zack schaut wieder nach unten. Nur noch zehn Meter.

Langsam drückt das Kinn des Jungen unangenehm gegen seine Schulter.

Als wollte das tote Kind seine Aufmerksamkeit erregen.

Was war deine Sünde?, überlegt Zack.

Warum hat jemand beschlossen, dass du kein Recht hast, weiterzuleben?

Der Druck gegen den Rücken wird leichter. Niklas und Deniz nehmen den Toten entgegen und helfen Zack, sich von ihm zu befreien, sobald er den Boden erreicht hat.

»Jetzt ganz vorsichtig«, dirigiert Koltberg. »So, legt ihn hier auf den Schnee, wo noch niemand herumgetrampelt ist.«

Niklas holt schwer Atem. Dann sagt er: »So sollte kein Kind sterben müssen.«

5

Zack steht vornübergebeugt da, die Hände auf den Knien, um den Rücken zu entspannen und den Atem zu beruhigen.

Er hört, wie Deniz zu Lars Albinsson und Pelle Sörensson sagt, sie sollten ein Stück zur Seite gehen, solange der Junge untersucht wird, dann hört er, wie sich andere Schritte nähern, und sieht zwei stilsichere Berluti-Schuhe, die direkt vor ihm stehenbleiben.

Douglas Juste.

Zack schaut auf.

Der maßgeschneiderte dunkle Wintermantel ist nicht zugeknöpft. Der schwarze Pelz auf dem hochgeschlagenen Kragen legt sich wie schwarze Flügel um Douglas' scharfgeschnittenes Gesicht. Gut gehalten für einen fünfzigjährigen Mann.

»Ich hätte nicht erwartet, dich hier zu sehen«, sagt Douglas.

Das sind also deine ersten Worte?, denkt Zack.

Noch vor einem Jahr hätte Douglas sich zumindest erkundigt, wie es ihm geht, bevor er mit dem Vorschriftenkatalog wedelt. Vielleicht sogar gesagt: »Gute Arbeit«, nachdem er gesehen hat, dass Zack den Jungen heruntergeholt hat.

Aber seit den Ereignissen in Skärholmen letztes Jahr, als Zack Zeuge wurde, wie Douglas Beweismaterial manipulierte, hat er sich verändert. Er hält sich an die Regeln, ist formeller als je zuvor, kälter. Und er ist längst nicht mehr die Vatergestalt, die er früher für Zack war oder zu sein versuchte.

Sein Kleidungsstil ist möglicherweise noch strenger geworden. Früher konnte Douglas, zumindest im Sommer, den Schlips mal einen Tag zu Hause lassen und eine helle Stoffhose zu einem dunklen Jackett tragen, jetzt ist alles nur noch dunkel und gedeckt, zweireihig geknöpft mit einfarbiger Krawatte, etwas anderes gibt es nicht. Und in dieser Jahreszeit: Pelzkragen auf dem Kaschmirmantel.

»Der Junge war wie eine Art Jesusfigur auf dem Schornstein festgebunden. Ich glaube, der Mörder wollte ihn regelrecht präsentieren«, erklärt Zack und hält Douglas' Blick stand.

Eine ganze Weile sehen sie einander nur schweigend an. Dann richtet Douglas seinen Blick auf Koltberg, der neben dem toten Kind kniet und versucht, ein Paar Plastikhandschuhe über die Lederhandschuhe zu ziehen.

Douglas geht zu ihm, ohne noch etwas zu sagen. Zack folgt ihm, stellt sich aber auf die andere Seite neben Niklas und Deniz.

»Gute Arbeit da oben«, sagt Deniz. Sie legt eine Hand auf Zacks Schulter und lässt sie dort liegen. Zack spürt die Wärme in ihr.

»Danke.«

Der Junge liegt auf dem harten Schnee, die Arme noch immer weit ausgestreckt. Wie ein kleines Gespenst, das versucht, auf diesem hoffnungslosen Untergrund einen Schneeengel zu machen.

Er scheint nicht älter als neun Jahre zu sein. Das dichte Haar unter dem weißen Frostreif ist dunkel, die Augenbrauen sind deutlich markiert.

Zack nimmt an, dass der Junge, oder zumindest seine Eltern, aus dem Nahen Osten kommen, Syrien vielleicht.

»Er ist nicht älter als Lukas«, sagt Niklas.

Koltberg entfernt mit einer kleinen Bürste das Eis von dem Toten, und es kommen dunkle Schnittwunden zum Vorschein.

»Wie kann man einem Kind so etwas antun?«, fragt Niklas und wischt sich mit einem Handschuh über die Augen.

Zack schaut ihn an. Der Superpapa Niklas Svensson. Eigentlich immer freundlich und gut gelaunt. Unterschätzt aufgrund seiner Sanftheit. Ein Mann, der anscheinend die ganze Dunkelheit abzuschütteln vermag, sobald er durch die Tür seines Hauses tritt. Der seine Familie über alles liebt und der in letzter Zeit davon gesprochen hat, dass sie vielleicht ein Pflegekind aufnehmen wollen, weil doch der Bedarf so groß sei.

Zack denkt, dass ein Pflegekind es nirgends besser haben könnte.

Koltberg dreht vorsichtig den steifgefrorenen Körper um. Untersucht den Rücken. Auch hier weitere Schnittwunden. Mehrere schmale Schnitte am Schulterblatt und im Kreuz.

Zack will nicht, dass der Junge noch länger hier liegt. Am liebsten würde er ihn in eine Decke wickeln. Ihm Wärme schenken.

Koltberg steht auf und versucht, durch ein paar Armschläge warm zu werden. Douglas sagt: »Regelst du den Transport zum Obduktionssaal?«

»Ja«, bestätigt Koltberg und bewegt seine steifen Finger. »Wenn ich noch genug Gefühl in den Händen habe, um die Nummer zu wählen.«

Douglas nimmt Niklas, Deniz und Zack beiseite.

»Wir müssen mögliche Zeugen befragen und die Gegend mit Hunden absuchen. Ich werde mich darum kümmern. Und dieser Typ mit der Drohne, den sollten wir ein bisschen genauer ausfragen. Vielleicht hat er in der letzten Zeit etwas Verdächtiges gesehen, als er mit seinem Gerät hier unterwegs war.«

»Das übernehme ich«, erklärt Niklas schnell. »Und ich werde dafür sorgen, dass der Film mit dem Jungen drauf beschlagnahmt wird, bevor er im Netz oder in der Zeitung landet.«

Zack schaut ihn an. Sein Gesichtsausdruck hat sich verändert, ist härter geworden.

Douglas nickt und betrachtet dann Zack und Deniz.

»Zack, du hast noch einen Termin bei der Internen, den du hinter dich bringen musst, wenn ich nicht ganz falsch informiert bin. Deniz, du nimmst dir alle Vermisstenmeldungen der letzten Zeit vor, bei denen es um verschwundene Kinder geht. Und frag mal bei der Distriktsverwaltung an, ob es irgendwelche Überwachungskameras hier in der Nähe gibt. Lass dir von Sirpa helfen, wenn du Unterstützung brauchst. Wir müssen auch mit dem Grundstücksbesitzer reden und nachfragen, ob vielleicht jemand irgendwelche Unbefugten hier gesehen hat. Aber als Erstes reden wir wohl am besten mit dem Typen von JM.«

Pelle Sörensson hält sich ein Handy ans Ohr, aber Zack hat den Eindruck, dass er heimlich der Befragung von Lars Albinsson durch Niklas zuhört, statt tatsächlich zu telefonieren.

Als er sieht, dass Zack und Deniz sich nähern, steckt er schnell das Handy ein und fragt: »Sind Sie schon weitergekommen?«

»Es tut mir leid, aber ich denke, es ist das Beste, wenn Sie nicht mehr erfahren, als Sie ohnehin schon wissen. – Seit wann haben Sie Zugriff auf dieses Gelände?«

»Seit Oktober«, antwortet Pelle Sörensson.

»Und wann waren Sie selbst das letzte Mal hier?«

»Das ist sicher schon ein paar Wochen her. Zwischen den Jahren. Bevor es so kalt geworden ist.«

Zwei Uniformierte gehen an den beiden Männern vorbei und auf den Schornstein zu. Zwischen sich tragen sie eine Bahre mit einem leeren gelben Leichensack darauf, und Pelle Sörensson schaut ihnen einen Moment lang nach.

»Haben Sie oder auch einer Ihrer Kollegen etwas Ungewöhnliches bemerkt, als Sie hier waren?«, fragt Zack.

»Absolut nichts. Es gibt hier nicht viel zu holen, nicht einmal für Rowdies. Und es kann doch auch nicht besonders cool sein, einen

Schornstein hochzuklettern, den niemand sieht. Und der außerdem abgerissen werden soll.«

Das ist der Punkt, denkt Zack.

Den niemand sieht.

Warum also den Jungen da oben platzieren?

»Ich dachte eigentlich, dass der Schornstein schon ziemlich heraussticht hier«, sagt Zack.

»Nur aus großer Entfernung. Wenn man in der Nähe herumläuft, ist der Fichtenwald im Weg.«

Als Zack und Deniz sich in ihren Wagen setzen, können sie sehen, wie die Polizisten mit der Bahre und dem Leichensack darauf über das Fabrikgelände gehen. Ihre Schritte scheinen jetzt schwerer zu sein.

Zack folgt dem Leichensack mit dem Blick.

Wir werden herauskriegen, was dir zugestoßen ist, denkt er.

Und deinen Mörder fangen.

Vier Männer folgen im Gänsemarsch der Bahre. Koltberg, Douglas, Pelle Sörensson und Lars Albinsson. Wie eine Bestattungsprozession.

Zack spürt die Unruhe in seinem Körper. Er weiß, wie er sie betäuben könnte, aber er muss dagegenhalten.

Auch Deniz spürt Zacks Unruhe. Sie ist fast zu greifen.

Am liebsten würde sie etwas sagen.

Die Worte finden, die ihm die Kraft geben, sauber zu bleiben, das Gute in sich zu bejahen.

Aber welche Worte sind das?

Sie findet ja nicht einmal die richtigen Worte für die, die ihr am allernächsten stehen.

Wie gern würde sie Cornelia Komplimente machen, ihr zu verstehen geben, wie viel sie ihr bedeutet, aber die verfluchten Worte wollen einfach nicht kommen.

Also schweigt sie weiter.

Zu Hause und jetzt hier.

Sie startet den Wagen.

Hinten am Schornstein steht nur noch ein Mann und blickt auf das öde Fabrikgelände.

Niklas.

Er steht geduckt da, als drückte ihn der Tod des Jungen zu Boden.

6

Es ist kurz nach halb elf, als Zack die Aula des Polizeigebäudes betritt und seinen Blick über den großen, sarkophagartigen Saal mit den hellgrünen Wänden und dem Dachgewölbe aus Eichenholz schweifen lässt.

Etwa zwanzig Polizisten sind bereits an Ort und Stelle. Winterbleich, mit müden Gesichtern, hängenden Augenlidern und hochgezogenen Schultern. Als wären sie an einen Autopiloten gekoppelt und hofften, sich in diesem Modus durchschleppen zu können, bis die Frühlingssonne sich wieder zeigt.

Zack hält nach Deniz Ausschau, entdeckt sie in der siebten Reihe und setzt sich neben sie.

Sie schweigt. Scheint rauszuwollen, um zu arbeiten, genau wie er selbst. Statt hier zu hocken und sich Sachen anzuhören, die sie bereits weiß.

Aber so kommt er zumindest für eine Weile um die Interne Ermittlung herum. Die Befragung ist erst in ein paar Stunden.

Jetzt bräuchten sie Rudolf Gräns' Scharfsinn, denkt Zack. Aber der ist im Krankenhaus, bei irgendeiner Routinekontrolle seiner blinden Augen.

Douglas Juste betritt das Podium, räuspert sich und eröffnet das Treffen mit einem Bericht über den Fund auf dem Fabrikschornstein.

»Momentan wissen wir noch nicht viel über die Umstände, aber die Verletzungen des Jungen und der Fundort legen die Vermutung nahe, dass wir es hier mit einem Mord zu tun haben.«

Er drückt auf die Maustaste und zeigt eines von Zacks Übersichtsbildern des steifgefrorenen, misshandelten Körpers. Einige der Beamten drehen den Kopf zur Seite.

»Ich weiß. Das ist kein schöner Anblick. Wir haben Techniker vor Ort, die den ganzen Tag damit verbringen werden, die Gegend nach Spuren abzusuchen. Zeugenbefragungen sind bereits eingeleitet worden, und eine Hundestaffel ist auch dort. Außerdem wurde mit der Untersuchung der Leiche begonnen. Koltberg, was hast du bisher herausgefunden?«

Sam Koltberg betritt die Bühne. Stocksteifer Rücken, die Nase hoch in der Luft.

»Der Junge war einen Meter fünfundvierzig groß und wog dreißig Kilo. Mager, leicht unterernährt. Ich schätze sein Alter zwischen neun und zwölf Jahren. Die Zahnprobe, die wir noch machen werden, wird sicher eine genauere Antwort ergeben. Sein Hautton ist etwas dunkler als der nordische Stereotyp. Arabisches Aussehen, würde ich sagen, wenn derartige generalisierende Begriffe heutzutage noch erlaubt sind.«

Deniz flüstert Zack zu: »Der besteht bestimmt noch auf seinem Recht, im Café einen ›Mohrenkopf‹ bestellen zu dürfen.«

»Einige der Wunden haben mich überrascht«, fährt Koltberg fort. »Besonders diese.«

Er zeigt ein neues Bild, damit alle sehen können, was er meint.

Zack hört Deniz tief einatmen. Das Foto zeigt drei Schnittwunden, die auf der einen Körperseite des Jungen parallel verlaufen, mit nur wenigen Zentimetern Zwischenraum.

Etwas Ähnliches hat Zack schon einmal gesehen, bei einer Mordermittlung im letzten Sommer.

Wunden, die von verhaltensgestörten Wölfen verursacht worden waren.

Gibt es noch mehr von diesen Tieren in Stockholm?

Ist der Junge ihnen begegnet?

Zacks Hände beginnen zu zittern. Am liebsten würde er aufstehen und den Saal verlassen, auf die Toilette gehen, etwas tun, was auch immer.

Aber nein, nicht jetzt.

»Der Form nach zu urteilen, handelt es sich um Kratzwunden, die von einem Tier verursacht wurden«, sagt Koltberg und holt Zack damit zurück in die Gegenwart, »aber der Schnitt ist fast zu fein dafür. Es sieht eher aus, als hätte jemand einen konischen, sehr scharfen Gegenstand benutzt, um damit Klauen nachzuahmen. Vielleicht will der Mörder uns in die Irre führen, oder aber er hat eine Waffe oder ein Folterinstrument eingesetzt, das ich nicht kenne.«

Das Foto verschwindet und wird ersetzt durch eine Nahaufnahme der Wunde am Hals des Jungen.

»Diese Verletzung hat den Tod des Jungen herbeigeführt. Die Wundränder sind sehr sauber, es sieht aus, als wäre der Schnitt mit einem Skalpell durchgeführt worden.«

Das nächste Foto zeigt wieder den ganzen Körper des Jungen.

»Es gibt außerdem eine Menge kleinerer Risse und Wunden in der Haut, aber die sind erst nach dem Tod hinzugekommen und wohl das Werk der Krähen. Die scheinen in der Kälte äußerst hungrig zu sein. Sie haben sich tatsächlich bis zur Leber durchgehackt«, sagt Koltberg und zeigt mit dem Laserpointer auf die größere Wunde im Bauch.

Zack kommt es so vor, als sei der Kollege fast beeindruckt von der intensiven Arbeit der Vögel.

»Meiner Meinung nach wurde der Junge zunächst mit einer Art klauenartigem Gerät schwer misshandelt, worauf der Mörder dann die Waffe gewechselt hat, um das Leben des Jungen zu beenden.«

Er zeigt eine Nahaufnahme des Bauches.

»Der Körper ist kurz nach dem Todeseintritt abgekühlt. Das kann man hier sehen«, sagt Koltberg und beschreibt mit dem Laserpointer einen Kreis. »Hätte die Leiche ein paar Tage bei Raumtemperatur gelegen, wäre die Haut aufgrund der Bakterien im Dickdarm dunkler. Aber wie man sieht, gibt es hier keinen derartigen Farbwechsel. Meine Schlussfolgerung ist, dass der Junge nur wenige Stunden nach seiner Tötung auf dem Schornstein festgebunden wurde, als der Körper noch geschmeidig genug war. Und dort hing er, bis er heute Morgen entdeckt wurde. Wie lange genau, das kann ich noch nicht sagen, da der Frost den Zersetzungsprozess des Körpers aufgehalten hat. Laut Augenzeugen war der Schornstein zwischen Weihnachten und Neujahr noch leer. Was bedeutet, dass der Junge längstens seit drei Wochen tot sein kann, es kann sich aber auch um eine deutlich kürzere Zeit handeln.«

Zack denkt an das Gesicht des Jungen. Das eine Auge, voller Angst.

Warst du allein, als du gestorben bist?

Wusstest du, was passieren würde?

Douglas betritt wieder das Podium.

»Bis jetzt wissen wir nicht, wer der Junge ist. Deniz, hast du dir schon mal die Suchmeldungen von verschwundenen Kindern ansehen können?«, fragt er.

»Das habe ich gemacht, während ihr noch unterwegs wart«, antwortet Sirpa Hemälainen für Deniz.

Schnell und effektiv wie immer, denkt Zack und schaut sie an. Das Haar nur flüchtig gekämmt, die dunklen Augenränder mehr oder weniger ein Dauerzustand. Bestimmt könnte sie fünf Jahre bezahlten Urlaub einfordern, wenn sie nur ihre aufgehäuften Überstunden zusammenzählte.

Sirpa liest von einem Zettel ab: »Momentan gibt es drei vermisste Kinder und Jugendliche im ganzen Land, zehn, fünfzehn und achtzehn Jahre alt. Der Zehnjährige verschwand vor drei Wochen in Umeå, aber der Verdacht besteht, dass er von seinem Vater in den Irak entführt wurde. Das müssen wir noch nachprüfen. Die anderen beiden sind Mädchen.«

»Deniz, kümmerst du dich drum?«, fragt Douglas. »Wir müssen außerdem entlassene Kindermörder und Pädophile überprüfen. Sirpa, kriegst du das hin?«

»Ich fange gleich an.«

»Gut. Niklas, wo bist du? Ach, da. Wie ist die Befragung des Augenzeugen verlaufen? Ich meine den Mann mit der Drohne?«

»Leider hat sie nichts Neues ergeben. Am liebsten hätte er sich die ganze Zeit nur über sein Spielzeug unterhalten. Aber ich werde mir seine Filme ganz genau ansehen, möglicherweise lässt sich darauf noch etwas Auffälliges entdecken.«

Zack fällt der scharfe Ton in Niklas' Stimme auf. Das ist ungewöhnlich für den Kollegen.

Aber er kann Niklas verstehen. Schließlich hat er selbst Kinder, sogar einen Jungen im Alter des Opfers.

Ich habe ihn zwar vom Schornstein heruntergetragen, denkt Zack. Aber ich will lieber nicht daran denken, wo er jetzt ist. In einem Kühlfach in einem Keller.

Er bemerkt, dass seine Hände wieder zittern, und schiebt sie schnell unter die Oberschenkel.

Hat Deniz etwas bemerkt?

Nein, ihre Aufmerksamkeit richtet sich auf den Profiler Tommy Östman, der unbeholfen auf die Bühne steigt.

Die Falten in seiner Stirn sind so tief und das Haar so ungepflegt, dass Zack sich fragt, ob er vielleicht wieder angefangen hat zu trinken.

»Tommy, was kannst du über den Täter sagen anhand des Wenigen, was wir bis jetzt wissen?«, fragt Douglas.

»In fast allen derartigen Fällen ist der Täter mit seinem Opfer bereits vor der Tat bekannt«, beginnt Östman. »Der Mörder hat sein Opfer observiert, vielleicht wohnen sie im gleichen Viertel. Außerdem vermute ich, dass er den Ort gut kannte, an dem das Opfer gefunden wurde. Höchstwahrscheinlich ist er oft in der Nähe des Schornsteins spazieren gegangen und wusste, dass man hinaufklettern kann. Ich sage ›er‹, weil es sich so gut wie immer um einen Mann handelt, insbesondere in derartig grotesken Fällen. Für meine Vermutung spricht auch die physische Anstrengung, die nötig gewesen sein muss, um den Jungen auf den Schornstein zu transportieren.

Der Umgang mit der Leiche und die Platzierung deuten auf einen rituellen Charakter des Mordes hin. Der Täter schämt sich nicht seines Werks, im Gegenteil, er will es der Welt zeigen.«

Zack hat das Gleiche gedacht, als er am Tatort war. Aber wenn der Mörder den Jungen hätte präsentieren wollen, gibt es doch sicher tausend andere Plätze, die dafür geeigneter sind.

»Das Skalpell, das offenbar zum Einsatz kam, deutet darauf hin, dass der Mord gut geplant war. Das ist keine Waffe, die man sich mal eben besorgen kann. Wahrscheinlich hat der Täter es außerdem genossen, sein Opfer zu quälen. Aber wie gesagt, sucht in der näheren Umgebung, das ist momentan mein bester Tipp für euch.«

Eine uniformierte Beamtin aus der ersten Reihe hebt die Hand.

»Glaubst du, er wird es noch einmal tun?«, fragt sie.

Östman zögert.

»Ich denke schon. Hinter dieser Tat liegt eine große emotionale Kraft, und so etwas macht süchtig.«

Douglas steht wieder auf.

Sein Anzugstoff raschelt.

»Die Medien haben Witterung von dem Fall bekommen, es ist also höchste Eile geboten. Wir müssen auf jeden Fall verhindern, dass die Presseleute mit Zeugen und anderen Schlüsselfiguren sprechen, bevor wir es getan haben.«

Er klatscht in die Hände.

»Okay, ihr wisst alle, was ihr zu tun habt. Also dann los.«

Zacks Hände zittern immer noch, als er aufsteht. Doch, er weiß nur zu gut, was er tun soll.

»Mittagessen?«, fragt Deniz.

»Heute nicht«, antwortet Zack.

Er sieht, dass sie eine Erklärung erwartet.

»Ich habe noch was Privates zu regeln. Wir sehen uns in einer Stunde im Büro, ja? Und dann muss ich ja auch noch zur Internen.«

Sie scheint seinen Blick deuten zu wollen. Hält ihn mit ihrem fest.

»Ja, klar, okay«, sagt sie dann und schließt sich stattdessen Niklas an.

Zack wartet, bis seine Kollegen in den Fahrstuhl gestiegen sind, dann geht er auf die Behindertentoilette weiter hinten im Gang.

Aus der Jeanstasche zieht er eine kleine, durchsichtige Tüte. Die war in dem Buch versteckt, das er von Abdula bekommen hat.

Er weiß, er sollte es lieber bleiben lassen. Sie müssen einen Kindermörder fassen. Außerdem steht ihm die Befragung bei der Internen bevor.

Aber scheiß drauf.

Ich brauche das jetzt.

Er kniet sich auf den Fußboden und kippt einen Teil des Tüteninhalts auf den Toilettendeckel.

Der Junge sieht ihn mit dem einen noch gebliebenen Auge flehentlich an.

Bitte, lass es. Hilf mir stattdessen.

Das werde ich auch.

Ich muss nur erst mein Gehirn in Schwung kriegen.

Zack bringt nicht einmal eine ordentliche Line zustande, stattdessen schiebt er mit zittrigen Fingern das Koks zu zwei ungleichen länglichen Haufen zusammen. Dann zieht er einen Zwanziger aus der Tasche und rollt ihn zu einem schiefen Röhrchen zusammen.

Er zieht die eine Line.

Der Blick des Jungen ist nicht mehr flehend, sondern vorwurfsvoll.

Ängstlich.

Er zieht die andere Line. Befeuchtet einen Finger, fährt damit über den Toilettendeckel, um die letzten Reste einzusammeln, leckt sich den Finger ab, setzt sich dann auf den Toilettendeckel und schließt die Augen.

Der Kick ist nicht das, was er erwartet hat, aber er traut sich nicht, noch mehr zu nehmen.

Das muss reichen.

Es wird schon gehen.

Hörst du? Ich werde dir helfen.

Er steht auf und schaut in den Spiegel. Holt eine getönte Brille aus der Innentasche und setzt sie sich auf.

Er hat den anderen aus der Gruppe erklärt, dass er neuerdings Probleme bei zu starkem Licht hat. Dass es in den Augen juckt, wenn er draußen in den Schnee guckt.

Zwar ist davon heute nicht viel zu sehen, aber bei der Fabrik gab es doch eine ganze Menge, und dann kann er ja immer noch sagen, dass er im Augenblick besonders empfindlich ist.

Er beugt sich näher zum Spiegel hin. Studiert seinen Blick.

Hinter den dunklen Gläsern kann man seine Pupillen nicht erkennen, dazu müsste man ihm schon ziemlich auf die Pelle rücken. Und so dicht lässt er niemanden an sich heran.

7

Die Wollhose juckt auf der Haut, der rote Rolli kratzt am Hals. Aber Niklas Svensson lächelt dennoch.

Er sitzt auf seinem Platz im Großraumbüro und scrollt langsam die Bilder in der Mail herunter, die er gerade von seiner Frau Helena geschickt bekommen hat. Fotos vom Sommerurlaub auf Mallorca.

Beim dritten Bild hält er inne, vergrößert es so, dass es den gesamten Bildschirm ausfüllt.

Das Abendlicht lässt die Welt auf dem Foto vibrieren. Das Meer leuchtet orangerot im Schein der untergehenden Sonne, lange Schatten auf dem Strand von zusammengeklappten Sonnenschirmen und ihren drei Kindern, die am Wasser stehen und sich einen großen rot-gelben Wasserball zuwerfen.

Er vergrößert das Bild noch ein wenig. Schaut seine Kinder an.

Den neunjährigen Lukas, der immer die Verantwortung übernimmt, der die Spiele dirigiert und die Regeln aufstellt. Emma, die Sechsjährige, die Wilde mit dem struppigen, nicht zu bändigenden Haar, das zu kämmen sie sich weigert. Und dann der vierjährige Tim in seinem Strandanzug, voller Begeisterung darüber, dass er bei den Großen mitspielen darf.

Dieses sonnige, warme Leben.

So weit entfernt von Kälte und Tod, wie es nur geht.

Er denkt an den ermordeten Jungen. Den Vögeln zum Fraß dargeboten auf der Spitze eines schmutzigen Industrieschornsteins.

Ein Junge im gleichen Alter wie Lukas.

Niklas schließt die E-Mail, denn er befürchtet, dass die Gedanken an die brutale Tat die Erinnerungsbilder vom Urlaub vergiften könnten.

In der Teeküche zischt der Kaffeeautomat, und er sieht, wie Sirpa Hemälainen in der Küchenschublade herumwühlt, während sich ihr Becher langsam füllt.

Er ist mit ihr allein im Büro. Douglas Juste ist bei irgendeiner Leitungskonferenz, die anderen verfolgen diverse Spuren.

Es klappert, als Sirpa ein Messer zu Boden fallen lässt. Er hört sie auf Finnisch fluchen, sieht, wie sie sich hinunterbeugt und mit großer Mühe das Messer aufhebt. Durch die Winterkälte scheinen ihre unfallgeschädigten Knie steifer zu werden als üblich.

Niklas wünscht ihr, dass sie jemanden findet, mit dem sie zusammenleben kann, jemanden, der ihr ein Leben außerhalb des Jobs schenkt.

Jetzt hat sie nur ihren Hund, Zeus, und besonders gut geht es ihm bei ihr sicher auch nicht. Denn sie ist wohl kaum in der Lage, längere Strecken mit ihm zu laufen. Außerdem ist sie ja die ganze Zeit hier, im Büro.

Wieder muss er an den Jungen denken.

Wie ist es nur möglich, einem Kind so etwas anzutun?

Doch er kennt die Antwort. Sie ist ihm schon diverse Male bestätigt worden. Mästet man einen Menschen nur mit genügend Bösartigkeit und Hass, dann wird er irgendwann selbst in der Lage sein, unvorstellbare Grausamkeiten auszuüben.

Sie haben zu Hause im Regal ein Kinderbuch stehen, das Niklas allen seinen Kindern vorgelesen hat, ein Märchen von einem bösartigen Monster, das alles, was ihm in den Weg kommt, zerstört, bis eines Tages ein furchtloses kleines Mädchen ihm einen Strauß frisch gepflückter Wiesenblumen entgegenstreckt. Die Verwunderung des Monsters wird durch eine pastellfarbene Zeichnung illustriert, und darunter steht ein Satz, den Niklas inzwischen auswendig kann.

»Und so stellte sich heraus, dass das Böse allein mit Güte vertrieben werden kann.«

An diesem Satz versucht er, sich bei seiner Erziehung zu orientieren.

Einige seiner Kollegen murren ab und zu darüber, dass er »nur« zu achtzig Prozent arbeitet, dass er immer zum Feierabend losmuss, die Kinder abholen. Ganz besonders Deniz.

Manchmal klingt es bei ihr, als ließe er seine Kollegen im Stich.

Als wäre es eine bessere Alternative, immer erst nach Hause zu kommen, wenn die Kinder schlafen.

Wer lässt da wen im Stich?

Niklas öffnet noch einmal das Strandbild, und am liebsten würde er sofort aufspringen, das Büro verlassen und die Kinder aus Schule und Kindergarten abholen. Nur um sie in den Arm zu nehmen. Lange. Ganz fest.

Doch er bleibt sitzen.

Erst die Arbeit. Dann die Familie.

Ich werde an mehreren Stellen gebraucht, denkt er, und das hat sicher auch sein Gutes.

8

Es ist halb sechs, und Zacks leichter Mittagspausenrausch ist längst von einer unerträglichen Rastlosigkeit abgelöst worden. Er wünschte, der Winter wäre endlich vorbei, damit er auf seiner Suzuki Hayabusa losbrausen könnte, um den Kopf frei zu kriegen, doch das rotschwarze Motorrad steht derzeit in der Garage und wartet auf den Frühling.

Zack versucht, sich auf den Fall zu konzentrieren, ist dafür aber immer noch viel zu aufgebracht nach der Befragung, die er vor zwei Stunden bei den Kollegen von der Internen Ermittlung über sich hat ergehen lassen müssen.

Åke Blixt und Gunilla Sundin. Wie zwei mustergültige Pfadfinder saßen sie da und haben ihn ausgefragt.

Warum haben Sie dem Dieb nicht ins Bein geschossen, wie es in den Vorschriften steht?

Weil er die Pistole in der Hand hatte, nicht im Fuß.

Aber Sie hätten ihn im Gesicht treffen und töten können.

Habe ich aber nicht.

Es hätte passieren können.

Bei der Entfernung schieße ich nicht daneben.

Das war ziemlich verantwortungslos von Ihnen. Es waren mehrere Personen in der Nähe, darunter ein Säugling.

Ich habe einen Raubüberfall verhindert.

Sie hätten die Vorschriften befolgen müssen.

Dann hätte er mich und andere erschießen können.

Wir müssen Sie bitten, uns Ihre Dienstwaffe zu geben, bis die Ermittlungen beendet sind.

Zack fährt sich mit den Händen durchs Haar und lässt den Blick durchs Büro schweifen. Sirpa Hemälainen und Niklas Svensson sitzen an ihren Computern, beide tief versunken in ihre Arbeit, wie schon vorhin, als er hereinkam.

Er wendet sich seinem eigenen Bildschirm zu, wirft einen kurzen Blick auf die wichtigsten Nachrichtenseiten, beginnt einen der Artikel über den Mord an dem Jungen zu lesen, ist aber nicht in der Lage, sich zu konzentrieren. Er dreht sich mit dem Schreibtischstuhl hin und her, es fällt ihm schwer, still zu sitzen.

Jetzt denk nach. Konzentriere dich.

Sie haben routinemäßig in alle Richtungen ermittelt, ohne jedoch die geringste Spur zu finden. An den Türen geklopft, mit Hunden gesucht, in Registern nachgeschaut. Aber es ist ihnen nicht gelungen, herauszubekommen, wer der Junge ist. Er scheint nirgends vermisst zu werden.

Wie kann ein Kind mehrere Tage lang verschwunden sein, vielleicht sogar Wochen, ohne dass jemand Alarm schlägt?

Deniz ist auf dem Weg zu der Familie, bei der der Verdacht besteht, dass ein Zehnjähriger in den Irak entführt wurde. Vielleicht bringt das ja etwas. Vielleicht ist der Junge ja nicht weiter als bis Stocksund gekommen?

Zack rutscht noch nervöser hin und her. Schließt die Augen. Er hört nur noch das Brummen der Klimaanlage und Sirpas auf der Tastatur tanzende Finger, die sich in seinem Körper zu irritierenden Ameisen verwandeln.

Er muss raus, etwas tun. Der Wahrheit einen Schritt näherkommen.

Er wirft einen schnellen Blick auf die Garderobe und seine Jacke.

Das Taschenbuch liegt immer noch in der Innentasche.

Mit der Tüte.

Nein.

Sein Handy klingelt.

»Der Junge lebt, er ist im Irak«, teilt Deniz mit. »Ich habe gerade mit der Mutter gesprochen, sie ist vollkommen verzweifelt. Sie hat gestern über Skype mit dem Vater des Jungen gesprochen. Er hat offenbar den Jungen mitgenommen, um sich mit ihm dem IS anzuschließen. Dabei ist das Kind erst zehn Jahre alt.«

»Krank«, kommentiert Zack. »Aber dann hat das nichts mit unserem Fall zu tun?«

»Nein. Ich muss nur noch eine Übergabe an den Nachrichtendienst erledigen, dann komme ich ins Büro.«

Zack nimmt seinen Kaffeebecher und schenkt sich die neunte Tasse an diesem Tag ein.

Dann öffnet er die Mail mit dem neuesten Bild vom Gesicht des Jungen, das retuschiert wurde, um zu zeigen, wie er höchstwahrscheinlich ausgesehen hat, als er noch am Leben war.

Die Technikerin Danne Simonsson hat einen guten Job gemacht. Die Wunden und Kälteschäden sind verschwunden, der Junge hat nun etwas Farbe auf den eingefallenen Wangen und Leben in den großen braunen Augen.

Das Gesicht zeigt die kindlichen Züge eines Menschen, der noch sein ganzes Leben vor sich hat. Das Haar ist dicht, die Lippen leicht geöffnet, als wollte er etwas sagen.

Wer bist du?, fragt sich Zack. Bist du hier geboren worden? Sind deine Eltern hier in Schweden? Warum haben sie dich dann nicht als vermisst gemeldet?

Vielleicht, weil sie der Polizei nicht vertrauen. Nicht ungewöhnlich unter Menschen, denen es gelungen ist, brutalen Regimen zu entfliehen.

Oder bist du allein hergekommen, in ein Land, von dem du geglaubt hast, dass du dort sicher bist?

Was hast du wohl durchgemacht?

Die Bürotür öffnet sich, und Koltberg tritt ein, mit einigen großen Fotos in der Hand.

»Ist Douglas da?«, fragt er und vermeidet, in Zacks Richtung zu gucken.

»Ich bin hier«, antwortet Douglas, der gerade sein Zimmer verlässt.

»Komm mal her und sieh dir diese Bilder an«, meint Koltberg.

Er legt drei Farbfotos nebeneinander auf einen Tisch, und Douglas ruft Zack, Sirpa und Niklas dazu.

Zack sieht, wie Sirpa vor Schmerzen das Gesicht verzieht, als sie aufsteht.

»Wie geht es dir?«, fragt er.

»Alles okay«, erwidert sie, während sie zu Douglas und Koltberg humpelt.

Die Fotos zeigen verschiedene Teile von Gesicht und Oberkörper des Jungen. Blutig, unretuschiert.

Koltberg zeigt auf eines davon, eine Nahaufnahme vom Hals des Jungen.

»Seht ihr die blauen Flecken, die sich in einem Halbkreis auf dem Hals befinden, und die kleinen Vertiefungen in der Haut? Das sind Spuren von Menschenzähnen.«

Alle beugen sich vor.

»Soll das heißen, dass ein Mensch ihn gebissen hat?«, fragt Niklas.

»Ja, und nach der Größe der Zähne und der Bissbreite zu urteilen, war es ein erwachsener Mann.«

»Du meinst, da draußen rennt ein Wahnsinniger herum und glaubt, er wäre ein Vampir?«

»Interessante Theorie, Zack«, erwidert Koltberg. »Ich finde, an der solltest du weiterarbeiten.«

Er dreht Zack den Rücken zu und zeigt auf das nächste Bild.

»Ähnliche Spuren hat der Junge im Nacken und auf der Rückseite der einen Schulter. Diese Bisse können uns behilflich sein, denn Zahnabdrücke sind individuell. Wenn wir einen Verdächtigen fassen, wird es ein Leichtes sein, ihn mit der Tat in Verbindung zu bringen beziehungsweise ihn zu überführen. Zumindest, wenn die Bisse deutlich genug sind. Das werde ich noch untersuchen.«

Niklas kann seinen Blick nicht von den Bildern lösen. Er schaut sie lange Zeit schweigend an, dann schüttelt er den Kopf.

»Was hat er alles ertragen müssen?«, fragt er. »War er noch am Leben, als diese Person ihn gebissen hat?«

»Ja, das war er«, antwortet Koltberg.

»Womit haben wir es zu tun?«, fragt Deniz. »Mit einem Freddy-Krueger-Typen, der an den Handschuhen Klauen hat statt Messern? Der darüber hinaus auch noch beißt? Das klingt doch total wahnsinnig.«

»Vergiss das Skalpell nicht«, bemerkt Koltberg trocken. »Mit dem hat er das Kind de facto getötet.«

Es muss dringend etwas passieren, denkt Zack. Bis jetzt sind wir immer nur in Sackgassen gelandet.

»Heute Abend kommt doch *Aktenzeichen XY*, oder?«, wirft er ein und schaut auf die Uhr. »Schaffen wir es, ihnen ein Bild des Jungen zukommen zu lassen, und zwar keines von diesen hier, sondern das retuschierte Foto? Wir müssen ja nicht einmal sagen, dass er tot ist, nur, dass wir Informationen über ihn brauchen.«

Eine Weile steht Douglas schweigend da. Er scheint verschiedene Möglichkeiten im Kopf durchzuspielen. Dann nickt er kurz.

»Ich werde mich drum kümmern.«

Nachdem die anderen an ihre Schreibtische zurückgekehrt sind, bleibt Zack allein an dem Tisch mit den Fotos stehen.

Er schaut auf die durchgeschnittene Kehle, sieht aber den Jungen dabei nicht mehr. Er sieht seine eigene Mutter.

Auch sie lag mit durchgeschnittener Kehle auf so einem Metalltisch. Nachdem sie in der Kälte zurückgelassen worden war, um in ihrem eigenen Blut zu sterben.

Er denkt an den Ordner, den er in seiner Wohnung in einem Versteck aufbewahrt. Darin befinden sich die Unterlagen zur Mordermittlung, die nie zu einem Ziel geführt hat.

Wieder schaut er auf die Bilder.

Alles in ihm schreit nach einer Antwort.

9

Die Pizza liegt wie ein Betonbrocken im Magen, obwohl Zack nur die Hälfte der Capricciosa gegessen hat. Der Rest liegt noch im Karton auf dem Couchtisch, neben zwei leeren Coladosen und einer Schale Müsli von letzter Woche.

Ich lebe wie ein Junkie, denkt Zack.

Er dreht sich unruhig auf seinem Sofa hin und her, ohne eine bequeme Position zu finden. Eigentlich sollte er mal seine Einzimmerwohnung verlassen und zehn Kilometer laufen oder eine hammerharte Trainingseinheit im Fitnesscenter durchziehen, aber er schafft es nicht einmal aufzustehen.

Und er sollte sich den Ordner mit den Unterlagen zum Mord an seiner Mutter vornehmen. Er sollte für sie da sein. Aber es gelingt ihm nicht. Er will nicht. Traut er sich nicht?

Wieder dreht er sich auf dem Sofa um.

Du weißt, was du brauchst.

Nein. Verdammt noch mal, nein.

Aber sein Blick wandert automatisch dorthin. In die Ecke neben der Kommode, wo sich der gelbe Bodenbelag hochheben lässt.

Darunter befindet sich das Geheimfach mit dem Kasten. Seine Privatapotheke.

Und heute verschreibt ihm der Doktor eine handfeste Dosis Benzos.

»Nein!«, schreit er und steht vom Sofa auf.

Er muss für den Jungen da sein.

Muss sich fernhalten von dem Mist.

Er öffnet den Schrank, holt die alte Werkzeugkiste seines Vaters aus Metall heraus und sucht nach der Heftpistole. Dann kniet er sich vor das Geheimfach und schießt eine Heftklammer nach der anderen in den Bodenbelag.

Tack, tack, tack.

Zehn Stück, zwanzig Stück.

So, jetzt sitzt du bombenfest, du verdammter PVC-Boden.

Er steht auf und betrachtet sein Werk. Es sieht fürchterlich aus. Überall Heftklammern. Als hätte hier ein Dreijähriger gewütet.

Aber das Geheimfach ist auf jeden Fall versiegelt.

Er legt sich wieder aufs Sofa. Zieht das Telefon hervor, schickt eine SMS an Mera, in der er ihr erklärt, dass er noch spät arbeiten muss und sie sich deshalb an diesem Abend nicht sehen können. Dann schaltet er den Fernseher ein und zappt durch die Sender. Nur Mist. Kochen, Antiquitätenhändler und Wiederholungen elender Realitysoaps.

Am liebsten würde er die Heftklammern wieder rausreißen.

Doch er hält dagegen.

Auf dem Boden liegen ein paar Monatsmagazine und zwei Bücher, die er in der Bibliothek ausgeliehen hat, als er mit Ester dort war. Er nimmt eines davon in die Hand. Ein amerikanisches Selbsthilfebuch über den Weg zum inneren Frieden. Ester hat es für ihn ausgesucht.

»Ich glaube, das passt zu dir«, hat sie gesagt.

Er blättert ziellos darin herum. Beginnt mitten in einem Kapitel eine Seite zu lesen, hat aber schon nach fünf Zeilen genug von den Floskeln und wirft das Buch wieder auf den Boden.

Ester.

Sie versucht, ihm zu helfen.

Dabei sollte es umgekehrt sein.

Er wünscht sich, sie würde jetzt anklopfen und ihn um Hilfe bei den Hausaufgaben bitten. Sie würde ihm etwas geben, an dem er sich festhalten kann.

Dann holt er sich noch eine Cola aus dem Kühlschrank und setzt sich wieder aufs Sofa, gerade als der Vorspann zu *Aktenzeichen XY ungelöst* auf dem Bildschirm erscheint.

Nach einigen anderen Beiträgen wird das Bild des ermordeten Jungen gezeigt. Der Moderator fordert die Zuschauer auf, im Studio anzurufen, falls sie ihn gesehen haben oder jemand etwas über ihn weiß.

Die Telefone im Hintergrund des Fernsehstudios laufen heiß.

Nun kommt schon, denkt Zack. Das muss uns doch was bringen.

Der Moderator geht zum nächsten Kriminalfall über, und Zacks Handy vibriert.

Es ist Douglas Juste.

»Wir haben eine Frau in der Leitung, die sagt, sie könne den Jungen identifizieren. Sie arbeitet in einer Unterkunft namens Sonnenschein für Asylbewerber in Upplands Väsby. Kannst du Deniz abholen und mit ihr dorthin fahren?«

10

Tiefhängende Abendwolken ziehen wie Gespenster über den dunklen Himmel, und die Temperatur ist auf zwanzig Grad unter Null gesunken, als Zack und Deniz im Bergstigsvägen in Upplands Väsby aus dem Auto steigen.

Zack nimmt an, dass sie wie zwei verirrte Marsbewohner aussehen, während sie in ihren dicken Daunenjacken den vereisten Weg zum Hauseingang zurücklegen.

Deniz klingelt.

Inzwischen ist es halb elf, aber laut Douglas hat die Dame nichts gegen einen späten Besuch.

Ein Schatten huscht hinter der blauen Milchglasscheibe in der Haustür vorbei, und eine magere Frau in den Sechzigern öffnet.

Sie trägt eine Brille mit dicken Gläsern und schulterlanges, dunkelbraunes Haar.

»Margareta Svensson?«, fragt Zack.

»Hereinspaziert«, sagt sie mit heiserer Stimme, noch bevor sich die beiden vorstellen können.

Das Haus riecht nach altem Rauch und ist im Intellektuellenstil möbliert: Louis-Poulsen-Lampen, ein Lamino-Sessel und an den Wänden Plakate aus dem Modernen Museum.

Sie nehmen im Wohnzimmer Platz. Margareta Svensson zieht sofort ein Päckchen Blend smooth menthol hervor und klopft eine Zigarette heraus.

»Sie haben doch nichts dagegen, dass ich rauche, oder?«, fragt sie.

Ohne eine Antwort abzuwarten, gibt sie sich Feuer, inhaliert tief und hustet in den Ellenbogen.

»Mein Mann ist vor drei Jahren an Lungenkrebs gestorben. Wir haben beide wie die Schlote geraucht, und auf die Dauer geht das nicht gut. Aber jetzt, wo er weg ist, schaff ich es nicht, aufzuhören. Es kommt, wie es kommt«, sagt sie und streift die Asche in einem runden, grünen Glasaschenbecher ab.

Zack schaut sie an. Ihr Gesicht ist grau und müde, aber die Augen sind hellwach.

Deniz holt einen Ausdruck des Fotos heraus und legt ihn auf den Tisch.

»Unser Chef, Douglas Juste, hat uns gesagt, dass Sie diesen Jungen wiedererkannt haben.«

»Ja, natürlich kenne ich ihn. Ismail Dakhil heißt er und stammt aus dem nördlichen Irak. Ein netter, schüchterner kleiner Junge, intelligent. Er hat schnell die Sprache gelernt, insbesondere die Zahlwörter. Er hat ein imponierendes Zahlengedächtnis. Und ist ganz schön launisch. Wenn eines der anderen Kinder versucht hat, ihm ein Spielzeug wegzunehmen, dann ist er fuchsteufelswild geworden …«

Sie lacht heiser, doch das Lachen geht bald in einen Hustenanfall über.

»Was hat er angestellt?«, fragt sie dann etwas atemlos. »Warum wollen Sie ihn zu fassen kriegen?«

»Darauf kommen wir gleich zurück«, sagt Zack. »Wann ist er nach Schweden gekommen?«

»Tja, das muss irgendwann im Frühling gewesen sein. Auf jeden

Fall ist er Anfang Juni zu uns in die Unterkunft gekommen. Damals war gerade ein Dolmetscher bei uns, was ein Glück war. Oder vielleicht auch nicht. Manchmal wünscht man sich, dass man sich nicht all diese schrecklichen Erlebnisse anhören müsste, die diese Kinder haben durchstehen müssen.«

Sie nimmt einen kräftigen Zug von der Zigarette, bevor sie fortfährt: »Ismail ist Jeside und gehört damit zu der Minderheit, auf die es die Mörder des IS abgesehen haben. Das ist genauso schrecklich wie in den Bergen von Ruanda. Sie haben Ismails Vater vor den Augen des Jungen mit einer Machete erschlagen. Und seine Mutter …«

Wieder streift sie die Asche ab, schaut dann Zack und Deniz an.

»Haben Sie mal den Ausdruck ›Dschihad al-Nikah‹ gehört?«

Beide schütteln den Kopf.

»Nikah bedeutet Ehe. Ein Imam segnet das Paar in einer einfachen Zeremonie, dann bleibt er vor dem Zelt stehen, während der Mann die Frau vergewaltigt. Anschließend werden die beiden von ihm geschieden, und damit ist die Frau bereit für die nächste Ehe mit anschließender Scheidung. Diese Frauen werden gezwungen, jeden Tag mehrere Männer zu heiraten.«

»Widerlich«, sagt Deniz.

»Das kann man wohl sagen. Aber genau das war das Schicksal von Ismails Mutter. Ihm ist es gelungen, zusammen mit vier anderen Kindern nach Italien zu fliehen. Einige haben dann versucht, weiter in den Norden zu kommen, und er hat es als Einziger geschafft, bis nach Schweden zu gelangen.«

»Und wie?«

»Ismail hat uns gesagt, ›freundliche‹ Menschen hätten ihm geholfen.«

Sie malt mit den Fingern Anführungszeichen in die Luft, um die Ironie zu verstärken.

»Das klingt so, als glaubten Sie nicht, dass sie wirklich freundlich waren.«

Margareta Svensson nimmt wieder einen Zug und bläst den Rauch durch den einen Mundwinkel aus.

»Ich arbeite seit fünfzehn Jahren mit Flüchtlingen. Wenn es etwas gibt, das ich gelernt habe, dann, dass freundliche Fluchthelfer mit der Lupe zu suchen sind.«

Sie drückt die Zigarette im Aschenbecher aus und nimmt sich gleich eine neue aus der Packung.

»Man könnte meinen, dass er genug schlimme Erfahrungen für ein ganzes Leben gesammelt hat, oder? Doch der Ansicht war Schweden nicht. Oh nein, unsere tolle Einwanderungsbehörde findet es überhaupt nicht problematisch, Kinder in den nördlichen Irak zurückzuschicken, also wurde Ismails Asylantrag im Herbst abgelehnt.«

»Und was hat er daraufhin gemacht? Ist er abgehauen?«, fragt Zack.

»Wir haben ihn am nächsten Tag mit aufgeschnittenen Pulsadern auf der Toilette gefunden. Dann war er mehrmals in der Kinder- und Jugendpsychiatrie, bevor er plötzlich wieder Mut gefasst hat. Ganz unerwartet.«

»Was war passiert?«

»Wir wissen es nicht. Er verschwand drei Tage später, und danach haben wir fast zwei Wochen nichts mehr von ihm gehört. Ende November hat er mich von einer unterdrückten Nummer aus angerufen und mir gesagt, dass alles in Ordnung sei. Dass er wieder bei netten Leuten sei. Ich habe versucht, Details zu erfahren, aber ich hatte das Gefühl, dass er meine Frage absichtlich nicht verstehen wollte, um nichts erzählen zu müssen. Und seitdem habe ich nichts mehr gehört.«

»Klang es, als würde er unter Zwang anrufen?«

»Nein.«

»Wann genau ist er verschwunden?«

»Nun, das muss so Mitte November gewesen sein. Aber der genaue Tag müsste in den Papieren in der Unterkunft erfasst sein.«

»Sein Verschwinden muss doch gemeldet worden sein«, sagt Deniz. »Konnte die Polizei nicht die Telefonnummer herausfinden, von der aus Ismail angerufen hat?«

Margareta Svensson schaut Deniz an und beginnt zu lachen.

»Aber, meine Liebe. Denen sind doch diese Kinder sowas von egal. Insbesondere, wenn sie von sich aus verschwinden und wie in Ismails Fall auch noch anrufen und sagen, dass es ihnen gut geht. Sicher, offiziell werden sie zwei Monate lang gesucht, aber ohne dass die Polizei auch nur einen Finger rührt, und dann wird der Vorgang zu den Akten gelegt.«

Zack und Deniz tauschen Blicke.

Deshalb hat Sirpa also Ismail nicht auf der Liste vermisst gemeldeter Kinder gefunden, denkt Zack. Der Fall ist bereits ad acta gelegt worden.

»Es gibt nur eine Art von Flüchtlingskindern, bei denen man sich die Mühe macht, nach ihnen zu suchen«, fährt Margareta Svensson fort. »Und wissen Sie, welche?«

»Nein.«

»Die Kinder, die einen Ausreisebeschluss von der Ausländerbehörde bekommen haben. Da wird die Polizei verdammt eifrig, und die Suchzeit wird auf achtzehn Monate verlängert.«

Deniz schaut zu Boden. Es wird still im Wohnzimmer, und zum ersten Mal hört Zack das Ticken einer alten Wanduhr mit Pendel, die an der einen Wand hängt.

»Nun gut, wie dem auch sei«, fährt Margareta Svensson fort, »Ismail hatte noch gar keinen Ausreisebeschluss, deshalb gehe ich davon aus, dass ihm etwas Schreckliches passiert ist und dass das der Grund ist, warum Sie hier sind.«

Deniz schaut Zack an, der nickt.

»Ismail wurde gestern ermordet auf einem Industriegelände aufgefunden«, sagt er.

Margarete Svensson will gerade an ihrer Zigarette ziehen, doch sie erstarrt mit der Zigarette kurz vor den Lippen.

Sie sucht in den Augen der Beamten nach irgendeiner Form von Erklärung. Dann drückt sie die Zigarette energisch im Aschenbecher aus und lehnt sich zurück. Sie nimmt die Brille ab, reibt sich die Augen und sieht grauer und durchscheinender aus als der Rauch, der zur Decke aufsteigt.

»Haben Sie eine Idee, wer Ismail übel gesinnt sein könnte?«, fragt Deniz.

Margareta Svensson schaut aus dem Wohnzimmerfenster, in die heraufziehende Nacht hinaus.

»Die Welt ist voller Menschen, die schreckliche Dinge mit Kindern tun«, sagt sie, »aber Sie wollen wissen, ob ich jemanden kenne, der gerade Ismail etwas Böses antun wollte, nicht wahr?«

»Ja.«

Sie schaut weiter in die Ferne und schüttelt schweigend den Kopf.

Auf der Windschutzscheibe hat sich bereits eine dünne Frostschicht gebildet, als Zack und Deniz zum Auto zurückkommen.

Zack holt aus dem Fach in der Beifahrertür zwischen altem Bonbonpapier einen Eiskratzer hervor und befreit damit die Scheibe vom Eis.

Deniz bleibt eine Weile in der Dunkelheit stehen, als erleichterten ihr das fehlende Licht und die fehlende Wärme das klare Denken. Sie zieht die kalte Luft tief in die Lunge ein, spürt, wie die Kälte sich in ihrem Inneren ausbreitet, bis ins Rückenmark.

Dieses Gefühl weckt Erinnerungen an die Winter in Kurdistan. Wie der Schnee in großen Mengen vom Himmel fiel und für Monate die Straßen blockierte. Wie er ihr ins Gesicht peitschte, wenn sie Tag für Tag auf dem Dach aus Stroh und Lehm stand und Schnee schaufelte, um zu verhindern, dass er durch die Decke tropfte.

Sie denkt an ihren kleinen Bruder Sarkawt und fragt sich, ob er jetzt dort ist.

In dem Haus.

Ob seine Hände immer noch brennende Risse von der trockenen Kälte bekommen, wie damals, als er noch ein Kind war. Ob die Truppen des IS auch ihr Dorf erreicht haben. Ob er irgendwo ermordet auf dem Feld liegt. Einsam, steifgefroren. Er wäre jetzt erwachsen, genau wie sie. Deniz will nicht mehr an ihren Bruder denken, will nicht wissen, was aus dem Dorf geworden ist.

Vielleicht ist Sarkawt tot. Vielleicht war es ein gewaltsamer Tod.

Wie der von Ismail.

Sie fahren zurück in die Stadt. Deniz will den Fall mit Zack diskutieren, aber er antwortet nur einsilbig, ist mit den Gedanken woanders. Er hat seine Hände unter die Oberschenkel geschoben und starrt ins Leere.

Sie lässt ihn am Fridhemsplan raus.

Inzwischen hat es angefangen zu schneien, leichte Flocken wirbeln im Wind.

»Ich hole dich morgen früh um acht Uhr ab. Geh jetzt nach Hause und schlaf dich aus«, sagt sie.

Er steigt aus dem Wagen, schaut sie an und sagt: »Ich hole mir nur vorher einen Burger.«

Sie sieht die destruktive Glut in seinen Augen.

Und sie weiß, dass er nicht nach Hause gehen wird. Und sie weiß nicht, was sie dagegen tun soll.

11

Zack bestellt das dritte Bier, stützt sich mit den Armen auf den Bartresen und spürt, wie der Pullover an der klebrigen Fläche hängen bleibt.

Das Dovas ist die Kneipe Nummer eins auf Kungsholmen. Billige Möbel aus Kirschbaumfurnier. Kaputte Spiegel hinter einem Bartresen aus Holzimitat. Ein großes Bier für achtundzwanzig Kronen, das Klientel entsprechend. Studenten, junge Arbeitslose und alkoholisierte Stammgäste mittleren Alters und älter.

Zack trinkt einen Schluck von seinem Bier und stellt fest, dass das Glas nicht besonders sorgfältig gespült wurde.

Aber was soll's. Es gefällt ihm, unerkannt in einem belebten Lokal zu sitzen. Zu spüren, wie der Alkohol, die Wärme und das Gemurmel der anderen Gäste seine Schultern entspannt. Wie das Dasein weichere Ecken und Kanten bekommt.

Au!

Jemand kneift ihm in den Po, und er dreht sich schnell um. Eine ältere Frau mit Lidschatten, dick genug, um alle Partys eines langen Lebens zu verbergen, zwinkert ihm zu. Sie trägt eine schwarze Glitzerbluse, die an ihrem schweren Körper eng anliegt, und scheint in schwülem, nach Vanille duftendem Parfüm aus den Achtzigern gebadet zu haben.

»Prost, mein Goldschatz«, sagt sie und hält ein Glas Weißwein hoch.

Goldschatz.

Zack hat nicht gewusst, dass es immer noch Menschen gibt, die diesen Ausdruck benutzen. Aber ihre Aufdringlichkeit bringt ihn zum Lachen, und er prostet ihr zu.

»Nettan und ich gehen nur kurz raus, um eine zu rauchen. Aber dann musst du dich warm anziehen, ich sag's dir.«

Nettan steckt ihren Kopf hinter der Freundin hervor und wirft ihm einen Kussmund zu. Sie hält bereits eine nicht angezündete Zigarette in der Hand und trinkt noch schnell einen großen Schluck Wein, bevor die beiden Freundinnen sich zum Ausgang durchzwängen.

Zack schaut ihnen nach. Zwanzig Grad minus und Schneegestöber. Trotzdem müssen sie raus und Gift tanken.

Er muss an Margareta Svensson denken, deren Mann an Lungenkrebs starb.

Jetzt, wo er weg ist, schaff ich es nicht aufzuhören. Es kommt, wie es kommt.

Der süßliche Parfümduft hängt noch in der Luft.

Das erinnert ihn an jemanden.

Mama?

Und Zack schließt die Augen, sieht ihr lächelndes Gesicht vor sich. Er sitzt auf ihrem Schoß und spürt, wie sich ihr Brustkorb langsam hebt und senkt, mit jedem ihrer Atemzüge. Er fühlt ihre warme Hand an seiner Wange, wie ein Streicheln, dann einen brennenden Schmerz.

Hört sie schreien, ihr offener Mund ist ein Raubtiermaul, und jetzt schlägt sie ihn.

Wieder.

Der Ordner zu Hause in seiner Wohnung. Die Fotos ihrer blutigen Leiche. Ihr durchgeschnittener Hals. Seine Jagd nach der Wahrheit.

Der Schmerz auf der Wange. Du hast mich geschlagen, Mama. Oft.

Warum?

Was ist es, was sehe ich nicht?

Er öffnet die Augen. Denkt: Das will ich gar nicht wissen. Aber ich muss es herausfinden.

Doch nicht jetzt.

Ich muss mich auf Ismail konzentrieren und auf die Suche nach seinem Mörder.

Dann erscheint ihm die Gestalt seines Vaters. Gegen Ende ebenso grau im Gesicht wie Margareta Svensson, bis auf die Nase und die Wangen, wo sich der Ausschlag wie ein großer Schmetterling ausgebreitet hatte.

Er litt an Lupus, einer Krankheit, die fast sämtliche Organe seines Körpers befallen hatte. Die ihm schließlich das Leben nahm.

An der Krankheit hatte er keine Schuld. Er hatte gesund gelebt, nicht eine einzige Zigarette geraucht. Sie schlummerte in seinem Körper und wurde durch eine ganz normale Erkältung zum Leben erweckt.

Zack kippt den Rest des Biers hinunter, zwängt sich zwischen einigen Männern seines Alters hindurch, die laut über ein Fußballspiel in der Premier League diskutieren, und geht zu den Toiletten.

Ein Teenager mit dichtem Schnurrbart und Flanellhemd torkelt aus einer Kabine, und Zack geht hinein. Der Deckel ist oben, und der Typ hat aufs Spülen verzichtet.

Zack lässt den Deckel fallen, betätigt die Spülung und zieht die Tüte aus der Innentasche seiner Jacke. Er fängt mit zwei Lines an, doch auch dieses Mal kommt nicht der Kick, auf den er gewartet hat, also zieht er noch eine dritte. Und eine vierte.

Fünf Minuten später sitzt er in einem Taxi, auf der Fahrt in die nordwestlichen Vororte, und versucht, in den genussvollen Zustand zu sinken, der sich nach so vielen Lines einfinden sollte.

Aber es klappt nicht.

Er schafft es nicht.

Er hat das Gefühl, als würde er den sonnenbeschienenen Berggipfel hoch dort oben zwar sehen, müsse jedoch auf halbem Weg stehen bleiben.

Scheißkoks.

Bestimmt tausendfach gestreckt.

Dabei sollte das doch so ein Superstoff sein, den er da bekommen hat.

Beginnt mein Körper sich daran zu gewöhnen? Oder hat Abdula seine Lieferanten nicht mehr im Griff?

Das Taxi hält vor einem alten Lagergebäude. Kleine Fenster unter einem gewölbten Wellblechdach, Wände aus Sichtbeton.

Zack zahlt den Taxifahrer, steigt aus und geht langsam den langgestreckten Ladekai an der einen Längsseite des Gebäudes entlang.

Von irgendwoher ist schwaches Dröhnen von Bässen zu hören und Licht fällt auf den dunklen Asphalt, als weiter vorn eine Tür geöffnet wird.

Er holt eine Mütze aus der Tasche und zieht sie sich weit über die Ohren, bevor er die Tür ansteuert. Er will nicht, dass die Wachleute sich später an sein Gesicht erinnern können.

Drinnen ist es gesteckt voll, trotzdem entdeckt Zack Abdulas breiten Rücken fast sofort. Sein Freund unterhält sich mit einem kräftig geschminkten Mädchen in einem so winzigen Oberteil, dass es eher an einen Bikini erinnert.

Das Mädchen sieht Zack und hält seinen Blick so lange fest, dass Abdula sich umdreht.

»Zack, alter Kumpel!«, ruft Abdula und breitet die Arme aus, um seinen Freund zu umarmen. »Kaum bist du durch die Tür, schon schnappst du mir die Frauen weg.«

Irgendetwas stimmt nicht.

Es liegt an seinem Blick, kann Zack noch denken, bevor Abdula seine Riesenarme um ihn schlingt.

»Alles im grünen Bereich?«, fragt Zack in sein Ohr.

Er will sich nicht über das Koks beschweren, nicht jetzt.

Abdula lässt ihn los.

»Ja, verdammt noch mal, alles okay.«

Dann wendet er sich an das Mädchen.

»Emelie, das hier ist mein bester Freund, Zack. Ich weiß, er ist ein Sahnestückchen, aber du lässt die Finger von ihm.«

Emelie schaut zu Boden. Hebt ihren Blick auch nicht, als sie Zack begrüßt.

Abdula beugt sich zu ihr.

»Ich muss eben was mit meinem Kumpel besprechen. Hinterher geb ich einen aus. Okay?«

»Okay«, sagt sie und bleibt etwas ratlos stehen, während Abdula seinen Freund an den beiden Türstehern vorbeilotst, zurück in die nächtliche Kälte.

Sie gehen fast bis zu dem frostbedeckten Zaun, bevor Abdula stehen bleibt. Es ist so dunkel, dass es Zack schwerfällt, den Blick seines Freunds zu deuten.

»Was ist passiert?«, will Zack wissen.

»Nichts. Bis jetzt noch nicht. Aber heute Morgen, im 7-Eleven …«

»Ja?«

Abdula schweigt eine Zeitlang. Als müsste er Mut sammeln, bevor er reden kann.

»Die Sache ist die: Als diese beiden Idioten reinstürmten und mit der Pistole rumwedelten, da hab ich eine Scheißangst gekriegt. Und wie. Ich konnte mich nicht mehr bewegen.«

Ich weiß, denkt Zack. Das hab ich gesehen.

Laut sagt er: »Das ist kein Wunder. Die haben in alle Richtungen gezielt. Es hätte sich jeden Moment ein Schuss lösen können.«

»Ach, hör auf, Zack. Das waren Amateure, die Kohle brauchten. Vor solchen Losern hab ich früher nie Angst gehabt.«

Zack steht schweigend da. Wartet darauf, dass Abdula weiterspricht.

»Als ich im Sommer angeschossen wurde, ist was mit mir passiert. Ich bin schwach geworden. Manchmal merke ich das gar nicht, aber dann überrollt es mich einfach. Als ich vor einer Stunde auf dem Weg hierher war, ist es mir auch passiert. Ich wurde ganz steif und war fest davon überzeugt, dass die Bullen hier im Hinterhalt liegen und mich schnappen.«

»Glaubst du nicht, dass das wieder weggeht? Schließlich ist erst ein halbes Jahr vergangen, seit du das Krankenhaus verlassen hast.«

»Nein, es wird nur immer schlimmer. Erst war ich noch ganz normal. Aber jetzt schrecke ich zusammen wie eine zittrige Oma. Und ich träume total krankes Zeug. Dass ich gefoltert werde, genau wie mein Vater in Marokko. Wenn ich aufwache, ist das Bettlaken klitschnass.«

Abdula starrt in die Nacht hinaus.

»Ich weiß nicht, was ich machen soll.«

»Geh weg. Fahr ins Ausland. In die Sonne.«

»In meiner Branche kann man nicht einfach abhauen. Da gibt es zu viel Konkurrenz. Einige Männer sind richtig gefährlich. Ich muss mein Revier markieren, bis ich total am Ende bin. Und guter Stoff ist auch Mangelware.«

»Wäre es an der Zeit aufzuhören?«

Abdula starrt ihn an.

»Und so werden wie du? Oder bei Coop an der Kasse sitzen und sich anhören müssen, wie die Rentner sich beschweren, weil die Buttermilch zu teuer ist?«

»So in etwa.«

»Komm, lass uns das vergessen. Ich habe richtig geile Sachen dabei. Bolivianisches Marching Powder von höchster Qualität. Lass uns wieder reingehen und es ausprobieren, bevor wir uns den Arsch abfrieren.«

Zwei fette Lines später kommt auf der Tanzfläche endlich der Kick, auf den Zack gewartet hat, dieses schöne Gefühl, dass alles fließt, dass alles ganz deutlich ist, dass die Zeit aufgehört hat, sich um die eigene Achse zu drehen. Dass er die richtige Person am richtigen Ort ist. Ein beneidenswerter Mann.

Ein Held.

Fast ein Gott.

Morgen wird er den Fall mit dem Jungen lösen. Das weiß er. Und dann wird sich auch alles andere klären. Mit Mera, mit Ester, mit Abdula, mit seiner Mutter, mit allen.

Er sieht, wie sich Abdulas breite Schultern vor Lachen schütteln, hört aber wegen der lauten Musik kaum etwas. Zack fängt auch an zu lachen. Er freut sich, dass es Abdula wieder gut geht. Dass sich alles klären wird.

Emelie kommt zurück zu ihnen, jetzt hat sie eine Freundin mit Katzenaugen und aufgespritzten Lippen im Schlepptau. Die beiden Freunde tanzen mit den Mädchen und spendieren ihnen Drinks, später Koks, und sie tanzen wieder. Jetzt sind noch mehr Mädchen da, und in Abdulas Gesicht ist kein Schmerz mehr zu sehen, es ist ganz entspannt, und Zack dreht sich auf der Tanzfläche, und es ist angenehm warm, keine quälenden Eiswinde, und wieder hört er Abdulas Lachen, und genau in dem Moment lächelt ihn jemand an, und alles andere verschwindet.

Das ist sie.

Die Frau, die er irgendwo in einem Club schon einmal getroffen hat. Im Sommer. Vielleicht in Sundbyberg. Oder irgendwo anders. Was aber alles nicht wichtig ist. Denn jetzt ist sie hier.

Die überirdisch Schöne.

Die Erbin.

Sie bewegt sich, als tanzte sie im Wasser. Weich, schwebend.

Dann ist sie ihm plötzlich ganz nah, und er saugt ihren Duft ein, so fremd, dass er vertraut erscheint, und ihre Schulter streift seine, und sie schaut ihn an, und er wundert sich über den klaren Blauton ihrer Augen, die seinen so ähneln.

Jetzt Hüfte an Hüfte, und er schließt die Augen, angezogen

von dem magnetischen Feld, das sie zu umgeben scheint. Dann blickt er hoch, will ihr wieder in die Augen schauen, doch sie ist fort, und er bleibt stehen und lässt den Blick über die Tanzfläche schweifen.

Wo bist du?

Aber sie ist nicht da. Hier gibt es nur betrunkene oder zugedröhnte Menschen, die ungeachtet der Glasscherben und der Getränkepfützen tanzen, und Zack schreit Abdula ins Ohr, dass er jetzt nach Hause gehe.

Abdula nickt zur Antwort und hält weiter Emelies Hüften umfasst. Zack ist sich nicht sicher, ob er ihn wirklich gehört hat. Trotzdem verlässt er das Lokal, schnappt sich seine Jacke und geht hinaus in die Kälte.

12

Niklas Svensson sitzt bei Lukas auf der Bettkante und streicht ihm vorsichtig übers Haar, dann über die warme Wange. Lukas liegt mit offenem Mund auf dem Rücken und atmet schwer. Er sieht so friedlich aus – zufrieden und entspannt nach einem intensiven Tag mit Schule, Hort und Hallenhockeytraining.

Niklas spürt immer noch, wie sein eigener Puls nach dem Albtraum heftig pocht.

Und er weiß, dass dieser Traum ihn sein Leben lang verfolgen wird.

Im Traum war er mit Douglas Juste oben in einem dunklen Turm und suchte nach etwas in einem Sack, und als Niklas den Sack aufknotete und hineinschaute, sah er nicht den unbekannten Jungen, sondern Lukas, dessen erstarrte Züge ihn anblickten.

Sein Gesicht war von einer dicken Schicht leuchtendblauen

Eises bedeckt, und als Niklas genauer hinsah, erkannte er, dass Lukas seine Augen bewegte.

Verzweifelt hatte er versucht, seinen Sohn aus dem Sack zu ziehen, doch da waren sie plötzlich auf einem See, und das Eis begann zu brechen. Dunkles, kaltes Wasser sickerte hervor, während das Eis mit einem seufzenden Geräusch nachgab und der Sack langsam versank. Niklas zog und zerrte am Sack, und Lukas sah ihn flehend an, während er in der Tiefe verschwand.

Rette mich, Papa.

Aber Niklas konnte nicht dagegenhalten. Er schaffte es nicht.

Er war mit einem Schrei aufgewacht. Zumindest glaubte er das. Allerdings hatte Helena ruhig weitergeschlafen, vielleicht hatte er also nur im Traum geschrien.

Dann hatte er sich im Bett aufgesetzt, er konnte nicht länger auf dem verschwitzten Laken liegenbleiben. Er musste nachsehen, ob es Lukas auch wirklich gut ging.

Und jetzt sitzt er am Bett seines Sohnes und streicht ihm über Haar und Wange.

Das hier ist die wirkliche Welt, denkt er. Eine Welt, die nach frischgewaschener Bettwäsche und warmen Kindern duftet. In der Schreie nur in Albträumen existieren.

Du, Emma und Tim.

Was würde ich tun, wenn jemand versuchte, euch etwas anzutun?

Wie weit wäre ich bereit zu gehen?

Es ist Viertel vor vier Uhr morgens, als Zack die Tür zu seiner Wohnung aufschließt.

Jeder einzelne Muskel tut ihm weh, aber er ist klar im Kopf. Als Erstes geht er zur Ecke neben der Kommode, um den Ordner über seine Mutter zu holen.

Aber – was zum Teufel ist das?

Die bis vor Kurzem noch lockere Ecke des PVC-Bodens ist zugeheftet. Mit mindestens zwanzig Heftklammern.

Sein eigener verzweifelter Versuch, sauber zu bleiben.

Aber wie konnte er nur so bescheuert sein, nicht vorher den Ordner herauszuholen?

Er nimmt einen Schraubendreher aus der Werkzeugkiste und macht sich daran, eine Klammer nach der anderen herauszuziehen. Als er schließlich den schwarzen Ordner aus dem Versteck zerrt, ist er schweißgebadet und muss sich erst einmal eine Dose Cola holen, bevor er sich, ans Bett gelehnt, hinsetzt und sich die Unterlagen vornimmt.

Seinen ungelösten Fall.

Den wichtigsten von allen.

Anna Herry, erstochen am 4. September 1992.

Zack war erst fünf Jahre alt, als es geschah.

Noch viel zu klein.

Aber groß genug, um zu schwören, dass er ihren Mörder finden würde.

Bereits in seiner ersten Woche als Polizeianwärter hatte er angefangen, sich mit dem Fall zu beschäftigen. Und es war ihm schnell gelungen, einige Puzzleteile an die richtige Stelle zu schieben.

Doch dann war es nur noch sehr zäh weitergegangen, trotz Hunderter von Stunden an Ermittlungsarbeit und Befragungen. In den letzten zwei Jahren war er keinen Schritt mehr weitergekommen.

Aber er weiß, dass sich die Antwort irgendwo in diesem Ordner befindet.

Das muss so sein.

Mama.

Schon immer konnte er ihre Stimme hören.

Doch inzwischen kann er sie in seiner Erinnerung auch schreien hören.

Wenn sie von rasender Wut gepackt wurde. Wenn sie etwas auf den Boden warf und in einem fort schrie.

Und ihn schlug.

Mit flacher Hand.

Fest, auf die Wange.

Dann mit der Faust. Noch fester.

So viele Schläge.

Blutflecken auf dem Pyjama.

Aber warum? Was habe ich getan?

Er kann sich nicht erinnern.

Er weiß nur noch, wie er auf dem Bett lag.

Zur Wand gedreht, damit sie nicht sah, dass er weinte.

Mama. Warum hast du mich geschlagen?

Vielleicht ist es ja auch nur ein einziges Mal passiert? Vielleicht hatte ich irgendetwas angestellt?

Nein, es geschah mehrmals.

Wieder sieht er sich selbst als Jungen im Bett, nein, jetzt auf dem Küchenfußboden, und er weint laut. Irgendwas tut ihm weh. Schrecklich weh. Aber was?

Zack schließt die Augen, legt sich auf den Boden, kriecht in sich zusammen, versucht sich zu erinnern.

Er liegt auf dem Flickenteppich in der Küche, es riecht nach angebranntem Essen, und er spürt, wie der linke Arm schmerzt. Er starrt den Arm an, der in einem merkwürdigen Winkel daliegt.

Hat sie ihn so heftig geschlagen?

Zack setzt sich auf.

Wenn sie mich tatsächlich so schwer misshandelt hat, dann muss das irgendwo dokumentiert sein. Ich muss irgendwann bei einem Arzt gewesen sein.

Wieder schließt er die Augen. Versucht, sich an ein Krankenhaus zu erinnern, an weiße Kittel, einen Gipsarm, kräftiges Licht, den Geruch nach Desinfektionsmittel, doch es geht nicht.

Es muss eine andere Möglichkeit geben.

Da kommt ihm eine Idee, so einfach, so selbstverständlich.

Ich werde darum bitten, meine Akte einzusehen.

Um die Antwort zu finden, die ich vielleicht gar nicht finden will.

Die Kocksgatan in Södermalm liegt einsam und verlassen da, eingezwängt zwischen den hohen Hausfassaden, die sich wie eine unüberwindliche Mauer in die Winternacht erheben.

Ein schwarzer Saab gleitet langsam über den mit Eisbuckeln bedeckten Asphalt und hinterlässt diffuse Spuren in der hauchdünnen Neuschneedecke.

Neben einem blauen Baucontainer hält der Wagen an. Zwei Männer steigen aus, lassen die Wagentüren angelehnt, um keinen unnötigen Lärm zu verursachen, und öffnen dann den Kofferraum so leise sie können.

Sie müssen sich abmühen, um den prallgefüllten schwarzen Müllsack herauszubekommen. Dann schleppen sie ihn zum Container, wo sie ihn zwischen Wellpappe, Gipsplatten und herausgerissene Wasserrohre werfen.

Ein paar Schneeflocken landen sanft auf dem Müllsack. Und schmelzen durch die Wärme.

13

Dienstag, der 20. Januar

Noch ein eiskalter Morgen. Das Polizeigebäude zeigt sich grau, düster und etwa so einladend wie ein Schneeball im Nacken.

Zack war erst einundzwanzig Jahre alt, als er hier anfing. Er war eifrig und aufgeweckt. Ein Junge aus den Vorstädten, der den Titel

Kriminalinspektor schneller ergatterte als jeder andere in der Geschichte der Polizeibehörde.

Dennoch wird er nie das Gefühl los, dass er hierbleiben muss, dass er seine Kündigung nicht einreichen darf, bevor er sich nicht bewährt hat.

Zack schaut auf seine Handschuhe. Wieder zittern die Hände, außerdem kann er kaum die Augen offenhalten.

Eher werde ich gefeuert, denkt er. Ich bin ja kaum arbeitsfähig.

Im Umkleideraum tropft er sich Clear eyes in die Augen, um das Brennen zu lindern und die Rötung wegzukriegen.

Dann mustert er sich im Spiegel. Beugt sich so weit vor, dass die Nasenspitze fast das Glas berührt. Er versucht, in der leuchtendblauen Iris seiner Augen eine Antwort auf die Frage zu finden, wer er eigentlich ist.

Doch er sieht sich selbst nicht mehr.

Er sieht sie. Die Frau aus der letzten Nacht.

Das schönste Wesen, das er je gesehen hat.

Vor einigen Monaten hat er ihr Foto in einer Zeitung entdeckt, kurz nachdem er sie zum ersten Mal gesehen hatte.

Die Erbin des Heraldus-Konzerns.

Wie heißt sie nochmal?

Er hat es vergessen. Später muss er das mal googeln.

Dann tritt er einen Schritt vom Spiegel zurück. Jetzt sieht er nur noch sich selbst. Einen müden Polizeibeamten, der aufhören sollte, über unerreichbare Frauen nachzugrübeln, um stattdessen Ismails Mörder zu finden.

Und den seiner Mutter.

Ihm fällt ein, welcher Gedanke ihm letzte Nacht gekommen ist, nämlich dass er seine Akten anfordern sollte.

Er sucht auf dem Handy die Nummer der Stockholmer Distriktsverwaltung. Eine freundliche Frau in der Zentrale verbindet ihn mit der zuständigen Person.

Er erklärt, dass er gerne seine Patientenakte hätte, und zwar seit der Geburt.

»Wir schicken sie Ihnen in ungefähr einer Woche zu«, versichert die Stimme am anderen Ende.

Er legt auf, nimmt den Fahrstuhl in den sechsten Stock und hält die Magnetkarte vor das Türschloss der Sondereinheit.

Deniz sitzt an ihrem Computer, sie hat ihre Daunenjacke anbehalten, und hinter ihr sieht er Sirpa Hemälainen in Wollpullover und dickem Schal.

Nicht schon wieder, denkt Zack.

Im Laufe der letzten Monate hat sich das hochtechnologische Lüftungssystem der Büroeinheit mehrere Male aufgehängt und kalte Luft ausgespuckt, als wäre es Hochsommer.

»Du siehst ja richtig verfroren aus, Zack«, bemerkt Niklas Svensson, als er seinen Kollegen entdeckt. »Aber hier drinnen wirst du schnell auftauen. Heute haben wir es schon auf vierzehn Grad geschafft!«

Niklas trägt einen schwarzen Rollkragenpullover unter einem schwarzen Jackett. Er sieht aus wie ein moderner Bestattungsunternehmer.

»Sollte das nicht schon letzte Woche repariert werden?«, fragt Zack, setzt sich hinter seinen Schreibtisch und schaltet den Rechner ein.

Hinten am Kaffeeautomaten kommentiert Rudolf Gräns die Frage mit einem glucksenden Lachen. Er ist also nach dem gestrigen Krankenhausbesuch wieder zurück. Frisch und munter, wie es aussieht.

»Du bist noch jung und naiv, Monsieur Herry«, sagt er mit dunkler, respektheischender Stimme und der gesammelten Erfahrung seines vierundsechzigjährigen Lebens. »Eines Tages wirst auch du lernen, dass ›letzte Woche‹ unter schwedischen Handwerkern ›nächsten Monat‹ bedeutet.«

Rudolf drückt einen Knopf auf seiner Uhr. Eine sanfte Frauenstimme meldet sich: »Null sieben, achtundfünfzig.«

Er nickt hinter den dunklen Brillengläsern und zieht sein beigefarbenes Cordjackett zurecht.

»Meine Damen und Herren, Zeit für die Morgenkonferenz.«

Die anderen stehen auf und folgen ihm in den Konferenzraum. Sie setzen sich auf ihre Stammplätze. Als Letzter kommt Douglas Juste in Begleitung von Sam Koltberg und Tommy Östman. Zack kann nicht sagen, wer von den dreien die schlechteste Laune hat.

Douglas räuspert sich und öffnet seine Aktentasche aus schwarzem Kalbsleder.

»Nun gut. Schön, dass alle gekommen sind …«

Sein Blick wandert von einem Gesicht zum anderen und verharrt auf Zacks.

»… und dabei so frisch und munter aussehen.«

Zunächst wird Zack wütend. Doch dann muss er schmunzeln. Das ist der erste ironische Kommentar aus Douglas' Mund seit Monaten. Taut er allmählich auf?

»Wie ihr sicher alle wisst, waren uns die Massenmedien gestern Abend eine große Hilfe. Zack und Deniz, was hat das Gespräch mit Margareta Svensson erbracht?«

Sie geben kurz wieder, was sie erfahren haben und dass sie für zehn Uhr einen Termin mit der Betreiberin der Asylbewerberunterkunft vereinbart haben, um alles zu sichern, was über Ismail Dakhil dort dokumentiert wurde, und um mit den anderen zu sprechen, die mit ihm Kontakt hatten.

»Ismail hat Ende November in der Unterkunft angerufen und gesagt, dass er bei guten Menschen ist«, fügt Deniz hinzu. »Das ist bis jetzt unsere beste Spur.«

»Gut«, sagt Douglas. »Seht zu, ob ihr das Gespräch zurückverfolgen könnt. Sirpa, kannst du bitte bei der Einwanderungsbehörde alle Unterlagen zu dem Jungen anfordern? Wir müssen so schnell wie möglich herauskriegen, ob er irgendwelche Angehörige in Schweden oder irgendwo sonst auf der Welt hat.«

»Ich habe bereits einen Beamten in der Zentrale in Norrköping drangesetzt«, antwortet sie. »Gleich nach unserer Konferenz werde ich ihn anrufen.«

Douglas wendet sich Koltberg zu.

»Wisst ihr irgendetwas Genaueres darüber, wie lange Ismail bereits tot war?«

»Leider nicht. Das ist so, als wollte man ein Stück Fleisch in der Gefriertruhe datieren. Und die Beißspuren sind leider auch nicht so deutlich, wie ich anfangs gehofft hatte. Ich werde sie an einen Kollegen vom FBI schicken, mal sehen, ob der ein Bild zustande bringt, das für einen Vergleich tauglich ist, wenn wir einen Verdächtigen gefunden haben.«

»FBI?«, hakt Douglas nach. »Warum nicht an die Rechtsodontologen in Solna?«

Koltberg holt tief Luft.

»Leider arbeiten die nicht auf dem gleichen Niveau, und schon gar nicht dann, wenn wir wie hier ein schnelles Ergebnis brauchen. In solchen Fällen darf man doch wohl ein paar zusätzliche Kronen investieren, oder?«

Zack weiß genau, worum es hier geht. Die neue Leitung der forensischen Zahnmedizin ist eine Frau. Was Koltberg nicht erträgt. Außerdem ist er geradezu besessen vom FBI. Sein wiederholter Versuch, die rechtsmedizinischen Ermittler in Washington DC mit ins Boot zu holen, hat die schwedische Polizei bereits Hunderttausende von schwedischen Kronen gekostet.

»Ich kann mir kaum vorstellen, dass Erwachsene Kinder beißen«, bemerkt Niklas und schaut Tommy Östman an.

»Leider ist es keineswegs so ungewöhnlich«, antwortet dieser. »Wenn ein Erwachsener einen anderen Menschen beißt, ist das meist ein Anzeichen für sexuelle Gewalt. Auch wenn der Körper des Jungen ansonsten keinerlei entsprechende Spuren aufweist, können wir bisher leider nicht ausschließen, dass der Täter ein Mann mit pädophilen Neigungen ist.«

Zack führt sich die Wunden an Ismails Körper vor Augen. An den Seiten, auf dem Rücken. Kratzwunden, Schnittwunden. Als hätte jemand ein sadistisches Todesspiel mit dem Jungen gespielt, wie Katzen es mit den Mäusen tun, die sie fangen. Katzen schlagen ihre Beute mit der Pfote, schnappen nach ihnen. Lassen sie ein Stückchen laufen. Stürzen sich dann wieder auf sie. Packen sie mit ihren Krallen.

Aber das war keine Maus.

Das war ein Kind.

Ein Kind wie Ester.

Er sieht sie an Ismails statt. Wie sie versucht zu fliehen, zu Boden gerissen wird, mit einer dreizackigen, klauenähnlichen Waffe blutig gekratzt wird.

»Zack.«

»Zack!«

»Was?«

Er schaut auf. Douglas zwinkert ihm zu.

Zittern seine Hände etwa wieder?

Er schaut hinunter. Nein, sie liegen ganz ruhig da.

»Ich wollte wissen, ob du uns etwas über die anderen Ermittlungsarbeiten berichten möchtest, die ihr gestern gemacht habt, die Überprüfung vermisst gemeldeter Kinder beispielsweise?«

»Nein, nur dass wir nichts gefunden haben.«

Douglas hält Zacks Blick ein paar Sekunden zu lange fest, bevor er fortfährt: »Oberste Priorität hat momentan die Aufgabe, Ismails letzte Tage in Freiheit nachzuvollziehen. Wir fangen mit der Asylbewerberunterkunft an. Bleibt zu hoffen, dass die Unterlagen und die Gespräche mit den Angestellten uns weiterbringen.

Was den Täter betrifft, so müssen wir in verschiedenste Richtungen ermitteln. Versucht, alle zu finden, die während Ismails Aufenthalt in Schweden mit ihm zu tun hatten. Und noch was: Es eilt, nicht wahr, Tommy?«

Tommy Östman nickt.

»Die Befriedigung, die der Mörder spürt, nachdem ihm eine derartige Tat gelungen ist, hält leider nicht besonders lange an. Er wird es wieder tun.«

Douglas schiebt seine Unterlagen zu einem ordentlichen Stapel zusammen und zeigt damit, dass er die Sitzung beenden will.

»Noch jemand, der etwas hinzufügen möchte? Rudolf?«

Rudolf hat seine Sonnenbrille abgesetzt und reibt sich die Augen.

In einer Situation wie dieser sehen wir alle genauso wenig wie du, denkt Zack. Jeder von uns erschafft sich ein eigenes Bild von der Person, die wir jagen.

»Nein, ich habe nichts hinzuzufügen, aber viel Stoff zum Nachdenken«, erklärt Rudolf.

14

Die E4 Richtung Norden – Asphalt voller Salzpfützen, der sich durch öde Felder schneidet, vorbei an geduckten Bürogebäuden, hell erleuchteten Autoverkaufshallen und leeren Schnellimbissen.

Zack schaut auf die wochenalten Schneewälle hinaus, grau und schwarz gepunktet von den Abgasen. Die zarten Flocken, die vom Himmel schweben, können den Dreck nicht verdecken.

Sein Magen verkrampft sich. Er protestiert bei jedem kleinen Rucken, und Zack muss sauer aufstoßen.

Er sollte etwas essen, dabei will er kein Essen.

Sondern etwas anderes.

Er braucht es.

Sie biegen von der E4 in Richtung Upplands Väsby ab, fahren durch ein Industriegebiet und dann auf dem Vallentunavägen nach Osten, bis sie zu einem stillgelegten Motel mit einem riesigen Lkw-Parkplatz kommen. Die Eternitplatten an der Hausfassade hängen locker, mehrere Fenster sind mit schwarzem Klebeband zugeklebt.

Das ganze Gelände ist von einem hohen Zaun umgeben, und hier und da hängen Laken und fleckige Tücher zum Lüften.

»So wohnen die hier?«, fragt Deniz, während sie das letzte Stück im Schritttempo auf das Motel zufährt. »Das sieht ja aus wie ein Gefängnis.«

Zack zeigt auf ein Schild, das ein Stück entfernt hängt.

»Hier gibt es auch eine Fahrschule. Vielleicht ist das Gelände ja deshalb eingezäunt.«

»Kann sein, aber hätte man es nicht trotzdem etwas netter gestalten können? Willkommen in Schweden sozusagen.«

»Wer dieses Gebäude ›Sonnenschein‹ getauft hat, muss einen schrägen Humor gehabt haben«, sagt Zack.

Sie fahren durch ein offenes Tor und halten vor dem Haupteingang. Unzählige Zigarettenkippen und zerknittertes Bonbonpapier sind im Eis vor der Tür festgefroren.

In der Rezeption flackert eine Leuchtstoffröhre über einem Tresen, der nicht besetzt ist. An der gegenüberliegenden Wand hängt ein Schwarzes Brett mit Informationen über die Mittsommerfeier des vergangenen Jahres.

Hinter dem Tresen erstreckt sich ein langer, düsterer Flur in beide Richtungen. Es riecht leicht nach Feuchtigkeit und Schimmel.

Zacks Speiseröhre füllt sich wieder mit saurer Magenflüssigkeit.

An diesem Ort hast du also gewohnt, Ismail, denkt er.

»Hier ist es genauso kalt wie bei uns im Büro«, sagt Deniz.

Sie treffen auf einen kleinen dunkelhäutigen Mann, der ihnen im Vorübergehen scheu zunickt.

»Hallo«, sagt Zack, »wissen Sie vielleicht, wo …?«

Doch der Mann senkt nur den Kopf und eilt schnell davon.

Zack und Deniz entscheiden sich für eine Richtung und suchen dort nach dem Pausenraum.

»Hier ist es«, sagt Deniz und drückt die Klinke einer gelbbraunen Tür herunter.

Abgeschlossen.

»Ich rufe die Chefin an«, sagt Zack, »vielleicht ist sie ja bei einem der Bewohner im Zimmer.«

Deniz schaut ihn an. Er sieht aus, als hätte er die Nacht in einem der Schneewälle verbracht. Weiß im Gesicht, rotgesprenkelte Augen. Die Schultern unnatürlich hochgezogen.

Wie lange wirst du das noch durchhalten?

Im Spätsommer und Herbst sah es so aus, als würde er sich zusammenreißen, aber jetzt scheint er auf direktem Weg in den Abgrund zu sein.

Warum? Sie weiß es nicht.

Sie sollte ihm helfen. Aber wie?

»Ich schaue mich so lange um«, sagt Deniz.

Sie hört das leise Geräusch eines Fernsehers und geht den Flur weiter, bis sie zu einem Gemeinschaftsraum mit zwei grünbezogenen Sofas kommt, einigen zusammengewürfelten Sesseln, einem Couchtisch mit verchromten Beinen und einem gigantischen Flachbildfernseher. Vier Jugendliche und zwei Erwachsene sitzen auf den Sofas und sehen sich eine Sendung über Autos und Motoren an.

Deniz schaltet den Fernseher aus, ohne dass jemand protestiert, sie zieht sich einen Holzstuhl heran und setzt sich den anderen gegenüber.

»Hallo«, sagt sie lächelnd, »kann einer von euch Schwedisch?«

»Ein bisschen«, antwortet ein dunkelhäutiger Junge um die fünfzehn.

»Wie heißt du?«

»Muhammed.«

»Ich heiße Deniz, und ich bin hier, weil wir nach einem Jungen suchen, der hier früher gewohnt hat.«

Sie zieht ein Foto aus der Innentasche und legt es auf den Couchtisch.

»Das ist der Junge. Erkennst du ihn wieder?«

Muhammed beugt sich vor.

»Nein. Nicht kennen.«

»Kannst du meine Frage bitte für die anderen übersetzen?«

»Nur zwei sprechen meine Sprache«, erwidert er und zeigt auf einen Jugendlichen und einen Erwachsenen, der glatzköpfig ist und Backen wie eine Bulldogge hat.

Muhammed übersetzt die Frage. Der Jugendliche schaut sich sofort das Foto an, während der Glatzköpfige nur Deniz anstarrt und etwas in wütendem Ton zu Muhammed sagt.

»Er will wissen, wer du bist«, sagt der Junge.

»Ich bin von der Polizei«, erklärt Deniz und holt ihren Dienstausweis heraus.

Muhammed übersetzt. Der Glatzköpfige schnaubt verächtlich, steht vom Sofa auf und geht ohne ein Wort davon.

Deniz schaut die anderen an. Sie wirken verängstigt, unruhig und skeptisch gegenüber einer Amtsperson.

Warum sollten sie das nicht sein? Sie kann sich an ihre erste Begegnung mit den schwedischen Behörden erinnern. Diese unbegreifliche Sprache, diese furchteinflößenden Formulare, die ständige Unruhe, weil man nie wusste, was als Nächstes geschehen würde. Oder was man erzählen sollte und was lieber nicht.

Amtspersonen mit den offiziellen Papieren unter dem Arm hatten in ihrem Heimatdorf bedeutet, dass es schlechte Nachrichten gab. Warum sollte es hier anders sein?

Sie versucht, mit den Bewohnern zu sprechen, auf Schwedisch, Englisch, sogar auf Kurmandschi, kommt damit aber nicht weiter. Auch der zweite Mann steht auf, verlässt den Raum und sagt etwas, woraufhin ihm einer der Teenager folgt.

Deniz schaut ihnen nach und entdeckt einen ausgemergelten Mann in viel zu großer Kleidung, der die Flurwände entlang streicht. Vielleicht stammt er aus Somalia oder Eritrea.

Er sieht verängstigt aus, wie die anderen, aber da ist noch etwas anderes in seinem Blick. Als wollte er etwas sagen.

»Hallo«, sagt Deniz lächelnd, aber der Mann macht kehrt und verschwindet aus ihrem Blickfeld.

Zack kommt herein.

»Eva Strandberg ist schon unterwegs. Sie hat sich in der Zeit geirrt, sagt sie. Wie ist es bei dir gelaufen?«

»Nicht so gut«, antwortet Deniz, holt eine Visitenkarte heraus und legt sie auf den Tisch.

Sie zeigen Ismails Foto noch drei weiteren Personen, doch ohne Erfolg, und dann endlich hören sie Eva Strandbergs Absätze auf dem Flur klackern und gehen ihr entgegen.

Sie ist eine sonnengebräunte Frau um die fünfundvierzig, trägt eine enge Jeans und einen engen weißen Pullover, der ihren Busen betont.

»Sind Sie von der Polizei?«, fragt sie und zeigt ein strahlendes Lächeln.

Sie schließt die Tür zum Pausenraum auf. Dort sind die Wände in einem hellblauen Farbton gestrichen, und sie dürfen an einem ovalen Esstisch von Ikea Platz nehmen.

Deniz zeigt Eva Strandberg das Foto von Ismail und fragt, ob sie den Jungen wiedererkenne.

»Oh ja. Der kleine Emanuel«, antwortet sie. »Er hat hier mehrere Monate lang gelebt. Ein netter Junge. Nicht so ein Rabauke wie viele andere.«

Deniz starrt Eva Strandberg an.

»Er heißt Ismail. Und er ist tot.«

Eva Strandberg hält sich die Hände vor den Mund und atmet hörbar.

»Mein Gott, wie schrecklich. Wie ist das passiert?«

»Das können wir Ihnen nicht sagen. Aber wir brauchen Ihre Hilfe und die Ihrer Angestellten, um Antworten auf einige Fragen zu bekommen. Gibt es jemanden von den Betreuern, zu dem Ismail einen engeren Kontakt hatte?«

»Das weiß ich nicht. Von den Betreuerinnen kommen Margareta Svensson und Jeanette Vrejne am besten mit den Kindern klar.«

»Mit Margareta Svensson haben wir schon gesprochen«, sagt Zack.

Eva Strandberg erstarrt mitten in der Bewegung, als machte sie sich Sorgen, was Margareta wohl erzählt haben könnte.

»Ach so, ja. Wie gut.«

»Aber wir würden gern auch mit Jeanette Vrejne sprechen.«

Eva Strandberg sucht deren Nummer in ihrem Handy heraus und schreibt sie auf einen Post-it-Zettel. Ihre langen, manikürten Fingernägel kratzen beim Schreiben über die Tischoberfläche.

»Ist heute gar kein Mitarbeiter im Haus?«, wundert Deniz sich.

Eva Strandberg zögert mit der Antwort. Dann sagt sie: »Eine Betreuerin hat gerade aufgehört, und ich habe noch keinen Ersatz gefunden. Deshalb bin ich auch zu spät gekommen, ich habe wegen eines Ersatzes herumtelefoniert. Aber normalerweise haben wir Tag und Nacht jemanden hier.«

»Normalerweise? Heißt das, Sie lassen unbegleitete Kinder ohne Aufsicht?«, hakt Deniz nach.

Eva Strandberg ignoriert diese Frage.

Nach einem Moment des Schweigens sagt Zack: »Wir müssen wissen, an welchem Tag Ismail verschwunden ist und wer zu der Zeit Dienst hatte.«

Eva Strandberg steht auf und geht zu einem Schreibtisch am Fenster. Sie zieht einen Schlüssel heraus und schließt eine Schublade auf.

»Was sagten Sie, in welchem Monat ist der Junge verschwunden?«

»Erinnern Sie sich nicht mehr daran?«, wendet Deniz ein.

»Mitte November«, antwortet Zack.

Eva Strandberg blättert schweigend in einem Ordner.

»Hier«, sagt sie. »Am siebten November morgens wurde entdeckt, dass Ismail Dakhil nicht in seinem Zimmer war. Noch am selben Nachmittag wurde er als vermisst gemeldet.«

»Wer hatte zu der Zeit Dienst?«

»Jeanette Vrejne.«

Eva Strandberg klappt den Ordner zu und will ihn zurücklegen, als ihr Telefon klingelt.

Sie schaut aufs Display, dann auf Zack und Deniz.

»Kann ich Ihnen noch irgendwie helfen? Sonst hätte ich jetzt zu tun.«

»Nein, wir sind so weit fertig«, sagt Zack und steht auf.

Draußen weht es wieder stärker. Trockener Schneestaub wirbelt von den eingezäunten Asphaltbereichen auf.

Neben ihrem Dienstwagen parkt das neueste Modell eines schwarzen Range Rovers.

15

Deniz' Wut hält die gesamte Strecke bis zur Folkungagatan in Södermalm an.

»Ich glaube, du brauchst was zu essen. Und ich auch«, sagt Zack und parkt im Halteverbot vor dem Jerusalem Kebab in der Götgatan.

Gemütliches Stimmengemurmel beherrscht das enge Lokal. An den Wänden hängen orientalische Teppiche und Wasserpfeifen. Zack hört Schwedisch, Arabisch, Englisch und mindestens noch zwei weitere Sprachen, die er nicht einordnen kann.

»Ich kriege das nicht auf die Reihe«, sagt Deniz, nachdem sie sich an einen Tisch gesetzt haben. »Wenn der Mörder in diese Asylbewerberunterkunft gegangen ist und sich ein Kind geschnappt hat, von dem er weiß, dass niemand nach ihm suchen wird – warum vergräbt er die Leiche nicht oder versenkt sie in einem Eisloch im See? Warum nimmt er das Risiko auf sich, dass jemand den Körper findet?«

»Und warum hat er sich ausgerechnet diesen Schornstein ausgesucht?«, fragt Zack zwischen zwei Bissen. »Doch nicht, damit er gefunden wird. Denn wäre die Drohne nicht dort vorbeigeflogen, hätte der Körper dort monatelang hängen können, ohne entdeckt zu werden.«

»Wir müssen den Fall schnell lösen«, bemerkt Deniz, »damit nicht noch weitere Kinder so aufgefunden werden.«

Zack schlingt seinen Kebab in Windeseile hinunter. Als er aufsteht, um zur Toilette zu gehen, fragt Deniz ihn, was er dort will.

Es klingt wie ein Scherz, doch Zack ahnt den Ernst hinter ihrem Lächeln.

»Mir ein paar Drogen reinziehen«, sagt er und geht davon.

Als er sich ans Urinal stellt, wünschte er, es wäre wahr und er hätte die Möglichkeit, etwas zu nehmen. Die Augenlider sind zentnerschwer.

Aber er hat nichts bei sich. Außerdem liegt seine Sonnenbrille im Büro. Deniz würde sofort die Veränderung in seinen Augen bemerken.

Sie wartet an der Tür auf ihn. Der Eifer ist ihrem ganzen Körper anzusehen.

»Komm, wir müssen los. Ich habe gerade einen Anruf von einem Mann aus der Asylbewerberunterkunft gekriegt. Er will uns so schnell wie möglich treffen.«

Die Rolltreppen hinunter zur U-Bahn-Station Kungsträdgården scheinen endlos zu sein. Die Feuchtigkeit läuft an den rötlichen Felswänden hinab, und die Menschen, die auf dem Weg aus dem Untergrund nach oben sind, wappnen sich für eine weitere Begegnung mit den kalten Winden vom Meer.

Der Mann sitzt auf einer Holzbank vor der großen U-Bahn-Übersichtskarte. Deniz erkennt ihn wieder. Er war es, der im Flur der Unterkunft entlanghuschte, der gleichzeitig verängstigt wirkte und so, als suchte er Kontakt.

Jetzt sieht er nur ängstlich aus. Als würde er den Anruf bereuen.

Sie begrüßen ihn, und er stellt sich kurz und knapp als Said vor. Dann rutscht er ein wenig zur Seite, um den Beamten Platz auf der Bank zu machen. Deniz setzt sich neben ihn, Zack auf ihre andere Seite, damit Said sich nicht eingekesselt fühlt und womöglich doch davonläuft.

Said sieht verstohlen zu Deniz hinüber und setzt in gebrochenem, aber gut verständlichem Englisch an: »Ich habe gehört, dass Sie nach Ismail gefragt haben.«

»Das stimmt.«

»Wollt ihr ihn ins Gefängnis bringen?«

»Nein, er steht nicht unter Verdacht, etwas Verbotenes getan zu haben. Wir wollen nur herauskriegen, was mit ihm passiert ist.«

Said nickt.

»Ein paar Wochen vor Ismails Verschwinden tauchte ein Mann bei uns auf und hat mit mir geredet. Ich hatte ihn schon mal gesehen, und er ist leicht wiederzuerkennen. Er hat lange blonde Haare, aber die sehen nicht echt aus, nicht so wie Ihre«, sagt er und schaut dabei Zack an. »Zuerst war er sehr nett, hat Zigaretten angeboten, gefragt, woher ich komme. Wir sind spazieren gegangen, und er sagte, er wolle mir helfen. Er könne mir einen Job besorgen, mit dem ich viel Geld verdiene. Er holte eine dicke Rolle mit Geldscheinen heraus und hat sie mir gezeigt. Alles schwedische Fünfhundertkronenscheine. Mehr Geld, als ich jemals in meinem Leben gesehen habe.«

Said verstummt, als zwei junge Männer herantreten und den U-Bahn-Plan studieren. Er wartet, bis sie wieder weg sind, dann fährt er fort: »Er hat mir erzählt, dass fast alle Kinder, die allein nach Schweden kommen, zurück in ihre Heimatländer geschickt werden. Aber er könne sich um sie kümmern, hat er gesagt. Dafür sorgen, dass sie in die Schule gehen. Doch um das zu tun, müsse er gegen das Gesetz verstoßen. Deshalb wollte er, dass ich heimlich mit einigen der Kinder rede und ihm helfe, sie vor einer Abschiebung zu retten.«

Said verstummt, schüttelt den Kopf.

»Ich habe gesagt, ich werde mir das überlegen, aber ich habe ihm nicht getraut. Seine Augen sahen nicht freundlich aus. Und dann habe ich von Leuten, die schon länger als ich in dem Motel wohnen, merkwürdige Geschichten gehört. Sie haben erzählt, dass er Lejonet, der Löwe, genannt wird und oft in seinem roten Skoda sitzt und die Kinder beobachtet, wenn sie draußen spielen.«

Zack spürt, wie der Moment sich verdichtet. Sie sind da einer Sache auf der Spur.

»Haben die Betreuer in der Unterkunft den Mann denn nicht gesehen?«, fragt er.

»Das ist ja so merkwürdig. Von irgendwoher scheint er zu wissen, wann von denen niemand vor Ort ist. Das ist unheimlich, als hätte er magische Kräfte, wie ein Zauberer.«

Oder er bekommt Hilfe von den Angestellten, denkt Zack.

»Ich dachte, in dem Gebäude ist Tag und Nacht jemand von den Betreuern«, sagt Deniz.

Said lacht. »Nein, nein. Den größten Teil der Zeit sind wir allein. Ich versuche, die Kinder zu beschäftigen, und spiele Fußball mit ihnen, erzähle Märchen und so etwas. Ich glaube, das ist der Grund, warum Lejonet gerade mich aufgesucht hat.«

Er räuspert sich und fährt fort: »Ein paar Tage später, als ich zur Tankstelle gegangen bin, um mir eine neue Karte für mein Handy zu holen, da habe ich ihn wiedergesehen. Er stand am Waldrand hinter dem Parkplatz und hat mit Ismail geredet.«

Eine U-Bahn fährt in die Station ein, hält, fährt wieder davon.

Said wartet, bis der Zuglärm verebbt ist, dann erzählt er weiter: »An dem Nachmittag habe ich nach Ismail gesucht. Ich wollte ihn warnen. Ich habe an seine Tür geklopft, aber er hat nicht aufgemacht. Am Abend bin ich hinter das Motel gegangen, um zu sehen, ob Licht in seinem Zimmer brannte. Da habe ich ein Auto kommen hören. Es war ein roter Skoda.«

Said schweigt, als wollte er nicht weitersprechen. Er schaut auf seine Schuhe.

»Und was ist dann passiert?«, fragt Deniz.

»Ich habe Angst gekriegt und habe mir gedacht, vielleicht hat der Mann mit dem langen gelben Haar ja böse Kräfte. Ich habe mich nicht getraut, mich zu zeigen.«

Wieder verstummt er, schüttelt langsam den Kopf, als schämte er sich für seine eigene Feigheit.

»Hast du gesehen, wohin der Wagen gefahren ist?«, fragt Deniz.

»Er ist bis vor den Eingang gefahren und hat dort gehalten. Und dann habe ich gehört, wie jemand die Haustür geöffnet hat und wenig später eine Autotür zugeworfen wurde. Danach sind sie weggefahren, und am nächsten Tag wurde Ismail als vermisst gemeldet.«

Zack und Deniz sehen einander an.

Ismail ist nicht weggelaufen.

Er wurde abgeholt.

»Sie haben nicht zufällig das Autokennzeichen gesehen?«, fragt Zack.

»Nein. Wenn man mit Tigrinya aufgewachsen ist, fällt es einem schwer, eure Schrift zu verstehen.«

Zack lässt sich schwer gegen die Rückenlehne der Bank fallen und fährt sich mit den Händen durchs Haar.

Ein roter Skoda.

Davon muss es ja jede Menge geben.

Said zieht ein zerkratztes iPhone 3G heraus und fährt mit dem Finger über das Display.

»Aber ich hab mich rangeschlichen und ein Foto gemacht«, erklärt er.

16

Die Straßenlaternen erhellen die E 20 wie Scheinwerfer. Die Dämmerung setzt ein, obwohl es erst Viertel nach vier ist, und Deniz flucht, als ein Fernlaster direkt vor ihr auf die linke Spur rüberzieht, um einen alten Saab mit vollgeladenem Anhänger zu überholen.

Zack schaut durch das Seitenfenster hinaus. Er muss über Saids Auftritt schmunzeln. Dass der Mann so große Angst vor den bösen Kräften des Langhaarigen hatte, aber trotzdem all seinen Mut zusammennahm und das Nummernschild des Autos fotografierte.

Solche wie Said brauchen wir häufiger, denkt er.

Das Foto war unscharf, aber lesbar.

YSR 130.

Zack hatte das Kennzeichen sofort angefragt. Und bekam einen Treffer für einen Skoda Octavia, Baujahr 2007, gemeldet unter Nemaeus AG, ein Unternehmen mit c/o-Adresse bei einem Emilian Petrescu in Södertälje.

Geboren 1971 in Rumänien. Wohnhaft in Schweden seit 1989 und schwedischer Staatsbürger seit 1995. Mehrere Male verurteilt wegen Betrug, Alkohol am Steuer, Diebstahl, Verstoß gegen das Drogengesetz und Verkehrsdelikten. Angegebenes Einkommen 2014: Dreiundachtzigtausendsiebenhundert Kronen. Unbezahlte Steuerschulden: Zweihundertvierundzwanzigtausend.

Zack klickt auf das Passfoto, das Sirpa Hemälainen ihm geschickt hat. Ein Mann mit Kurzhaarschnitt und fliehendem Kinn, das fast unmerklich in einen schmalen Hals übergeht.

»Probierst du es noch mal bei Douglas?«, fragt Deniz, während sie am Einkaufszentrum Kungens kurva vorbeifahren.

Zack drückt auf Wahlwiederholung, aber landet direkt auf der Mailbox.

»Sein Handy ist immer noch ausgeschaltet«, sagt er.

»Wie kann es sein, dass er jetzt nicht erreichbar ist?«, fragt Deniz. »Schließlich stecken wir mitten in den Ermittlungen.«

»Wir fahren weiter«, entscheidet Zack. »Wir können nicht stundenlang darauf warten, dass er unsere Entscheidung gutheißt. Laut Östman besteht schließlich die Gefahr, dass weitere Kinder sterben.«

»Glaubst du, der Mann, zu dem wir jetzt fahren, ist der Mörder?«

»Nein, der sieht nicht gerade wie ein Löwe aus. Und sein Lebenslauf ist nicht heftig genug. Ich tippe mal, Emilian Petrescu ist einer von den Typen, die ihren Wagen für eine Entführung verleihen, sich aber nicht trauen, selbst mitzumachen. Dafür kann er uns vielleicht erzählen, wo dieser Lejonet sich befindet, wenn wir ihn höflich drum bitten.«

»Gut. Denn wenn wir jetzt auf dem Weg zu einem Psychopathen wären, der Kinder ermordet, hätte ich gern einen bewaffneten Kollegen bei mir«, erklärt Deniz und wirft einen schnellen Blick auf Zacks Waffengürtel.

»Wenn es drauf ankommt, habe ich andere Waffen.«

»Tatsächlich?«

»Den Schlagstock und die hier«, nickt er und hält seine Fäuste hoch.

Deniz seufzt und schüttelt den Kopf, muss aber schmunzeln.

Sie vertraut ihm, mit oder ohne Pistole. Das weiß er. Bereits zweimal hat er ihr bei Einsätzen das Leben gerettet.

Es ist fast dunkel, als sie nach Södertälje abbiegen. Das Navi des Volvos führt sie an einem verlassenen Hobbyhafen vorbei in ein gepflegtes Villenviertel nördlich des Zentrums.

»Da«, sagt Deniz und zeigt auf eine Anhöhe.

Halb versteckt hinter nackten Büschen und eisbedeckten Bäumen erhebt sich eine moderne Villa wie ein weißer Sarg in der Dunkelheit.

Langsam fahren sie am Haus vorbei. Durch das skelettähnliche dunkle Gebüsch sehen sie, dass hinter den großen Fenstern Licht brennt.

Das Haus bietet einen Blick auf einen kleinen See, liegt etwas abseits und ist durch ein Wäldchen vom nächsten Nachbarn getrennt. Sie stellen den Wagen ein Stück entfernt ab und gehen zurück.

Zwei Frauen mit Walkingstöcken eilen auf dem gegenüberliegenden Bürgersteig vorbei, in der Ferne hören sie einen Hund bellen.

Zack öffnet das sorgfältig gearbeitete Eisentor, und die beiden gehen auf das Haus zu. Sie mustern die Fenster, suchen nach irgendwelchen Bewegungen dahinter.

Eine Steintreppe führt hoch zu einer Haustür ohne Namensschild. Es stehen keine Blumentöpfe in den Fenstern, kein Schlitten lehnt an der Wand, und im gefrorenen Schnee des Gartens ist keine Fußspur zu entdecken. Nur die Garagenauffahrt ist frisch mit Sand bestreut.

»Wir läuten«, sagt Deniz.

Der Klingelton wirkt synthetisch und verpflanzt sich weiter in die Räume im Haus.

Hinter der Tür sind keine Schritte zu hören.

Alles ist still.

»Hast du deinen Dietrich dabei?«, fragt Deniz.

Zack bittet sie, Ausschau zu halten, während er sich hinhockt und das Schloss bearbeitet.

Eine Minute später stehen sie im Eingangsbereich und suchen nach irgendwelchen Anzeichen einer Alarmanlage. Doch sie entdecken keine Kabel, kein Display, keine blinkenden Dioden an den Wänden.

Eine einsame, marineblaue Winterjacke hängt an einem Bügel, das Schuhregal ist leer.

Sie schauen ins Wohnzimmer.

Leer, bis auf drei zusammenklappbare Stühle an einem kleinen Tisch, an der Decke ein großer Kronleuchter. Ein schmaler, länglicher Spiegel an der einen Wand und ein paar hässliche Löcher, die von abgenommenen Bildern und abgebauten Regalen zeugen.

Zack will gerade das Zimmer betreten, als ein leises, knarrendes Geräusch zu hören ist.

Wie Schritte auf einem Holzfußboden.

Eine Bewegung im Spiegel.

Eine Pistole, die angehoben wird.

Deniz und er suchen Deckung hinter der Wand, die das Wohnzimmer vom Flur trennt. Zack ist noch in der Luft, als der erste Schuss abgefeuert wird, sein rechter Fuß zuckt, bevor er landet.

»Alles in Ordnung?«, flüstert Deniz und zieht ihn zu sich.

»Ich denke schon«, antwortet er und schaut auf seinen Stiefel.

Teile der groben Gummisohle sind zerrissen, aber die Kugel scheint seine Zehen um wenige Millimeter verfehlt zu haben.

Mit dem Ellenbogen klopft Zack gegen die Wand. Ein dumpfes, leises Geräusch. Offenbar eine tragende Wand. Die hält sicher einen Pistolenschuss ab, denkt er.

Deniz hat ihr Funkgerät hervorgeholt und fordert, so leise sie kann, Verstärkung an.

Zack schaut sich um. Links von der Haustür, neben der Garderobe, gibt es zwei Türen. Die eine führt zu einer Gästetoilette, die andere hat ein Schlüsselblatt aus Messing. Zack nimmt an, dass sie zum Keller führt.

Rechts geht der Eingangsbereich in einen kleineren Raum mit einem Sofa und einen großen Fernsehapparat an der Wand über.

Zack schließt die Augen. Er versucht nachzudenken.

Sie können uns durch Fenster oder in irgendeiner Überwachungskamera gesehen haben.

Aber dann hätten sie uns längst getötet.

Vielleicht haben sie auch nur einen von uns gesehen?

Sekunden vergehen. Nicht ein Geräusch ist zu hören.

Zack beugt sich zu Deniz hinüber. Flüstert: »Ich glaube, die haben nur mich gesehen. Das müssen wir ausnutzen. Wenn ich an der Türöffnung vorbeikomme, ins andere Zimmer, dann kannst du dich hinter der Kellertür verstecken. Und den Schützen dann von hinten überraschen.«

Deniz schaut zur Türöffnung. Sie sieht aus, als suchte sie nach einem besseren Plan. Doch dann flüstert sie nur: »Okay.«

Fünfzehn Sekunden später nimmt Zack Anlauf und stürmt los.

Zwei Schüsse werden abgefeuert, der eine Türpfosten zersplittert, während Zack mit einer weichen Schulterrolle in dem Zimmer auf der anderen Seite des Flurs landet.

Drei weitere Schüsse werden kurz nacheinander abgegeben, und Staub steigt aus dem Sofa hinter ihm auf, als eine der Kugeln in die Polsterung eindringt.

Schnell schlängelt Zack sich vor, am Fernseher vorbei. Er hört eilige Schritte hinter sich.

Zwei Personen. Mindestens.

Bitte, lass sie nicht Deniz entdecken.

Er hebt den Blick. Eine halboffene Tür weiter hinten führt in einen weiteren Raum. Er schaut hinein. Großgeblümte Tapeten an den Wänden, drei zerwühlte Feldbetten, ein Fenster mit heruntergelassenen Jalousien.

Hinter ihm ein Schuss.

Eine Sig Sauer.

Deniz.

Zack hört einen Mann vor Schmerzen brüllen und zu Boden fallen.

Er huscht in das Zimmer mit den Feldbetten. Sieht links eine Spiegeltür.

Wohin führt die?

Er hat sich im Kreis bewegt. Die Tür könnte also wieder ins Wohnzimmer führen.

Der verletzte Mann schreit immer noch.

Neue Schüsse fallen. Mehrere Waffen, verschiedene Kaliber. Etwas zerbricht und fällt schwer zu Boden, offenbar direkt hinter der geschlossenen Tür. Der Kronleuchter?

Schnelle Schritte nähern sich.

Zack klappt den Schlagstock auf und läuft geduckt ins Fernsehzimmer zurück. Dabei stößt er fast mit einem übergewichtigen, hinkenden Mann in Jeans und Flanellhemd zusammen.

Einen kurzen Moment sehen die beiden sich an. Dann schlägt Zack ihm mit dem Schlagstock die Pistole aus der Hand und verpasst ihm mit der Linken einen kräftigen Hieb auf die Nase.

Schreiend stolpert der Mann rückwärts, bis er gegen die Wand stößt.

Unten an seinem rechten Hosenbein befindet sich ein Loch, das von einem dunkelroten Fleck umgeben ist. Deniz hat ihn also getroffen.

Zack tritt ihm fest gegen das verletzte Bein. Der Mann sackt in sich zusammen. Dabei bekommt er noch einen Schlag ins Gesicht, so dass sein Hinterkopf auf den Boden knallt.

Er bleibt still liegen.

Zack fesselt ihn mit Handschellen an einem Heizungsrohr.

Wieder Schüsse im Flur. Ein dumpfer, schwerer Fall. Dieses Mal keine Schreie.

Jemand ist erschossen worden.

Deniz?

Zack nimmt die Pistole seines Opfers, eine tschechische CZ, streift sich die Stiefel von den Füßen und schleicht leise zurück zur verschlossenen Spiegeltür in dem Zimmer mit den Feldbetten. Vorsichtig drückt er die Klinke hinunter und stellt zu seiner Erleichterung fest, dass die Tür nicht quietscht.

Haben sie Deniz getötet?

Bei diesem Gedanken schwankt der Boden unter seinen Füßen.

Konzentriere dich.

Er schiebt die Tür einige Zentimeter weit auf und schaut ins Wohnzimmer.

Zunächst sieht es leer aus. Doch als er die Tür ein Stück weiter öffnet, sieht er einen breiten Rücken und eine lange blonde Haarmähne.

Der Mann, den Said den Löwen nannte, Lejonet.

Er trägt Chinos und einen schwarzen Fleecepullover und steht stocksteif neben der Türöffnung zum Flur, mit erhobener Pistole.

Der wartet auf Deniz, denkt Zack.

Sie lebt.

Zack hebt die CZ und zielt sorgfältig auf Lejonets Pistolenhand.

Seine eigene Hand zittert.

Er probiert es mit dem Zweihandgriff, trotzdem kriegt er seine Hände nicht ruhig. Außerdem ist die Kimme der CZ merkwürdig eingestellt, als hätte sie einen Stoß bekommen und sich verzogen.

Wenn er jetzt schießt, kann er genauso gut Lejonets Hals wie seine Pistolenhand treffen.

Aus dem Fernsehzimmer ist eine Stimme zu hören, die etwas in einer fremden Sprache schreit.

Der Mann, der an die Heizung gefesselt ist.

Ich hätte fester zuschlagen sollen, denkt Zack.

Lejonet wirbelt herum.

Zack zielt auf seine Beine und feuert einen schnellen Schuss ab, der in die abgenutzte Fußbodenleiste direkt neben Lejonets Schuh einschlägt. Der Mann schießt zurück, genau in dem Moment, in dem Zack sich in den Raum mit den Feldbetten zurückzieht.

Ein weiterer Schuss wird abgefeuert und zertrümmert den Spiegel im Wohnzimmer.

Vorsichtig guckt Zack wieder dort hinein, gerade als Lejonet und Deniz gleichzeitig zu Boden fallen. Mit der einen Hand umklammert sie den Hals des Mannes und versucht mit der anderen, seine herumwedelnde Pistolenhand von sich fernzuhalten.

Lejonet drückt Deniz einen Ellenbogen ins Gesicht, doch da ist Zack bereits bei ihnen. Er packt die Pistole des Mannes und windet sie ihm aus der Hand, so fest, dass die Gelenke knacken.

Lejonet versucht zu brüllen, doch Deniz' Griff um seinen Hals ist so fest, dass nur ein Gurgeln zu hören ist.

Schnell kniet Zack sich hin und dreht Lejonet einen Arm auf den Rücken. Seine Muskeln sind massiv, aber nicht besonders fest.

»Du kannst loslassen«, sagt er zu Deniz, »ich habe ihn.«

Deniz zögert. Blut läuft ihr aus der Nase, Flüche kommen aus ihrem Mund.

»Lass los«, fordert Zack sie noch einmal auf, und endlich löst sie langsam den Griff um Lejonets Hals und rollt auf die Seite.

Aus dem Fernsehzimmer ruft der Mann im Flanellhemd immer noch unverständliche Sätze. Zack drückt Lejonets Arm höher in Richtung Schulterblatt und zwingt ihn so, sich auf den Bauch zu drehen.

»Wo ist der Dritte?«, fragt er Deniz.

»Tot«, antwortet sie. »Und der Typ, der so schreit?«

»An die Heizung gekettet. Ohne Waffe.«

Deniz wischt sich die Nase am Jackenärmel ab, löst dann die Handschellen von ihrem Gürtel und fesselt Lejonets Arme hinter seinem Rücken.

»Hast du Kabelbinder?«, fragt sie.

»In der linken Jackentasche.«

Sie durchsucht Zacks Taschen, findet, was sie sucht, und bindet Lejonets Beine zusammen. Er leistet keinen Widerstand, sondern liegt schweigend auf dem Boden, den Blick aufs Parkett gerichtet.

Sein Gesicht ist zerfurcht, sein hellblondes Haar geht wenige Zentimeter über den Haarwurzeln in Dunkelbraun über.

»Zack«, sagt Deniz. »Unten im Keller ist noch was.«

»Noch mehr Männer?«

»Ich weiß es nicht. Aber als ich mich hinter der Tür versteckt habe, habe ich Geräusche von unten gehört. Leise, wie das Husten eines Kindes.«

Zack denkt an das, was Said über Lejonet berichtet hat. Dass er oft in seinem Auto vor der Asylbewerberunterkunft gesessen und den Kindern zugeschaut hat.

Hier geht es nicht nur um Ismail.

Er hat sich noch weitere Kinder geholt.

Zack drückt Lejonet ein Knie in den Rücken.

»Was ist da unten im Keller?«, fragt er. »Los, rede!«

Aber Lejonet brummt nur etwas in einer Sprache, die sie nicht verstehen, also schleppen sie ihn hinaus in den Flur. Zack geht rückwärts und stolpert fast über den toten Mann, der dort auf dem Rücken liegt und direkt unter dem Auge ein Einschussloch hat.

Zack erkennt das auffällige Kinn vom Passbild wieder.

Emilian Petrescus Leben hat ein Ende gefunden.

Zack dreht Lejonet um, so dass dieser gezwungen ist, seinen toten Freund anzusehen, und drückt ihm die Pistole gegen die Schläfe, während Deniz ihn an der Heizung im Flur ankettet.

»Gibt es noch mehr Männer hier?«, fragt Zack auf Englisch.

Doch der Mann, der Lejonet genannt wird, starrt nur seinen toten Freund an.

Sie holen den anderen Mann und ketten ihn ebenfalls an diese Heizung. Zack sieht, wie sein Blick unfreiwillig immer wieder von der halbgeöffneten Kellertür angezogen wird.

Was gibt es da unten?

Er überprüft das Magazin der CZ. Noch drei Kugeln. Dann sagt er zu Deniz: »Pass auf sie auf, ich gucke nach, was da unten im Keller ist.«

17

Die steile Treppe wird von einer schwachen, nackten Glühbirne erleuchtet. Langsam tastet Zack sich mit gezogener Pistole vor.

Wonach riecht es hier? Nach muffigem Keller, aber auch nach Angst.

Angst in ihrer reinsten Form.

Mehrere der Treppenstufen knarren, und direkt vor der untersten Stufe sieht Zack eine geschlossene Tür mit vorgeschobenem Riegel vor sich.

Ein leichter Kotgeruch sickert von der anderen Seite herein.

Was erwartet mich dahinter?

Er schiebt den Riegel zur Seite und drückt die Tür auf. Sie ist massiv, sicher doppelt so dick wie eine gewöhnliche Kellertür. Auf der Innenseite ist die Klinke abmontiert.

Ein Geruch nach Schweiß und Schmutz schlägt ihm in der Dunkelheit entgegen. Stickige, sauerstoffarme Luft, als würde der Keller täglich für Fitnessübungen benutzt und nie gelüftet.

Und dann noch dieser andere Gestank.

Als würde der Keller als Latrine verwendet.

Zack findet einen Lichtschalter und betätigt ihn.

Er befindet sich an einem Ende eines langgestreckten Gangs mit Flickenteppichen auf dem Boden und Wasserflecken an der Decke. In den grauen Betonwänden gibt es mehrere verschlossene Türen und ganz am Ende ein vergilbtes Waschbecken mit tropfendem Wasserhahn.

Er öffnet die erste Tür. Eine Waschküche. Auf dem Boden befinden sich Konserven, große Plastikkanister mit Wasser und ein Sack voller Pappteller und Plastikbesteck.

Er geht weiter zur nächsten Tür. Als er Geräusche hört, bleibt er stehen. Zweimal ertönt Husten, kurz nacheinander.

Es scheint von der Tür ganz hinten zu kommen.

Er geht hin und legt das Ohr daran. Da hört er weitere Geräusche. Als liefe da drinnen ein Fernseher.

Er drückt die Türklinke. Abgeschlossen. Aber der Schlüssel steckt. Er dreht ihn um und öffnet die Tür.

Spürt ihre Anwesenheit, noch bevor er sie sieht.

Acht Augenpaare sind auf ihn gerichtet.

Kinderaugen.

Schmutzige, verängstigte Kinder. Einige angezogen, andere fast nackt. Alle dunkelhaarig. Alle sitzen sie auf einem gelbgefleckten Flokati.

Ein kleines Mädchen fängt an zu weinen, als sie ihn in der Tür sieht. Zwei andere kauern sich in Embryonalstellung zusammen.

Aber keines lässt ihn aus den Augen.

Zack bleibt in der Türöffnung stehen und kann kaum begreifen, was er hier sieht. Er spürt, wie die Wut in ihm aufsteigt, am liebsten würde er Lejonet zu Tode prügeln, aber was würde das nützen?

Diese Kinder hier brauchen ihn.

Jetzt.

Sie brauchen seine besten, ruhigsten, freundlichsten Seiten.

Ein 15-Zoll-Flachbildfernseher steht auf einem Stuhl in einer Ecke des rechteckigen Kellerraums. Auf dem Bildschirm flackert ein Zeichentrickfilm mit den Disneyfiguren Timon und Pumbaa. Unter dem Stuhl steht ein schnarrender alter VHS-Player, und daneben liegt ein Stapel mit anderen Kinderfilmen. »Dschungelbuch 2«, »Hannah Montana«, »Pokémon«.

Der Raum stinkt nach Urin und ungewaschenen Haaren. Rechts neben der Tür steht ein Holzstuhl mit einem ausgesägten runden Loch im Sitz. Unter dem Loch befindet sich ein weißer Plastikeimer. Er ist halbvoll mit hellgelber Flüssigkeit, aufgeweichtem Papier und etwas, das aussieht wie Katzenstreu. Neben dem Stuhl steht ein Tisch, auf dem eine Schachtel mit Feuchttüchern und eine Rolle Toilettenpapier stehen.

Zack geht zu dem kleinsten Kind, einem Jungen mit eingefallenen Wangen. Er sieht aus, als wäre er sechs oder sieben Jahre alt, und trägt nichts als eine rote Unterhose. Seine Arme sind nur Haut und Knochen, die Rippen kann man mit dem bloßen Auge zählen.

Zack hockt sich lächelnd vor den Jungen.

»Hallo«, sagt er.

Der Junge wendet sich ab und klammert sich an ein älteres Mädchen. Ein anderer Junge fängt an zu weinen.

Zack weicht zurück und hält die Hände hoch, wie um zu zeigen, dass er ihnen nichts Böses tun will. Er versucht, einen kühlen Kopf zu bewahren, aber die Wut steigt in ihm auf.

»Ist ja gut«, sagt er leise. »Ich bin keiner von denen. Ich bin hier, um euch zu befreien.«

Erst jetzt bemerkt er, dass er immer noch die Pistole in der Hand hat. Er steckt sie in den Holster und verflucht seine Dummheit.

Dann hockt er sich wieder hin, spricht mit ruhiger Stimme in Englisch auf die Kinder ein, erklärt ihnen, dass er hier ist, um ihnen zu helfen, aber sie scheinen nicht zu verstehen, was er sagt.

Er hockt sich neben ein weinendes Mädchen in Esters Alter und streicht ihr vorsichtig übers Haar. Sie lässt ihn gewähren und lehnt schließlich den Kopf gegen seinen Arm.

Während er dem Mädchen weiter über den Kopf streicht, schaut er sich im Raum um.

Ein paar Hartfaserplatten und Holzlatten sind an einer Wand aufeinandergestapelt, ein Haufen Nägel liegt auf dem Boden. Drei der Kinder halten abgegriffene Kuscheltiere im Arm, ansonsten sind im Raum keine Spielsachen zu sehen.

Er muss dafür sorgen, dass die Kinder hier herauskommen.

Muss sie aus dem Untergrund ans Licht führen.

So schnell wie möglich.

Er steht auf, um zu gehen, doch da klammert sich das Mädchen an seinem Arm fest. Vorsichtig versucht er, ihre Hände zu lösen, ihr zu erklären, dass er nur geht, um Hilfe zu holen, aber sie presst ihr Gesicht an seine Jacke und trampelt mit den Füßen.

»Ist ja gut. Alles ist gut.«

Er dreht das Gesicht zur Tür und ruft, so laut er kann: »Deniz! Deniz!«

Keine Antwort.

Noch einmal ruft er nach ihr, aber sie hört ihn nicht.

Er muss hochgehen.

Also hebt er das Mädchen hoch.

Die anderen Kinder lässt er zurück.

Denjenigen, der für das hier verantwortlich ist, würde er am liebsten umbringen.

18

Auf der Einfahrt drängen sich Krankenwagen und Polizeifahrzeuge. Blaulicht wischt über die kahlen Zweige der Bäume.

Im Keller verteilen Zack, Deniz und zwei andere Polizeibeamte heißen Kakao, Butterbrote und Süßigkeiten an die Kinder.

Das Mädchen, das Zack mit hochgenommen hat, ist mit ihm auch wieder hinuntergekommen. Jetzt summt sie leise vor sich hin, weigert sich aber, Zack loszulassen.

Die anderen Kinder sind stumm, verwundert. Einige immer noch voller Angst.

Eine Polizeibeamtin kommt mit einem ganzen Stapel Fleecedecken herunter. Zack nimmt ihr eine ab und wickelt sie um das summende Mädchen. Dann nimmt er sie wieder hoch und trägt sie zum zweiten Mal nach oben.

Ihr Körper ist knochig, aber ihre Hand an seinem Nacken ist warm, und sie umklammert ihn ganz, ganz fest.

Mehrere Kameras blitzen in der Dunkelheit auf, als Zack das Mädchen aus dem Haus in einen Krankenwagen trägt.

Er steigt in den Wagen ein und zieht die Hecktür hinter sich zu. Eine junge Sanitäterin mit Pferdeschwanz und einem freundlichen Blick streckt die Arme nach dem Mädchen aus, aber die Kleine klammert sich weiterhin an Zack fest und bohrt ihr Gesicht in seinen Hals.

Zack setzt sich mit dem Mädchen in den Armen hin. Die Sanitäterin setzt sich neben ihn und spricht mit sanfter Stimme mit dem Mädchen.

Die Hecktür wird geöffnet, Douglas Juste schaut herein. Er sieht Zack und das Mädchen freundlich an, sagt aber nichts. Stattdessen verschwindet er ebenso schnell, wie er aufgetaucht ist.

»Ich kann mich um sie kümmern«, sagt die Sanitäterin, und dieses Mal gelingt es Zack, vorsichtig die Arme des Mädchens um seinen Hals zu lösen und sie auf den Schoß der Sanitäterin zu setzen, ohne dass sie protestiert.

Er geht zurück ins Haus. In der Eingangshalle ist es eng. Polizisten, mehrere Sanitäter, Kinder, die aus dem Keller hochgetragen werden. Mitten in dem Gewimmel kniet Koltberg neben dem toten Mann und nimmt ihm die Fingerabdrücke ab.

Im Wohnzimmer sitzt Deniz allein auf einem der Klappstühle. Sie dreht ihr Handy in der Hand und starrt mit leerem Blick vor sich hin.

Zack zieht einen Stuhl heran und setzt sich neben sie, legt ihr einen Arm um die Schulter.

»Du hattest nur zwei Möglichkeiten: du oder er«, sagt er.

Sie nickt, starrt aber weiter vor sich hin.

»Hätte er dich getötet, wären es drei gegen mich gewesen. Und das hätte ich vielleicht nicht geschafft. Und dann säßen die Kinder immer noch im Keller.«

Sie blickt ihn an, und er sieht, dass sie ihm zustimmt.

Fressen oder gefressen werden.

Wenn jemand weiß, was das heißt, dann Deniz.

Sie erhebt sich und tritt ans Fenster. Zack stellt sich neben sie.

Douglas steht auf der Einfahrt und versperrt zwei Personen den Weg. Als sie versuchen, an ihm vorbeizugehen, kann

Zack erkennen, um wen es sich handelt: Åke Blixt und Gunilla Sundin.

Was haben die hier zu suchen? Die arbeiten doch nie nach Feierabend.

Sind sie hergekommen, um mit eigenen Augen nachzusehen, ob er schon wieder in etwas verwickelt ist? Damit sie ihn auf der Stelle vom Dienst suspendieren können?

Oder wollen sie dieses Mal Deniz entwaffnen?

Sie unternehmen einen weiteren Versuch, sich vorbeizudrängen, aber Douglas tritt einen Schritt zur Seite und versperrt ihnen den Weg, wobei er ihnen gleichzeitig zu verstehen gibt, dass sie abhauen sollen. Es sieht nach einem heftigen Wortwechsel aus, aber zum Schluss geben die internen Ermittler auf und trotten zurück zu ihrem Auto.

Ein Techniker kommt keuchend aus dem Keller hoch, mit einem Papierstapel in der Hand. Als er Zack und Deniz im Wohnzimmer entdeckt, kommt er zu ihnen.

»Guckt mal. Das sieht aus wie Kopien von Akten der Einwanderungsbehörde über diverse Flüchtlingskinder.«

Zack streckt die Hand aus, um sich die Papiere anzuschauen, doch der Kollege zieht die Dokumente weg.

»Sorry«, sagt er, »nicht ohne Plastikhandschuhe.«

»Entschuldige«, sagt Zack. »Kannst du sie mal durchblättern und sehen, ob du einen Ismail Dakhil darin findest?«

Der Techniker blättert schnell den Stapel durch.

»Tut mir leid. Keiner mit diesem Namen.«

Douglas kommt in den Raum und klopft Zack und Deniz kurz auf die Schulter.

»Gute Arbeit«, sagt er. »Sehr gut. Habt ihr etwas über Ismail gefunden?«

»Nein«, antwortet Zack. »Noch nicht.«

Durch das Fenster sieht er die Krankenwagen davonfahren, in

denen sich die magersten und schwächsten der Kinder befinden. Die anderen haben das Grundstück in einem Minibus verlassen, zusammen mit Polizisten und Angestellten der Sozialbehörde in Södertälje.

Zacks Handy vibriert, eine SMS, aber er schaut nicht nach. Stattdessen geht er mit Deniz in den Keller hinunter und durchsucht die anderen Räume. Er wirft einen Blick auf den Videofilm, der immer noch läuft.

Wie lange haben die Kinder hier gehockt?

Warum hat niemand Alarm geschlagen?

Acht verschwundene Kinder. Wie konnte das nur passieren?

Das Handy vibriert immer wieder.

Er holt es heraus. Sieben neue Nachrichten.

Er tritt zur Seite und beginnt sie zu lesen.

Die erste ist von Abdula.

Habe eben den Artikel im Expressen gelesen. Bin stolz auf dich. Echt.

Zack klickt auf den beigefügten Link und gelangt zu dem Artikel. Ein Foto von ihm mit dem Mädchen auf dem Arm füllt fast das gesamte Display. Die reißerische Schlagzeile unter dem Foto: *»Polizeiheld rettet weitere Kinder.«*

Polizeiheld. Diesen Namen bekam er im letzten Sommer, als er mithalf, eine andere Bande aufzudecken, die mit Menschen handelte.

Der Artikel ist nur kurz und voller Spekulationen, schließlich wissen die Journalisten nichts, außer dass die Polizei gefangene Kinder in einem Haus gefunden hat.

Zack scrollt das Bild wieder hoch. Es gefällt ihm.

Sind sie Polizeihelden, Deniz und er? Ja, heute vielleicht.

Dann sieht er Ismails erstarrtes Auge vor sich. Und ihm wird klar, dass sie nur durch ihn die anderen Kinder gefunden haben.

Dein Tod hat anderen das Leben gerettet.

Ein getötetes Kind gegen acht lebende. Ist das ein angemessener Preis? Kann man überhaupt Leben auf diese Art und Weise gegeneinander aufwiegen?

Wir tun es jeden Tag.

Wie viele fremde Kinder würden Eltern wohl opfern, um ihr eigenes Kind zu retten? Wie viele fremde Kinder wäre er selbst bereit zu opfern, um Ester am Leben zu erhalten?

Keines, sollte die Antwort lauten.

Doch seine Antwort ist eine ganz andere.

19

Mittwoch, der 21. Januar

Der Vernehmungsraum wird von Leuchtstoffröhren erhellt, die alle Menschen anämisch aussehen lassen. Die Metallstühle sind unbequem, und es herrscht hier drin eine Temperatur von siebzehn Grad. Ein Raum, so eingerichtet, dass alle, die sich dort befinden, ihn so schnell wie möglich wieder verlassen wollen.

Aber Zack und Deniz sind froh hierherzukommen. Und es ist ihnen vollkommen gleich, dass es bereits nach Mitternacht ist und dass Douglas vorgeschlagen hat, Deniz solle doch nach Hause fahren und sich ins Bett legen, oder noch besser: mit dem Polizeipsychologen über den Todesschuss reden. Die beiden wollen den Mann, der Lejonet genannt wird, unter Druck setzen und möglichst viele Informationen aus ihm herausquetschen.

Zack betrachtet ihn, wie er zurückgelehnt auf der anderen Seite des Tisches sitzt und ungeniert auf Deniz' Busen starrt. Ein Abschaum von einem Menschen, mit fetten Wangen, großen Nasenlöchern, einer kleinen Warze im einen Augenwinkel und einem

Blick, der sagt: Mir gehört die Welt. Ich nehme mir, was ich will. Alle Kinder gehören mir, und ich verkaufe sie meistbietend.

Es gab nicht ein einziges Ausweispapier im ganzen Haus, auch nicht in den Taschen der Männer. Aber im Register der Fingerabdrücke haben sie ihn gefunden.

Danut Grigorescu.

Und es wundert Zack überhaupt nicht, dass er diverse Eintragungen im Polizeiregister hatte.

Was ihn dagegen verwundert, ist die Tatsache, dass Danut Grigorescu tot ist. Ertrunken bei der Estonia Katastrophe am 28. September 1994.

Zack kann sich an einen Artikel erinnern, den er einmal gelesen hat. Darin wurde behauptet, dass mehrere Menschen die Chance genutzt hätten, ihre Identität auszuradieren, als die Zwillingstürme 2001 in New York einstürzten. Damit bekamen sie eine Möglichkeit, wieder bei null anzufangen, und die nutzten sie.

Zack hat nie gehört, dass jemand dasselbe getan haben könnte, als die MS Estonia sank. Aber warum nicht? Und erst recht jemand, der ein Leben wie Danut Grigorescu geführt hat.

Es ist ihm also gelungen, zwanzig Jahre unerkannt zu bleiben. Und zu leben, als wäre er jemand anderes.

Nicht schlecht, denkt Zack. Nur schade, dass er nicht etwas Sinnvolles angefangen hat, als sich ihm die Chance bot.

Kinder verkaufen.

Kann es etwas Dreckigeres geben als das? Etwas Widerlicheres?

»Wie heißen Sie?«, fragt Zack.

Die Handschellen klappern leise, als sein Gegenüber sich zerstreut die großen schlaffen Muskeln des rechten Arms kratzt.

»Wie heißen Sie?«, wiederholt Zack. »Wir wissen, dass Sie Schwedisch verstehen.«

»Michel aus Lönneberga.«

Er hat so gut wie keinen Akzent, und Zack vermutet, dass er all die Jahre, die er offiziell tot ist, in Schweden verbracht hat.

»Ach ja?«, entgegnet er und tut so, als betrachtete er ihn mit ganz neuen Augen. »Sie haben ja auch dieselbe Haarfarbe, Michel und Sie.«

»Wir wissen so einiges über Sie, Danut Grigorescu«, sagt Deniz. »Zum Beispiel, dass Sie Lejonet genannt werden. Der Löwe, ein starker Name.«

Danut Grigorescu hebt den Blick von ihrem Dekolleté zu ihrem Gesicht, lächelt und zeigt eine perfekte, schneeweiße Zahnreihe.

Verblendet. Er hat sich eine Verblendung auf die Zähne kleben lassen.

»Ich werde das Lamm genannt, weil ich so brav bin.«

»Unten im Keller hat ein Kind gefehlt. Ein Junge namens Ismail Dakhil. Was haben Sie mit ihm gemacht?«

Der Mann seufzt demonstrativ und spielt an den Handschellen.

Deniz fährt fort: »Ein Zeuge hat gesehen, wie Sie Ismail bei der Asylbewerberunterkunft in Upplands Väsby abgeholt haben. Sie werden dafür des Mordes angeklagt werden.«

»Ist er ermordet worden?«

Er stellt die Frage im gleichen Ton wie jemand, der nur aus Höflichkeit fragt, ob es wohl anfangen wird zu regnen.

»Als ob Sie das nicht wüssten«, entgegnet Deniz.

Danut Grigorescu sieht gelangweilt aus.

»Ich habe mit dem Jungen nichts zu tun«, sagt er mit leiser Stimme. »Sicher, ich habe ihn abgeholt, aber was dann mit ihm passiert ist, das weiß ich nicht. Ich töte keine Kinder. Ich verdiene nur Geld mit ihnen, solange sie leben.«

Wieder zeigt er seine weißen Zähne.

»Was ist mit Ismail passiert?«, fragt Zack.

»Er ist abgehauen.«

»Wann?«

»Als wir an der Tankstelle am Järva krog angehalten haben.«

»Jetzt haben Sie uns aber in der kurzen Zeit ziemlich viele Lügen aufgetischt«, sagt Zack.

»Er ist abgehauen. Wirklich.«

»Was machen Sie mit den Kindern, die Sie gefangen halten?«, fragt Deniz.

»Ich vermiete sie. Oder verkaufe sie.«

Zack sieht, wie Deniz' Augen sich verdunkeln, und kann sie nur zu gut verstehen. Danut Grigorescu redet über die Kinder, als handelte es sich um Leasingfahrzeuge.

»Warum Kinder?«, hakt Zack nach. »Könnten Sie nicht stattdessen Drogen oder Schmuggelware verkaufen?«

»Ich war früher im Drogengeschäft. Aber Sie wissen ja selbst, Stoff kann man nur einmal verkaufen. Kinder kannst du unzählige Male verkaufen.«

Wieder lächelt er, und Zack würde ihm am liebsten die blendend weißen Zähne zu Brei zerschlagen.

»Verkaufen, an wen? Und wofür?«, fragt Deniz, ohne ihre Empörung verbergen zu können.

Danut Grigorescu hebt die Augenbrauen und stellt eine Gegenfrage: »Was glauben denn Sie?«

Zack zwingt sich, ruhig zu bleiben, obwohl er genau weiß, was auf die Kinder wartete: Prostitution, Teilnahme an Pornofilmen, Sexsklaverei bei Pädophilen.

Bei einem Vortrag im Herbst hat ein Experte von der Trafficking-Abteilung berichtet, dass die Nachfrage nach Kindern steigt. Und dass der Trend zu immer jüngeren Opfern geht.

Er sieht, wie Deniz sich ihre Zeigefingernägel in die Daumen presst. Tief, fest.

Bleib ruhig, denkt er. Douglas steht da draußen und sieht alles.

Aber Deniz hat heute Abend zum ersten Mal in ihrem Leben einen Menschen erschossen. Sie ist wie ein Reagenzglas mit Nitroglyzerin, das bei der kleinsten Erschütterung explodieren kann.

»Wie viele Kinder haben Sie gekidnappt?«, fragt Zack, um Deniz Zeit zu geben, um sich zu beruhigen.

»Können Sie nicht zählen?«

»Ich meine insgesamt, mit allen, die Sie früher schon entführt haben.«

Danut Grigorescu streckt sich und gähnt. Dann sinkt er auf seinem Stuhl zusammen und schaut auf die Tischplatte.

Zack und Deniz stellen weitere Fragen. Welche Rolle hat er im Handel mit den Kindern gespielt? Wer ist noch darin verwickelt, und wer sind die Käufer? Um wie viel Geld geht es? Hat es andere Kunden gegeben, die das Kind getötet haben könnten?

Doch Danut Grigorescu antwortet nicht. Er zeigt nur sein blendend weißes Lächeln und schüttelt den Kopf.

Als Deniz sich vorbeugt und mit der Faust auf den Tisch schlägt, glotzt er neugierig in die Spalte, die sich zwischen ihren Brüsten zeigt.

»Ich mag deine Titten«, sagt er. »Vielleicht etwas schwer, aber sonst absolut okay für dein Alter. Die taugen bestimmt immer noch für einen anständigen Tittenfick.«

Deniz springt auf und schreit: »Antworte endlich auf die Fragen, du Scheißkerl!«

Weiße Zähne.

»Nein, ich glaube, ich ändere meine Meinung. Ich würde dich lieber in den Arsch ficken«, sagt er und lehnt sich zur Seite, als versuchte er, sich ein besseres Bild von ihrem Po zu machen. »Ja, der Arsch sollte es sein.«

Deniz beugt sich blitzschnell vor und schlägt ihm mit der Faust auf die Wange.

»Was soll das, du Fotze?«, schreit er.

Das reicht.

Zack steht auf.

Gemeinsam zwingen sie Danut zu Boden, und Zack hält seine gefesselten Hände fest, während Deniz einen Schlag nach dem anderen auf Gesicht und Körper platziert.

Die Zähne, denkt Zack, schlag ihm die Zähne aus, aber Deniz scheint aufzupassen, dass sie nicht mit seinem Mund in Berührung kommt.

Hinter dem Einwegspiegel des Vernehmungsraums steht Douglas Juste mit verschränkten Armen und betrachtet das Schauspiel. Er beugt sich vor, drückt auf einen Knopf, schaltet Kamera und Mikrofon aus und sieht dann ungerührt zu, wie seine Untergebenen ihre aufgestaute Frustration an einem Mann auslassen, der ohne jede Reue zugegeben hat, mit Kindern zu handeln.

»Was habt ihr mit Ismail gemacht?«, schreit Deniz und schlägt Danut Grigorescus Kopf hart auf den Boden. »Ihr habt ihn umgebracht. Gib es zu!«

Danut versucht sich zu wehren, aber Zack hält immer noch seine Hände fest.

»Er ist abgehauen.«

»Ach, red keinen Scheiß. Ihr habt ihn getötet.«

»Nein, er ist weggelaufen«, sagt Danut Grigoresu und spuckt Blut und Splitter von der Zahnverblendung aus. »Die haben doch bestimmt Kameras an der Tankstelle, da könnt ihr das selbst sehen.«

»Wann war das?«

Zack drückt ihm das Knie in den Schritt. Danut Grigorescu stöhnt und zieht den Körper wie im Krampf zusammen.

»Ich weiß es nicht mehr«, jammert er.

Ein weiterer Schlag.

»Streng dich an!«, schreit Deniz.

»Okay«, stöhnt Danut Grigorescu. »Das war, bevor es so kalt geworden ist. Im November, glaube ich.«

»Ist das auf dem Weg von der Asylbewerberunterkunft passiert?«

»Ja.«

»Dann also am 16. November«, sagt Deniz. »Um welche Uhrzeit?«

»Irgendwann abends. Gegen sechs Uhr vielleicht. Oder sieben. Auf jeden Fall war es dunkel.«

Deniz streckt sich, holt ein paar Mal tief Luft und wischt ihre blutigen Hände am Pullover des Mannes ab.

Zack lässt Danut Grigorescus gefesselte Hände los und steht auf.

»Eine letzte Frage«, sagt Zack. »Wer von den Angestellten in der Unterkunft hat euch geholfen?«

Danut Grigorescu wischt sich ein wenig Blut von den aufgeplatzten Lippen und grinst höhnisch. Die Zähne sind jetzt schwarzweiß gefleckt, wie ein Dachsrücken.

20

Deniz starrt durch das Küchenfenster ihrer Zweizimmerwohnung in Fruängen auf die menschenleere Vorortsstraße. Cornelia hat heute Nachtschicht. Deniz hätte sie gern bei sich gehabt. Hätte ihr die einfachen Worte sagen wollen: »Ich liebe dich.«

Doch Cornelia ist nicht hier, also nimmt Deniz stattdessen einen großen Schluck von dem weißen Rum.

Ich habe ihn erschossen.

Habe einem anderen Menschen das Leben genommen.

Wer hat das Recht, so etwas zu tun?

Niemand.

Warum fühlt es sich dann aber richtig an?

Die Antwort kommt, obwohl sie es nicht will: Weil er das verdient hat.

Weil er Geld verdient hat, indem er Kinder verkaufte. Sie behandelt hat, als wären sie eine Art Ware.

Wie andere Männer sie früher behandelt haben.

Das ist jetzt vierundzwanzig Jahre her. Sie war erst zwölf Jahre alt.

Deniz lehnt den Kopf zurück und leert ihr Glas.

Nicht um zu vergessen, sondern um die Erinnerungen zulassen zu können.

Sie sieht das fleckige Flanellhemd vor sich und die Hand, die ihre letzten zerknitterten Geldscheine entgegennimmt. Die Spalte, durch die Licht hereinfällt, wird immer schmaler, bis sie hört, wie die schwere Tür zugeschlagen wird.

Deniz kneift fest die Augen zusammen.

Sie verharrt in der Dunkelheit, im Eingesperrtsein, im monotonen Holpern.

Sie spürt die Wärme, die Enge. Den heißen, fiebrigen Körper ihres kleinen Bruders Sarkawt in ihrem Schoß. Die unbekannten, schwieligen Hände, die sich unter ihrem Pullover vortasten, bis zu ihrer Brust.

Die Hoffnung, die jedes Mal geweckt wird, wenn der Lastwagen anhält, und die jedes Mal erlischt, wenn er wieder losfährt.

Die Panik, als ihnen das Wasser ausgeht. Der Gestank, als die Menschen ihre Notdurft verrichten müssen.

Eine Ewigkeit in Finsternis.

Sarkawts immer stärker röchelnder Atem. Die Angst, er könnte in dem Lastwagen sterben, nur fünf Jahre alt.

Hilfe, murmelt sie. Helft mir, wer auch immer.

Doch niemand antwortet. Keiner ist dazu in der Lage.

Deniz schlägt die Augen wieder auf. Sie öffnet das Küchenfenster und spürt den kalten Wind an ihrem Gesicht. Sie atmet die frische Luft tief ein und geht dann zur Küchenanrichte, um ihr Glas nachzufüllen.

Als sie den Verschluss der Flasche mit dem Arehucas-Rum öffnen will, bereut sie es. Sie stellt die Flasche zurück in den Schrank hinter die Haferflockenpackung.

So betäubt Zack seinen Schmerz, denkt sie.

Nicht ich.

Die Kälte lässt sie zittern, und sie schließt das Küchenfenster. Sieht, wie ein einzelner Mann in Richtung U-Bahn-Station geht, und fragt sich, ob Zack wohl auch irgendwo da draußen ist.

Sie möchte ihm so gern helfen, aber wie? Er zieht alle ihre Versuche ins Lächerliche.

Es scheint, als wollte er in dieser Düne versinken.

Aber warum?

Allein seine alberne Sonnenbrille. Ob wohl noch andere außer ihr wissen, was er damit zu verbergen versucht? Ganz bestimmt.

Und trotzdem vertraut sie ihm, mehr als jedem anderen. Er ist so verdammt gut, wenn es drauf ankommt. Und er ist der Einzige unter den Kollegen, den sie als echten Freund ansieht.

Aber der Tag wird kommen, an dem er ihr Leben aufs Spiel setzt, wenn er so weitermacht, das weiß sie.

Eines Tages wird er nicht zur Stelle sein, wenn sie ihn an ihrer Seite braucht.

21

Zack ist zu spät, mit schnellen Schritten eilt er vom Umkleideraum zum Fahrstuhl, während er sich die Schläfen massiert.

Sein Kopf scheint explodieren zu wollen. Trotzdem ist er in dieser Nacht zu Hause geblieben, hat die Finger von den Chemikalien gelassen.

Doch es hat nichts geholfen.

Stundenlang lag er wach im Bett. Musste an die Kinder denken. An Ismail.

Wenn Danut Grigorescu die Wahrheit gesagt hat, wissen sie immer noch nicht, wer ihn ermordet hat. Oder ob es da draußen weitere Kinder gibt, die Gefahr laufen, getötet zu werden.

Aber warum sollte er die Wahrheit sagen?

Zack geht in Gedanken die Vernehmung durch.

Wie er Danut Grigorescu festhielt, damit Deniz auf ihn einschlagen konnte.

Zwei gegen einen.

Einer mit gefesselten Händen.

Nicht gerade eine Heldentat.

Aber Danut Grigorescu handelt mit Kindern. Hat er etwas anderes verdient? Nicht einmal Douglas scheint dieser Meinung zu sein. Er hat die beiden bereits verstehen lassen, dass sie sich keine Sorgen machen müssen. Die Aufnahmen von der Vernehmung werden verschwinden.

Doch Zacks Erinnerungen lassen sich nicht genauso leicht ausradieren.

Als das nervige Signal des Weckers ihn weckte, hatte er das Gefühl, gerade eben erst eingeschlafen zu sein.

Er lag in Embryonalstellung da, und etwas Spitzes drückte gegen seinen Brustkorb. Als er die Decke wegzog, sah er, dass es der

Ordner mit den Ermittlungen zum Mord an seiner Mutter war. Er hatte ihn in den Armen gehalten wie die Kinder im Keller ihre Kuscheltiere.

Die Fahrstuhltür öffnet sich.

Ihm fallen die Krankenakten ein, die er angefordert hat, ist neugierig auf den Inhalt. Aber es soll eine Woche dauern, bis sie bei ihm auftauchen.

Wird er einen anderen Blick auf seine Mutter haben, wenn er sie gelesen hat?

Wieder versucht er, sich an ein Krankenhaus zu erinnern, einen Arzt, der seinen gebrochenen Arm behandelt hat. Aber da ist nichts. Woran erinnert sich ein Fünfjähriger und wie?

Vielleicht will ich mich gar nicht erinnern, denkt er.

Der Fahrstuhl hält im zweiten Stock, und ein junger Typ von der Hausmeisterabteilung tritt ein. Er ist eine Vertretung und deutlich fröhlicher und netter als der nach Schweiß stinkende Alte, der normalerweise im Polizeigebäude herumschlurft und die Post verteilt.

»Du bist bei der Sondereinheit, oder?«, fragt der Typ.

»Ja.«

»Könntest du diese Sendung mitnehmen? Die ist gerade von einem Kurier abgegeben worden.«

Der Typ streckt ihm einen sorgfältig zugeklebten großen Umschlag hin.

»Natürlich«, sagt Zack.

Er geht ins Büro und kämpft mit dem störrischen braunen Klebeband, hätte dabei beinahe Niklas übersehen, der ihm mit ausgestreckten Armen entgegenkommt.

»Saubere Arbeit gestern«, sagt er. »Hast du schon die Zeitungen gesehen? Richtige Jubelartikel, und die sind ja auch wohlverdient. Es haben schon drei Journalisten angerufen und nach dir gefragt, ich habe ihnen deine Nummer gegeben.«

Zack weicht zurück und starrt ihn an.

Niklas muss über sein verblüfftes Gesicht lachen.

»Das war ein Witz. Natürlich habe ich sie an unsere Presseabteilung verwiesen.«

Zack lacht erleichtert auf.

»Was hast du da?«, fragt Niklas und zeigt auf die Sendung.

»Ich weiß nicht so recht«, antwortet Zack. Er reißt die letzte Schicht Klebeband ab und kann dann eine Videokassette mit einem Post-it-Zettel drauf herausziehen.

»Der Kerl, den wir gestern Abend verhört haben, behauptet, Ismail wäre weggelaufen, als er am Järva krog getankt hat. Das ist der Film aus der Überwachungskamera der Tankstelle.«

»Wir können ihn uns gleich angucken«, sagt Niklas. »Douglas lässt ausrichten, dass er später kommt, wir haben also noch Zeit, bis die Konferenz beginnt.«

»Kannst du einen Videorecorder besorgen? Und bring bitte Rudolf mit. Ich möchte vorher noch kurz mit Deniz reden.«

Die Kollegin sitzt an ihrem Tisch, sieht blass und hohlwangig aus. Das dicke, dunkelbraune Haar hat sie in einem nachlässigen Pferdeschwanz zusammengefasst. Sicher hat sie die letzte Nacht nicht besonders viel geschlafen.

»Wie geht es dir?«, fragt er.

Sie zuckt mit den Schultern.

»Schon okay.«

»Warst du schon bei der Internen?«

»Nein, ich soll in einer Stunde hin. Vielleicht laufen wir dann beide ohne Waffe herum.«

»Ich habe heute früh die Onlineausgaben der Zeitungen überflogen. Einfach bescheuert, dass sie dich mit keinem Wort erwähnen.«

Deniz schaut verwundert auf.

»Findest du? Ich bin eher dankbar dafür. Diese Hyänen überlasse ich gerne dir. Ich habe nicht die geringste Lust, von irgendeinem Idioten wiedererkannt zu werden.«

Zack lacht.

»Kommst du mit in den Konferenzraum? Es ist an der Zeit zu überprüfen, was Danut Grigorescu über Ismails Weglaufen behauptet hat.«

Niklas hat gerade den Film zum Laufen gebracht, als sie den Raum betreten. Schwarzweiße, unscharfe Bilder von Zapfsäulen. Autos, die anhalten und abfahren, Kunden, die ein und aus gehen.

Schnell spult er Sequenzen vor, in denen nichts passiert, lässt den Film aber bei jedem neuen Auto, das im Bild auftaucht, anhalten. Bis jetzt: Nichts.

Auch heute ist es kühl in den Räumen, und von dem nur nachlässig abgedichteten Fenster dringt noch kältere Luft herein, wie der Atem eines Gespenstes, das ihnen in den Nacken haucht.

Zack zieht seinen Wollpullover fester um den Hals und schaut hinaus. Auf die Fassade des Rathauses vor dem immer noch dunklen Himmel.

Werde ich mich irgendwann mal da drinnen auf der falschen Seite befinden?

Auf der Anklagebank?

Er schaut auf seine wunden Fingerknöchel.

Es wäre nicht ganz unverdient.

»Jetzt passiert was«, sagt Niklas.

Zack schaut auf. Ein Skoda Octavia hat an der einen Zapfsäule angehalten. Auf dem Schwarzweißfilm sieht er dunkelgrau aus, das Nummernschild ist nicht im Bild.

Ein Mann steigt aus, um zu tanken.

»Das ist er«, sagt Deniz. »Der, dem ich ins Bein geschossen habe. Wohin haben sie ihn eigentlich gebracht, ins Karolinska in Huddinge?«

»Nehme ich an«, antwortet Zack.

»Wir müssen ihn befragen, sobald das möglich ist.«

Der Mann betankt den Wagen. Ein anderer Mann steigt auf der Beifahrerseite aus. Das blonde Haar flattert ein wenig im Wind, als er zum Tankstellengebäude geht.

Danut Grigorescu.

Der Mann, der tankt, zieht ein Handy heraus und liest irgendwas auf dem Display.

Da wird die hintere Beifahrertür langsam geöffnet, und ein kleiner Junge schleicht sich hinaus.

»Ismail!«, sagen Zack und Deniz gleichzeitig.

Der Junge wirft einen schnellen Blick auf den tankenden Mann, aber der hat sich halb von ihm abgewandt und konzentriert sich immer noch auf sein Handy.

Ismail macht ein paar vorsichtige Schritte weg vom Auto, dann fängt er an zu laufen. Er rennt hinter das Gebäude und verschwindet aus dem Bild.

Dann stimmt es also doch, denkt Zack.

Du bist weggelaufen, du mutiger kleiner Kerl.

Zwanzig Sekunden später ist der Mann fertig mit Tanken. Er schaut ins Auto, dann beginnt er ziellos auf dem Gelände herumzulaufen, auf der Suche nach dem Jungen.

Danut Grigorescu kommt aus dem Tankstellengebäude, und sofort fangen die Männer an sich zu streiten. Dann springen sie ins Auto und fahren davon.

Niklas hält das Video an.

»Die Frage ist, wohin Ismail gelaufen ist«, sagt er.

»Sie müssen ihn wieder geschnappt haben«, sagt Deniz. »Vielleicht ist er deshalb gefoltert und getötet worden. Als Strafe für seinen Fluchtversuch.«

»Oder als Abschreckung für andere, dass sie gar nicht erst auf solche Ideen kommen«, bemerkt Zack.

Aber warum wurde er dann auf den Schornstein gespannt?,

fragt er sich im Stillen. Und warum in Stocksund und nicht in Södertälje? Um damit irgendjemandem eine Botschaft zu schicken? Aber wem? Das passt alles nicht zusammen.

Deniz holt tief Luft, bevor sie sagt: »Jetzt muss Koltberg zusehen, dass er DNA-Spuren von Ismail findet, entweder im Haus oder in der Kleidung der Rumänen. Sonst entlastet dieses Video diese Kerle eher noch.«

»Lass uns nicht verzweifeln«, wirft Rudolf ein, und da bemerkt Zack, dass sie ihm beschämenderweise gar nicht berichtet haben, was auf dem Video zu sehen war. Aber er hat sie auch nicht darum gebeten.

Rudolf ist schlau. Wahrscheinlich hat er sich allein aufgrund ihrer Kommentare zusammengereimt, was zu sehen war.

»Wir wissen ein klein wenig mehr«, fährt Rudolf fort. »Und das bedeutet, dass es vorwärtsgeht, auch wenn es noch nicht zu sehen ist.«

Niklas hat den Film zurückgespult, und sie schauen sich die Sequenz, in der Ismail die Wagentür öffnet, noch einmal an.

Der Junge ist für den schwedischen Winter viel zu dünn angezogen. Aber zu dem Zeitpunkt war die strenge Kälte noch nicht in Schweden angekommen, denkt Zack. Und wenn er gelaufen ist, hat er sich dadurch warmhalten können. Zumindest für eine Weile.

Auf dem Video schleicht sich Ismail wieder weg vom Auto.

Was hast du herausgekriegt, was hat dich dazu gebracht, zu fliehen?, fragt Zack sich.

Hast du etwas im Auto gesehen, das dich misstrauisch gemacht hast? Etwas, das dir vor Augen geführt hat, dass die Erwachsenen in diesem Land genauso schrecklich sind wie in dem, aus dem du geflohen bist?

Deniz hat ihre Augen auf den Bildschirm gerichtet, aber es sieht nicht so aus, als schaute sie sich wirklich den Film an.

Vielleicht ist sie ja mit ihren Gedanken wieder zurück in Södertälje, denkt Zack. Oder sie muss an ihren kleinen Bruder denken, wenn sie sieht, wie Ismail aus dem Bild läuft.

Hinaus aus der Welt der Lebenden.

22

Sirpa setzt sich mit steifen Gliedern an den Schreibtisch, um herauszufinden, ob es eventuell noch andere Überwachungskameras in der Nähe der Tankstelle gibt.

Die Nachricht von drei ungelesenen Mails blinkt in der Ecke des Bildschirms, und sie öffnet den Posteingang. Zwei davon sind uninteressante Gruppenmails, die sie sofort löscht. Bei der dritten steht nichts im Betreff, und sie stammt von einer Adresse, die sie nicht kennt.

LeOn1@gmail.com

Sie öffnet sie nicht, sieht aber, dass die Mail einen Link enthält.

Vielleicht ist es ein Trojaner?

Oder etwas ganz anderes.

Ein Schmerz durchzuckt ihre kaputten Knie, wie eine Vorahnung, dass sich ihr gerade etwas Wichtiges offenbart.

Aus einer Schreibtischschublade zieht sie einen silberfarbenen Laptop, loggt sich in ein offenes Netzwerk in einem Café in der Nähe ein und gibt die URL des Links ein.

Klickt sie an.

Es erscheint ein Rahmen vor einem schwarzen Hintergrund.

Ein Film.

Der startet, ohne dass sie etwas tun muss.

Was ist das?

Der Film ist dunkel, und sie stellt den Bildschirm auf die hellste Stufe.

Es ist ein Käfig. Ein Käfig mit Metallgittern, der in einer Art Felshöhle mit rauen Wänden steht.

Aber was ist in dem Käfig?

Als hätten die Schöpfer des Films ihre Gedanken gehört, zoomt die Kamera in den Käfig hinein.

Verdammt.

Das ist ein Junge.

Er.

Ismail.

Sie stoppt den Film und ruft die anderen zu sich.

Zack, Deniz und Niklas versammeln sich hinter ihr. Niklas zieht für Rudolf einen Stuhl heran, und der Kollege setzt sich mit schweren Gliedern hin.

Sirpa startet den Film neu.

»Das bist ja du«, flüstert Deniz.

Der Junge sitzt in einer Ecke des Käfigs, die Knie hochgezogen, die Arme um die Beine geschlungen, als wollte er sich wärmen. Er trägt nur ein T-Shirt und eine Trainingshose mit Löchern auf beiden Knien, und er starrt blicklos vor sich hin in die Finsternis.

Dann ist ein kratzendes Geräusch zu hören. Ismail zuckt zusammen und schaut direkt in die Kamera.

Er schaut und schaut, scheint aber nichts zu erkennen. Tränen laufen ihm die Wangen hinunter und zeichnen kleine Muster in seinem schmutzigen Gesicht.

Rettet mich, schreit sein Blick.

Rettet mich, wer auch immer.

Jetzt brennt es in Sirpas Knien, vorsichtig versucht sie, sie unter dem Tisch auszustrecken, um die Durchblutung zu verbessern.

Hinter ihrem Rücken hört sie, wie Niklas Rudolf erklärt, was der Film zeigt.

Die Kamera verändert den Bildausschnitt, jetzt ist fast der gesamte Käfig zu erkennen. Er ist so gut wie leer, bis auf einen Eimer mit Deckel in einer Ecke. Ismail hockt in der gegenüberliegenden Käfigecke. Er bewegt sich kaum. Dann sieht er zu irgendetwas hoch, und Sirpa fragt sich, ob es dort vielleicht ein Fenster gibt, durch das er hinausgucken kann.

Vielleicht ein Dachfenster.

Oder ein hochliegendes Kellerfenster.

Ein weiteres Gefängnis für Kinder.

Noch einmal verändert sich der Bildausschnitt, und sie sieht, dass an der Wand eine Digitaluhr hängt.

Sie zählt rückwärts.

29:23:59:15

»So viele Ziffern«, sagt Niklas. »Wofür stehen die?«

»Tage, Stunden, Minuten, Sekunden«, erklärt Sirpa. »Solche Uhren benutzen sie, um beispielsweise den Countdown für die Olympischen Spiele zu berechnen.«

Sie spult den Film so weit zurück, wie es geht. Am Anfang zeigt die Uhr exakt 30 Tage.

»Aber was soll dieser Countdown?«, fragt sie.

Dann wird ihr selbst klar, wie die Antwort lautet.

Widerstrebend zieht sie den Pfeil vorsichtig nach rechts. Die Uhr zählt die Tage in schneller Folge herunter.

»Warte«, sagt Zack. »Da ist was passiert.«

Sirpa stoppt und fährt die Aufnahme ein kurzes Stück zurück.

Ismail hockt da und isst mit den Händen aus einer Schale. Dann schaut er wieder auf und sieht ganz verängstigt aus, als hätte er etwas entdeckt.

Doch dann wird der Bildschirm schwarz, und als der Käfig wieder zu sehen ist, liegt Ismail auf dem Boden und schläft.

»Spul zurück«, sagt Zack. »Und guck auf die Uhr.«

Dieses Mal hat Sirpa ihre Augen auf die Uhr gerichtet. Als das Bild schwarz wird, macht der Countdown einen großen Sprung und rechnet zweieinhalb Stunden in einer Sekunde herunter.

»Die Aufnahme macht eine Pause«, sagt Zack. »Aber warum?«

»Um die Batterien in der Filmkamera zu wechseln?«, schlägt Niklas vor.

»Oder weil er nicht gesehen werden wollte, als er in den Käfig ging und etwas mit dem Jungen gemacht hat«, sagt Sirpa.

Sie spult weiter vor. Findet jeden Tag Abschnitte, in denen der Countdown einen großen Sprung macht. Das scheint meist dann der Fall zu sein, wenn Ismail etwas zu essen bekommt, und ein einziges Mal, als es für ihn neue Kleidung gibt.

Oder wenn er missbraucht wird?, fragt Sirpa sich. Aber der Körper weist keine Verletzungen dieser Art auf.

Die Lichtverhältnisse in dem Raum verändern sich im Laufe des Tages, und die Beamten sind sich immer sicherer, dass das Licht, zu dem Ismail ab und zu hochschaut, von einem Fenster stammt.

Die Uhr zeigt jetzt vier Tage und zwei Stunden.

Zack, Deniz, Niklas und Rudolf sind vollkommen still.

Sie ahnen alle, was kommen wird.

Sie wollen es nicht sehen, nicht hören.

Aber sie müssen es.

Wieder spult Sirpa schnell vor.

Noch zwei Tage. Einer.

Vierzehn Stunden … sieben … zwei.

45 Minuten.

Dreizehn.

Sirpa wünscht sich, sie könnte den Platz mit Rudolf tauschen. Damit sie das nicht ansehen muss.

Zehn Minuten.

Da passiert etwas.

Die Kamera zoomt wieder weg, und jetzt ist eine Tür zu sehen. Eine Tür mit einer kleinen Luke.

Ein großer Mensch eilt schnell durch das Bild, und Ismail schreit laut auf.

»Halt den Film an«, sagt Zack. »Und dann geh zurück, so langsam wie möglich.«

Sirpa lässt den Film Bild für Bild zurücklaufen, und sie sehen, wie der Mann langsam rückwärts wieder ins Bild kommt.

»Halt an.«

Was ist das?

Der Mann trägt einen hellgelben Pelz, mit klauenförmigen Tatzen an den Händen.

Die merkwürdigen Kratzspuren, denkt Sirpa. So hat Ismail sie bekommen.

Aber das Merkwürdigste ist das Gesicht. Es ist unter dem oberen Teil eines Löwenkopfes verborgen, komplett mit den Reißzähnen.

»Das ist ein kranker Mensch«, sagt Niklas. »Was hat er vor?«

Der Löwenmann geht zur Käfigtür. Schließt sie auf.

Ismail springt hoch. Er schreit jetzt und versucht, die Käfigstangen hochzuklettern, um irgendwie zu entkommen.

Aber er hat keine Chance.

Der Löwe öffnet die Käfigtür, dann geht er ruhig zurück zur Zimmertür und verschwindet wieder aus dem Bild.

Ismail schaut dem Mann nach, scheint ihn aber nicht länger sehen zu können. Langsam hört er auf zu jammern und sinkt mit dem Rücken gegen die Gitterstäbe zu Boden und atmet keuchend.

Er schaut auf die Käfigtür.

Offen.

Warum?

Langsam kriecht er auf sie zu. Schaut hinaus. Scheint nach dem Löwenmann zu suchen.

Er stellt sich in die Käfigöffnung. Verwundert. Wie ein Vogel, der zum ersten Mal sieht, dass die Luke seines Käfigs offensteht.

Er hält sich an den Stäben fest, scheint Mut zu sammeln.

Dann rennt er los.

Plötzlich ist ein Brüllen zu hören, und auf dem Film ist zu sehen, wie der Mann sich über ihn wirft.

Die Kamera filmt weiter den leeren Käfig.

Ismail schreit irgendwo in der Nähe.

Bewegungen sind zu hören. Laufende Füße. Schwere Schritte, die folgen.

Stille.

Erneute Schreie. Schnelle Schritte eines Jungen. Ebenso schnelle Schritte, die ihn verfolgen.

Und dann plötzlich ein Gebrüll und ein dumpfer Knall.

Langgezogene Schmerzensschreie.

Und ein tiefes Knurren.

Dann wieder Stille.

Sirpa dreht sich um, sieht in Zacks und Deniz' verbissene Gesichter, schaut Niklas an, der auf den Bildschirm starrt, sieht Rudolf mit gefalteten Händen und gesenktem Kopf dasitzen.

Sie wendet sich wieder dem Bildschirm zu.

Die Kamera filmt weiter den leeren Käfig.

Dann sind neue Geräusche zu hören, Schritte, die sich nähern.

Der Mann schaut in die Kamera, den Kopf leicht vorgebeugt, und was sie sehen, ist ein Löwe. Ein Löwe mit starren Augen, schwarzem Maul und spitzen Reißzähnen.

Der Mann drückt seinen Brustkorb heraus.

Zeigt schweigend die blutigen Klauen.

23

»Ihr seht aus, als wäre euch der Tod höchstpersönlich begegnet«, sagt Douglas, als er ins Büro kommt.

Sein blauer Schlips ist eng um den Hals geknotet, und der dicke, dunkelgraue Flanellanzug scheint perfekt für die Kälte zu sein.

Keiner antwortet. Dafür berichtet Sirpa kurz von dem Film.

»Zeig ihn mir«, fordert Douglas sie auf.

»Ich geh an meinen Schreibtisch und arbeite weiter«, sagt Deniz. »Ich packe es nicht, mir den noch einmal anzusehen.«

Zack und Niklas nicken zustimmend und gehen auf ihre Plätze.

Zack loggt sich in seinem Computer ein, aber er kann sich nicht konzentrieren. In seinem Kopf hört er immer noch Ismails Schreie und das Knurren des Mannes. Es ist nicht besonders schwer, die Geräusche mit den Bildern des misshandelten Körpers zusammenzubringen, den sie oben auf dem Schornstein gefunden haben.

Der Junge wurde von Klauen zerfetzt.

Von Tierklauen an einer Menschenhand.

Er sieht förmlich vor sich, wie der Mann die Haut mit den Klauenhänden aufreißt.

Wie er ihn beißt.

Wie er dem Jungen den Hals durchschneidet.

Aber womit?

Laut Koltberg hat er ein Skalpell benutzt.

Das er möglicherweise in seiner Verkleidung versteckt hatte.

Aber wo bekommt man ein Löwenfell her?

Zack öffnet das Internet, googelt unter »lion skin for sale« und stellt fest, dass das gar kein Problem ist.

1,4 Millionen Treffer. Und jede Menge Fotos von Teppichvorlegern aus echtem Löwenfell, an denen der intakte Kopf mit aufgerissenem Maul noch dranhängt.

Wobei dieser Mann das Ganze nicht als Teppich nutzen wollte.

Er wollte selbst zum Löwen werden.

Hinten aus Sirpas Computer sind wieder Ismails Schreie zu hören.

Zack würde sich am liebsten die Ohren zuhalten oder die Kopfhörer seines iPhones aufsetzen und Tribal House auf höchster Lautstärke abspielen.

Stattdessen wählt er die Nummer von Jeanette Vrejne, der Frau, die an dem Abend in der Unterkunft Sonnenschein Dienst hatte, als Ismail verschwand.

Das Handy ist eingeschaltet, aber es geht niemand ran, genau wie die vorherigen Male, als er versuchte, sie zu erreichen. Dann müssen sie wohl zu einem passenden Zeitpunkt direkt zu ihr nach Hause fahren.

Hinten auf Sirpas Computer ist Ismails Schrei in ein Jammern übergegangen. Douglas steht hinter Sirpa, die Hände auf dem Rücken, und sieht sich den Film an, ohne eine Miene zu verziehen. Dann verschränkt er die Arme vor der Brust, und Zack sieht, dass seine Knöchel weiß sind.

Neben Douglas sitzt Rudolf immer noch auf seinem Stuhl. Vielleicht versucht er, durch die Geräusche eine Spur zu finden, denkt Zack.

Douglas' Telefon klingelt.

Doch der ignoriert es.

Es klingelt immer und immer wieder, und zum Schluss nimmt er ab und bittet Sirpa, den Film auf Pause zu stellen.

Douglas hört jemandem am anderen Ende der Leitung eine ganze Weile zu, bevor er schließlich sagt: »Die Antwort von offizieller Seite muss lauten: Nein. Sie dürfen ihn nicht zeigen. Nein, ich weiß, dass ich Sie nicht daran hindern kann, aber wir können ja zumindest an Ihre Vernunft appellieren. Wie bitte? Nein, auch keine Standfotos. Wir haben bisher immer noch nicht in Erfahrung gebracht, ob der Junge irgendwelche Verwandten hatte, die noch am Leben sind.«

Douglas legt auf und ruft Zack, Deniz und Niklas zu sich.

»Das war Petersén, der Pressechef. Der Link mit dem Film ist auch an die Medien geschickt worden. *Expressen*, *Aftonbladet* und

Svenska Dagbladet haben bereits angerufen und gefragt, ob das ein schwedischer Film sei und ob sie Teile daraus veröffentlichen dürfen.«

»Die können doch wohl nicht so dumm sein, das zu veröffentlichen?«, meint Niklas. »Da stirbt ein Junge in dem Film, und zwar wirklich. Er wird ermordet.«

»Das wissen die Medien noch nicht, obwohl sie ja wohl aus den Geräuschen am Ende diesen Schluss ziehen können«, sagt Douglas.

»Wenn der Mörder den Link auch an die Zeitungen geschickt hat, dann will er, dass er gezeigt wird«, bemerkt Deniz. »Und wenn die ihn veröffentlichen, dann bekommt er die Bestätigung, die er haben will, was ihn dazu ermutigen kann, es wieder zu tun. Kannst du nicht die Redaktionsleiter anrufen und ihnen das erklären? Und an ihr Verantwortungsbewusstsein appellieren?«

Douglas nickt.

»Ich gehe mal runter zu Petérsen. Wir werden einen Rundruf starten.«

Zack scannt die Internetseiten der großen Zeitungen. Es hat ungefähr zehn Minuten gedauert, dann waren die Neuigkeiten auf deren Seiten.

Expressen war die Erste.

»Hier wird der Junge im Folterkäfig gefangen gehalten«, lautet die Schlagzeile.

Darunter folgt eine Warnung: »Achtung! Warnung vor brutalen Bildern.«

Am liebsten würde Zack in die Zeitungsredaktion stürmen und den Chefredakteur mit dem Kopf gegen den nächsten Computerbildschirm donnern.

Er ruft den anderen in dem Großraumbüro zu: »*Expressen* hat es bereits veröffentlicht.«

»Stimmt das?«, hört er Niklas ungläubig fragen.

Unter der Schlagzeile befindet sich eine vergrößerte Nahaufnahme von Ismail, der zusammengekauert in einer Käfigecke hockt.

Sie haben sein Gesicht verpixelt. Immerhin etwas.

Zack startet das Video. Es ist knapp drei Minuten lang. Die Redaktion hat die Abschnitte ausgewählt, in denen etwas passiert, in denen Ismail isst, im Käfig herumläuft oder laut weint.

Zack sieht sich den gesamten redigierten Beitrag an. Nichts von den Todesschreien ist dabei, und das Video ist zu Ende, bevor der Mann in dem Löwenkostüm ins Bild kommt.

Der Druck in seinem Kopf nimmt etwas ab.

Er liest den kurzen Artikel weiter unten. Der enthält neugierig machende Hinweise auf das, was die Leser nicht zu sehen bekommen, sagt aber ansonsten nicht viel aus.

Dann hört er Sirpa rufen: »Jetzt ist der ganze Film im Netz, ungekürzt.«

»Was? Auf der Website einer Boulevardzeitung?«, fragt Deniz.

»Nein, ich bin auf LiveLeak, das ist eine Art unzensierte Variante von YouTube«, antwortet Sirpa. »Das Internetforum Flashback bringt auch einen Link zum Film. Außerdem gibt es den Film auch auf irgendeiner arabischen Seite zu sehen, einer, von der ich noch nie etwas gehört habe.«

Vor seinem inneren Auge sieht Zack Menschen in Tokio, Nairobi und Miami, die sich alle anschauen und anhören, wie ein kleiner Junge irgendwo in oder um Stockholm ermordet wird.

Jetzt können sie nur noch hoffen, dass die guten Kräfte im Netz anfangen zu arbeiten, und dafür sorgen, dass der Film rausgenommen wird oder zumindest schwerer zu finden ist. Das gab es schon häufiger, zum Beispiel bei den Köpfungen durch den IS.

Aber er weiß, dass es auch andere Zuschauer gibt.

Die sich den Film auf ihre Festplatte runterladen.
Um ihn sich noch einmal anzugucken.
Und noch einmal.

24

Im Konferenzraum der Sondereinheit wird der Film vor- und zurückgespult. Die Ermittler versuchen, Details zu finden, die verraten könnten, wo er aufgenommen wurde.

Tommy Östman ist jetzt auch dabei. In regelmäßigen Abständen ist sein trockener Husten zu hören, während er sich Notizen auf seinem Block macht und versucht, ein Täterprofil zu entwerfen.

Als er sich über den Tisch vorbeugt, sieht Zack einen Wettschein von Svenska Spel, der aus der Innentasche seiner Jacke hervorlugt.

Östman ist es zwar gelungen, den Alkohol beiseitezuschieben, aber nicht das Spiel. Zöge ihm nicht die Buchhaltung das Geld für die Miete und den Strom vom Gehalt ab, bevor es auf seinem Konto landet, wäre er schon lange obdachlos.

Aber seine Arbeit macht er tadellos. Seine Profile stimmen oft.

Auf Douglas Justes Wunsch stoppt Niklas Svensson den Film. Er friert das Bild genau in dem Moment ein, als der Mann seine blutigen Klauen vor die Kamera hält. Die Klauen, die soeben tiefe Wunden in Ismails Körper geschlagen haben.

Er hat gerade ein Kind getötet, und jetzt prahlt er damit, denkt Zack.

Wer tut so etwas?

Ein Mensch ohne Menschlichkeit. Jemand, der glaubt, er wäre Gott?

Oder der vielleicht nicht so weit von einem Raubtier entfernt ist, wie er die Zuschauer glauben machen will.

Sie sind sich darin einig, dass der Mann in der Löwenverkleidung keinem der drei Rumänen ähnelt. Weder die Kinnform noch der Körperbau stimmen mit einem von ihnen überein. Er sieht geschmeidiger aus und besser durchtrainiert.

Aber wer ist es dann? Und was will er ihnen eigentlich zeigen?

Eine ritualisierte Kindstötung. Aber warum?

Und was bedeutet die Uhr? Warum hat er den Jungen nicht einfach angegriffen, als ihm danach war? Und warum filmt er seine Tat und zeigt sie der Welt?

»Man muss doch herausbekommen können, an welchem Tag der Mord geschah«, sagt Niklas.

»Die Aufnahmen können frühestens an dem Tag beginnen, an dem Ismail an der Tankstelle weggelaufen ist, also dem 16. November«, sagt Deniz. »Aber ich schätze, dass es etwas später war, also nachdem Ismail Margareta Svensson angerufen hat. Vielleicht Ende November, Anfang Dezember. In dem Fall starb Ismail am Neujahrswochenende oder kurz davor.«

»Während wir uns in den Weihnachtsferien vergnügten«, wirft Niklas ein und scheint sich dafür zu schämen, wie gut es ihm selbst zu diesem Zeitpunkt ging.

»Er kann auch zu dem Anruf gezwungen worden sein«, gibt Douglas zu bedenken, »als er bereits in dem Käfig saß. Wir haben ja selbst gesehen, dass die Kamera immer wieder ausgeschaltet wurde.«

»Aber Margareta Svensson hatte nicht den Eindruck, dass er unter Zwang stand«, hält Deniz dagegen. »Und sie kannte ihn besser als alle anderen.«

»Was hat der Mann dann aber mit Ismail während der fast zwei Wochen gemacht, die vergingen, bevor die Aufnahmen einsetzen?«, fragt Niklas.

»Vielleicht den Käfig gebaut? Oder nach einem passenden Ort gesucht, wo er ihn hineinbauen kann«, schlägt Deniz vor.

»Vielleicht ist genau an dem Tag, als die Aufnahmen beginnen oder als sie aufhören, etwas symbolisch Wichtiges für den Mörder passiert«, überlegt Zack. »Gibt es wirklich nichts auf dem Film, das uns einen Hinweis geben kann?«

»Sie arbeiten schon dran«, erwidert Douglas. »Und Sirpa ist auch dabei. Wir können sicher in absehbarer Zeit mit einem Ergebnis rechnen.«

»Hatten die Rumänen keine Kundenliste?«

»Leute, deren Job es ist, Kinder zu vermieten oder zu verkaufen, sind oft sehr geschickt darin, ihren Kunden strengste Anonymität zu garantieren«, gibt Deniz zu bedenken. »Und Ismail ist ja weggelaufen, bevor sie ihn verkaufen konnten. Der Mann auf dem Film kann den Jungen sonst wo aufgelesen haben, er muss nichts mit den Rumänen zu tun haben.«

»Kann sein. Oder aber er wusste, dass die Rumänen Ismail abholen wollten, und hatte ganz eigene Pläne mit ihm«, entgegnet Niklas. »Vielleicht ist Ismail abgehauen, um sich mit dem Mann zu treffen, der ihn später ermordet hat. Vielleicht kannten sie sich.«

»Die Abteilung für Trafficking wird nach eventuellen Kundenlisten suchen«, sagt Douglas. »Ich habe den Fall mit den gefangengehaltenen Kindern heute Morgen an sie übergeben.«

Niklas sieht aus, als wollte er vom Stuhl aufspringen.

»Wie bitte? Warum das?« Fast schreit er.

»Wir haben nicht die Ressourcen, eine so umfangreiche Ermittlung neben der Suche nach Ismails Mörder zu stemmen.«

»Soll das etwa heißen, dass wir die Sache einfach fallen lassen? Schließlich handelt es sich um acht Kinder, die an perverse Menschen verkauft wurden.«

»Momentan sind die Kinder außer Gefahr«, erwidert Douglas

ruhig, »und die Tatverdächtigen sitzen bereits hinter Schloss und Riegel. Bis auf einen, der im Krankenhaus liegt, aber der steht unter ständiger Bewachung.«

»Und die Kunden? Die diese Kinder missbraucht haben? Sollen wir die einfach in Ruhe lassen? Es kann doch einer von denen sein, der uns da in dieser kranken Verkleidung angrinst.«

Speicheltropfen spritzen aus Niklas' Mund und landen auf der weißen Tischplatte. Zack hat bisher noch nie erlebt, dass Niklas Douglas in dieser Art und Weise in Frage stellt.

»Diese Theorie muss natürlich überprüft werden«, stimmt Douglas zu. »Deshalb habe ich dem Leiter der Traffickinggruppe zu verstehen gegeben, dass die Aufdeckung und Befragung der Kunden dieser Rumänen allerhöchste Priorität haben. Die Kollegen gehen jetzt die Kontaktlisten und Handydaten der beiden beschlagnahmten Mobiltelefone der Rumänen durch.«

»Aber es sollte einer von uns an der Arbeit beteiligt sein!«

»Ganz richtig, und ich hatte gedacht, dass du diese Person sein solltest.«

Niklas verstummt. Sein Hirn scheint unter Hochdruck zu arbeiten.

»Aha … ja, okay. Gut. Und wer ist meine Kontaktperson?«

»Du kriegst gleich nach unserer Besprechung alle notwendigen Informationen. Deniz, wie läuft es mit der Nachverfolgung der Nummer, von der Ismail seinen letzten Anruf getätigt hat?«

»Er hat eine nicht registrierte Prepaid-Karte benutzt. Sie wurde von einem Sendemast an der E4 geortet, merkwürdigerweise in der Nähe der Tankstelle, an der der Junge weggelaufen ist, aber näher kommen wir nicht an sie ran. Was bedeuten könnte, dass der Mörder in den nördlichen Vororten zu finden ist, aber es könnte genauso gut daran liegen, dass Ismail in einem Auto saß, das in diesem Moment auf der E 4 vorbeigefahren ist. Ein Auto, das in alle möglichen Richtungen unterwegs gewesen sein kann.«

»Wir müssen herauskriegen, wer von den Angestellten der Asylbewerberunterkunft der Kontakt der Rumänen ist«, gibt Zack zu bedenken. »Ich habe es jetzt bei Jeanette Vrejne schon hundert Mal versucht, sie hatte an dem Abend Dienst, als Ismail weggelaufen ist, aber sie hat nie zurückgerufen. Ich denke, ich fahre heute später einfach mal zu ihr, aber vorher will ich Danut Grigorescu den Film zeigen und sehen, wie er darauf reagiert.«

»Gut«, stimmt Douglas zu. »Nimm Deniz mit.«

Auf dem Bildschirm haben sich die Käfigtüren wieder geöffnet, und Ismail schaut vorsichtig hinaus. Er scheint auf Geräusche in der Dunkelheit zu lauschen.

»Diese Felshöhle kann doch wohl nicht so schwer zu finden sein«, sagt Niklas.

»Stockholm ist wie ein Termitenhügel voller Felshöhlen und Tunnel«, gibt Douglas zu bedenken. »Und viele davon werden nicht mehr benutzt.«

»Aber so ein Käfig? Wo kriegt man den her?«, fragt Niklas.

»Er kann ihn selbst zusammengeschweißt haben«, sagt Zack.

»Und das Löwenkostüm genäht haben. Dieses Schwein ist jedenfalls handwerklich geschickt«, bemerkt Deniz.

Auf dem Bildschirm verlässt Ismail den Käfig. Niklas stoppt den Film, er will den Schrei noch einmal hören.

»Kann das was Politisches sein?«, fragt er. »Der blonde Löwe, der das dunkle Kind tötet?«

»Dann hätte er eine Art Manifest verkündet, entweder am Anfang oder am Ende des Films, so etwas wie eine Drohung«, sagt Tommy Östman und hustet mehrere Male laut, bevor er fortfährt: »Ich glaube nicht, dass es um so etwas geht. Ich glaube, wir haben es hier mit einem Mann zu tun, der mit sich selbst nicht zurechtkommt und deshalb Zuflucht in etwas anderem sucht, in diesem Fall in einem anderen Wesen. Dass er sich ausgerechnet einen Löwen ausgesucht hat, den König der Tiere, deutet darauf hin, dass er das Bedürfnis hat, ein Führer zu sein. Ich würde mal schätzen, dass wir es mit einem Mann zu tun haben, der in irgendeiner Weise missachtet wurde und jetzt nach Anerkennung lechzt. Vielleicht ist er von seiner Partnerin unterdrückt worden oder von seinem Chef oder einer anderen für ihn wichtigen Person. Vielleicht von seinen Eltern. Er ist selbst verletzt worden, und jetzt will er andere verletzen. Im Körper des Löwen kann er sich für eine Weile unverwundbar fühlen. Ihr habt ja selbst gesehen, wie er vor der Kamera posiert hat. Damit ist er ein großes Risiko eingegangen. Dass er es trotzdem gemacht hat – und dass er sich dazu entschieden hat, seine Tat auf diese Art und Weise öffentlich zu machen –, deutet darauf hin, dass er davon überzeugt ist, dass wir ihm nicht auf die Schliche kommen können. Und dass er stolz ist auf das, was er getan hat. Wahrscheinlich sitzt er irgendwo da draußen und genießt es, dass wir uns den Film angucken – und plant seine nächste Tat.«

Es wird still im Konferenzraum.

Der Käfig auf dem Bildschirm ist leer. Aber allen ist klar, dass schon bald ein anderes Kind dort drinnen sitzen kann, wenn sie den Täter nicht fassen.

»Will er eine Verwandlung durchlaufen?«, fragt Deniz. »Zieht er sich deshalb das Löwenfell über?«

Zack muss daran denken, wie sich einige seiner Kollegen verwandeln, wenn sie sich ihre Uniformen anziehen. Wie Personen, die normalerweise still und scheu sind, sich plötzlich nach außen präsentieren und mit kräftiger, tiefer Stimme die Menschen in ihrer Umgebung ansprechen.

Ich sollte auch eine Verwandlung durchlaufen. Aber in die andere Richtung. Zum Besseren hin.

Er schaut auf seine abgeschürften Knöchel. Zumindest zittern die Hände heute nicht mehr.

Immerhin etwas.

Rudolf räuspert sich und richtet sich auf. Er war die ganze Zeit so still, dass Zack seine Anwesenheit fast vergessen hat.

»Die Menschen haben schon immer mit dem Gedanken gespielt, sich als Löwenwesen zu verkleiden. In Deutschland hat man eine vierzigtausend Jahre alte Statue gefunden, die einen Löwenmenschen darstellt, und in Frankfurt gibt es Höhlenmalereien mit dem gleichen Motiv. Aber in unserem Fall glaube ich, dass es ein ganz bestimmter Löwe ist, auf den sich der Mörder da bezieht. Hat einer von euch schon einmal etwas von dem Nemeischen Löwen gehört?«

»Das hat doch bestimmt etwas mit einer alten griechischen Sage zu tun, oder?«, meldet Östman sich zu Wort.

»Das stimmt. Und es gibt einige Parallelen zwischen dem Mythos und dem, was wir in dem Film sehen. Die dreißig Tage zum Beispiel. Genauso viel Zeit bekam der Held in der Sage, um den Löwen zu besiegen. Sonst hätte ein Kind dem Zeus geopfert werden müssen.«

»Du meinst, dass dieser Wahnsinnige in die Rolle eines mythologischen Löwen geschlüpft ist?«, fragt Niklas.

»Das bedeutet, dass er mit uns spielt«, erwidert Zack. »Und uns zeigen will, dass es unsere eigene Schuld ist, wenn wir ihn nicht zu fassen kriegen.«

»Der Gedanke ist mir auch gekommen«, sagt Rudolf und nickt. »Ich denke dabei an den Schornstein. Laut einer Sage soll der Nemeische Löwe vom Mond oder von den Sternen auf die Erde gefallen sein. Das könnte der Grund dafür sein, dass der Täter den Jungen so weit oben wie möglich platziert hat. Als eine Art Opfer für das Himmelsgewölbe, das dem Löwen das Leben geschenkt hat. Oder als Hinweis auf eine andere griechische Sage, die vom Titanen Prometheus.«

Rudolf verstummt, um festzustellen, ob dieser Name irgendeine Reaktion bei den anderen weckt. Aber niemand sagt etwas, also fährt er fort: »Prometheus war der Meinung, dass der Mensch dem Tier überlegen sei, deshalb stahl er den Göttern das Feuer und gab es den Menschen. Die Götter straften ihn dafür, indem sie ihn an einen Felsen schmieden ließen, wo ein Raubvogel ihm die Leber aushackte.«

Zum ersten Mal hört Zack etwas, das sich einer logischen Erklärung für das Verhalten des Mörders nähert. Denn seit er den Jungen von dem Schornstein herunterholte, hat er darüber gegrübelt, warum der Mörder sich dazu entschieden hat, sein Opfer an einem Ort abzulegen, wo es aufgrund des umgebenden Waldes niemand sehen konnte.

Vielleicht waren ja gar nicht die Menschen das gewünschte Publikum.

Sondern der Mond. Und die Sterne.

Und die Vögel, die in Ismails Leber herumhackten.

Das ist krank, entbehrt jedoch nicht einer gewissen Logik.

Aber warum dann den Film der ganzen Welt zeigen?

Warum nicht? Nichts zählt heutzutage noch etwas, wenn man es nicht als Bild oder Film ins Netz stellen und damit prahlen kann.

»Wie endet die Sage?«, fragt Niklas.

»Der Löwe wird getötet. Aber erst nachdem es ihm gelungen ist, viele Menschen umzubringen. Wie eine schon im Voraus geübte Rache.«

25

Der Gefängniswärter schließt die Zellentür auf. Langsam, als befände sich ein gefährliches Tier dahinter.

Zack nickt ihm zu, bevor er zusammen mit Deniz die Zelle betritt. Sie hat die Vernehmung durch die Kollegen von der Internen Ermittlung überstanden und durfte ihre Waffe behalten. Åke Blixt und Gunilla Sundin sind unerwartet sanft mit ihr umgegangen, waren fast nett zu ihr. Als hätte Douglas Juste ihnen Verhaltensmaßregeln erteilt.

Danut Grigorescu richtet sich verschlafen im Bett auf, als die Tür geöffnet wird. Die Oberlippe ist deutlich angeschwollen, und das eine Auge lässt sich kaum öffnen. Als er sieht, wer sich auf die Stühle vor dem Bett setzt, zuckt ein Mundwinkel, die zerstörten Zahnverblendungen blitzen kurz auf, dann versucht er, die gleiche gelangweilte Miene zu zeigen wie schon im Vernehmungsraum.

»Und, wie ist die Lage?«, fragt Deniz höflich, ohne ein Wort über das brutale Verhör letzte Nacht fallen zu lassen.

Danut Grigorescu schnaubt nur als Antwort.

Auf dem Tisch in der Zelle steht eine Portion Rübenmus mit Fleischwurst, unangetastet. Zack schiebt den Teller zur Seite und schafft Platz für das iPad.

»Wir zeigen Ihnen einen Film«, sagt er. »Leider nicht *Michel aus Lönneberga*, sondern einen Film über eines der Kinder, das Sie verkaufen wollten.«

Er dreht das Display des iPads so, dass der Rumäne gut sehen kann, und lässt die letzten Minuten des Films ablaufen.

Zuerst scheint Danut Grigorescu gar nicht zu reagieren. Er hat schon schlimmere Sachen gesehen als ein Kind in einem Käfig.

»Erkennen Sie ihn wieder?«, fragt Zack.

Der Rumäne antwortet nicht.

»Das ist Ismail, der Junge, der weggelaufen ist. Wir haben uns das Video von der Tankstelle angesehen«, erklärt Zack.

Danut Grigorescu schaut den Polizisten an und breitet die Arme aus.

»Da haben Sie's. Habe ich die Wahrheit gesagt oder nicht?«

»Sie sind ein so anständiger Mensch. Sehen Sie sich das hier jetzt mal an.«

Danut Grigorescu versucht, weiterhin gelangweilt zu wirken, auch noch, als die Käfigtür geöffnet wird und Ismail aus dem Bild verschwindet.

Dann ertönen die Schreie. Auf einmal sitzt der Inhaftierte wie gebannt da und starrt auf den Bildschirm.

Als die Geräusche verhallen, wendet er sich Zack und Deniz zu.

»Ist er so gestorben?«

»Ja«, bestätigt Deniz. »Ihm ist der Hals durchgeschnitten worden, nachdem er vorher am ganzen Körper zerkratzt und gebissen wurde.«

Der Rumäne richtet den Blick erneut auf den Bildschirm. Schaut den offenen Käfig an. Hört die langsam verklingenden Schreie. Und sieht, wie der Mann in dem Löwenkostüm seine blutigen Krallen vor die Kamera hält.

»Ich schwöre: Ich hab nicht gedacht, dass es um so kranke Sachen geht«, sagt Danut Grigorescu.

»Was erwarten Sie denn bitte schön, wenn Sie Kinder an Mörder oder Pädophile verkaufen?«, fragt Zack. »Dass sie zusammensitzen und Computerspiele spielen?«

»Hoffentlich hat es sich wenigstens aus Ihrer Sicht gelohnt«, bemerkt Deniz scharf.

»Aber wir haben den Jungen nicht verkauft, das habe ich doch schon gesagt. Er ist abgehauen. Ihr habt es doch selbst gesehen.«

»Und ihr habt ihn euch wieder geschnappt, nicht wahr?«

»Nein, ich schwöre es. Wir haben den ganzen Abend gesucht. Sind überall herumgefahren. Aber er war weg. Wo dieser Mann ihn gefunden hat, das weiß ich nicht.«

»Sie hatten aber sicher einen Käufer für Ismail? Jemanden, der nur darauf gewartet hat, ihn zu missbrauchen?«

»Nein. Die Kunden dürfen sich die Kinder erst ansehen.«

Zack schaut Danut Grigorescu an. Versucht, irgendeine Art von Scham in seinem Blick zu finden. Oder Reue.

Doch da ist nichts.

»Dieser Mann wird weitere Kinder töten«, sagt Deniz. »Und wenn wir Sie nicht eingebuchtet hätten, dann hättet ihr ihm vielleicht das nächste Opfer geliefert.«

Der Rumäne schaut ihr in die Augen.

»Okay, ich werde manchmal Lejonet genannt, der Löwe. Aber das liegt nur an meinen Haaren. Das hier im Film ist etwas ganz anderes. So etwas würde ich niemals tun.«

»Natürlich tun Sie das«, widerspricht Deniz. »Sie verkaufen Kinder.«

»Ja, aber ich tue ihnen nichts an.«

»Aber Sie wissen, welchem Schicksal sie damit ausgeliefert sind.«

»Ja, schon, aber das ist doch nur … wie soll ich es ausdrücken … das sind doch nur Geschäfte.«

Jetzt lächelt Danut, ein fleckiges Lächeln, denn hinter den gebrochenen Verblendungen sind die schwarz verfärbten Zähne zu sehen.

Deniz sieht aus, als würde sie ihm am liebsten an die Kehle springen. Vorsichtshalber legt Zack ihr die Hand auf den Arm.

»Wir brauchen einen Namen«, sagt er. »Den Namen des Mannes, der Ihnen in der Flüchtlingsunterkunft geholfen hat.«

Der Rumäne lacht trocken und schüttelt den Kopf.

»Nicht?«, hakt Zack nach. »Okay, dann habe ich eine andere Idee.«

Er beugt sich vor, bis sein Gesicht nur wenige Zentimeter von Danut Grigorescus entfernt ist.

»Sie sind juristisch betrachtet bereits tot, nicht wahr? Ich meine, laut den Unterlagen sind Sie ertrunken, als die Estonia sank.«

Danut Grigorescu schaut zur Seite.

»Das bedeutet«, fährt Zack ruhig fort, »wenn wir Sie töten, wird niemand Sie vermissen. Wir korrigieren einfach nur einen kleinen Archivfehler. Sorgen dafür, dass die Toten bei den Toten landen, und nicht bei den Lebenden.«

Der Rumäne schaut zu ihm auf. Er versucht herauszubekommen, ob Zack blufft.

»Ihr würdet doch niemals ...«, sagt er mit unsicherer Stimme.

»Doch, und das wäre sogar nachvollziehbar. Versetzen Sie sich mal für eine Sekunde in unsere Lage. Wir haben hier einen identitätslosen Rumänen, der sich, seit er in Schweden wohnt, ausschließlich kriminell betätigt hat und momentan davon lebt, dass er Kinder verkauft. Und dann haben wir die Chance, ihn ein für alle Mal loszuwerden. Ohne dass es bemerkt wird. Ohne dass es etwas kostet. Sie müssen mir doch zustimmen, das hat etwas Verlockendes an sich.«

Danut Grigorescus Blick flackert, er schaut zuerst Zack an, dann Deniz.

»Nun?«, fordert Zack ihn auf.

Der Rumäne sagt immer noch nichts.

Zack steht auf und klopft an die Zellentür.

»Wir sind so weit, wir nehmen ihn dann mit.«

»Okay«, erklingt eine Stimme von der anderen Seite der Tür, »ich will nur vorher noch die Eintragungen löschen.«

»Wartet mal«, sagt Danut Grigorescu. »Wohin gehen wir?«

Vor der Tür klappert der Gefängniswärter mit seinen Schlüsseln.

Danut Grigorescu hält die Hände in die Höhe, als wollte er um einen kurzen Aufschub bitten.

»Okay«, sagt er. »Ihr kriegt den Namen.«

26

Die etwa vierzigjährige Frau flucht und schlägt um sich, als Zack und Deniz sie aus dem weißen Klinkerhaus in Vallentuna herausführen. Auf dem Weg zum Auto schlägt ihnen der Wind den Schnee wie eine neunschwänzige Peitsche ins Gesicht, und die Frau verflucht die Beamten noch lauter.

Im Auto fragt sie nach der Uhrzeit, und als Deniz antwortet: »Halb vier«, sagt sie nur: »Aha«, dann bleibt sie schweigend sitzen. Ihr rotgefärbtes Haar hängt ihr bis auf die Schultern, und sie beißt sich die ganze Zeit auf die schmale Unterlippe.

Im Vernehmungsraum kommen die Tränen. Tränen, die aus dem stinkenden Wischlappen gewrungen werden, in den sich das Leben der Frau verwandelt hat.

Jeanette Vrejne, alleinerziehende Mutter von drei Kindern. Sie war mit dem jüngsten Kind im siebten Monat schwanger, als ihr Freund sich in die Dominikanische Republik absetzte. Seitdem hat sie nicht eine Nachricht von ihm erhalten. Und nicht eine Öre Unterhalt.

Sie versucht sich zusammenzureißen, denn sie weiß, dass Selbstmitleid zu nichts führt. Also wischt sie sich mit dem Handrücken unter der Nase entlang und wirft dann einen Blick auf das Papier, das Zack vor sie auf den Tisch gelegt hat, eine Zusammenstellung der Telefongespräche zwischen ihr und Danut Grigorescu.

»Ja, ich war im Haus Sonnenschein die Kontaktperson für die Rumänen«, gibt sie zu. »Und ich habe das früher schon mal gemacht. Bei zwei anderen Kindern.«

Jeanette Vrejne bittet um mehr Kaffee. Sie reibt sich die Müdigkeit und die Tränen aus den grünen Augen.

»Sie haben mir gesagt, sie würden die Kinder an Adoptiveltern in den USA vermitteln. Der Markt für Adoptivkinder dort ist groß und nicht so reglementiert wie hier in Schweden.«

»Haben Sie tatsächlich geglaubt, dass die Kinder adoptiert werden?«, fragt Deniz.

Jeanette Vrejne rutscht auf dem Stuhl hin und her und kaut wieder auf der Unterlippe.

»Ja, oder … ich weiß es nicht. Nein, eigentlich habe ich es nicht geglaubt. Ich habe nur an mich gedacht und an meine eigenen Kinder. Ich war mit allem im Verzug. Mit den Ratenzahlungen, den Rechnungen. Sie hatten da gerade das Telefon bei mir zu Hause abgestellt. Als Nächstes wäre der Strom dran gewesen.«

Sie sieht die beiden Ermittler an, als erwartete sie, dass diese verständnisvoll nickten. Da sie das nicht tun, fährt sie fort: »Ich wollte doch nur eine ganz normale Mutter sein. Ich wollte in den Ferien in die Sonne fahren, den Kindern und mir was zum Anziehen kaufen. Und nicht in eine heruntergekommene, viel zu kleine Wohnung umziehen müssen. Und sie haben gut bezahlt. Hunderttausend Kronen bar für jedes Kind.«

Sie trinkt einen Schluck Kaffee und stellt dann vorsichtig die Tasse zurück auf den Tisch.

»Ich konnte von meinem lächerlichen Lohn nicht leben. Selbst die Bewohner der Unterkunft hatten mehr zur Verfügung als ich. Das ist doch einfach krank.«

»Was ist mit dem Jungen passiert?«

»Keine Ahnung.«

»Haben Sie sich darüber nie Gedanken gemacht?«

Jeanette Vrejne saugt die Unterlippe ein. Sie seufzt und sagt dann: »Ich habe genug andere Sorgen.«

27

Erst spät am Abend verlässt Zack das Fitnessstudio in der Agnegatan und nimmt die U-Bahn zum Östermalmstorg.

Die Rolltreppen sind außer Betrieb, also muss er eine Extratrainingsrunde einlegen, indem er aus dem Untergrund hochsteigt.

Der Abend ist gut gelaufen. Er hat den Boxsack so schlimm bearbeitet wie schon lange nicht mehr und all die Wut, die sich bei der Vernehmung von Jeanette Vrejne in ihm aufgestaut hat, in die Schläge gepackt. Als er die Treppenstufen hochgeht, muss er an ihre Rolle als Vermittlerin beim Kinderhandel denken. Wie eine Großhändlerin, die Bananen verkaufte.

Zack überholt einen keuchenden Mann mittleren Alters, der sich langsam die Treppe hochkämpft. Er selbst fühlt sich stark, seine Gedanken sind klar.

Jeanette Vrejne war nur in das Verschwinden von drei Kindern involviert, wie sie zugegeben hat. Wie haben die Rumänen sich die anderen fünf besorgt? Und woher? Aus einer anderen Unterkunft für Asylbewerber?

Aber darum muss sich jetzt die Traffickinggruppe kümmern. Es sieht so aus, als leisteten sie gute Arbeit. Laut Niklas haben sie bereits sechs Sexkäufer aufgespürt und befragt und genügend Beweise gesammelt, damit die Rumänen in Untersuchungshaft kommen.

Oben in der Nybrogatan werden die größeren Schneeflocken im Licht der Straßenlaternen zu Diamanten. Ein Obdachloser mit zwei Tüten voll leerer Dosen stolpert an Zack vorbei. Er scheint zu frieren.

Zack selbst spürt die Kälte nicht mehr, aber er sehnt sich nach Meras Wohnung. Und nach ihr.

Er geht die Kommendörsgatan entlang, vorbei an den stolzen

Fassaden von Östermalm. Als er an einem schwarzglänzenden Range Rover vorbeikommt, muss er an Eva Strandberg denken, die Eigentümerin der Asylbewerberunterkunft Sonnenschein und fünf weiterer solcher Häuser. Sie wohnt in diesem Viertel, das hat er gesehen, als er ihre Daten geprüft hat, und ist seit Kurzem Besitzerin einer Eigentumswohnung in der Artillerigatan für zwölf Millionen Kronen.

Er schätzt, dass sie die Anzahlung bar leisten konnte, schließlich hat ihr Unternehmen im letzten Jahr einen Gewinn von fünf Millionen abgeworfen.

Als sie die Klingel hört, weiß Mera Leosson, dass es Zack ist.

Sie hat auf ihn gewartet.

Jetzt durchfährt sie ein wohliger Schauer. Ob aus Liebe oder Begehren, ist ihr egal. Er kommt jetzt, und sie will ihn hier haben.

Sie steht von dem Sessel auf, legt die Strategiepläne, die sie gerade durchgearbeitet hat, auf den kleinen Saarinen-Tisch und geht in den Eingangsbereich der Dachwohnung, vorbei an den großen amerikanischen Gemälden, öffnet die Tür.

Da steht er.

Mit blonden Locken, gerader Nase und Stahlblick.

Ihr junger Alexander, ihr Herkules, der gequälte schöne Mann, der aus einer anderen Welt zu stammen scheint.

»Komm herein«, sagt sie. »Bist du hungrig? Ich kann was warmmachen.«

Er schüttelt nur den Kopf. Sieht sie an, und sie merkt, dass er etwas anderes will.

»Ich muss duschen«, sagt er. »Ich habe es im Fitnessstudio nicht mehr geschafft.«

»Komm.«

Und sie geht vor, ins Schlafzimmer und weiter in das riesige Bad, wo man von der Wanne aus auf Stockholms Schloss blickt und in klaren Nächten die Sterne durch das Dachfenster über dem Whirlpool sehen kann.

Sie streckt den Arm in die Dusche.

Dreht das Wasser an.

Sie sieht das Muskelspiel seiner Arme, als er sich auszieht, sie sieht ihn ganz, und dann schlüpft sie aus ihren Kleidern, ihrem BH, dem Slip, geht in die Dusche, wartet auf ihn, und dann spürt sie seine Hände auf ihrer Brust.

Er ist jetzt hier.

Alles andere ist egal.

Zack drückt sie gegen die warme Glasscheibe der Dusche, hebt sie hoch, während er in sie hineinstößt, langsam und vorsichtig, und er leckt ihren nassen Nacken, und ihre Haut ist so nah, so nah.

Er lässt sich Zeit.

Hat die Kraft dafür.

Die Kontrolle.

Dann wandert er mit der Zunge weiter nach unten, über ihre Brust, in ihren Nabel und noch weiter, und sie flüstert, Zunge, Zunge, Zunge, und die Dusche beschlägt jetzt, und er schaut nach oben, und sie schließt die Augen, ihre Arme strecken sich dem blauen Mosaik in der Decke entgegen.

Er zieht sich wieder hoch.

Füllt sie von Neuem aus.

Jetzt schneller.

Und sie hält dagegen, will dieses Gefühl in die Länge ziehen, genau wie er.

Lang.

Länger.

Weiter hinein in eine unendliche Zeit.

Und sie explodiert lautlos, Sekunde um Sekunde, kurz darauf tut er dasselbe. Beide sinken sie nebeneinander auf den Boden der

Dusche herab. Das Wasser aus dem großen Brausekopf ergießt sich wie ein ersterbender Wasserfall über ihnen, und sie umarmen sich.

Er legt den Kopf an ihre Brust.

Schließt die Augen.

Möchte für ein paar Sekunden nirgendwo anders sein.

Sie essen jeder einen halben Hummer. Mera hat die Mayonnaise dazu selbst gemacht, und es gefällt ihr, ihm zuzuschauen, wie er an der Kücheninsel steht, seine Gier zu sehen, die Unersättlichkeit des jungen Mannes.

Ich spiele mit dir, Zack, denkt sie. Du verdienst etwas Besseres.

Es kann nicht mehr so weitergehen. Ich muss weiterkommen, wir müssen weiterkommen, und sie will etwas sagen, doch als er ein Stück Hummerfleisch in die Mayonnaise tunkt, bringt sie kein Wort über die Lippen.

Es scheint, als würde alles in ihr verstummen.

Er ist gottähnlich, wenn das Licht der Halogenlampen an der Decke auf sein Gesicht fällt.

Und man bittet keinen Gott, für immer zu gehen.

Als sie mit dem Essen fertig sind, legen sie sich in ihr Bett, ohne die Rollos runterzuziehen. Stattdessen lassen sie den schwach erleuchteten Nachthimmel frei über sich schweben.

Sie liegen still da, Haut an Haut, Wärme an Wärme, und Mera bildet sich ein, Stockholm sei ein freundlicher, liebevoller Ort, und damit schläft sie ein.

Zack bleibt wach liegen, er spürt Meras Haut an seiner, warm und sanft wie die eines Kindes.

Vorgestern habe ich ein ermordetes Kind gesehen, denkt er.

Ein einsames Kind.

Aber wir sind nicht einsam, Mera. Wir haben uns, hier und jetzt.

Ich bin nicht einsam.

Nein, das bin ich nicht.

Wir sind nicht einsam. Aus der Sache hier kann wirklich etwas werden, oder?

Doch es gelingt ihm nicht, sich selbst davon zu überzeugen.

Das Gefühl der Nähe ist zu flüchtig.

Genau wie alles andere in dieser Welt.

28

Donnerstag, der 22. Januar

Sternenlicht über Stockholm. Fußspuren im Neuschnee wie die Muster auf einem kostbaren Seidenstoff.

Schon seit Stunden läuft Patrik Andersson ziellos durch die Straßen.

Angefangen hat er in Östermalm. Dort hat er eine gute Ausbeute gemacht, zwei Plastiktüten voll. Die Reichen scheißen auf das Pfandgeld. Sie halten sich wohl zu gut für so etwas.

Das Geld hat für zwei Cheeseburger bei McDonald's unten am Hauptbahnhof gereicht. Er hat sich aufgewärmt und ist satt geworden, fast ein wenig übermütig.

Aber das war es auch schon.

Jetzt ist ihm wieder kalt. Und er ist müde. Den ganzen Abend hat er sich hier herumgetrieben. Der Lärm in der Obdachlosenunterkunft ist ihm zuwider.

Die Uhr an der Katarina-Kirche nähert sich halb zwei.

Die saubere Schneedecke verleiht den Grabsteinen auf dem Friedhof eine feierliche Ruhe.

Patrik Andersson überlegt, wo er wohl selbst einmal liegen wird, wenn er tot ist.

Was passiert mit den Menschen, von denen niemand etwas wissen will?

An die sich niemand erinnern will.

Er spaziert durch die Gasse Katarina kyrkobacke. Langsam wandert er an niedrigen Holzhäusern und roten Lattenzäunen entlang. Spürt das Kopfsteinpflaster unter dem Schnee.

In diesem Viertel findet man noch Reste von früher. Aus der Zeit, als die Leute ihn noch respektvoll grüßten. Als er noch eine Familie und eine Arbeitsstelle hatte.

Er reibt sich die steifgefrorenen Hände. Wechselt die Richtung, nimmt die Nytorgsgatan Richtung Süden, den Hügel hinunter. Er will gerade die Kocksgatan überqueren, als er einen großen offenen Container vor einer der hellgelben Fassaden entdeckt, der ihn magisch anzieht.

Sein Fuß findet Halt auf einer vorstehenden Metallleiste, und er klettert hoch, um zu sehen, was dort hineingeworfen wurde. Wellpappe, Gipsplatten, Dämmmaterial und alte Plastikrohre.

Hier kann er sich reinlegen. Wen stört es schon, wenn er morgen früh nicht wieder aufwacht?

Er klettert in den Container. Zieht etwas von der alten Glaswolle über sich.

Schaut hoch in den Himmel.

Eigentlich ganz okay, hier zu liegen, wenn es nur nicht so kalt wäre.

So viele Sterne da oben.

Als Kind kannte er sich gut mit den Sternen aus und konnte Sternzeichen bestimmen, von denen die anderen noch nie etwas gehört hatten.

Das Einhorn, den Drachen, den Löwen.

Schließlich schläft Patrik Andersson ein.

Als er aufwacht, weiß er nicht, ob eine Stunde vergangen ist oder fünf.

Es ist immer noch dunkel draußen, und die Kälte dringt von unten durch seine alte Jacke. Er friert, möchte aber weiterschlafen. Zum Glück ist er noch nicht erfroren.

Er hört, wie der Zeitungsbote an dem Container vorbeigeht, und versucht, sich noch besser zuzudecken. Dafür zieht er weiteres Dämmmaterial unter einem schwarzen Müllsack hervor. Er zerrt und zieht an ihm. Da reißt die Folie, und er starrt in ein steifgefrorenes Gesicht.

29

Als Niklas Svensson in der Bondegatan die Wagentür öffnet und sich Handschuhe und Mütze überzieht, überkommt ihn das Gefühl, als wäre die Zeit aus dem Takt geraten. Als wäre er in ein Loch im Weltraum gefallen und befände sich nun in einem alten Archivfilm aus der Sowjetzeit.

Diese herausfordernde Kälte, Menschen in ihren viel zu dicken Kleidern, die verbitterten Mienen und die Atemwolke vor ihren Mündern. Der absolute Mangel an Licht und Freude. Es ist sieben Uhr an einem Dienstagmorgen, doch der Tag scheint sich bereits dem Ende zuzuneigen.

Muss das wirklich sein?, fragt er sich. Man kann sich mit den Kindern kaum draußen aufhalten.

Rudolf Gräns steigt auf der Beifahrerseite aus und klappt seinen weißen Stock aus. Er trägt einen langen, gefütterten Mantel und eine alte Pelzmütze mit Ohrenklappen, er würde perfekt in den sowjetischen Archivfilm passen. Die dunkle Sonnenbrille sitzt auf der Nase.

»Am besten, du hakst dich bei mir unter«, sagt Niklas. »Hier parken überall Autos. Und es gibt reichlich gaffende Journalisten.«

»Ich kann sie hören«, sagt Rudolf und schiebt seinen Arm unter Niklas' Oberarm.

Niklas hält seinem Kollegen das Absperrband hoch, und die beiden gehen zu dem blauen Container.

Ein Polizeibeamter in Uniform mit einem dampfenden Kaffeebecher in der Hand starrt Rudolf mit einem höhnischen Grinsen hinterher.

Das hat Niklas schon so oft gesehen. Diese verständnislose Haltung gegenüber dem blinden Kriminalinspektor.

Aber allmählich reicht es. Und zwar heute, nicht morgen.

Niklas bittet Rudolf einen Moment lang zu warten. Dann geht er zu dem Polizisten mit dem Kaffeebecher und flüstert ihm ins Ohr: »Er ist fünf Mal so viel wert wie du. Mindestens.«

Als er den sprachlosen Uniformierten hinter sich gelassen hat und zurück zu Rudolf geht, kann er ein Grinsen nicht unterdrücken, und er ist verblüfft über sein eigenes Verhalten.

Das sieht ihm nicht ähnlich. Ganz und gar nicht.

Vor dem Container steht Sam Koltberg und hüpft in seinen viel zu dünnen Schuhen auf und ab. Niklas weiß, dass viele seiner Kollegen mit Koltbergs Verhalten nur schwer zurechtkommen, er selbst kommt gut mit ihm klar.

»Hallo, Sam. Wie geht es?«, fragt Niklas.

Koltberg trägt nichts auf dem Kopf, seine Ohren sind feuerrot.

»Keine Besonderheiten«, sagt er, und seine Stimme zittert vor Kälte. »Pulverreste an den Fingern. Dieselben Pulverreste um das Loch in der Schläfe. Er hat sich erschossen.«

»Tatsächlich? Laut Einsatzalarm klang es wie Mord.«

»Jemand wollte wohl, dass es so aussieht«, sagt Koltberg.

»Wissen wir, wer es ist?«, fragt Rudolf.

»Johan Krusegård, fünfunddreißig Jahre alt. Zumindest laut Führerschein. Es lagen außerdem einige Tausenderscheine in der

Brieftasche, was meine Theorie vom Selbstmord bestätigt. Sonst hätte der Täter ja wohl das Geld mitgenommen.«

»Kann ich hochklettern und mir das ansehen?«, fragt Niklas.

Koltberg schlägt die Arme um den Oberkörper.

»Natürlich, aber fass nichts an.«

Niklas klettert auf den Rand und schaut in den Container hinunter. Er sieht den Sack und wird an den widerlichen Traum der letzten Nacht erinnert.

Aber es ist nicht sein Sohn, der hier liegt, sondern ein Mann in den Dreißigern, mit breiten Schultern und einem schwarzen Loch über dem rechten Ohr. Er hat einen traurigen Gesichtsausdruck, und die eine Hand scheint den Müllsack festzuhalten, der bis zur Taille heruntergeschoben wurde.

Ein Mantelärmel des Toten ist zerrissen. Niklas erkennt die Tätowierung, die dazu geführt hat, dass die Sondereinheit herbeigerufen wurde.

Ein großer Löwe breitet sich über den Arm der Leiche aus. Ein Raubtier im Sprung, mit aufgerissenem Maul und übertrieben großen Reißzähnen. Die Konturen sind noch ganz scharf, die Farben deutlich und klar.

Das dürfte erst kürzlich entstanden sein.

Niklas schaut wieder auf das Gesicht.

Kann dieser Mann der Mörder in dem Löwenkostüm sein?

Ist er es, der einen kleinen Jungen einen Monat lang gefangen gehalten und ihn dann gefoltert und ihm den Hals durchgeschnitten hat?

Die Schulterbreite stimmt. Die breite Kinnpartie auch.

War die Schuld für ihn unerträglich geworden? Oder hielt er den Gedanken nicht aus, selbst in einem Käfig landen zu können?

Und wie war er hierhergekommen? Wer hatte ihn in einen Müllsack gesteckt?

Vielleicht hat er auch gar nichts mit ihrem Fall zu tun, denkt

Niklas und macht mit seinem Handy ein Foto von Johan Krusegård.

Dann klettert er wieder hinunter.

Zwei Techniker nähern sich. Koltberg meckert, dass sie zu spät kämen und er nicht den ganzen Tag Zeit habe. Er gibt ihnen den Befehl, den Körper aus dem Container zu heben, und schimpft, als sich herausstellt, dass sie den Leichensack im Auto vergessen haben.

Rudolf spricht mit dem Einsatzleiter vor Ort. Sie sind sich einig, in der Nähe des Fundortes nach Zeugen zu suchen, und übertragen zwei Polizeiassistenten die undankbare Aufgabe, die Reste des Containers zu durchsuchen, wenn die Techniker fertig sind.

Ein Stück entfernt steht ein Uniformierter mit einem Mann zusammen, der augenscheinlich auf der Straße lebt. Das muss Patrik Andersson sein, der den Leichenfund telefonisch gemeldet hat.

Niklas befragt den scheuen, blaugefrorenen Mann in aller Eile, und Patrik Andersson berichtet, dass er im Container geschlafen und die Leiche nach dem Aufwachen entdeckt habe. Sie bekommen die Nummer eines Pfarrers der Citykirche (»Sie können mich jederzeit erreichen, wenn Sie mich noch brauchen«), dann darf Patrik Andersson gehen.

Auf dem Weg zurück zum Auto diskutieren Niklas und Rudolf mögliche Theorien.

Haben sie tatsächlich Ismails Mörder gefunden?

Hat er sich am falschen Ort das Leben genommen?

Ist er dazu gezwungen worden?

Und wenn ja, von wem? Und warum?

Ein kleines Mädchen geht mit hüpfendem Schulranzen an ihnen vorbei. Niklas sieht, wie ihr etwas aus der Jackentasche fällt, eine kleine Elfe aus rosa Plastik. Er läuft ihr hinterher und gibt sie ihr.

Das Mädchen bedankt sich artig und winkt ihm noch einmal zu, als sie weitergeht.

Er winkt zurück.

30

Zack zieht noch ein Papierhandtuch aus dem Spender und wischt sich die Stirn ab.

Es ist dem Hausmeister gelungen, die Klimaanlage daran zu hindern, weiterhin kalte Luft auszupusten. Jetzt zeigt sie, was sie sonst so kann, und verwandelt allmählich den kleinen Konferenzraum in eine Sauna.

»Müssen wir hier noch lange sitzen? Wäre es nicht sinnvoller, was anderes zu tun, bis Niklas und Rudolf zurück sind? Es sieht ja fast so aus, als hätten sie die Lösung des Falls«, sagt Zack und schaut auf die ausgedruckten Fotos von Johan Krusegård, die auf dem Tisch liegen. Sein in Frost erstarrtes Gesicht, die Tätowierung.

»Lass uns noch etwas weiter gucken«, sagt Deniz. »Wenn wir vorspulen, dauert es nicht so lange.«

Zack nickt. Er ist froh, sieben Stunden Schlaf im Körper zu haben.

Wäre er nach einer Nacht in Abdulas Gesellschaft hierhergekommen, wäre er sicher in Panik geraten, aber so funktioniert sein Gehirn.

Die Muskeln schmerzen angenehm nach der harten Trainingseinheit am Vorabend, er hatte seine beste Nacht seit Langem mit Mera und spürt keinen Drang nach irgendwelchen Chemikalien.

Training ist das beste Gegenmittel gegen Drogensucht, das

weiß er. Er sollte mal wieder eine Einheit mit seinem alten Karatetrainer machen, mit Sensei Hiro. Vielleicht ruft er ihn heute einfach mal an und fragt, wann es passen könnte.

»Was für schlechte Qualität«, sagt Deniz. »Werden wir ihn überhaupt identifizieren können?«

Sirpa hat zwei Filme von Überwachungskameras angefordert, und sie sehen sich jetzt den zweiten an.

Der erste Film stammt von einem Hotel in der Nähe der Tankstelle. Der von der Kamera überwachte Parkplatz ist so gelegen, dass ein möglicher Fluchtweg für Ismail dort hätte entlangführen können, aber nachdem sie sich mit Schnellvorlauf durch zwei Stunden Aufnahmen gearbeitet haben, stand fest, dass er dort nicht vorbeigekommen ist.

Der Film, den sie sich jetzt ansehen, stammt von einem Supermarkt am Bagartorpsringen, gegenüber von einem kleinen Waldgebiet, ungefähr einen Kilometer von der Tankstelle entfernt.

Wenn Ismail sich lieber verstecken wollte als wegzulaufen, könnte er möglicherweise zwischen die Bäume gehuscht und dann später Richtung Westen gelaufen sein.

Der Boden dort ist immer noch gefroren, deshalb hätten die Verfolger es schwer, seine Spuren zu finden.

Ein Schuss ins Blaue, aber es ist einen Versuch wert.

Zack spult vor, bis die Filmuhr zwölf Minuten nach sechs zeigt, fünfzehn Minuten nachdem Ismail am 16. November von der Tankstelle verschwand. Auch wenn der Junge eine Superkondition gehabt hätte, wäre es ihm nicht möglich gewesen, den dichten Wald früher zu erreichen.

Die Bilder sind grobkörnig, und die Kamera scheint nicht besonders lichtempfindlich zu sein. Zack spult im Schnelldurchlauf weiter vor, was an einen selbstgemachten Stop-Motion-Film erinnert.

Es ist verschwommen und dunkel, und immer wieder müssen sie

den Film anhalten, um sich die vorbeikommenden Menschen und Autos genauer anzuschauen.

»Da!«, ruft Deniz. »Mach mal langsamer. Siehst du das?«

»Was?«

»Geh mal zehn Sekunden zurück.«

Zack tut, was sie ihm sagt.

Deniz steht auf und tritt ganz dicht an den Bildschirm heran. Sie zeigt auf die untere rechte Ecke.

»Jetzt guck hier mal.«

Acht Sekunden vergehen. Dann sieht Zack es auch.

Ein Mann kommt ins Bild spaziert. Er trägt eine schwarze Daunenjacke und Jeans, und an der Hand hält er einen Jungen.

Zack drückt auf Pause.

Der Abstand zwischen der Kamera und den beiden Personen beträgt sicher zwanzig Meter, aber es herrscht kein Zweifel.

Die dünne Jacke. Die zerrissene schwarze Trainingshose.

Das ist Ismail.

»Aber wer ist der Mann?«, fragt Zack. »Das ist keiner von den Rumänen, oder?«

»Nein, er sieht anders aus«, stimmt Deniz zu. »Größer und nicht so schwammig.«

Zack streckt sich über den Tisch vor und nimmt das Foto von Johan Krusegård in die Hand.

Ist das der Mann, den sie auf dem Film sehen?

Unmöglich zu sagen. Sie können sein Gesicht nicht erkennen.

Aber die Körpergröße könnte stimmen. Krusegård war hundertachtundachtzig Zentimeter groß. Das könnte der Mann auf den Bildern der Überwachungskamera auch sein.

Bist du unser Raubtier?, fragt Zack sich.

Der Mann überquert den Marktplatz und scheint sich mit Ismail zu unterhalten. Ab und zu schaut der Junge zu ihm auf, offenbar antwortet er auf die Fragen des Erwachsenen.

Zack denkt an das, was Margarete Svensson erzählt hat, dass es Ismail leichtgefallen ist, Schwedisch zu lernen.

Nach einer halben Minute gehen der Mann und der Junge aus dem Bild heraus. Zack und Deniz schauen noch weiter, hoffen, sie könnten zurückkommen und in ein Auto steigen oder was auch immer, aber nichts passiert.

Deniz holt ihr Handy raus, öffnet Google Maps und sucht dort den Bagatorpsringen. Dann stellt sie den Ausschnitt so ein, dass sie eine größere Umgebung sehen kann.

»Der Regionalbahnhof Ulriksdal liegt ganz in der Nähe. Sie könnten dorthin gegangen sein«, sagt sie. »Wir müssen die Überwachungsbilder von dem Bahnhof anfordern.«

»Er kann ebenso gut auf dem Weg zu seinem Auto gewesen sein. Oder zu dem roten Skoda der Rumänen«, gibt Zack zu bedenken.

»Glaubst du, er arbeitet mit denen zusammen?«

»Das ist wohl das Wahrscheinlichste, auf jeden Fall müssen wir das überprüfen. Sie könnten ihn angerufen haben, nachdem Ismail verschwunden war, damit er auf der anderen Seite des Waldstücks Wache hielt. Oder aber es ist jemand ganz anderes.«

»Du meinst, jemand ist einfach vorbeigekommen und zufällig auf Ismail gestoßen und hat ihn dann zu sich mit nach Hause genommen?«

Sie hat recht, denkt Zack. Wie wahrscheinlich ist so etwas?

Dass jemand ganz *zufällig* vorbeikommt, genau in dem Moment, als ein Junge aus dem Wald gelaufen kommt. Dass dieser Jemand *zufällig* ein Kindermörder ist und dass der Junge, den er sich schnappt, *zufällig* ein Kind ist, nach dem niemand sucht.

Sehr unwahrscheinlich.

Absolut unwahrscheinlich.

Wie so vieles andere im Leben.

Wie diese Nacht auf der Wiese.

Warum muss er jetzt daran denken? Ist es die Hitze in dem Raum? Der Schweiß, der ihm die Schläfen hinunterläuft?

Es war warm in der Nacht.

Duftete nach Blumen. Blumen und Blut.

Er hatte Blut an seinen Händen. Nicht das eigene, sondern das eines anderen Jungen. Der neben ihm lag.

Den anzusehen sich der zwölfjährige Zack nicht traute. Denn was passiert war, das war seine Schuld gewesen.

Zack blinzelt das Erinnerungsbild weg.

Hör auf damit.

Finde stattdessen Ismails Mörder.

Er spult den Film zurück, bis der Mann und der Junge wieder ins Bild kommen, drückt dann auf Pause. Er findet den Zoomknopf auf der Fernbedienung und vergrößert das Bild so weit wie möglich, ohne dass es nur noch aus Pixeln besteht.

Doch das Gesicht des Mannes ist immer noch nicht zu sehen.

»Wir müssen herausfinden, ob es noch weitere Überwachungskameras in der Nähe gibt«, sagt er.

Sie verlassen den überhitzten Konferenzraum. Die Luft in dem vierundzwanzig Grad warmen Großraumbüro erscheint im Vergleich geradezu kühl.

Sirpa ist als Einzige noch an ihrem Platz. Ihr Gesicht ist rotgefleckt.

»Wie läuft es, Sirpa?«, erkundigt sich Zack. »Hast du herausgekriegt, wer den Link geschickt hat?«

Sie schüttelt den Kopf.

»Der ist übers Tor-Netzwerk geschickt worden, deshalb ist es im Grunde unmöglich, die Mail zurückzuverfolgen. Zumindest geht es nicht mit unseren Ressourcen.«

Sie wendet sich wieder ihrer Tastatur zu.

»Aber ich habe einen kleinen Köder ausgelegt. Hoffen wir, dass er anbeißt.«

31

Die Temperatur im Obduktionssaal liegt bei gleichbleibend zwölf Grad.

Auf dem Tisch gibt es keine Decken oder Teelichter, keine Blumen oder Gardinen vor den Fenstern. Nur gekachelte weiße Wände, Feuchtraumauslegeware in grauem Schiefermuster und eine Einrichtung aus rostfreiem Stahl, die so blankgeputzt ist, dass man sich darin spiegeln kann.

Genau wie Samuel Koltberg es haben will.

Er trägt eine Plastikschürze und hellgelbe Obduktionshandschuhe, und er untersucht Johan Krusegårds halb aufgetauten Körper. Er ist diese gefrorenen Leichen leid. Jetzt muss er wieder eine äußerst unsichere Schätzung hinsichtlich des Todeszeitpunktes abgeben. Was er verabscheut. Er möchte präzise arbeiten.

Das Einzige, was er bisher weiß: Krusegård kann nicht länger als zwei Tage tot gewesen sein. Niklas hat herausgefunden, dass der Container immer montags geleert wird, und unter einer Schneeschicht hatte sich auf dem Müllsack Eis gebildet. Was bedeutet, dass der erste Schnee, der auf den Sack fiel, geschmolzen ist, was wiederum bedeutet, dass der Körper zu der Zeit noch warm gewesen sein muss. Krusegård wurde also kurz nach seinem Tod in den Container geworfen.

Koltberg vermisst das Einschussloch in der Schläfe. Er mustert die Haut drumherum und erahnt den Abdruck eines kreisrunden Gegenstands nur wenige Millimeter vom Loch entfernt.

Woraus er schließt: Johan Krusegård hat die Pistole längere Zeit fest an seine Schläfe gedrückt. Die Mündung hat sich anschließend verschoben oder ist vielleicht einfach zur Seite gerutscht, bevor der Schuss abgefeuert wurde.

Johan Krusegård nahm sich das Leben, das ist sicher, aber er hat dabei gezögert. Oder ist von jemandem unter Druck gesetzt worden. Von jemandem, der ihn vielleicht bedroht hat.

Warum?

Das müssen seine Kollegen herausfinden.

Koltberg nimmt neue Proben von den Schmauchspuren an der Schläfe und an den Fingerspitzen, um sicherzustellen, dass sie auch wirklich übereinstimmen. Später wird er auch noch die Kugel herauspräparieren.

Er schätzt es, hier unten allein arbeiten zu können.

Die Stille.

Den Geruch nach Desinfektionsmittel.

Während einer Vorlesung an der Polizeihochschule hat ihn einmal eine junge Frau gefragt: »Ist es nicht etwas eklig, in einem toten Menschen herumzuwühlen?«

»Aber das ist doch genau der Punkt«, hatte er geantwortet, »dass sie tot sind. Sie spüren nichts.«

Vorsichtig öffnet er Johan Krusegårds Kiefer und führt einen digitalen Scanner in seinen Mund ein, um einen Zahnabdruck zu nehmen. Sofort erscheint das Bild auf dem Computerbildschirm, und Koltberg denkt voller Dankbarkeit, dass die Zeiten mit Silikonmasse und Gipsabdrücken vorbei sind.

Er speichert das Bild und schickt es per Mail an seine Kontaktperson Bob Jackson beim FBI.

Er denkt gar nicht daran, dieser Hysterikerin bei den Rechtsodontologen die Möglichkeit zu geben, sich in seine Ermittlungen einzumischen. Die Genderforscher können sagen, was sie wollen – wenn es darauf ankommt, harte Tatsachen zu analysieren und einzuordnen, ist das männliche Gehirn nun einmal überlegen.

So ist es einfach.

Mit ein wenig Glück kann das FBI herausfinden, ob Krusegårds Zahnabdruck mit den Bissspuren auf dem Körper des Flüchtlingsjungen übereinstimmt oder nicht. Aber Koltberg weiß, dass die Chancen dafür schlecht stehen. Die Abdrücke sind zu undeutlich.

Er wendet sich wieder dem Körper auf dem Obduktionstisch zu. Schaut auf den halb geöffneten Mund.

Hast du den Jungen gebissen, Johan Krusegård?

Hättest du nicht etwas fester zubeißen können, wenn du schon mal dabei warst?

Koltberg betrachtet Johan Krusegårds Körper, sucht nach Zeichen von Misshandlung oder anderen Verletzungen. Sucht nach Schmutz, Staub, Ablagerungen. Was auch immer, etwas, das ihn zu dem Ort führt, wo der Mann starb.

Der Müllsack, in dem Johan Krusegård lag, ist bereits unterwegs zum Nationellt forensiskt centrum, dem NFC in Linköping. Es ist die Aufgabe der Chemiker und Techniker dort, nach Haaren und anderem zu suchen, was verraten könnte, wer den Körper angefasst hat. Und wie er in den Container gelangt ist.

Warum wurde er überhaupt woanders hingeschafft?

Jemand war offensichtlich der Meinung, dass es dumm wäre, wenn der Mann dort liegen bliebe, wo er starb.

Wahrscheinlich war das also ein Platz, an dem kein Polizeibesuch gewünscht wurde.

Und von solchen Plätzen gibt es ja nun reichlich.

Er selbst hätte es auch nicht gern, wenn irgendwelche Polizisten in seiner Wohnung herumwühlen würden, in seinen Privatsachen.

Und schon gar nicht in seinem Computer. Die Filme und Fotos, die er dort gespeichert hat, sollte außer ihm möglichst niemand sehen.

32

Niklas Svensson findet einen freien Stellplatz unter der Kungsbron an der Östra Järnvägsgatan und parkt dort seinen Wagen.

Die schmutziggrauen Betonwände sind beschmiert, der Schnee uringelb, und die sauberen weißen Weiten draußen in Saltsjöbaden, die Rudolf und er gerade verlassen haben, scheinen weit entfernt zu sein.

Das Haus von Johan Krusegårds Eltern lag auf einer Anhöhe an der Strandpromenade und hatte schöne große Erker mit Blick über die Bucht. Aber keiner der beiden pensionierten Ärzte war zu Hause.

»Von denen seht ihr erst wieder etwas, wenn der Frühling kommt«, erklärte ein Nachbar, als sie nach ihnen fragten. »Die verbringen jeden Winter drei Monate in ihrem Haus in Thailand.«

Auf dem Weg in die Stadt versuchte Rudolf, die Handys der Eltern anzurufen, aber sie waren ausgeschaltet. Und bald war in Thailand Nacht.

Johan war ihr einziges Kind. Er hatte keine eigene Familie, auch nicht viele Freunde, wie es schien. Im Verlauf des Handys waren hauptsächlich Anrufe vom Festnetzanschluss der Eltern und verschiedenen Telemarketingdiensten registriert.

Seit Anfang Dezember blieben alle eingehenden Anrufe und SMS unbeantwortet. Laut den Technikern, die das Telefon untersucht haben, hat Johan Krusegård es seitdem offenbar nicht mehr benutzt.

Die letzte SMS kam von einem Raymond Nilsson. Heiligabend schrieb er:

Frohe Weihnachten, Johan!

Und drei Tage später:

Hallo Johan. Schon Pläne für Silvester? Wäre cool, wenn du auch zur Party bei Sigge kommst. Lass von dir hören!

Aber Johan Krusegård meldete sich nicht.

Und es ist ziemlich wahrscheinlich, dass im Laufe dieser Tage Ismail starb.

Während sie darauf warten, dass Douglas Juste einen Hausdurchsuchungsbeschluss für Johan Krusegårds Wohnung besorgt, haben Niklas und Rudolf beschlossen, erst einmal mit Raymond Nilsson anzufangen. Sie überqueren die Straße und betreten ein Bürogebäude mit frischverputzter Fassade.

Echidna Games, Raymond Nilssons Arbeitsplatz, liegt im siebten Stock. Die junge Empfangsdame hat feuerrotes Haar, und ihre Arme sind von Tätowierungen bedeckt. Freundlich bittet sie die beiden, kurz zu warten, während sie »Ray« anruft, offensichtlich Raymond Nilssons Spitzname.

Niklas lässt den Blick über das Großraumbüro hinter dem Empfang schweifen.

Orangefarbene Kugellampen hängen über den glänzenden, neongrünen Konferenztischen von der Decke. Ein Tischeishockeyspiel von Stiga steht auf einem Stativ mitten im Raum, und links sitzen zwei junge Männer in Kapuzenpullis und lenken auf ihren Bildschirmen einen Rallyesimulator.

Niklas muss grinsen.

Da kann er Lukas heute Abend aber was erzählen, denkt er. Dass Papa in einem Büro war, wo es erlaubt ist, in der Arbeitszeit Computerspiele zu spielen.

Lukas liebt diese Spiele. Besonders das Videospiel Lego Harry Potter. Und alles andere, was mit dem jungen Zauberschüler zu tun hat, auch.

Heute Abend will die Klasse vor den Eltern ein Harry-Potter-Stück aufführen, und Lukas hat die Rolle von Ron, Harrys bestem Freund, bekommen. Eine wichtige Rolle mit viel Text, und Lukas platzt fast vor Erwartung und Nervosität.

»Du kommst doch, Papa?«, hat er immer wieder gefragt, und Niklas hat ihm das versprochen.

Er will dort sein, ganz gleich, was auch passiert.

Ein lächelnder Mann mit intelligenten blauen Augen kommt aus dem Großraumbüro auf sie zu.

»Hallo«, begrüßt er Niklas und Rudolf, »sind Sie das von der Polizei?«

Niklas hat einen etwas übergewichtigen Mann in verwaschenem Star-Wars-T-Shirt erwartet, aber Raymond Nilsson sieht eher aus wie ein sportlicher Typ mit Wirtschaftsstudium. Sein dichtes Haar ist ganz kurz geschnitten, er hat eine spitze Nase, trägt ein gebügeltes blaues Hemd und Jeans, die seine durchtrainierten Oberschenkel betonen.

Sie geben sich die Hand, und Niklas merkt, wie Raymond Nilsson sich bemüht, sein Erstaunen über Rudolfs Behinderung zu verbergen. Er sagt nichts, ist aber sorgsam darauf bedacht, einen im Weg stehenden Papierkorb mit dem Fuß wegzuschubsen, während er die beiden an jeder Menge Schreibtischen vorbeilotst, an denen junge Menschen vor großen Computerbildschirmen sitzen.

Niklas fragt sich, wie viele von ihnen wohl Multimillionäre sind. Die Besitzer sind es auf jeden Fall. Echidna Games ist letztes Jahr an die Börse gegangen, und als das Unternehmen nur wenige Monate später seine neue Zusammenarbeit mit Facebook bekanntgab, ging die Aktienkurve durch die Decke. Die Firma machte mehr als fünfzig Millionen reinen Gewinn und wurde von der Zeitung *Dagens Industri* zur »Supergazelle des Jahres« gekürt.

Sie kommen an einer Tischtennisplatte und zwei blinkenden Flipperspielen vorbei, bevor sie im firmeneigenen Café landen.

»Was möchten Sie?«, fragt Raymond Nilsson und zeigt auf eine Schiefertafel mit mindestens zwanzig Sorten Kaffee.

»Ich dachte, hier trinkt man nur Jolt Cola«, erwidert Niklas.

»Nein, da müssen Sie wohl eher zu Dreamhack fahren.«

Sie bestellen bei einem langhaarigen Typen, der ein T-Shirt mit einem durchgestrichenen Minecraft-Kerl trägt, jeder einen Kaffee und gehen damit in einen kleinen Konferenzraum mit Glaswänden.

»Also, was verschafft mir die Ehre?«, fragt Raymond Nilsson.

Rudolf beginnt mit der Befragung: »Kennen Sie Johan Krusegård?«

»Ja, das ist ein guter Freund von mir. Und er hat hier gearbeitet. Was ist mit ihm?«

»Er ist heute Morgen tot aufgefunden worden. Wahrscheinlich hat er sich das Leben genommen.«

Raymond Nilsson stellt seinen hellblauen Kaffeebecher ab und bleibt eine ganze Weile schweigend sitzen. Er scheint eher nachzudenken als zu trauern.

»Sie haben gesagt, er hat hier gearbeitet«, fragt Niklas. »Warum hat er aufgehört?«

»Er hat gekündigt, ziemlich überstürzt und ganz unerwartet, und hat bei einem anderen Unternehmen angefangen, OGF, Online Games Factory. Das muss jetzt drei Jahre her sein.«

»Wissen Sie, warum?«, fragt Rudolf.

»Es ging das Gerücht, die OFG wollte an die Börse. Ich kann mir keinen anderen Grund für Johans Entscheidung vorstellen. Und dann ist es gekommen, wie es kommen musste. OFG ist nicht an die Börse gegangen, stattdessen haben wir diesen Schritt gemacht. Da wollte er natürlich wieder zurück zu uns, aber unser Generaldirektor duldet keine Wendehälse, wie er sagt. Ich selbst finde das Ganze verdammt blöd. Wäre Johan hiergeblieben, wäre er jetzt Multimillionär. Und vielleicht noch am Leben.«

»Hatte er teure Lebensgewohnheiten?«, fragt Rudolf.

»Lange Zeit habe ich das nicht gedacht. Er wohnte in einer kleinen Zweizimmerwohnung in Orminge. Hatte kein Auto. Verreiste nur selten und kaufte seine Kleidung bei H&M. Aber dann …«

Raymond Nilsson zögert, hebt seinen Kaffeebecher, als wollte er trinken, stellt ihn dann aber wieder ab.

»Vor einer ganzen Weile waren wir mal einen Abend zusammen aus, und da hat er mir erzählt, dass er spielt und deshalb ziemlich hohe Schulden hat.«

»Was hat er gespielt?«, fragt Niklas nach.

»Unibet, Onlinepoker. Solche Sachen.«

»Wie lange ist es her, dass Sie sich getroffen haben?«

»Das dürfte einen guten Monat her sein. Ich habe ihn in unserem alten Stammlokal zur Pizza eingeladen, da haben wir in den ersten mageren Jahren oft herumgehangen. Irgendwie sind wir immer gut miteinander klargekommen. Das hat sich nur in letzter Zeit geändert. Früher hat er meine SMS innerhalb von zehn Sekunden beantwortet, aber später konnte es Tage dauern, bis er sich zurückgemeldet hat, wenn er es überhaupt tat. Als wir uns da in der Pizzeria getroffen haben, hat er mir kaum zugehört und wirkte immer wieder völlig abwesend. Er hatte insgesamt etwas Verzweifeltes an sich. Ich habe den Verdacht, dass er mit diesem verdammten Spielen richtig in der Klemme saß.«

»Er hatte eine ziemlich frische Tätowierung am Arm«, sagt Niklas. »Kennen Sie die?«

»Sie meinen den Löwen?«

Niklas nickt.

Raymond Nilsson lacht und schüttelt den Kopf.

»Ja, was soll ich dazu sagen? Ich glaube, ich habe noch nie eine so unpassende Tätowierung für einen Menschen gesehen. Johan ähnelt am allerwenigsten einem Löwen. Außerdem verstehe ich nicht, wie er sich das leisten konnte, mit seinen hohen Schulden.«

»Hat er gesagt, warum er sie sich hat machen lassen?«

»Er hat irgendwas gemurmelt, dass er hoffe, sie würde ihm helfen, sich zu verändern.«

Verändern, denkt Niklas.

In einen Löwen verwandeln.

Der Kinder tötet.

»Die Frage klingt vielleicht merkwürdig, aber wie war sein Verhältnis zu Kindern?«

Raymond bekommt einen angestrengten Zug um den Mund, als hätte er gerade erfahren, dass die Person, von der er glaubte, sie gut zu kennen, jemand ganz anderes war.

»Jetzt sagen Sie aber nicht, er war ein Pädophiler?«

»Das behaupten wir ganz und gar nicht. Wir fragen nur nach seiner Beziehung zu Kindern.«

Raymond Nilsson scheint sich ein wenig zu entspannen.

»Wenn ich ehrlich sein soll, glaube ich nicht, dass er überhaupt eine Beziehung zu Kindern hatte. Er hatte sowieso nicht sehr viele nähere Beziehungen zu anderen Menschen.«

»Hatte er irgendwelche Feinde?«, fragt Rudolf. »Jemand, der ihm übelwollte, vielleicht aufgrund der Schulden, die Sie erwähnt haben?«

»Warum fragen Sie das?«

»Johan wurde in einem Container gefunden, mit einem Einschussloch in der Schläfe.«

Raymond Nilsson starrt schweigend auf Rudolfs dunkle Sonnenbrillengläser. Dann beugt er sich vor und sagt: »Das ist nur so ein Gerücht, ich weiß nicht, ob etwas dahintersteckt, aber ich habe gehört, dass hier in Stockholm Russisch Roulette gespielt wird. Also nicht diese alberne App, die wir selbst entwickelt haben und auf die unser Chef aus unerfindlichen Gründen so stolz ist, sondern echt. Und mit schwindelerregend hohen Einsätzen.«

»Russisch Roulette«, wiederholt Rudolf. »Ja, da ist wohl davon auszugehen, dass der Einsatz ziemlich hoch ist.«

»Ich meine das Geld. Als Sie sagten, er sei in den Kopf geschossen worden, ist mir die Idee gekommen, dass es so gewesen sein könnte. Dass Johan versucht hat, auf diese Art und Weise seine Schulden loszuwerden.«

»Von wem haben Sie gehört, dass hier Russisch Roulette gespielt wird?«

»Johan hat es mir erzählt.«

»Woher wusste er davon?«

»Das hat er nicht gesagt. Und ich habe nicht weiter darüber nachgedacht. Das ist nicht meine Welt.«

»Aber haben Sie ihm geglaubt?«, hakt Niklas nach.

Raymond Nilsson zuckt mit den Schultern.

»Warum nicht? Wir leben in einer Welt voller Spiele, und die Leute brauchen ständig einen neuen Kick, ständig mehr Geld.«

Rudolf nickt schweigend.

Gerade als sie das Büro verlassen, ruft Douglas Juste an und gibt ihnen grünes Licht für Krusegårds Wohnung.

Im verspiegelten Fahrstuhl nach unten sieht Niklas tausend Ausgaben seiner selbst.

»Russisch Roulette. In Stockholm«, sagt er. »Kann das wirklich sein?«

33

»Okay, was haben wir bisher?«

Douglas Juste steht vorgebeugt am Schreibtisch, die Hände auf der Tischplatte, und lässt den Blick von einer Person zur anderen wandern, als wollte er jedes einzelne handverlesene Mitglied der Sondereinheit zum Zweikampf herausfordern.

Es ist kurz nach fünf Uhr. Es sieht so aus, als funktionierte die Klimaanlage endlich wieder normal, aber Douglas scheint sich in seinem Doppelreiher von A.W. Bauer & Co. nicht wohl zu fühlen. Der blau changierende Wollstoff liegt etwas zu eng am Bauch an, aber vielleicht soll das ja so sein, wenn ein Anzug perfekt sitzt.

Zack hat das Gefühl, dass Douglas sich am liebsten die Jacke vom Leib reißen würde, die Hemdsärmel aufkrempeln und brüllen und toben. Er ist immer noch deutlich verärgert über die chaotische Pressekonferenz, die gerade zu Ende gegangen ist. Wie eine Handgranate mit herausgezogenem Splint.

»Jedenfalls ist der Film mit Ismail jetzt aus dem Netz genommen worden«, sagt Sirpa, als ahnte sie, was Douglas gerade durchleidet. »Zumindest von den Seiten, die man mit einer einfachen Google-Suche erreichen kann.«

»Dann haben sie also doch noch vor dem Proteststurm klein beigegeben?«, fragt Niklas.

»Ganz im Gegenteil«, entgegnet Sirpa. »Es wollten so viele Menschen über die ganze Welt verteilt den Film angucken, dass der Server von LiveLeak zusammengebrochen ist. Ich wette, das Gleiche ist mit dieser arabischen Seite passiert.«

Vor dem inneren Auge sieht Zack wieder Ismails zu Tode erschrockene Augen, als der Mann in dem Löwenkostüm sich nähert. Hört die Schreie des Jungen.

Wir werden ihn finden, denkt er. Das Verbrechen an dir wird gesühnt werden, Ismail.

»Aber du hast noch mehr Neuigkeiten, Sirpa, oder?«, fragt Douglas.

»Wir haben das genaue Datum der Filmaufnahmen feststellen können«, erklärt sie. »Gemeinsam ist es uns gelungen, das Licht im Käfig mit den jeweiligen Zeiten von Sonnenaufgang und Sonnenuntergang in Stockholm und mit dem Mondlicht abzugleichen, das in gewissen Nächten in den Käfig schien. Wir schließen aus all den Daten, dass die Aufnahmen gegen siebzehn Uhr am 5. Dezember beginnen und zur gleichen Zeit dreißig Tage später enden, also am 3. Januar. Das stimmt sowohl mit dem jeweiligen Sonnenstand als auch mit der Wolkendichte am Himmel an diesen Tagen überein.«

Die anderen applaudieren, während Niklas in seinen Aufzeichnungen blättert.

»Genau zu dem Zeitpunkt hat Krusegård aufgehört, sein Telefon zu benutzen«, sagt er. »Außerdem waren wir in seiner Wohnung. Im Schlafzimmer hängt ein großes Plakat mit einem brüllenden Löwen, und auf dem Bücherregal haben wir mehrere ausgefallene Fotobücher über Löwen gefunden.«

»Gibt es irgendeine Verbindung zu den Rumänen?«

»Leider nein. Ich habe das auch mit der Traffickinggruppe abgeglichen, aber die sind noch nie auf seinen Namen gestoßen. Dafür haben sie heute zwei weitere Männer vernommen. Der eine hat bereits den Kauf von sexuellen Dienstleistungen gestanden. Aber für unseren Fall scheint keiner von Interesse zu sein.«

Douglas nickt langsam und wendet sich Koltberg zu.

»Irgendwelche interessanten Funde auf Krusegårds Leiche?«

»Die Schmauchspuren an den Fingern und der Schläfe passen zusammen, es besteht also kein Zweifel, dass er sich selbst erschossen hat. Entscheidend ist jedoch, ob sein Zahnabdruck mit den Spuren auf Ismails Körper übereinstimmt, und da sah ich mich gezwungen, Hilfe aus den USA anzufordern. Ich bleibe dran und werde dafür sorgen, dass unser Fall dort möglichst bald bearbeitet wird.«

Zack kann direkt Koltbergs einschleimende Stimme hören, wenn dieser in Washington DC anruft.

»Wir sind auf eine interessante Theorie gestoßen, was Krusegårds Selbstmord betrifft«, sagt Rudolf.

Er berichtet von Raymond Nilssons Befragung und gibt dann die Frage an die anderen weiter: »Hat irgendeiner von euch gehört, dass in Stockholm Russisch Roulette in organisierter Form betrieben wird?«

Zack hat das Gefühl, Rudolf starre ihn an. Halte ihn fest mit seinen blinden Augen.

Und Niklas auch.

Denken sie so von mir? Dass ich solchen Mist mitmache?

Aber ich weiß, was die Spieler suchen.

Den perfekten Trip.

Mit dem Revolver als Droge, bei der einer von sechs Schüssen tödlich ist.

Sollte es das wert sein?

Wohl kaum.

Aber ich brauche jetzt etwas. Was auch immer.

Nein. Er entscheidet sich dafür, lieber weiter zu trainieren. Er hat für heute Abend eine Stunde mit Sensei Hiro gebucht. Das braucht er nach diesem beschissenen Nachmittag.

Endlich hatten sie vom Karolinska in Huddinge die Erlaubnis bekommen, den angeschossenen Rumänen zu befragen, aber das brachte absolut nichts. Der Mann sprach weder Schwedisch noch Englisch und weigerte sich, auf Zacks und Deniz' Fragen zu antworten, die der herbeigerufene Dolmetscher übersetzte. Es gelang ihnen nicht einmal, seine Identität zu klären.

Natürlich werden sie herausbekommen, wer er ist, aber das kann dauern. Die Fingerabdrücke sind nach Rumänien geschickt worden, und es können Wochen vergehen, bis sie antworten.

»Und der Weg des Jungen durch die Stadt?«

Es braucht eine Weile, bis Zack begreift, dass die Frage an ihn und Deniz gerichtet ist.

»Ismail wurde mit einem unbekannten Mann am Bagartorpsringen in Solna gesehen«, sagt Deniz. »Wir wissen nicht, wer der

Mann ist, und die Bilder sind ziemlich schlecht, aber seine Größe und sein Körperbau ähneln dem von Krusegård. Wir haben inzwischen auch die Aufnahmen der Überwachungskamera vom Regionalbahnhof Ulriksdal ansehen können, aber das hat nichts gebracht. Nach unserer Theorie ist der Mann mit Ismail in einem Auto weggefahren. Vielleicht zu dieser Felskammer, vielleicht irgendwo anders hin. Vom Bagartorpsringen ist es nicht weit zu dem Sendemast, von dem Ismails Handyanruf in die Asylbewerberunterkunft geleitet wurde. Was darauf hindeuten könnte, dass der Tatort in den nordwestlichen Vororten liegen kann. Aber das ist reine Spekulation.«

Erneut diskutieren sie den Selbstmord und spekulieren herum. Wenn Johan Krusegård sich selbst erschossen hat, wer hat ihn dann in den Container geworfen? Jemand, der nicht jede Menge Polizei in seinem Hinterhof haben wollte? Und wenn es Krusegård war, der Ismail ermordet hat, warum sollte er sich dann ausgerechnet jetzt das Leben nehmen? War er ganz einfach fertig mit dem sich selbst auferlegten Auftrag? Oder hat er Angst bekommen, als er begriff, dass die Polizei den Jungen gefunden hatte?

Östman schaut zweifelnd drein und wirft ein, dass das, was sie über Krusegård in Erfahrung gebracht haben, nur schlecht zum Täterprofil passt.

Zack trinkt den Rest des lauwarmen Kaffees. Sein Gehirn ist träge nach der intensiven Durchsicht der Überwachungsfilme, und er wünschte, der Kaffee enthielte zehn Mal mehr Koffein.

Oder dass etwas Drastisches passieren würde.

Was auch immer.

Er schaut hinaus in die Dunkelheit des Spätnachmittags und hört nur mit halbem Ohr Douglas zu, der gerade die Liste der Arbeitsaufgaben abarbeitet: Die Überwachungskameras in der Umgebung der Tankstelle müssen untersucht werden. Die Streifenbeamten im Stadtzentrum müssen mit einbezogen werden. Sie sollen einige der vielen unbegleiteten Flüchtlingskinder aufsuchen, die am Sergels torg herumhängen, und versuchen, auf diesem Weg weitere Informationen über Ismail herauszubekommen. Die größten Tätowierungsstuben müssen befragt werden, ob sie das Motiv auf Krusegårds Arm wiedererkennen, und auch nach seinen Eltern soll weiterhin gefahndet werden.

Außerdem muss großflächig nach Informationen über Russisch Roulette gesucht werden. Die Kollegen sollen ihre Quellen befragen und sich frühere Selbstmordfälle ohne klares Motiv genauer ansehen.

»Ich habe so eine vage Erinnerung, dass Russisch Roulette mal im Zusammenhang mit rumänischen Roma erwähnt wurde«, sagt Douglas. »Das ist zwar schon ein paar Jahre her, aber die Verbindung zu Rumänen ist doch interessant. Rudolf, kannst du mal zu Danut Grigorescu gehen und probieren, von ihm etwas über Krusegård und Russisch Roulette zu erfahren?«

Zack denkt an die Kinder im Keller in Södertälje. Können Grigorescu und seine Kumpel auch etwas mit Johan Krusegårds Tod zu tun haben?

Kinder verkaufen und Erwachsene dazu bringen, sich zu erschießen.

Reizend, denkt Zack. Wirklich reizend.

Auf dem Weg zurück zu seinem Schreibtisch stoßen Zack und Deniz fast mit Niklas zusammen, der aus der Tür eilt und sich dabei die Jacke überzieht.

»Wohin willst du?«, fragt Zack.

»Lukas hat in einer halben Stunde eine Theateraufführung. Ich habe versprochen, zu kommen.«

Deniz' Augen verdunkeln sich. Sie schaut ihm nach und fragt laut: »Wie kann man zu einer Schulaufführung gehen, wenn wir gerade einen Kindsmord aufzuklären haben?«

Niklas scheint in seinem Schritt innezuhalten, doch dann öffnet er die Tür und verschwindet.

»Sei nicht so hart mit ihm«, sagt Rudolf, der ein paar Meter von Deniz entfernt am Kaffeeautomaten steht.

»Wie meinst du das? Schließlich haben wir jede Menge zu tun.«

»Was den Mann betrifft, den wir gerade jagen, glaube ich nicht, dass sein Papa gekommen ist, wenn er in der Schule Theater gespielt hat«, sagt Rudolf und trinkt einen Schluck Kaffee.

34

Niklas Svensson biegt auf den Schulparkplatz ein und sieht Helena, die vor dem Eingang zur Aula auf ihn wartet. Sie steht im Lichtkegel einer Straßenlaterne, und die sie umgebende Finsternis scheint immer näherkriechen zu wollen. Andere Eltern eilen auf das flache, weißgestrichene Betongebäude zu und verschwinden hinter den Flügeltüren aus Glas.

Niklas stellt den Motor ab, bleibt aber noch einen Moment sitzen. Schließt die Augen, holt einige Male tief Luft und versucht, die Gedanken zu ordnen.

Normalerweise hat er kein Problem damit, die Arbeit zur Seite zu legen, wenn er das Polizeigebäude verlässt, aber in den letzten Tagen haben ihn die düsteren Bilder bis nach Hause verfolgt.

Er steigt aus dem Wagen und winkt seiner Frau zu.

»Da bist du ja!«, sagt Helena und schaut ihn mit besorgter Miene an. »Wie geht es dir?«

»Eigentlich ganz gut. Ich habe es nur nicht geschafft, den Job ganz aus meinem Kopf zu verbannen.«

Er umarmt sie und spürt ihre kalte Nasenspitze an seinem Hals. Durch die Kälte dringt ihr vertrauter Duft kaum zu ihm durch, aber er kann ihn doch ganz leicht wahrnehmen, wie eine Umarmung.

»Komm, lass uns reingehen«, sagt er dann. »Hier ist es mir zu kalt.«

Die Decke der abgedunkelten Aula ist fünfzehn Meter hoch, und die Wände sind mit weißlasiertem Kieferfurnier verkleidet. An die Hundert Eltern haben bereits auf den Stühlen Platz genommen. Helena und Niklas begrüßen einige von ihnen, während sie sich langsam zu zwei freien Sitzen in den mittleren Reihen durchzwängen.

Niklas stellt sein Handy auf lautlos, steckt es in die Jackeninnentasche und nimmt Helenas Hand in seine.

Vorn auf der Bühne schauen neugierige Kinder immer wieder hinter dem roten Samtvorhang hervor, und er konzentriert sich darauf, den Moment zu genießen. Nur sie und er und Lukas, der gleich auf der Bühne erscheinen soll. Die jüngeren Geschwister sind zu Hause und strapazieren wahrscheinlich genau in diesem Augenblick die Nerven der Großmutter.

Der Vorhang öffnet sich, und die Aufführung der Klasse 3b von *Harry Potter und der Stein der Weisen* beginnt.

Lukas' Freund Arvid spielt Harry Potter und sitzt zu Anfang der Vorstellung in einer engen Besenkammer eingesperrt. Vor der Kammer stehen seine bösen Stiefeltern und reden schlecht über den sonderbaren Jungen.

Mehrere Eltern im Publikum lachen über die Repliken, während Niklas an Ismail denken muss.

Er war auch in einem engen Raum eingesperrt, umgeben von bösen Erwachsenen. Aber es kam nie jemand, um ihn zu retten und in eine fantastische Schule zu bringen.

Es kam ein Löwe.

Nach zehn Minuten rollt eine Eisenbahn aus Pappe auf die Bühne, und Lukas, in Ron Weasleys Gestalt, hat seinen Auftritt.

Seine Stimme zittert, aber er hat witzige Repliken, und als er versucht zu zaubern, bricht sein Zauberstab in der Mitte durch. Das Publikum lacht, und Niklas sieht, wie Lukas sich abmüht, ernst zu bleiben.

So soll das Leben der Kinder sein, denkt er. Sie sollen vor einer Schulaufführung Bauchschmerzen vor Nervosität haben, nicht aus Angst, von Erwachsenen gequält zu werden.

In der Pause kaufen sie bei Lukas' Klassenkameraden in dem lauten Foyer Kaffee und Kuchen, unterhalten sich in dem Gedränge mit anderen Eltern und erzählen sich gegenseitig, was für tüchtige Kinder sie doch haben.

Als Niklas noch einen Kaffee holt, hört er zufällig das Gespräch zweier Väter, deren Namen er nicht kennt. Irgendetwas lässt ihn stehen bleiben und heimlich lauschen, während er sich Kaffee einschenkt.

»Ich habe immer gedacht, der alte Schutzbunker wäre verriegelt und verrammelt«, sagt der eine Mann, und Niklas bleibt mit zwei Tassen voller Kaffee in den Händen hinter ihm stehen. Und hört, wie der Mann weiterspricht: »In den letzten Wochen habe ich mehrere Male einen Mann dort reingehen sehen. Einmal mit einem riesigen Rucksack, ein anderes Mal mit jeder Menge Metallkram und einem großen Kamerastativ. Was der wohl da drinnen zu suchen hat?«

»Glaubst du, der wohnt da?«, fragt der andere Mann.

»Wer weiß, es treibt sich schon merkwürdiges Volk da draußen in Orminge herum.«

Niklas steht immer noch reglos hinter den beiden, die eine Hand zittert ein wenig, und er spürt, wie er heißen Kaffee auf die Hand verschüttet, doch das ist egal.

Was er hier hört, ist wichtig.

Der Film mit Ismail. Der könnte in einem Schutzbunker gedreht worden sein.

Und Krusegård wohnte in Orminge.

Niklas denkt an Östmans Worte: *Sucht in der näheren Umgebung, das ist mein Tipp.*

Östman hatte die Umgebung von Stocksund gemeint. Aber wenn nun stattdessen Orminge die Basis des Mörders ist und er entschieden hat, Ismails Leiche nach Stocksund zu bringen, aus welchen Gründen auch immer?

War es Krusegård, der in den Schutzbunker ging?

Könnten wir so ein Glück haben?

Niklas würde am liebsten den anderen Vater nach Einzelheiten befragen, entschließt sich jedoch, es nicht zu tun. Diese Geschichte hat die Journalisten der Boulevardpresse vollkommen am Rad drehen lassen, und er traut sich nicht, auch nur den geringsten Hinweis preiszugeben.

Stattdessen stellt er die Kaffeetassen ab und geht auf die Toilette. Er googelt »Schutzbunker« und »Orminge« und schaut sich die Ergebnisse an.

Ein militärischer Schutzraum für die Allgemeinheit, geschlossen 1986. Seit zwei Jahren steht er zum Verkauf.

Ist Ismail da drinnen zu Tode gequält worden?, fragt Niklas sich.

Der Metallkram, den der andere Vater erwähnt hat, könnte Material für den Käfig gewesen sein. Und der riesige Rucksack … ob der groß genug war, um ein betäubtes Kind darin zu transportieren? Schon möglich. Wenn er hundert Liter oder mehr fasste.

Natürlich kann es auch jemand ganz anderes gewesen sein, der sich dort herumtrieb. Wie viele Typen gibt es, die Zuflucht in verlassenen U-Bahn-Schächten und Felshöhlen suchen?

Aber es kann unser Mann sein.

Ich muss dorthin, denkt er.

Im zweiten Akt ist Lukas fast die ganze Zeit auf der Bühne. Helena muss mehrere Male laut lachen, Niklas dagegen kann sich nicht konzentrieren. Immer wieder schaut er auf die Uhr und findet keine bequeme Sitzhaltung.

Auf dem Heimweg ist Lukas im Auto nicht zu bremsen, sondern plappert in einem fort: Hast du dies gesehen, Papa, hast du das gesehen, Mama, habt ihr gehört, wie sie gelacht haben? Was glaubt ihr, könnte ich ein richtiger Schauspieler werden, und was muss man dann tun und wie viel muss man üben?

Niklas streckt den rechten Arm nach hinten und ergreift Lukas' Hand. Sie ist warm und feucht, genau wie im Sommer, als sie Hand in Hand auf Mallorca dicht am Wasser den Strand entlanggelaufen sind.

»Du kannst werden, was du möchtest«, sagt er.

Sie parken den Wagen auf der Garagenauffahrt, und Lukas läuft sofort zur Oma.

Niklas und Helena bleiben noch schweigend im Auto sitzen.

»Uns geht es wirklich gut«, sagt Helena. »Darf es einem überhaupt so gut gehen?«

Niklas nickt. »Ja, das darf es.«

Er nimmt ihre Hand in seine.

»Ich muss heute Abend noch ein paar Stunden arbeiten«, sagt er. »Es gibt da eine Sache, die muss ich mir anschauen und überprüfen, vielleicht kann sie dazu führen, dass der Fall, an dem wir arbeiten, schon morgen gelöst werden kann.«

Helena schaut auf die Uhr. 19.53.

»Es ist dieser Kindsmord, nicht wahr?«

Niklas hat nicht besonders viel darüber berichtet, aber Helena hat die Medienberichte verfolgt und war entsetzt über die Fotos von Ismail in dem Käfig.

»Ja.«

»Wer geht mit dir?«

»Niemand. Das ist auch nicht nötig. Ich will keine Person treffen. Nur eine Information überprüfen. Die entscheidend sein kann.«

Sie nickt langsam. Dann gehen beide ins Haus.

Der vierjährige Tim, der eigentlich schon längst schlafen sollte, läuft Niklas entgegen.

»Bist du so spät noch auf?«, fragt er und nimmt den Jungen auf den Arm.

»Wir haben Eis zum Abendbrot gekriegt!«

»An einem ganz normalen Wochentag?«

Tim macht sich aus den Armen frei und läuft vor ins Wohnzimmer.

Niklas umarmt seine Schwiegermutter und dankt für ihre Hilfe, dann nimmt er Emma hoch. Ihr Haar ist zerzaust und ganz feucht vom Schweiß.

»Papa muss heute Abend noch ein bisschen arbeiten. Aber ich gebe dir später einen Kuss, wenn du eingeschlafen bist.«

»Wirst du einen Dieb fangen?«

»Nein. Aber ich will einem Tipp nachgehen, der uns vielleicht hilft, ein Rätsel zu lösen.«

Niklas gibt ihr einen Kuss und setzt sie wieder aufs Sofa. Dann sagt er auch Lukas gute Nacht und geht zu Helena, um ihr einen Kuss auf die Wange zu geben.

Sie dreht ihm das Gesicht zu und verwandelt so den Wangenkuss in einen richtigen Kuss. Sie drückt ihn an sich. Scheint ihn festhalten zu wollen.

»Vielleicht bin ich ja noch wach, wenn du nach Hause kommst.«

35

Zack sitzt in der roten Linie der U-Bahn Richtung Westen.

Die letzten Stunden des Arbeitstages hat er gemeinsam mit Deniz und einem hinzugezogenen Team von Streifenbeamten auf Sergels torg verbracht. Sie sind dort herumgelaufen und haben anderen unbegleiteten Flüchtlingskindern das retuschierte Foto von Ismail gezeigt und versucht, mehr Information zu bekommen, doch vergebens.

Anschließend hat Zack ein Whopper Meal bei Burger King heruntergeschlungen, ist nach Hause gefahren, hat seine Trainingssachen gepackt und ist dann wieder aufgebrochen.

Die Jacke stinkt immer noch nach dem fettigen Bratendunst von dem Burger. Mera würde bei diesem Geruch die Nase rümpfen. Das einzige Imbissessen, das sie akzeptiert, sind halbrohe Gourmetburger für zweihundert Kronen das Stück, verzehrt zwischen den Anzugträgern mitten in der City.

Zack zieht die normalen Industriehamburger vor. Schnell und einfach, ohne Schnickschnack.

Mera hat ihn gewarnt, er würde dick werden, wenn er dieses Junkfood isst, aber an seinem Körper bleibt kein unnötiges Fett haften.

Die sanfte Lautsprecherstimme teilt mit, dass die nächste Station Bredäng sei, und in Zacks Bauch zieht sich alles zusammen.

Wie jedes Mal.

Aber inzwischen nicht mehr so heftig. Nicht wie damals, als er noch ein Kind war, als er gezwungen war, hier auszusteigen, um auf dem Heimweg einzukaufen. Und dann schwere Papiertüten den dunklen Fußweg hochzuschleppen. Die ganze Zeit aufs Äußerste angespannt, bereit, alles sofort fallenzulassen und wegzulaufen, sollten die großen Jungs auftauchen.

Und dann nach Hause in das hässliche, betongraue, neunstöckige Hochhaus. Nach Hause zu den Hustenanfällen, die bereits im Treppenhaus zu hören waren. Essen kochen. Hoffen, dass Papa ein bisschen aß. Und dann allein am Küchentisch sitzen und essen, nachdem Papa bereits wieder auf dem Sofa eingeschlafen war.

Die U-Bahn setzt sich von Neuem in Bewegung. Die Anspannung im Magen lässt nach.

Er denkt an Johan Krusegård. Einige der Mietshäuser in Orminge sehen fast genauso hässlich aus wie diese hier. Gebäude, wie geschaffen, um Kriminalität auszubrüten.

Aber ist dieser Krusegård wirklich der Mann, den sie suchen? Rudolf ist es nicht gelungen, etwas aus Danut Grigorescu herauszukriegen, was darauf hindeuten könnte, dass es irgendeine Art von Verbindung zwischen Krusegård und den Rumänen geben könnte. Und keiner kann die Leute so ausquetschen wie Rudolf.

Zack schickt eine SMS an Abdula.

Weißt du etwas über Russisch Roulette in Stockholm?

Die Antwort kommt umgehend:

Willst du einer Braut imponieren, oder was? Ich hör mich mal um.

Zwei Stationen später steigt Zack aus, in Skärholmen. Er wirft sich die Sporttasche über die Schulter, umrundet die Betongebäude im Zentrum und öffnet die Tür des heruntergekommenen Dojo in einer Querstraße weiter hinten.

Es ist lange her, dass er hier war. Viel zu lange.

Er zieht seine Karatesachen an, knotet den abgegriffenen schwarzen Gürtel um die Taille, nimmt seine Tasche mit und geht in das rechteckige Dojo. Verneigt sich auf der Schwelle, ohne darüber nachzudenken.

Er ist elf Minuten zu früh, das Dojo ist leer. Sensei Hiro wird um Punkt acht Uhr hier sein. Das weiß er.

Zack saugt den vertrauten, dezenten Schweißgeruch ein und geht auf die Knie, die Hände in den Hüften. Ihm gefällt die karge Einrichtung hier drinnen. Keine verchromten Geräte oder Fotos von Menschen mit aufgepumpten Muskeln. Nur weiße Wände und eine rote Kampfsportmatte auf dem Boden.

Er schließt die Augen und beginnt mit der Meditation.

Als er noch jünger war, liebte er diesen Moment. In dem er die Sorgen des Tages verschwinden ließ und an nichts anderes dachte als an das Hier und Jetzt, wie alles still wurde und er sich seines Körpers auf eine Art und Weise bewusst wurde wie sonst nirgends und niemals.

Nach nur wenigen Minuten schlägt er die Augen auf. Er findet keine Ruhe. Körper und Gehirn sind voll rastloser Insekten.

Also joggt er ein paar Mal im Raum herum. Macht dann zwanzig schnelle Sprünge aus dem Stand und fünfzig Liegestütz auf den Fingerknöcheln.

Das muss reichen.

Er holt zwei Polizeischlagstöcke aus der Tasche. Lässt sie zwischen den Fingern herumwirbeln und vollzieht einige Schlagfolgen. Attacke, Blockade, Attacke, Blockade.

Feinde von rechts, von links. Direkt vor ihm.

Er kann sie vor sich sehen, entwaffnet sie schnell und effektiv, einen nach dem anderen.

Während er die Bewegungen durchführt, sieht er sich selbst im Spiegel, der die Wand des Dojo bedeckt. Es sieht elegant aus.

Er geht dazu über, die Kata durchzuführen, die er vor einigen Jahren selbst zusammengestellt hat. Das sitzt immer noch im Rückenmark. Schön und geschmeidig, wie ein akrobatischer Tanz. Drei Schritte nach links, Schlag, Schlag, Tritt. Volle Drehung, Blockade, Blockade und dann …

»Du lässt die Hüfte hängen.«

Die Stimme ist voller Autorität.

Sensei Hiro.

Er steht direkt vor der Tür, die Arme vor der Brust verschränkt.

Klein, untersetzt. Ein siebenundsechzigjähriger Mann, der Japan in den Siebzigerjahren Richtung Schweden verlassen hat und seitdem Tausenden verirrter Jugendlicher geholfen hat, ihre Frustration in einer konstruktiven Art und Weise zu kanalisieren.

Skärholmens Mr. Miyagi.

Zack war erst zwölf, als er zum ersten Mal diese Räume betrat. Den schwarzen Gürtel erkämpfte er sich, als er achtzehn Jahre alt war. Der Kreisvorsitzende sah einen zukünftigen schwedischen Meister in ihm und versuchte, ihn zu überreden, alles auf den Sport zu setzen. Doch Zack hatte andere Pläne für sein Leben. Da gab es Fragen, auf die er eine Antwort suchte.

»Sensei«, sagt Zack und verbeugt sich.

»Du bist unkonzentriert, Zack. Ohne Fokus. Du bewegst dich, als wolltest du deine Künste einem Hollywoodregisseur zeigen, statt dich darauf zu konzentrieren, was du machst und warum du das machst.«

Zack sieht ihn an. Sie haben sich seit mehr als einem halben Jahr nicht gesehen, und der Mann begrüßt ihn nicht einmal, bevor er ihn kritisiert.

Wie eine asiatische Version von Douglas, denkt er und muss lachen.

Sensei Hiro lacht nicht, und Zack ist klar, dass er einen Fehler begangen hat. Man lacht nicht über seinen Trainer.

»Du scheinst ja gutgelaunt zu sein. Selbstsicher wie ein großer Krieger. So einer, der von niemandem mehr irgendwelche Lehren anzunehmen braucht.«

»Sensei, ich wollte wirklich nicht …«

Sensei Hiro macht ein paar Schritte auf Zack zu. Oder besser gesagt, er bewegt sich auf ihn zu, auf diese ganz besondere Art, die nachzumachen Zack nie geschafft hat.

»Nun gut, zeig, was du kannst. Du bist jung und aufgewärmt. Ich bin alt, kalt und steif.«

»Sensei?«

»Greif mich an, überrasche mich.«

Zack sieht seinem Trainer in die Augen. Darin ist nur tiefster Ernst zu erkennen.

Er will die Schlagstöcke beiseitelegen, doch Sensei Hiro sagt: »Behalte sie.«

Nun mach mal halblang, denkt Zack. So gut bist du auch nicht.

Doch er sagt nichts, sondern stellt sich seinem Trainer gegenüber, mit zirka drei Metern Abstand. Sie verneigen sich leicht voreinander, und Zack begibt sich in die Ausgangsposition für das Kumite, den Kampf. Das linke Bein vor, die Hände mit den Schlagstöcken erhoben.

Sensei Hiro bleibt stehen, die Arme hängen an den Seiten herunter.

Zack beginnt spielerisch. Ein schneller Schlag auf die rechte Schulter, wie beim Uraken-Uchi, doch mit dem Schlagstock statt der Rückseite der geballten Faust.

Sensei Hiro wehrt den Angriff locker ab. Blitzschnell dreht er den Körper zur Seite und verändert die Richtung des Stockschlags mit seinem Unterarm.

Zack folgt mit einer Kombination. Schlag, Tritt, Schlag. Die Stöcke zischen durch die Luft, doch Sensei Hiro scheint sich nicht einmal anstrengen zu müssen, als er blockiert, angreift und mit einem schnellen Sokuto kontert. Der Tritt trifft Zack hart im Bauch, er stolpert nach hinten und setzt sich verdutzt auf die Matte.

Es dauert mehrere Sekunden, bevor er wieder tief Luft holen kann, und als er endlich aufsteht, steht Sensei Hiro bereits vor ihm, die Arme an den Seiten, und wartet.

Dieser Mistkerl.

Aber wenn du es so haben willst, bitte schön. Von mir aus gern.

Zack stellt sich zurück in die Ausgangsposition. Er versucht, abwartend auszusehen, defensiv. Dann geht er blitzschnell zum Angriff über mit seinen Lieblingskombinationen: Er täuscht einen niedrigen Tritt gegen das rechte Bein vor, ändert im Bruchteil einer Sekunde die Richtung und vollführt stattdessen einen schnellen Mawashi-Geri gegen den Kopf.

Den Sensei Hiro problemlos pariert.

Zack kontert mit einem in sich gedrehten Tritt und lässt dem einen Stockschlag gegen die Schläfe folgen. Das ist seine Spezialkombination. Sein eigener kleiner Peitschenhieb.

Er hat viel Zeit damit verwandt, diesen Schlag einzuüben. Hat immer wieder Stunden damit verbracht, die Geschwindigkeit und die Kraft zu erhöhen. Hat zugeschlagen, bis sich das Handgelenk durch die Überanstrengung entzündete.

Jetzt ist Sensei Hiro an der Reihe, er soll den Peitschenschlag zu spüren bekommen.

Doch Zack trifft sein Ziel nicht. Er schlägt nur in die Luft und kann gerade noch mit Mühe und Not Sensei Hiros seitlichen Tritt gegen seinen Brustkorb abwehren.

Sensei Hiro greift weiter an, und Zack muss seinen Reflexen vertrauen. Das funktioniert zwei Mal, drei Mal, dann deckt er sein Gesicht nicht mehr und bekommt einen Schlag direkt auf die Nase.

Hart, aber nicht zu hart. Als wollte Sensei Hiro betonen, dass er mehr zu bieten hat, wenn es nötig sein sollte.

Zack schwitzt bereits heftig, während die Stirn seines Trainers nicht einmal feucht ist.

Wieder und wieder versucht Zack anzugreifen. Er testet verschiedene Kombinationen und will seine Größe ausnutzen. Sensei Hiro ist höchstens einen Meter siebzig groß. Zack dagegen ist eins zweiundneunzig, außerdem hat er noch zwei Schlagstöcke in den Händen.

Und trotzdem ist es Zack, der in die Luft schlägt, während Sensei Hiro einen Treffer nach dem anderen landet, jedes Mal kräftig und präzise. Auf die Nieren, das Schulterblatt, die Nase, den Oberschenkel.

Und Zack wird klar, was Sensei Hiro bereits erkannt hat, als er noch in der Türöffnung stand. Er selbst ist langsam geworden, hat den Biss verloren.

Er muss mehrere Schläge einstecken, mehrere Tritte. Es gelingt ihm nicht einmal, die Hälfte davon zu parieren.

Nach Sensei Hiros wiederholten Attacken auf die Oberschenkel bewegt er sich immer steifer. Durch das Blut ist die Nase dicht, und Zack ist atemlos auf eine Art und Weise, wie er es eigentlich nicht kennt.

Der Schmerz ist schon in Ordnung, nicht aber die Erniedrigung. Und dass der Alte dabei auch noch so verdammt herablassend wirkt.

Zack stürzt nach vorn, schwingt die Stöcke wild in der Luft, aber er hat die Konzentration verloren und öffnet seine Deckung wie ein Anfänger. Als Sensei Hiro einen Tritt aus dem Sprung heraus macht und Zacks rechte Schulter mit der Hacke trifft, knackt etwas laut vernehmlich, und Zack schreit auf, noch bevor er auf dem Boden landet.

In der Schulter brennt es wie Feuer, und als er sich auf der Matte windet, wird ihm fast übel vor Schmerzen.

Sensei Hiro stellt sich über ihn. Zack versucht, die Arme zum Schutz zu heben, doch da schmerzt die Schulter wie vom Hieb mit einer Machete, und er muss den rechten Arm wieder sinken lassen.

»Bleib still liegen«, sagt Sensei Hiro, und widerstrebend senkt Zack auch den anderen Arm.

Sensei Hiro packt ihn bei der rechten Schulter. Zack schreit laut auf.

»Du brüllst wie ein Kleinkind. Konzentrier dich auf die Atmung, dann kann ich sehen, was da nicht stimmt.«

Zack schließt die Augen und richtet die Aufmerksamkeit auf seinen Atem.

Sensei Hiro stellt ihm ein Knie auf den Brustkorb, dann zieht er schnell mit einem Ruck den Arm so fest zu sich, dass es Zack schwarz vor Augen wird.

»So. Damit wäre das geklärt.«

Geklärt?

Was ist geklärt?

Vorsichtig bewegt Zack die Schulter. Es fühlt sich tatsächlich besser an. Es gibt keinen Widerstand mehr, als er den Arm bewegt. Sensei Hiro hat einen Mr.-Miyagi-Trick angewandt und die Schulter wieder eingerenkt.

Langsam richtet Zack sich auf. Ein Schwindelgefühl ergreift ihn, und er ist gezwungen, einen Schritt zur Seite zu gehen, um das Gleichgewicht wiederzuerlangen.

Sensei Hiro steht wie vorhin ihm direkt gegenüber. Mit gelangweiltem Blick, die Arme herabhängend.

»Nun, willst du weitermachen?«

Zack schüttelt den Kopf.

Verneigt sich.

»Du hast recht, Sensei«, sagt er, »ich bin unkonzentriert.«

»Etwas in dir ist zerbrochen«, sagt Sensei Hiro. »Ich kann dich nichts lehren, solange du nicht bereit bist, es zu heilen.«

»Ich verstehe.«

Sensei Hiro schaut ihn an und liest in seinem Gesicht. Zack hält seinem Blick stand und lässt es geschehen.

Dann nimmt er seine Tasche und verlässt hinkend das Dojo.

36

Niklas Svensson stellt den Motor aus, bleibt aber im Wagen sitzen.

Immer noch spürt er Helenas Körper an seinem. Ihre Wärme.

Hätte ich zu Hause bleiben sollen?

Nein. Ich will das hier durchziehen.

Er lässt den Blick über den großen Parkplatz schweifen. Außer seinem Auto stehen zwei andere Wagen hier. In den gelben Lichtkegeln der Straßenlaternen sehen sie mit ihren Schneehauben geradezu mumifiziert aus.

Am Ende des Parkplatzes erhebt sich eine fast senkrechte Felswand. Niklas starrt auf die grottenähnliche Öffnung. Er nimmt an, dass sich dort das Tor zu dem alten Schutzbunker befindet.

Sollte er nicht doch einen der Kollegen anrufen?

Nein, das muss er selbst machen. Er hat nur zu gut Deniz' Kommentar gehört, als er zum Theater fuhr. Hat ihren Blick im Nacken gespürt.

Und vielleicht nicht nur ihren.

Er kann sich vorstellen, wie sie über ihn geredet haben, nachdem er weggegangen war.

Niklas? Der ist nach Hause zu seinen Kindern gefahren, wie immer.

Die werden sich umschauen, wenn er die Morgenkonferenz mit der Nachricht eröffnen kann, dass er die Höhle des Löwen gefunden hat. Und das, während die anderen daheim vor dem Fernseher hockten.

Er steigt aus dem Wagen, zieht Mütze und Handschuhe an und wickelt sich den Schal mehrere Male um den Hals.

Neunzehn Grad minus und Schneefall. Immerhin hat der Wind nachgelassen.

Rechts von ihm ist ein hohes Bürohaus zu erkennen – ob wohl

der andere Vater von dort den Mann in den Schutzraum hat gehen sehen?

Er öffnet die Heckklappe, hebt die Schutzmatte hoch und nimmt den Felgenschlüssel heraus.

Er zieht die kalte Metallstange in voller Länge heraus, so dass das Werkzeug einen halben Meter lang wird. Schwenkt es dann ein paar Mal in der Luft. Das sollte reichen.

Das muss reichen. Momentan ist der Felgenschlüssel seine einzige Waffe. Die Pistole hat er wie üblich im Sicherheitsschrank eingeschlossen, bevor er das Polizeigebäude verlassen hat.

Aus der Jackentasche holt er die Taschenlampe und geht auf die Öffnung im Berg zu.

Zacks Muskeln schmerzen bei jedem Schritt vom Dojo zur U-Bahn-Station. Der Bauch tut ihm weh, und es pocht im Kopf, in der Schulter und in der angeschwollenen Nase.

Sensei Hiros Worte klingen ihm noch im Ohr.

Etwas in dir ist zerbrochen.

Du hast doch keine Ahnung, du alter Mistkerl. Absolut keine Ahnung.

Ich kann dich nichts lehren, solange du nicht bereit bist, es zu heilen.

Was soll ich heilen? Nimm doch dein ganzes Dojo und fahr damit zur Hölle.

Zack will nichts heilen. Er will etwas betäuben.

Mit seinem schmerzenden rechten Arm zieht er das Handy heraus und ruft Abdula an.

Niklas hat keine Angst vor Dunkelheit oder Einsamkeit, aber die Wucht des Berges gibt ihm das Gefühl, winzig zu sein. Als wäre er ein kleiner Junge, der in einem John-Bauer-Gemälde bei einem riesigen Troll anklopft.

Er hätte zumindest seine Dienstwaffe dabeihaben sollen.

Er hätte Verstärkung anfordern sollen.

Ach, komm. Wenn Krusegård schuldig ist, bedeutet das: Der Mörder ist tot. Dann gibt es nichts, wovor du Angst haben müsstest. Du willst doch nur überprüfen, ob der Junge hier gefangen gehalten wurde, anschließend kannst du nach Hause fahren und neben deiner Frau unter die Bettdecke kriechen.

Das Berggestein umschließt ihn, als er durch die aufgesprengte Öffnung tritt. Er schaltet seine Taschenlampe ein und sieht nur zehn Meter vor sich eine Eisentür.

Sie ist angelehnt.

Er lässt den Kegel der Taschenlampe über den Boden fegen, versucht, Fußspuren zu erkennen. Aber der Schnee ist nicht ganz bis hier hinein vorgedrungen.

Er tritt einen Schritt zurück, sucht einen größeren Bereich ab.

Da. Festgefrorene Spuren, direkt vor der Öffnung, dort, wo der Neuschnee nicht hingekommen ist.

Vielleicht die letzten Abdrücke des Mörders.

Aber es sind keine frischen Spuren.

Das ist gut.

Er geht durch die Tür weiter hinein. Löscht das Licht und lauscht.

Stille.

Daheim liebt er die Stille, diese friedvolle Ruhe, die sich im Haus ausbreitet, wenn die Kinder eingeschlafen sind.

Hier ist die Stille eine andere. Sie ist kalt und scheint selbst zu lauschen. Er wird sich seiner eigenen Atemzüge auf eine Art und Weise bewusst wie noch nie. Meint den Stoff der Winterjacke bei jeder Bewegung rascheln zu hören.

Er schaltet die Taschenlampe wieder ein und fasst vorsichtig die vereiste Klinke an.

Die Tür lässt sich mit einem leisen Quietschen öffnen. Jetzt befindet er sich in einem deutlich größeren Raum. Die Luft ist wärmer, die Feuchtigkeit höher. Weiter vorn befindet sich noch eine Tür, und an den Wänden hängt …

Was war das für ein Geräusch?

Er löscht erneut die Lampe.

Und horcht.

Er hört ein schlurfendes Geräusch weiter hinten in der Berghöhle. Vielleicht aber auch hinter der anderen Tür?

Niklas hält den Atem an. Wieder ist dieses Geräusch zu hören. Als bewegte sich jemand da drinnen in der Dunkelheit. Aber wo? Er ist sich nicht mehr sicher, dass es aus dem Inneren kommt. Das Geräusch scheint von den Wänden zurückgeworfen zu werden.

Ich hätte die anderen anrufen sollen.

Ich kann das nicht allein machen.

Er dreht sich um, will wieder rausgehen. Schaltet die Taschenlampe ein und geht eilig in Richtung Tür.

Da löst sich ein Mann aus den Schatten. Er stellt sich Niklas direkt in den Weg und schlägt ihm Lampe und Felgenschlüssel aus den Händen.

Kommt ganz dicht an ihn heran.

Stößt mit der einen Hand zu.

Niklas spürt etwas Kaltes und Hartes, das tief in seinen Bauch eindringt, doch er kann keinen einzigen Laut hervorbringen.

Das Messer wird nach oben gezogen, zerschneidet sein Inneres.

Er spürt es ganz deutlich. Wie alles in seinem Körper zerschnitten wird.

Merkwürdigerweise tut es nicht weh.

Was ihn verwundert.

Dann fällt er zu Boden. Fühlt den kalten Beton an seiner Wange.

In diesem Moment bemächtigt sich ein irrsinniger Schmerz seines Körpers. Als wären tausend Ratten in seinen Bauch gesetzt worden, die jetzt an Leber, Nieren und Darm nagen.

Aber da ist noch ein anderer Schmerz, der in ihm den Wunsch weckt, laut loszuschreien und aufzustehen.

Er muss nach Hause.

Nach Hause zu Helena und den Kindern.

Bitte, gib mir nur noch ein wenig mehr Zeit.

Damit ich sehen kann, wie Lukas, Emma und Tim heranwachsen und groß werden.

Damit ich Helena wieder in die Arme nehmen kann.

Ihre Wärme spüren.

Er kann den salzigen Geschmack von Meerwasser spüren, das über ihn hinwegschwappte, als sie in den schäumenden Wellen badeten. Kann die fröhlichen Schreie der Kinder hören, als das Wasser sie aus dem Gleichgewicht bringt. Sieht Helena, die sich lachend das nasse Haar aus dem braungebrannten Gesicht wischt.

Dann sinkt er langsam immer tiefer.

Hinunter in die Dunkelheit.

Muss nur ein bisschen ausruhen.

Er ist so müde.

So wahnsinnig, wahnsinnig müde.

Langsam kommt wieder Leben in seinen Körper. Die Schmerzen im Bauch lassen nach, ebenso in den Oberschenkeln, im Kopf und in der Schulter.

Zack spürt die kalten Fliesen der Toilette an der Wange. Spürt, wie ihn das Blut wie ein reißender Bach durchströmt.

Das war geradezu Dynamit, was er dieses Mal bekommen hat.

Crystal Meth.

Hergestellt ausgerechnet in Nordkorea.

Abdula, dieser Mistkerl, wollte ihm nichts verkaufen, aber Zack weiß, wo die Kings der Dealerszene von Kungsholmen zu finden sind.

Er hat keine besonders große Dosis gekauft. Dreißig Milligramm. Er kennt die Risiken.

Aber was für ein Effekt.

Als würden Tausende kleiner Hände gleichzeitig den ganzen Körper massieren.

Er stützt sich mit dem Arm auf dem Toilettendeckel ab und steht langsam auf. Betrachtet sein Gesicht in dem zerbrochenen Spiegel. Blaues Auge, dicke Nase. Die Lippen angeschwollen wie bei einem *Paradise-Hotel*-Teilnehmer.

Er sieht schlimm aus.

Aber auch irgendwie cool.

Zack versucht zu lächeln, lässt es aber gleich wieder, weil es schmerzhaft in den Lippen zieht.

Er ist total geil.

Sein Schwanz fühlt sich an, als würde er gleich explodieren.

Er öffnet die Toilettentür, will rausgehen und stellt in dem Moment fest, dass er keine Ahnung hat, wo er eigentlich ist.

37

Es ist kurz vor Mitternacht, und Ester Nilsson dreht ihre zweite Runde um die Wohnblöcke auf Kungsholmen. Die steife Jeans wärmt nicht, und das Mädchen geht schneller, um weniger zu frieren.

Die Alströmergatan liegt still und verlassen da, in nur wenigen Fenstern ist noch Licht. Ist sie jemals hier entlanggelaufen, ohne einem einzigen Menschen zu begegnen? Sie glaubt es nicht.

Aber jetzt ist jemand hinter ihr. Leise Schritte sind auf der dünnen Schneedecke zu hören.

Schnell dreht sie sich um, ohne aus dem Takt zu kommen.

Niemand da.

Sie schiebt das Kinn tiefer in den gestrickten Schal, ihre Schritte werden größer und schneller.

Was macht sie eigentlich hier draußen? Sie weiß es nicht. Aber sie konnte es einfach nicht länger aushalten, wach im Bett zu liegen und dem von den Tabletten verstärkten schweren Schnarchen ihrer Mutter zu lauschen.

Sie brauchte Luft.

Aus einem auf Kipp gestellten Fenster ist laute Musik zu hören, und Ester zuckt zusammen, als die Haustür geöffnet wird und zwei Männer auf den Bürgersteig torkeln.

Sie läuft schneller, um Abstand zu ihnen zu gewinnen. Dann dreht sie sich wieder um und sieht, dass sie immer noch an der gleichen Stelle stehen und sich eine Zigarette anzünden.

Sie sehnt sich nach Zack. Mit ihm zusammen empfindet sie nie Angst.

Vielleicht kann sie bei ihm klopfen, wenn sie zurückgeht.

Aber darf man das noch so spät? Obwohl Zack ja oft bis in die Nacht auf ist.

Unterwegs, arbeiten.

Oder tanzen, wie er ihr einmal erzählt hat.

Sie fragt sich, ob er sie eigentlich immer noch mag. Manchmal zweifelt sie daran. Wenn er beispielsweise nicht öffnet, obwohl sie hört, dass er zu Hause ist.

Was macht er dann?

Kann er sie nicht mehr ertragen? Wie Mama?

Sie meint, wieder Schritte hinter sich zu hören, dreht sich um, ohne langsamer zu werden, und ist sich fast sicher, dass sie ein Stück weiter auf dem Bürgersteig jemanden gesehen hat.

Doch da ist niemand.

Oder?

Nein, das bildet sie sich nur ein. Wie Mama. Vielleicht ist das vererbbar.

Sie biegt um eine Ecke.

Nur noch hundert Meter bis zu ihrer Haustür.

Zack beißt hart ins Kissen. Er dreht sich in seinem Bett, als würde er mit elektrischen Stößen gefoltert, und kneift die Augen so fest wie möglich zu, damit alles verschwindet.

Was geht da mit ihm vor?

Alles juckt, die Kopfhaut, an den Armen und Wangen. Auf einem Unterarm blutet er schon vom heftigen Kratzen, aber das hat nichts gebracht. Er müsste viel tiefer kratzen, um sich die ganze Haut herunterzureißen. Sich häuten, wie eine Schlange.

Denn das ist gar nicht seine Haut. Nicht wirklich. Das ist eine andere Art von Haut, gelb und pelzig.

Ein Löwenfell?

Steckt sein Kopf auch in dem Tierkopf? Wie bei diesem Monster im Film.

Er rudert mit den Armen. Sieht sich selbst auf dem Fernsehschirm, mit dem schreienden Ismail hinter sich.

Aber nicht ich habe ihn gefangen.

Hört ihr, ihr Wahnsinnigen? Hört ihr das?

Er schlägt mit dem Arm gegen das Kopfende des Betts, tritt mit den Füßen gegen die Wand und starrt auf einen anderen Bildschirm.

Hört das Stöhnen. Sieht zwei nackte Frauen mit einem Mann auf einem Sofa.

Aber alles steht auf dem Kopf. Warum ist das so?

Er versucht, den Kopf zu heben. Irgendetwas stimmt nicht mit der Schwerkraft. Der Kopf wiegt zu viel. Er gibt auf, lässt den Kopf wieder fallen. Schlägt mit einem Knall gegen den Bettrahmen.

Wo liegt er hier eigentlich?

Vorsichtig dreht er den Kopf. Alles ist bekannt, und trotzdem vollkommen falsch.

Er versucht, sich zu konzentrieren.

Doch, er liegt tatsächlich in seinem Bett. Aber in der falschen Richtung, die Füße an der Wand, Kopf und Schultern hängen über die Bettkante hinab.

Auf dem Bildschirm stöhnen die Frauen weiter. Dabei stehen sie noch immer verkehrt herum. Zack dreht den Kopf und erkennt seinen Laptop, der aufgeklappt auf dem Boden liegt.

38

Freitag, der 23. Januar

Das Festnetztelefon klingelt, und Douglas Juste schaut verschlafen auf die blutroten digitalen Ziffern des Bang & Olufsen-Radios.

02.37 Uhr.

Er schaltet die Wandlampe ein und tastet nach dem Hörer. Bekommt ihn zu fassen und räuspert sich.

»Ja. Juste hier.«

Er hört, wie die Frau am anderen Ende versucht, sich zusammenzureißen, aber ihre Weinkrämpfe setzen gleichzeitig mit den ersten Worten ein.

»Hier ist … Helena Svensson, Niklas' Frau. Er ist …«

Lange Pause. Schluchzen.

Tiefe, lange Atemzüge, als versuchte sie, sich zu sammeln.

»… er ist bis jetzt noch nicht nach Hause gekommen. Und er geht nicht an sein Handy.«

Wieder eine lange Pause.

Douglas will gerade etwas sagen, doch Helena kommt ihm zuvor.

»Ich habe Angst. Es muss ihm etwas passiert sein.«

Douglas hat sich aufgesetzt. Er spürt die ganz besondere feste Weichheit des Perserteppichs unter seinen nackten Füßen. Streckt sich zum Nachttisch und schaltet die blaue Arne-Jacobsen-Lampe ein, die auf den Kunstbüchern steht.

»Wohin ist Niklas gefahren?«, fragt er.

»Was? Das weißt du nicht?«

Die Stimme ist jetzt laut, an der Grenze zur Hysterie.

»Es war etwas Wichtiges, hat er gesagt. Etwas, das mit diesem Jungen im Käfig zu tun hatte.«

Douglas schließt die Augen, versucht nachzudenken. Hat er etwas vergessen, hat Niklas ihn informiert, was er vorhatte?

Nein, er kann sich an nichts erinnern.

Warum also ist Niklas mitten in der Nacht losgefahren? Und wohin?

»Helena«, sagt er, so ruhig er kann, »bitte versuch jetzt, mir alles von Anfang an zu erzählen.«

39

Der Mann steht in dem langgestreckten Flur und wundert sich über seine eigene Ruhe. Sein Puls liegt bei achtzig Schlägen in der Minute, nicht mehr.

Es geht darum, sich zu entscheiden. Entweder sieht man die Dunkelheit als etwas Erschreckendes, oder man betrachtet sie als Schutz.

Als seinen Freund, seinen Mitspieler.

Er hat sich entschieden.

Das hier wird er durchziehen. Es ist das einzig Richtige.

Er hat schon vor viel schwierigeren Herausforderungen gestanden. Und er hat lange über die Aufgabe nachgedacht, die jetzt vor ihm liegt.

Darüber, wie schwer sie ist und zugleich so einfach.

Die Macht der Tat. Die verwunderten Augen voller Panik, erfüllt von der Einsicht, dass das Leben zu Ende ist. Die Augenlider, die sich schließen.

Vorsichtig schleicht er weiter den Flur entlang, dankbar für den langen Teppich, der den Boden schützt.

Aus einem Zimmer weiter vorn ist Schnarchen zu hören, und als er hineinschaut, sieht er darinnen eine Frau, die auf dem Rücken schläft, den Mund halb geöffnet.

Die Mutter des Kindes.

Sie will er nicht haben.

Er dreht sich um und geht in die andere Richtung, bleibt aber stehen, als der Boden knarrt.

Die Mutter murmelt etwas im Schlaf und dreht sich auf die Seite.

Es ist heiß.

Zu heiß.

Die Luft ist feucht.

Irgendetwas ist auch zu hören. Etwas, das stört.

Zack versucht, ein trübes, angeschwollenes Auge zu öffnen. Das nützt nichts. Es bleibt dunkel.

Wieder ist dieses Geräusch zu hören. Jetzt deutlicher.

Jemand klopft.

Ester?

Momentan kann er sich wirklich nicht um sie kümmern.

Wie spät ist es eigentlich?

Er versucht, nach dem Telefon zu greifen, und stellt dabei fest, dass er mit dem Kopf unter der Bettdecke liegt.

Verärgert zieht er sie weg. Holt ein paar Mal tief Luft.

Wieder klopft es. Immer fester. Als bearbeitete jemand seine Tür mit den Fäusten.

Eine wütende Stimme aus dem Treppenhaus: »Mach endlich auf. Ich weiß, dass du zu Hause bist. Verdammt, ich habe dich durchs Fenster gesehen.«

Nicht Ester.

Deniz.

Noch einmal klopft sie, so heftig, dass die Wände erzittern, und als Zack sich aufsetzt, hat er das Gefühl, als wäre es sein Kopf, gegen den sie schlägt.

Er stolpert mit Beinen, steif wie Betonblöcke, zum Sofa. Schnappt sich die Jeans und schafft es, hineinzuschlüpfen.

Sein Mund ist knochentrocken, und er ist durstiger als jemals zuvor.

»Mach auf. Wir müssen los.«

»Ja, ja«, murmelt er und geht ein paar Schritte auf die Tür zu.

Da fällt ihm sein Computer ein. Offensichtlich hat er irgendeinen Pornoclip am Laufen. Der darf nicht mehr zu sehen sein, wenn Deniz reinkommt.

Aber wo ist der Laptop?

Er sucht unter dem Bett. Sieht ihn nicht.

Er richtet sich auf, ihm wird schwindlig, und er schwankt. Jeder einzelne Muskel protestiert gegen die hastigen Bewegungen.

Erneutes Klopfen.

»Zack, nun mach schon!«

Da sieht er das Gerät, zusammengeklappt und ordentlich auf dem Schreibtisch abgestellt.

Wie ist es dorthin gelangt?

Zack öffnet die Tür.

Ester setzt sich im Bett auf.

Ein Geräusch hat sie geweckt, sie weiß aber nicht, was es war.

Sie lauscht, hört aber nichts als Mamas Schnarchen und das Ticken der Küchenuhr.

Sie legt den Kopf wieder aufs Kissen. Denkt an Zack. Er hat nicht geöffnet, als sie geklopft hat. Obwohl er zu Hause war, da ist sie sich ziemlich sicher. Offenbar mit Mera. Ester hat lautes Stöhnen gehört und ist mit roten Wangen davongegangen.

Da hört sie plötzlich ein anderes Geräusch.

Eine Tür, die geöffnet wird.

Vorsichtig drückt der Mann die Türklinke herunter. Sieht das Kind im Bett liegen, das Gesicht zur Wand gedreht.

Er schleicht sich ins Zimmer, holt die Spritze aus der Tasche des schwarzen Fleecepullovers und zieht die Plastikkappe ab, die die dünne Nadel schützt.

Jetzt muss er schnell sein und sich auf eine hektische Bewegung seines Opfers gefasst machen. Er legt eine Hand auf die Schulter des Kindes und drückt vorsichtig die Nadel in den Hals, direkt unter dem Kinn. Das Kind jammert leise, wacht aber nicht auf.

»Sch«, flüstert er und drückt die Flüssigkeit in den Blutkreislauf.

Er schaut auf die Uhr, wartet fünfzehn Sekunden, hebt den Jungen dann hoch und wirft ihn sich über die Schulter, so dass er einen Arm frei hat.

Anschließend geht er vorsichtig zurück auf den Flur. Bleibt dort stehen, lauscht.

Die Frau schnarcht immer noch.

Inzwischen haben sich seine Augen an das schwache Licht gewöhnt, und er bekommt ein klareres Bild von der Villa in Lidingö, während er schnell zurück zum Wohnzimmer eilt. Der Kronleuchter aus Dollarscheinen im Speisesaal, die horizontale weiße Holzvertäfelung an den Wänden im Flur, der beinahe lächerlich große, leicht gebogene Flachbildschirm an der einen Wohnzimmerwand und die Zeitschrift *Wired*, die deutlich sichtbar auf dem Couchtisch platziert liegt, der wiederum aussieht wie ein großes Stück Haribo-Konfekt in Weiß, Gelb, Schwarz und Rosa.

Jetzt habe ich mir das Wertvollste geholt, was du hast.

Und ich kann damit machen, was ich will.

Niemand wird mich aufhalten.

Und alle sollen es mit ansehen.

Vorsichtig schiebt er das Fenster wieder auf. Springt mit dem Jungen über der Schulter draußen auf die Erde. Verschwindet im Garten.

Ihm macht die Dunkelheit keine Angst. Nein, er nutzt sie stattdessen zu seinem Schutz.

Genau wie ein Raubtier.

Deniz sieht aus, als wäre sie reichlich geladen und bereit, Zack den Kopf zu waschen, doch als sie sein Gesicht sieht, verwandelt sich die Wut in Erstaunen.

Sie nimmt seinen Kopf in ihre Hände.

»Was hast du gemacht? Du bist ja reichlich verprügelt worden.«

Er will seinen Kopf befreien und sucht eine gute Entschuldigung, doch sie hält ihn fest. Schaut ihm tief in die Augen.

»Scheiße noch mal … außerdem bist du auch noch stoned, du Idiot!«

Sie verpasst ihm eine kräftige Ohrfeige, genau dorthin, wo Sensei Hiro vor ein paar Stunden seinen rechten Fuß platziert hatte.

Das tut so weh, dass er am liebsten laut losgeschrien hätte. Stattdessen weicht er zurück und sagt: »Beruhige dich bitte. Was ist denn passiert? Und wie spät ist es?«

»Es ist Viertel nach drei nachts, und Niklas Svensson ist seit mehr als sieben Stunden verschwunden.«

Zack schaut sie an. Und in dem Moment, als er begreift, dass etwas verdammt schiefgelaufen ist, beginnt sein Körper zu zittern, als hätte ihm jemand gerade einen Eimer mit Eiswasser über den Kopf geschüttet.

Er versucht zu denken. Gab es irgendeinen Zugriff gestern Abend? Und wenn ja, warum war er dann nicht dabei?

Weil du dich mit Meth vollgedröhnt hast, du verdammter Idiot.

Er schließt die Augen und versucht, den Ablauf des Abends zu rekonstruieren.

Er war mit Sensei Hiro im Dojo. Anschließend hat er sich Methamphetamin gekauft.

Aber von wem?

Das war nicht der übliche Dealer, der da am Fridhemsplan stand, das war ein anderer. Ein Afghane.

Er hat trotzdem was gekauft. Es riskiert. Und dann ist er in irgendeine dreckige Toilette gegangen und hat sich das Pulver ins Zahnfleisch gerieben.

In den ersten Minuten war das ein gutes Gefühl gewesen, doch dann hat er die schlimmste Fehlzündung der Welt erlebt. Er befand sich in irgendeiner Bar, ohne sich bewegen zu können. Und anschließend hing er in einem Taxi, ohne zu wissen, wohin er wollte. Zum Schluss bat er den Fahrer, ihn lieber nach Hause zu fahren, und dann war er gezwungen, im Bett zu bleiben und einen Vollrausch durchzustehen.

Was war er doch für ein Idiot.

»Erzähl«, bittet er. »Was hat Niklas gemacht?«

»Genau das soll ich herausfinden.«

»Ich komme mit«, sagt Zack und holt sich ein sauberes T-Shirt aus dem Schrank.

»Da würde ich lieber mit einer Bande Neonazis fahren, ehrlich.«

Entschlossen verlässt Deniz die Wohnung und schlägt die Tür hinter sich zu.

Zack öffnet sie wieder und ruft ihr so laut nach, dass es im Treppenhaus widerhallt: »Warte doch! Du kannst mir ja wohl zumindest sagen, wohin du fährst?«

Doch sie ist bereits auf der Straße.

Zuerst will er ihr hinterherlaufen, doch dann entscheidet er sich anders. In Schnee und Kälte nur in Jeans? Nein. Und wenn sie so stur sein will, dann soll sie das auch sein.

Wieder fällt eine Tür ins Schloss, und Ester hört Stimmen im Treppenhaus. Aus Zacks Wohnung.

Es ist seine Stimme und die einer Frau.

Vielleicht die von Mera. Doch die Stimme klingt anders. Wie von jemandem, der wütend ist.

Aber jetzt sind die Stimmen verstummt. Dann haben sie sich ja wohl wieder vertragen.

Wie schön.

Vielleicht schafft Zack es morgen, mit mir einen Kaffee zu trinken.

Zack holt eine Cola aus dem Kühlschrank. Er trinkt sie in großen Schlucken und legt sich anschließend wieder ins Bett.

Er muss sein Gehirn wieder in Gang bekommen, aber es scheint, als klopfe ihm jemand mit einem Brecheisen von innen gegen die Stirn, und jeder Gedanke zerbröckelt, noch bevor er eine feste Form gefunden hat.

Was ist ihm da entgangen? Was für einen Auftrag hatte Niklas letzten Abend?

Warum hat er ihn nicht bekommen? Dann wäre er nicht Gefahr gelaufen, sich diesen Scheiß reinzustopfen.

Er kann den Geschmack von Crystal Meth immer noch schmecken.

Und womit war das Zeug gestreckt?

Dieser Scheißafghane.

Aber er muss jetzt etwas tun. Vielleicht Douglas anrufen? Herausbekommen, was passiert ist, und sich dann in ein Taxi setzen, herumfahren und nach Niklas suchen.

Das ist eine gute Idee.

Genau das wird er tun.

Er schließt die Augen.

Will nur vorher noch ein wenig ausruhen.

Kraft sammeln.

Nur eine Minute.

Oder zwei. Höchstens.

40

Deniz tritt das Gaspedal so weit durch, wie es geht.

Zack hat sie im Stich gelassen, in dem Moment, als sie ihn mehr als je zuvor gebraucht hätte. Genau, wie sie es geahnt hat.

Sie trinkt einen Schluck Kaffee aus dem Pappbecher. Ein zweiter Becher steckt in der anderen Halterung. Den hat sie für Zack gekauft. Sich auf sein dankbares Lächeln gefreut, wenn sie ihn ihm gegeben hätte.

Und dann wollte sie ihm das Wenige berichten, was sie wusste, dass Niklas kurz nach acht Uhr gestern Abend losgefahren war, in einer Angelegenheit, die laut seiner Frau Helena mit Ismail zu tun hatte, und dass Helena vor knapp einer Stunde Douglas angerufen hat, vollkommen aufgelöst, weil ihr Mann nicht nach Hause gekommen war.

Und es war Douglas, der dann Deniz mit seinem Anruf weckte.

Wobei es ihr schwergefallen war, zu begreifen, was er da sagte. Die Familie allein zu lassen und einfach loszufahren, ohne dass der

Auftrag abgesegnet war, ohne ein Wort zu jemand anderem zu sagen, nicht einmal zu Rudolf – das sah Niklas gar nicht ähnlich.

»Sein Telefon wurde kurz nach einundzwanzig Uhr ausgeschaltet«, hat Douglas gesagt, »aber er hat die Energiesparfunktion eingeschaltet gelassen, und das letzte Signal kam aus einem kleinen Industriegebiet in Orminge.«

»Orminge? Hat nicht Krusegård dort gewohnt?«, hat sie gefragt.

»Genau. Ich habe ein Auto zu seiner Wohnung geschickt und außerdem eine Streife beauftragt, herumzufahren und sich umzuschauen, ob in der Gegend irgendetwas Auffälliges zu sehen ist. Ihr werdet sie dort antreffen.«

Ihr.

Zack und sie.

Aber dieses Mal nicht.

Sie sieht seine Augen vor sich. Glasig, starr, von Chemikalien betäubt.

Wieder.

Er ist nicht mehr auf dem Weg nach unten.

Er ist unten.

Ganz tief unten.

Und sie glaubt die Ursache zu kennen: Es liegt an seinem verdammten Dealerkumpel.

Abdula durfte das Krankenhaus im Spätsommer verlassen und scheint mittlerweile als Zacks private, Tag und Nacht geöffnete Apotheke zu fungieren.

Es wäre besser gewesen, er wäre im Krankenhaus gestorben, denkt sie, bereut aber sofort diesen Gedanken.

Denn sie steht in seiner Schuld.

Schließlich hat er damals nicht nur Zack das Leben gerettet, sondern auch ihr.

Doch jetzt hat sie das Gefühl, als würde er ihr Zack wegnehmen, indem er ihn mit Präparaten versorgt, die ihn untergehen lassen. Als würde er ihrem Kollegen passive Sterbehilfe leisten.

Dann richtet sie ihre Wut lieber auf Zack selbst.

Er hätte dieses Angebot nicht annehmen müssen. Er hätte widerstehen können. Es gibt niemanden, der ihn zwingt, diesen Dreck zu nehmen.

Sie fährt schnell die leeren Straßen entlang.

Nach fünfzehn Minuten verlässt sie die 222 und fährt auf den Ormingeleden. Bald darauf biegt sie ab, kommt an Reihen blassgrauer, düsterer Mietskasernen vorbei und fährt dann auf ein Industriegelände, das ihr Gefühl von Einsamkeit nur noch verstärkt. Verlassene Gebäude säumen die Straße und verpassen ihr trotz der Wärme im Auto eine Gänsehaut.

Was hatte Niklas hier zu suchen?

Es muss etwas passiert sein.

Und zwar nichts Gutes.

Manchmal ist sie richtig genervt von Niklas. Von seiner Vorbildlichkeit. Nicht, dass er verächtlich auf ihre Art zu leben herabschauen würde, das tut er nicht, oder zumindest nicht so, dass es zu spüren wäre. Nein, er ist einfach so verdammt … gut. Ein hundertprozentig politisch korrekter Papa, mit allen denkbaren Pluspunkten in Form von vorbildlicher Haltung zu Geschlechterfragen und geteilter Elternzeit. Außerdem Gewerkschaftsvertreter und Hockeypapa und noch vieles andere mehr.

Wie schafft er das? Sie selbst würde ihr Leben niemals so intensiv mit anderen teilen können.

Cornelia hätte es sicher gern, wenn Deniz ein bisschen mehr wie Niklas wäre. Immer wieder bewegen sie sich um ihre gemeinsame Zukunft wie um den heißen Brei. Wie diese aussehen soll.

Eigentlich hätten sie schon längst den nächsten Schritt tun sollen, nämlich richtig zusammenziehen und eine der Wohnungen aufgeben.

Aber gibt es ein Naturgesetz, das besagt, dass man diesen Schritt tun muss? Eigentlich ist sie vollkommen damit zufrieden, allein in ihrer Zweizimmerwohnung zu leben und Frau über ihre Zeit zu sein. Auch wenn Cornelia fast immer dort ist, wenn sie nicht arbeitet. Allein der Gedanke, dass erwartet wird, den Terminkalender mit Pärchenabenden, Besuchen bei den Schwiegereltern und gemeinsamen Einkaufsrunden bei Ikea zu füllen, versetzt Deniz in Panik.

Niklas ist da das genaue Gegenteil. Ohne seine Kinder und seine Frau wäre er nur ein halber Mensch.

Deniz hofft, dass Rudolf inzwischen bei Helena eingetroffen ist. Douglas hat ihr gesagt, Rudolf sei in einem Taxi auf dem Weg dorthin. Helena braucht jetzt eine gefestigte Person wie Rudolf, um sich bei ihm anlehnen zu können.

Da muss sie plötzlich bremsen, rutscht auf dem vereisten Untergrund ein Stück weiter.

Da hinten, auf dem großen, verlassenen Parkplatz. Ein Streifenwagen. Und Niklas' silberfarbener Peugeot.

Der Parkplatz erstreckt sich über eine große Fläche zwischen einigen riesigen Industriegebäuden und einer hoch aufragenden Felswand. Ein Stück entfernt thront ein freistehendes hohes Bürohaus.

Als Deniz langsam auf die beiden Autos zurollt, sieht sie einen Polizisten, der mit der Taschenlampe in eine höhlenartige Öffnung in der Felswand leuchtet.

Sie hält an.

Steigt aus.

Und sie spürt, ganz gleich, was sie hier erwartet, es wird nichts anderes enthalten als schonungslose Finsternis.

41

Der junge Streifenpolizist mit der Taschenlampe hat schmale Schultern und blaugefrorene Lippen. Sein Kollege sitzt im Auto und scheint mit jemandem über Funk zu sprechen.

»Haben Sie etwas gesehen? Außer dem Wagen, meine ich?«, fragt Deniz, nachdem sie Hände geschüttelt und sich gegenseitig vorgestellt haben.

»Nein, nichts. Wir sind gerade erst hier angekommen, und da war der Wagen leer. Und der Schnee, der in den letzten Stunden gefallen ist, macht es so gut wie unmöglich, irgendwelche Spuren zu entdecken.«

»Und da drinnen?«, fragt Deniz und nickt zur Höhlenöffnung.

»Ihr Chef hat gesagt, dass wir abwarten sollen, wenn kein akuter Grund zum Eingreifen besteht.«

Deniz geht auf die Öffnung zu. Sie meint zu spüren, wie der eiskalte Atem des Todes aus dem Berginneren herausdringt. Als stünden sie vor dem Tor zum Hades.

Was werde ich da drinnen vorfinden?

Sie holt ihre eigene Taschenlampe aus der Hosentasche und richtet den Lichtstrahl auf das halb geöffnete Tor.

Zack, ich will dich hier haben.

Ich vermisse dich.

Du Idiot.

»Wir gehen rein«, sagt sie zu dem Beamten. »Bleiben Sie dicht hinter mir.«

Das Tor quietscht aus Protest, als sie es aufschiebt. Sie beleuchtet die grauen Wände und folgt mit dem Blick einigen Metallrohren, bis sie in der Dunkelheit verschwinden.

Dann geht sie ein paar Schritte hinein, stolpert über etwas Großes auf dem Boden und fällt hin.

Die Taschenlampe rollt scheppernd über den Boden.

»Hallo?«, ruft der Uniformierte mit ängstlicher Stimme. »Hallo? Alles in Ordnung?«

Deniz gibt keine Antwort.

Sie kniet auf dem Boden und betrachtet den Körper, über den sie gestolpert ist. Die Taschenlampe strahlt die Wand an, und hässliche große Schatten fallen auf sein Gesicht.

Auf seine geschlossenen Augen.

Seine Jacke.

Sein Gedärm.

Nein, nein, nein.

Das aus seinem aufgeschlitzten Körper quillt wie fette, sich windende Schlangen.

Deniz legt ihm die Finger an den Hals, obwohl sie schon vorher weiß, dass sie keinen Puls finden wird. Aber sie muss etwas tun. Muss versuchen, das zu retten, was nicht zu retten ist.

Der Beamte kommt herein. Er bleibt stehen und richtet den Kegel seiner Taschenlampe direkt auf Niklas' Gesicht.

»Oh Scheiße. Was sollen wir … ich meine … soll ich Verstärkung anfordern?«

»Rufen Sie meinen Chef an, Douglas Juste«, flüstert Deniz, ohne Niklas aus den Augen zu lassen. »Sagen Sie ihm, dass wir ihn gefunden haben.«

Die Schritte des Beamten verklingen, und Deniz bleibt reglos neben Niklas' Leiche hocken.

Sie schaut sein friedliches Gesicht an, die geschlossenen Augen, die sich nie wieder öffnen werden. Dann schreit sie hinaus in die verfluchte Dunkelheit.

Sie schreit den Tod an, der kein Recht hat, Niklas zu holen, und brüllt die Finsternis an, die das letzte Licht verschlungen hat.

Gerade als sie den Tränen nachgeben will, entdeckt sie etwas Merkwürdiges an Niklas' Hals.

Etwas Weißes ragt aus dem Jackenkragen hervor.

Deniz beugt sich nach vorn und schaut näher hin. Es ist ein handgeschriebener Zettel, herausgerissen aus einem Spiralblock.

Sie greift nach der Taschenlampe und richtet den Lichtkegel auf das Papier.

Versucht nicht, mich aufzuhalten.

Sonst ergeht es euch wie dem Jungen.

Und ihm hier.

42

Es ist sechs Uhr am Freitagmorgen. Die Dunkelheit in dem Schutzraum ist dem Licht starker Scheinwerfer gewichen, und die Kriminaltechniker sind dabei, in Plastik gehüllte Dinge hinauszutragen.

Deniz sitzt in Douglas Justes Auto und wärmt sich die Hände an einem Kaffeebecher. Aber sie trinkt nichts, starrt nur vor sich hin.

Es ist ihre Schuld, dass er tot ist.

Sie hat ihn dazu getrieben, mit ihren Kommentaren.

Wie kann man zu einer Schulaufführung gehen, wenn wir gerade einen Kindsmord aufzuklären haben?

Das waren ihre letzten Worte. Und sie hat sie bewusst laut ausgesprochen, damit er sie auch hört.

Als hätte sie ein Recht, ihn zu verurteilen, einen Vater, der bei einem großen Ereignis im Leben seines Sohnes dabei sein wollte.

Hat Niklas sich deshalb gestern Abend noch einmal auf den Weg gemacht? Hatte er einen Tipp bekommen und dann beschlossen, ihm nachzugehen, vielleicht um ihr und den anderen zu zeigen, dass auch er hart an dem Fall arbeitete?

Sie zuckt zusammen, als die Fahrertür geöffnet wird.

»Hallo«, sagt Douglas und setzt sich neben sie. »Wie geht es dir?«

Sie zuckt mit den Schultern.

»Sei nicht so streng mit dir selbst. Du hast mit der Sache hier nichts zu tun.«

»Es ist meine Schuld, dass er hier allein hergefahren ist.«

»Sag nicht so was. Wir haben keine Ahnung, was Niklas dazu bewogen hat, das zu tun.«

Das sagt er mit Nachdruck, als wollte er betonen, dass damit die Diskussion beendet ist.

Auf der Innenseite der Fensterscheiben hat sich Kondenswasser gesammelt. Deniz wischt es mit dem Ärmel weg und sieht Koltberg aus dem Schutzraum herauskommen. Endlich hat er begriffen, dass schwedischer Winter herrscht, und sich mit Mütze und Winterstiefeln ausgerüstet, aber deswegen sieht er nicht freundlicher aus. Genervt winkt er einem Techniker zu, der offensichtlich etwas an die falsche Stelle trägt.

»Da drinnen ist Ismail nicht gestorben«, sagt Douglas. »Die Wände stimmen nicht mit den Bildern auf dem Film überein. Es sieht eher so aus, als hätte jemand Vorbereitungen getroffen, um diese Höhle in Besitz zu nehmen. Es liegen frisch gekaufte Stromkabel da drinnen, und die Techniker haben einige zusammengeschweißte Stangen gefunden, die die Basis für einen neuen Käfig bilden könnten.«

»Keine Fußabdrücke oder Reifenspuren vom Mörder?«, fragt Deniz.

»Bis jetzt nicht. Es ist schwer, unter dem Neuschnee überhaupt etwas zu finden, aber die Techniker haben jede Menge Kleinteile in dem Bunker gesammelt, die noch untersucht werden müssen. Wir werden natürlich auch mögliche Augenzeugen befragen, aber hier draußen wohnt ja so gut wie niemand, und die Firmen im Umkreis scheinen nur während der Bürozeiten besetzt zu sein.«

Douglas starrt auf das Bürohochhaus und verstummt.

Er hat Augenringe, und Deniz meint neue Falten in seinem Gesicht zu erkennen.

»Haben wir Niklas' Handy schon überprüft?«, fragt sie.

»Ja. Es sind in erster Linie Gespräche mit Polizeikollegen, der Ehefrau und gestern den Angehörigen von Krusegård. Nichts irgendwie Auffälliges.«

»Dann können wir Krusegård wohl streichen, oder?«

»Sofern es keine weiteren Komplizen gibt. Offensichtlich hat jemand Krusegårds Körper nach seinem Tod weggeschafft. Das kann ein Helfer gewesen sein, jemand, mit dem wir bisher nicht gerechnet haben«, antwortet Douglas.

Deniz nimmt einen Schluck von dem lauwarmen Kaffee. Dann sagt sie: »Auf irgendeinem Weg hat Niklas erfahren, dass sich der Mörder in dieser Höhle befand. Es muss doch möglich sein, herauszubekommen, wie. Was sagt Helena?«

»Ich werde gleich zu ihr fahren«, erwidert Douglas. »Aber ich bin mir nicht sicher, ob ich ihr jetzt schon irgendwelche Fragen stellen kann. Meine erste Aufgabe wird sein, ihr zu berichten, dass ihr Mann tot ist.«

Jemand gibt Douglas durch Winken zu verstehen, dass er aussteigen soll. Er verlässt den Wagen, und Deniz bleibt sitzen. Sie denkt an den Mann, den sie selbst am letzten Dienstag getötet hat. Emilian Petrescu. Vielleicht hatte er auch eine Familie. Wer hat wohl seine Ehefrau darüber informiert, was passiert ist?

Vielleicht sitzen jetzt eine Frau und ein paar Kinder irgendwo und hassen Deniz genauso sehr wie sie selbst den Mann hasst, der Niklas ermordet hat?

So what?

Emilian Petrescu hatte nicht verdient zu leben.

Im Gegensatz zu Niklas.

Helena Svensson öffnet die Tür und lässt Douglas Juste eintreten.

Mit rotgeweinten Augen bittet sie ihn, ihr eine positive Nachricht zu überbringen. Doch er kann nicht lügen, und als sie sieht, wie er den Kopf schüttelt, sinkt sie zu Boden.

Lukas kommt in den Flur, im Flanellpyjama und mit seinem schlaftrunkenen kleinen Bruder an der Hand.

Er erkennt Douglas wieder und fragt: »Wann kommt Papa nach Hause?«

43

Zack wacht davon auf, dass ihm die Sonne ins Gesicht scheint. Sofort wird ihm klar, dass er um mehrere Stunden verschlafen haben muss.

Er schaut auf die Uhr. 10:14.

Nein.

Das darf nicht wahr sein.

Deniz. Niklas. Wie mag es den beiden ergangen sein?

Er sollte doch mitfahren. Auf einen Einsatz.

Er schleppt sich zur Toilette und erschrickt vor seinem eigenen Spiegelbild. Die Nase ist immer noch angeschwollen, das eine Auge lässt sich kaum öffnen, und die Unterlippe ist dick und fleckig von getrocknetem Blut.

Und der rechte Arm, was ist mit dem passiert? Er sieht so aus, als hätte er sich mit dem Löwenmann geprügelt.

Er stellt sich unter die Dusche. Zuerst genießt er die warmen Wasserstrahlen, doch als er sich hinunterbeugt, um eine Shampooflasche vom Boden aufzuheben, erbricht er sich schlagartig.

Er spült die Kachelwände mit der Handdusche ab, muss sich

aber erneut übergeben, als er die gelbbraunen Klumpen wegwischen will, die in der Duschwanne kleben geblieben sind.

Er schaltet die Kaffeemaschine ein und schleppt sich zurück zum Bett, holt sein Handy heraus. Fünf verpasste Anrufe von Douglas. Keiner von Deniz.

Er wählt Douglas' Nummer, spürt aber, wie eine neue Welle der Übelkeit über ihn hereinbricht, und drückt den Anruf weg, bevor es geklingelt hat.

Der Kaffee schmeckt eklig und brennt auf den aufgerissenen Lippen, aber er zwingt sich zu ein paar Schlucken und ist dankbar, dass sie im Magen bleiben.

Als er sich anziehen will, beginnt er heftig zu zittern, aber er beschließt trotzdem, den kurzen Weg zum Polizeigebäude zu Fuß zurückzulegen.

Vielleicht fühlt er sich durch die Kälte ein wenig besser. Zumindest aber nicht schlechter.

Als er zehn Minuten später die Tür zur Sondereinheit öffnet, steigt die Übelkeit erneut in ihm auf.

Eigentlich müsste er zur Toilette laufen, doch er hält dagegen. Er sieht die Kerzenflammen, die mit flackerndem Schein Niklas' fröhliche Augen auf dem eingerahmten Foto beleuchten. Sein Blick wandert zu den beiden Vasen mit weißen Lilien und roten Rosen.

Und dann weiter zu den traurigen Gesichtern der Lebenden. Sie sitzen in einem Halbkreis um den kleinen Tisch mit den Kerzen. Sirpa, Deniz, Rudolf, Sam Koltberg und Tommy Östman.

Zack ist klar, was er hier sieht.

Aber er kann es dennoch nicht begreifen.

Will es nicht.

Niklas Svensson. Tot.

Das ist unmöglich.

Das kann nicht wahr sein. Das ist ein Albtraum. Ich bin noch nicht aufgewacht.

Niklas sieht auf dem Foto viel zu lebendig aus. Und er hat doch Kinder. Und eine Frau. Und er ist der einzige Polizeibeamte mit einer blendendweißen Weste, den Zack kennt. Und …

… und er ist tot.

Warum?

Was ist letzte Nacht passiert?

Und warum sagt keiner etwas?

Warum sehen sie mich so an? Als würden sie mich nicht kennen.

Als *wollten* sie mich nicht kennen.

Hat Deniz ihnen erzählt, dass ich bis obenhin zugedröhnt war letzte Nacht?

Zack wagt ein paar vorsichtige Schritte ins Büro, fühlt sich wie ein unerwünschter Eindringling, ein Fremder, von dem niemand etwas wissen will.

Sensei Hiro hatte recht, was ihn betrifft: Er bringt es nicht mehr. Er hat die innere Stärke verloren, die er einmal hatte.

Zack lässt sich auf einen freien Stuhl nieder, der ein Stück von den anderen entfernt steht. Schweigend sitzt er da. Betrachtet die Trauernden. Ist viel zu verwirrt, um selbst trauern zu können.

Niklas starrt ihn vom Foto her an. Den Kopf ein wenig zur Seite geneigt, der Mund lacht mit den Augen um die Wette.

Was ist letzte Nacht passiert?

Zack schaut Deniz an, aber sie hat ihm den Rücken zugedreht.

Neben ihr sitzt Rudolf mit gesenktem Kopf. Unrasiert.

Hat man ihn jemals zuvor unrasiert erlebt?

Douglas kommt aus seinem Büro. Er trägt einen schwarzen Anzug und ein weißes Hemd mit diskretem Schlips, und zum ersten Mal seit Langem findet Zack, dass er passend für den Job angezogen ist. Nicht overdressed.

»Seid ihr in der Lage für einen kurzen Durchgang?«, fragt der Chef. »Wir können das hier direkt machen.«

Die anderen nicken und drehen ihre Stühle Douglas zu. Deniz rutscht dadurch näher an Zack heran, ist aber weiterhin darauf bedacht, nicht in seine Richtung zu schauen. Douglas dagegen sieht ihn direkt an, runzelt die Stirn, als sich ihre Blicke begegnen.

Sie wissen es also.

Und jetzt zeigen sie mir die kalte Schulter.

Am liebsten würde er aufspringen und schreien: Hallo! Tut mir leid, dass ich letzte Nacht nicht dabei war, aber kann mir mal irgendwer erzählen, was passiert ist?

Doch er bleibt stumm auf seinem Stuhl sitzen.

»Das Beste, was wir tun können, um Niklas zu ehren, ist, seinen Mörder festzunehmen«, beginnt Douglas. »Ich hoffe, wir alle sind uns in dem Punkt einig.«

Die Kollegen murmeln zustimmend, und Douglas fährt fort: »Alles, was wir zu wissen glaubten, ist über den Haufen geworfen worden. Bis auf Weiteres gehen wir davon aus, dass der Mann, der Niklas ermordet hat, auch Ismail umgebracht hat. Aber nicht am gleichen Ort. Und was Niklas dazu gebracht hat, gestern Abend nach Orminge zu fahren, das wissen wir auch nicht.«

Zack unterdrückt saure Magensäure, die hoch will. Hat also der Löwenmann Niklas umgebracht? Mit den Klauen, die er im Film gezeigt hat? Aber warum?

Und was habe ich getan, während Niklas um sein Leben gekämpft hat?

Mich zugedröhnt.

Das habe ich getan.

Mich zugedröhnt und Deniz im Stich gelassen.

Vielleicht wäre sie rechtzeitig dort gewesen, wenn sie nicht den Umweg hätte machen müssen, um mich abzuholen.

Und Niklas könnte noch leben.

Ich habe dem Mörder mehr Zeit gegeben.

»Rudolf, erzähl doch mal, welche neuen Informationen du hast«, sagt Douglas.

Rudolf richtet sich ein wenig auf seinem Stuhl auf. Er sieht so schwerfällig und steif aus, als bereitete Niklas' Tod jedem seiner alten Knochen Schmerzen.

»Es ist mir heute Morgen gelungen, Kontakt zu Johan Krusegårds Eltern zu bekommen, die ja gerade in Thailand sind. Sie versichern, dass er am 3. Januar von ungefähr vierzehn bis zweiundzwanzig Uhr bei einem Familienessen in Saltsjöbaden war. Also an dem Abend, als Ismail ermordet wurde.«

»Ich habe eine vorläufige Antwort vom FBI, die das bestätigt«, wirft Koltberg ein. »Krusegårds Zahnabdruck passt nicht zu den Bissspuren auf Ismails Körper.«

»Dann legen wir also Krusegård bis auf Weiteres auf Eis«, erklärt Douglas, »was bedeutet, dass wir wieder ohne einen Verdächtigen dastehen. Alle eventuellen privaten Pläne fürs Wochenende könnt ihr streichen. Wir machen hier erst das Licht aus, wenn der Fall gelöst ist. Ich hoffe, alle sind damit einverstanden.«

Erneutes zustimmendes Gemurmel.

Douglas berichtet kurz von der Untersuchung des Schutzraumes.

»Die Techniker haben festgestellt, dass Ismail nicht dort gefangen gehalten wurde. Eine Reihe auffälliger Details im Film stimmt nicht mit dem Schutzraum in Orminge überein. Meine Theorie ist ja, dass diese Höhle eine Art Backup sein sollte, oder aber, dass der Mörder geplant hat, seine Tätigkeiten von seinem momentanen Wirkungsort auf diesen zu verlegen. Wir haben bisher angenommen, dass der Tatort sich entweder in Stocksund oder in einem der nördlichen Vororte befindet, aber seit Orminge im Spiel ist, müssen wir viel großflächiger denken.«

Zacks Gehirn arbeitet auf Hochtouren.

Dann hat Niklas also die Höhle des Mörders gefunden. Aber wie? Und warum ist er allein dorthin gefahren?

Douglas erteilt Koltberg das Wort, der die Kollegen über die Mordwaffe informiert. Er hat seinen üblichen, ausschweifenden Stil abgelegt und berichtet nur kurz und knapp, dass es sich um eine längere Stichwaffe handelt.

»Ein Tranchiermesser oder ein größeres Jagdmesser, wie ich annehme. Es war jedoch nicht die gleiche Waffe, mit der Ismail der Hals durchgeschnitten wurde. Ich habe ein paar Fotos hier, aber ich denke, dass wir sie uns momentan nicht unbedingt ansehen müssen.«

»Nein, das denke ich auch«, bestätigt Douglas.

Zack beugt sich vor und stützt den Kopf in die Hände.

Ist es so schrecklich? Ist Niklas' Körper genauso furchtbar zugerichtet wie Ismails?

Der Boden schwankt, und Zack bekommt kaum noch Luft. Er richtet sich auf seinem Stuhl auf und sieht die anderen an. Nur Rücken und abgewandte Blicke.

Sie verabscheuen mich.

Mit vollem Recht.

Er umklammert den Stuhl, damit der Boden aufhört zu schwanken. Ein Gefühl überfällt ihn, als müsste er sich gleich wieder übergeben.

Östman sagt: »Wir dürfen keine Zeit verlieren, den Täter zu finden, nicht nur um Niklas' willen. Der erste Mord ist immer der schwerste. Jetzt hat er zwei Menschen ermordet. Ich denke, er wird es wieder tun wollen. Und zwar bald.«

Erneut stützt Zack den Kopf in die Hände. Der Schädel ist zu eng. Es knackt da drinnen. Risse bilden sich. Bald platzt er, und sein Gehirn wird im ganzen Raum explodieren.

Er hört Sirpas Stimme, dumpf und weit weg: »Aber wie können wir sicher sein, dass es der gleiche Mann war? Es gibt keinerlei Ähnlichkeit zwischen den Morden an Ismail und an Niklas.«

»Der Mord an Ismail war, wie wir wissen, von langer Hand geplant und genau organisiert. Bis hin zum Countdown«, antwortet Östman. »Niklas dagegen starb, weil er den Mörder überrascht hat. Diese Tat ist vollkommen impulsiv ausgeführt worden. Es kann in beiden Fällen definitiv derselbe Mörder gewesen sein. Außerdem haben wir den Zettel mit der Nachricht an uns.«

Die Tür öffnet sich, und eine blonde Frau mit Pferdeschwanz kommt herein. Zack kennt sie von einigen Vollversammlungen, weiß aber nicht, in welcher Einheit sie arbeitet.

»Es tut mir leid, wenn ich störe«, sagt sie, »aber es ist noch ein Junge verschwunden. Auf Lidingö. Und es gibt Spuren, die darauf hindeuten, dass er entführt worden ist.«

»Wie du vielleicht weißt, haben wir momentan etwas anderes zu tun«, erwidert Koltberg.

Die junge Frau sieht verunsichert aus und blickt auf das Dokument in ihrer Hand.

»Der Diensthabende hat gedacht, ihr wollt das übernehmen, da ihr ja auch in anderen Fällen ermittelt, wo es um verschwundene Kinder geht.«

Koltberg schnaubt.

»Dann sag ihm mal einen schönen Gruß und …«

»Wir sollten uns den Fall trotz allem mal ansehen«, unterbricht Douglas ihn.

»Ich übernehme das«, sagt Zack schnell und steht auf.

Er geht zu der Frau und reißt ihr das Papier aus der Hand.

Egal was, Hauptsache, er kommt endlich raus aus diesem verfluchten Raum.

44

Zack biegt auf die Lidingöbron ein. Unten auf dem Eis wirft ein junger Mann einen Tennisball, dem sofort ein aufgedrehter Hundewelpe hinterherjagt. Und am Kai in Ropsten liegen ein paar Boote im Eis festgefroren und warten auf milderes Wetter.

Wie wir alle, denkt Zack.

Er sieht Niklas' Gesicht vor sich. Versucht zu begreifen, dass sein Kollege tatsächlich tot ist.

In seinem Inneren flackert kurz etwas auf, eine Mischung aus Verlustgefühl, Unruhe und Unwiederbringlichkeit.

Trauer.

Er hat fast vergessen, wie sich das anfühlt.

Doch er widersteht der Trauer. Dafür hat er jetzt keine Zeit.

Die Fahrt über die Brücke gibt ihm ein wenig neue Energie. Er lässt etwas hinter sich für etwas Neues, etwas anderes.

Aus dem Pappbecher, den er im Pressbyrån in Ropsten gekauft hat, trinkt er einen Schluck Kaffee.

Die Wunden auf den Lippen brennen.

Scheißegal.

Drüben auf Lidingö biegt er in einem Kreisverkehr kurz vor einer Tankstelle links ab.

Er denkt an den Jungen, den zwölfjährigen Albert, der fort war, als die Eltern morgens aufwachten.

Laut den Angaben in der Vermisstenanzeige ist er schon häufiger nachts abgehauen, weshalb seine Mutter erst Alarm schlug, als sie entdeckte, dass ein Fenster von außen aufgebrochen worden war, und sie die großen Fußabdrücke im Schnee sah. Spuren, die vom Haus weg auf die Straße führten.

Furchtbar.

Aber kann es wirklich eine Verbindung zu ihrem Fall geben?

Ein Kind von der begüterten Insel Lidingö und ein elternloser Flüchtling aus dem Irak. Warum sollte ein Mörder sich zwei so unterschiedliche Kinder aussuchen? Das Wahrscheinlichste ist doch wohl, dass jemand innerhalb der nächsten Stunden anruft und von der Familie aus Lidingö einen Millionenbetrag fordert.

Zack biegt ins Viertel Hersby ein, kommt an einigen Schulgebäuden vorbei und stellt den Wagen einige Minuten später vor einer großen Villa ab, die gut verborgen hinter einer mehrere Meter hohen Hecke ist.

Er trinkt noch einmal von dem Kaffee und weiß, dass er dadurch noch mehr zittern wird, aber er braucht das Koffein, um sein Gehirn auf Touren zu bringen.

Dann steigt er aus dem Wagen. Spürt, wie der vertraute Widerwille sich in seinem Körper ausbreitet.

Er hat kein Problem damit, in stinkende Junkielöcher oder Gangsterhöhlen zu gehen, aber solche Villen in solchen Stadtvierteln verursachen bei ihm stets ein gewisses Unwohlsein.

Allerdings hat er sich im Laufe des letzten Jahres fast an solche sozialen Milieus gewöhnt. Warum, das weiß er nicht zu sagen, denn er mag sie ganz und gar nicht, nach wie vor.

Die massive Eichentür des Hauses hat einen Türklopfer in Form eines Löwenkopfes mit einem Ring im Maul. Zack starrt ihn an, würde ihn am liebsten nicht anfassen. Die Bilder von Ismails durchgeschnittener Kehle flimmern vorbei, zusammen mit Phantasiebildern von Niklas' verstümmeltem Körper.

Zack kann keine Klingel entdecken, also packt er schließlich den Metallring und klopft.

Das klappernde Geräusch von Schuhen, die sich nähern, ist zu hören, und eine dunkelhaarige Frau in rosa Tunika und Leggings öffnet.

Erschrocken schaut sie Zack ins Gesicht und versucht, schnell wieder die Tür zu schließen. Doch Zack stellt den Fuß dazwischen und holt seinen Dienstausweis heraus.

»Zack Herry, Stockholmer Polizei.«

»Ach so«, sagt die Frau, legt eine Hand auf die Brust und lacht nervös. »Ich wusste nicht … Ihr Gesicht sieht ein wenig … Sie sehen nicht aus wie ein Polizist.«

Das stimmt, denkt Zack. Ich sehe eher aus wie ein Schläger.

Weil ein ziemlich kleiner alter Kerl gestern Abend mein Gesicht mit Fäusten und Füßen bearbeitet hat.

Weil ich ein echter Müllhaufen bin.

»Gestern ist es bei der Arbeit ziemlich zur Sache gegangen«, erklärt er.

Die Frau heißt Stella Bunde. Ihr dunkles Haar trägt sie in einem Pferdeschwanz, und ihre Wimperntusche ist vom Weinen verwischt. Sie führt Zack in eine blitzblanke neue Küche, in der eine Kaffeekanne und drei neonfarbene Tassen auf einem asymmetrisch geformten Tablett stehen.

Die Schranktüren sind mit feuerroter Lackfarbe gestrichen, auf einer langen Arbeitsplatte stehen Bonbongläser aufgereiht, gefüllt mit Fruchtgummis in allen erdenklichen Farben.

Zack kommt der Gedanke, dass der Junge wohl ziemlich dick sein muss, wenn sie ihm Zugang zu all den Süßigkeiten erlauben. Stella Bunde scheint seine Gedanken lesen zu können.

»Die gehören meinem Mann. Er liebt Süßes. Und kräftige Farben.«

Es scheint, als schämte sie sich der Gewohnheiten ihres Mannes, denn sie fügt hinzu: »Ich hätte Sie lieber im Wohnzimmer empfangen, aber Ihre Kollegen, die vorhin hier waren, wollen nicht, dass ich dort herumlaufe, bevor die Spurensicherung hier war.«

»Das ist schon in Ordnung hier«, sagt Zack.

Stella will ihm Kaffee einschenken, doch ihre Hände zittern so stark, dass sie etwas davon auf dem Tablett verschüttet.

»Entschuldigen Sie, ich bitte Sie wirklich um Verzeihung, ich …«

»Das macht gar nichts«, versucht Zack, sie zu beruhigen, »ich habe auch Probleme mit zittrigen Händen.«

Stella Bunde wischt die Tasse mit einer Serviette ab. Dann verschwindet sie im Flur und kommt mit einem eingerahmten Foto ihres Sohnes zurück. Zack nimmt das Bild entgegen und sieht einen zwölfjährigen Jungen, der direkt in die Kamera starrt und versucht, gelangweilt cool auszusehen. Überhaupt nicht dick, eher mager. Das halblange braune Haar hängt ihm über das eine Auge, und er hat die gleiche schmale, längliche Nase wie seine Mutter.

Er erinnert Zack an jemanden, doch er kommt nicht drauf, an wen.

»Ich ärgere mich, dass ich nicht gleich die Polizei angerufen habe, aber Albert hat das schon mal gemacht. Er ist mit Freunden nachts weggelaufen, um zu spielen. Sie wissen, wenn mehrere zusammenhocken und sich zum Computerspielen treffen. Außerdem hat ein Paar seiner Winterschuhe gefehlt, deshalb habe ich gedacht, er hat sie angezogen und ist dann davongeschlichen. Erst als sie aus der Schule angerufen und mir gesagt haben, dass er nicht dort ist, bin ich unruhig geworden. Und da ist mir auch eingefallen, dass seine Winterschuhe ja dort in der Schule sind.«

Ihre Unterlippe zittert, und sie ist den Tränen nahe, doch dann holt sie tief Luft und reißt sich zusammen.

»Wo ist Alberts Vater?«, fragt Zack.

»Bei der Arbeit. Wie üblich, hätte ich fast gesagt. Er war gestern in London und ist heute Morgen direkt vom Flughafen ins Büro gefahren. Und jetzt sitzt er bestimmt in einem *wichtigen Meeting*.«

Ihre Stimme zittert, als sie die letzten Worte ausspricht. Die Tränen beginnen zu fließen, und sie entschuldigt sich, um sich die Nase zu putzen. Als sie sich wieder auf den Küchenstuhl setzt, sagt sie: »Bitte verzeihen Sie mir. Es ist nur so, dass Peter und ich, wir haben … nun, zwischen uns läuft es nicht mehr so gut.«

»Wo arbeitet Ihr Mann?«

»Bei Echidna Games, das ist eine Spielefirma. Er ist dort Geschäftsführer.«

Das Zittern pflanzt sich von Zacks Nacken den Rücken hinunter fort.

Echidna Games, denkt er. Da hat doch Raymond Nilsson gearbeitet, die letzte Person, die Niklas vor seinem Tod befragt hat.

Gibt es doch irgendeinen Zusammenhang? Hat das Unternehmen etwas mit Niklas' Tod zu tun?

Aber Niklas hat Raymond Nilsson nach Informationen über Johan Krusegård gefragt, und den hat Douglas gerade aus den Ermittlungen gestrichen.

Dennoch: Kann es wirklich Zufall sein, dass die gleiche Firma in den Ermittlungen an zwei verschiedenen Stellen auftaucht?

Laut sagt er: »Läuft das Unternehmen gut?«

»Ja, aber warum fragen Sie das?«

»Wenn Albert entführt wurde, dann hat man ihn wahrscheinlich gekidnappt, um Geld von Ihnen zu erpressen.«

Stella Bunde sieht ihn verständnislos an.

»Wie kann jemand so geldgierig sein, ein Kind zu rauben, um an Geld zu kommen?«, fragt sie.

Zack denkt an Danut Grigorescu und seine Kumpane in Södertälje, die acht Kinder raubten, um sie zu verkaufen oder zu vermieten. Und daran, dass die Nachfrage in diesem Bereich immer weiter steigt.

Wie viele Kinder werden jeden Tag, jede Minute weltweit verkauft?

Nur wir Schweden wollen davon nichts wahrhaben.

»Hätten Sie eine Idee, wer so etwas tun könnte?«, fragt er.

Stella Bunde schüttelt den Kopf.

»Es gibt immer Leute, mit denen man nicht so gut zurechtkommt. Aber ich wüsste niemanden, der uns so hassen würde, dass er uns das Kind raubt.«

»Vielleicht jemand, mit dem Ihr Mann oder sein Unternehmen Konflikte hat?«

Sie lacht, doch es ist ein kurzes, bitteres Lachen.

»Ach, wissen Sie«, sagt sie, »da könnte er Ihnen eine lange Liste aufschreiben, wenn Sie wollen.«

Wieder muss Zack an Johan Krusegård denken. Sicher, er kommt als Ismails Mörder nicht infrage, aber könnte sein Tod trotz allem irgendetwas mit Alberts Verschwinden zu tun haben?

Krusegård wurde die Wiedereinstellung bei Echidna Games verweigert, er hatte hohe Schulden und nahm sich das Leben oder wurde sogar dazu gezwungen. Seine Eltern könnten das Unternehmen wegen seines Todes verklagen, und wer wäre in dem Falle die geeignete Zielscheibe, wenn nicht der Geschäftsführer?

»Aber eines verstehe ich nicht«, sagt Stella Bunde. »Albert schläft nie so tief. Hätte er nicht aufwachen und um Hilfe schreien müssen, wenn jemand kommt und versucht, ihn zu entführen?«

»Ja, das könnte man meinen. Aber …«

Zack zögert, denn er weiß nicht, welche Schreckensbilder er in ihrem Kopf heraufbeschwören soll.

»Es gibt da verschiedene Möglichkeiten, zum Beispiel die Betäubung durch einen mit Chloroform getränkten Lappen. Dadurch könnte Albert tiefer geschlafen haben und herausgetragen worden sein, ohne dass er aufgewacht ist.«

Stella Bunde schließt die Augen und bleibt lange Zeit so sitzen, bis sie Zack wieder ansieht.

Sie will etwas sagen, doch in dem Moment klopft es an der Tür, und sie steht auf, um zu öffnen.

Zack hört Sam Koltbergs Stimme draußen auf dem Flur.

Nein, nicht er. Das ertrage ich jetzt nicht.

Ein paar Sekunden später taucht Koltbergs Gesicht in der Öffnung der Küchentür auf.

»Wie geht es dir?«, fragt er.

Seit wann interessiert dich, wie es mir geht?, denkt Zack. Aber er sieht ernste Besorgnis in Koltbergs Augen.

»Beschissen«, antwortet er.

Koltberg sucht in seiner Tasche, holt eine Blisterpackung mit Tabletten heraus, wirft sie Zack zu.

»Ganz normales Paracetamol. Hilft gegen die Schmerzen, von denen ich annehme, dass du sie nicht nur in den Lippen hast.«

»Danke«, erwidert Zack und schluckt eine Tablette, gerade als Stella Bunde in die Küche kommt. Sie kündigt an, dass sie Koltberg das aufgebrochene Fenster zeigen wird, und die beiden verschwinden wieder aus Zacks Blickfeld.

Er steht auf und geht in Alberts Zimmer.

Bis auf das ungemachte Bett ist es fast unnatürlich aufgeräumt. Ein großer Fernseher und ein paar Metallregale, auf denen sich einige wenige Bücher mit Hunderten von Blu-ray-Filmen und Games für Spielekonsolen drängen. Auf dem Schreibtisch liegen ein iPad, einige Computerspiele und ein extraflacher Bildschirm, der zu dem Computer unter dem Schreibtisch gehört.

Etwas summt, und Zack entdeckt ein iPhone 6, das zum Laden auf dem Boden neben dem Bett liegt.

Das Display leuchtet auf, und Zack sieht, dass jemand Albert eine Nachricht geschickt hat.

Wo treibst du dich rum?

Nur eine kurze SMS von jemandem, der seinen Freund in der Schule vermisst. Von jemandem, der davon ausgeht, dass Albert in wenigen Sekunden antwortet.

Was er sicher normalerweise auch tut.

Aber nichts ist mehr normal.

Zack starrt immer noch auf das Telefon und fragt sich, ob Albert jemals auf diese Nachricht wird antworten können.

Und ob sie selbst die Frage werden beantworten können, die eben gestellt wurde.

45

Als Deniz sieht, wie der graue Volvo um die Ecke biegt und sich dem Haupteingang in der Polhemsgatan nähert, beginnt ihr Herz schneller zu schlagen. Zum ersten Mal in ihrem Leben ist sie nervös, weil sie sich gleich zu Zack in ein Auto setzen wird.

Sie spürt, wie die Schneeflocken ihr auf die Wangen fallen. Als sie schmelzen, werden sie zu Tränen.

Tränen über Niklas.

Wie konnte das nur geschehen?

Das Auto nähert sich, fährt langsam an den Jugendstilfassaden entlang und auf das düstere, klotzige Polizeigebäude zu.

Das Ganze war Douglas' Idee. Er wollte, dass sie und Zack gemeinsam Peter Bunde befragen, den Vater des verschwundenen Jungen. Sie hatte erwidert, dass sie lieber allein fahren wolle, aber als ihr Chef sie nach dem Grund fragte, schwieg sie.

»Nun gut«, hatte er gesagt, »Zack müsste in fünf Minuten hier sein. Ich rufe ihn an und sage ihm, dass du am Haupteingang auf ihn wartest.«

Der Volvo fährt mit zwei Rädern auf den Bürgersteig und hält nur wenige Meter von ihr entfernt.

Sie öffnet die Beifahrertür und steigt ein.

»Hallo«, sagt Zack.

»Hallo«, erwidert sie.

In dem zugeschwollenen Auge hat sich ein kleiner Spalt geöffnet, und in seinem Blick ist wieder ein Lebensfunke, eine gewisse Wachheit.

Anders als letzte Nacht.

»Du siehst immer noch schlimm aus«, sagt sie, als sie losfahren. »Willst du mir erzählen, was passiert ist?«

»Willst du mir erzählen, warum du allen gesagt hast, wie es mir letzte Nacht gegangen ist?«

»Das habe ich doch gar nicht.«

»Ach nein. Und warum haben sie mich dann alle angestarrt wie einen verdammten Außerirdischen, als ich ins Büro gekommen bin?«

»Was meinst du wohl? Du kommst mehrere Stunden zu spät zur Arbeit und siehst aus, als wärst du von einer Dampfwalze überfahren worden.«

»Dann wissen sie also nichts?«

»Nein.«

»Douglas auch nicht?«

»Dann hätte er ja wohl etwas gesagt, oder? Dich vielleicht vom Fall abgezogen, und das mit vollem Recht. Als du nach Lidingö gefahren bist, habe ich den anderen erklärt, dass du mit deinem alten Trainer einen Sparringskampf ausgefochten hast und ordentlich einstecken musstest.«

»Das stimmt ja auch«, sagt Zack.

»Aber das war das letzte Mal, dass ich dich decke«, sagt Deniz. »Das werde ich nie wieder tun. Du musst dich mal am Riemen reißen.«

Dich am Riemen reißen, denkt sie. Fällt dir keine bessere Formulierung ein?

»Du musst dich zusammennehmen«, sagt sie dann.

Schweigend sitzen sie da, während sie Kungsholmen verlassen und über die Kungsbron in die Innenstadt fahren.

Ein unangenehmes Schweigen. Das es noch nie zwischen ihnen gegeben hat.

Als sie an einer Ampel warten, fragt Zack: »Hättest du Niklas retten können, wenn du nicht angehalten hättest, um mich abzuholen?«

Sie schaut ihn an und sieht, dass diese Frage ihn gequält haben muss, seit er von Niklas' Tod erfahren hat.

»Laut Koltberg war er schon mehrere Stunden tot, als ich ihn gefunden habe.«

Wieder schweigt Zack. Scheint über ihre Worte nachzudenken.

»Danke«, sagt er dann.

»Wofür?«

»Dafür, dass du niemandem etwas über meinen Zustand gestern erzählt hast.«

»Was ich fast bereue. Niklas ist tot, und ich habe die ganze letzte Nacht kein Auge zugemacht. Und jetzt erzählst du mir verdammt noch mal endlich, was du gestern gemacht hast. Du hast also tatsächlich trainiert? Und danach?«

Er schaut sie an. Sagt zunächst nichts, als überlege er, wie viel er preisgeben soll. Dann fängt er an zu reden.

Sie erfährt von seinem Trainingskampf gegen Sensei Hiro und dass er dann »etwas genommen« hat, um die Schmerzen zu lindern, sowohl die physischen als auch die mentalen.

»Und was ist *etwas*? Schon wieder Koks?«

»Etwas in der Art«, erklärt er und parkt den Wagen vor dem Büro von Echidna Games in der Östra Järnvägsgatan.

Peter Bunde zupft sein orangefarbenes Jackett zurecht, knöpft es vor seinem umfangreichen Bauch zu und lehnt sich auf seinem Stuhl im Café der Firma Echidna Games zurück. Angestellte, die nur halb so alt sind wie er, gehen vorbei. Er grüßt sie laut und nennt sie bei ihrem Vornamen, und einem Typen in gestreifter Latzhose und mit langem Spitzbart gibt er ein High Five.

»Da habt ihr ein Genie«, erklärt er Zack und Deniz, als der Typ verschwunden ist. »Nummer 2 in der IQ-Liga dieses Unternehmens. Muss ich verraten, wer Nummer 1 ist?«

Zack starrt den fünfundvierzigjährigen Mann vor sich an. Ein Mann mit Babyface, der die Nase hochträgt, seine beginnende Glatze unter mühsam über den Kopf gekämmten Haarsträhnen versteckt und zum orangenen Jackett eine chlorophyllgrüne Hose und ein lachsrosa Hemd anzieht.

Er sieht aus wie eine Fruchtgummikombination bei sich daheim in der Küche, denkt Zack.

Peter Bunde scheint seine Gedanken lesen zu können.

»Das hier ist ein Spieleunternehmen«, sagt er, »ein äußerst erfolgreiches dazu. Wir schaffen Welten mit vielen Farben, viel Inhalt und krass viel Substanz, und da will ich eine Art physische Verlängerung dieser Welten in diesem Büro darstellen. Eine lebendige Umsetzung dessen, was wir hier tun, die für alle sichtbar ist. Für die Angestellten, die Kunden, die Geschäftspartner. Hi, Kalle!«

Peter Bunde winkt jemandem hinter Deniz und Zack zu.

Zack wartet darauf, dass sein Gegenüber fragt, ob es irgendwelche Spuren von seinem Sohn gibt, doch das tut er nicht, und er scheint sich auch keine Gedanken darüber zu machen, was wohl mit Zack passiert ist.

Deniz will gerade das Wort ergreifen, als Peter Bunde sich aufrichtet und anfängt, über Geschäfte zu reden.

»Momentan sitzen wir in Verhandlungen über eine Zusammenarbeit, die uns Einkünfte im achtstelligen Bereich einbringen könnte, wenn wir unsere Karten richtig ausspielen. Ich denke, Sie haben Verständnis dafür, dass ich deshalb nur schwer hier wegkomme«, verkündet er und reibt sich die Hände an den Oberschenkeln.

»Bei Echidna wird man nie satt«, fährt er fort. »Wir stehen niemals still. Niemals, nicht wahr, Jenny?«

Peter Bund winkt lächelnd einer weiteren Person hinter dem Rücken der Polizeibeamten zu.

»Wir möchten mit Ihnen über Ihren verschwundenen Sohn sprechen«, unterbricht Deniz den Manager. »Vielleicht könnten wir langsam damit anfangen?«

Peter Bundes Lächeln verwandelt sich in eine steife Maske, der Mund wird zu einem Strich, und er beugt sich zu ihr vor: »Wissen Sie, Albert bedeutet alles für mich. Darüber müssen Sie sich verdammt noch mal im Klaren sein. Ich möchte, dass er eines Tages das alles hier übernimmt, und dann muss es etwas geben, was er übernehmen kann.«

Er lässt den Blick zwischen Deniz und Zack hin und her wandern.

»Es können ja nicht alle für den Staat arbeiten.«

Zack sieht, wie Deniz heimlich die Fäuste ballt, dass die Knöchel weiß werden.

»Aber es ist vielleicht gar nicht so schlecht, dass einige das tun, nicht wahr?«, erwidert Zack. »Dass jemand versucht, Ihren Sohn zu finden?«

Peter Bunde breitet die Arme aus.

»Sorry. Ich stehe durch diese Sache mehr unter Druck, als mir lieb ist. Das hier ist ein neues Level für mich. Wir hatten einen schlechten Start, und das ist mein Fehler. Ich nehme an, das liegt nur daran, dass ich mir so große Sorgen um Albert mache. Können wir noch einmal von vorn anfangen?«

Zack schaut durch das Panoramafenster des Cafés. Er sieht einen gelben Arlanda-Express-Zug losfahren. Und wünscht sich, er selbst könnte in dem Zug sitzen, mit einem Einweg-Ticket in der Hand. Auf dem Weg irgendwohin. Wohin auch immer.

Peter Bunde beugt sich über den Tisch vor und versucht, Zacks Aufmerksamkeit zu erlangen.

»Lassen Sie uns noch einmal anfangen. Ich bitte Sie«, sagt er.

Zack wendet sich wieder dem Geschäftsführer von Echidna Games zu und sucht in dessen Blick nach einer Spur von Beunruhigung, findet aber nichts. Als wäre das hier für Peter Bunde auch nur ein Spiel, eine Wirklichkeit von vielen.

»Lassen Sie uns direkt zur Sache kommen«, sagt Zack. »Wir glauben, dass jemand Ihren Sohn gekidnappt hat. Um von Ihnen Geld zu erpressen oder aus anderen Gründen. Fällt Ihnen jemand ein, der wütend genug auf Sie ist, um so etwas zu tun?«

»Man kommt nicht so weit wie ich, ohne diversen Menschen auf die Zehen zu treten«, sagt Peter Bunde und schaut Zack an. »Das müssten Sie wissen, schließlich hat Sie offenbar auch jemanden verprügelt, dem es nicht gefiel, dass Sie Ihren Job gemacht haben.«

Zack will antworten, doch Peter Bunde kommt ihm zuvor: »Aber ich hatte nie den Eindruck, dass sich jemand auf eine so widerliche und hässliche Art an mir rächen wollte, und das über meine Familie. Und wenn jemand Geld will, dann gibt es eine Menge anderer Bosse, die deutlich reicher sind als ich. Ich bin doch nur so ein Spielenerd, bei dem ziemlich viel ziemlich gut gelaufen ist.«

»Da es aber nun einmal Ihr Sohn ist, der verschwunden ist, wäre es gut, wenn Sie darüber nachdenken könnten, ob ein persönliches Motiv hinter der Entführung stehen könnte«, sagt Deniz.

Peter Bunde schweigt eine Weile. Er scheint nachzudenken. Dann schüttelt er den Kopf.

»Nein, mir fällt nichts ein.«

»Sagt Ihnen der Name Johan Krusegård etwas?«, fragt Zack.

»Ja, natürlich. Er hat früher mal hier gearbeitet, ein echt fähiger Typ. Ist genau im falschen Moment abgesprungen. Took a turn into the wrong dungeon, wie man so sagt. Aber ich verstehe nicht, was er mit dieser Sache zu tun haben soll.«

»Sie wissen, dass er tot ist?«

Peter Bunde sieht verblüfft aus.

»Nein, das wusste ich nicht. Ich habe ihn seit mehr als einem Jahr nicht gesehen. Ist er schon lange tot?«

»Er wurde gestern aufgefunden. Mit einem Einschussloch in der Schläfe.«

»Meinen Sie etwa, ich hätte damit etwas zu tun?«

Peter Bunde sieht aus, als wäre er fälschlicherweise angeklagt worden, einen Mitspieler in einem Computerspiel erschossen zu haben.

Nichts ist wirklich real für dich, oder?, denkt Zack.

Für einen kurzen Moment beneidet er den Manager geradezu. Wie wäre es, so ein Leben zu führen, in dem alles nur Schein ist und es keine Sorgen gibt?

»Nein. Johan Krusegård hat sich selbst das Leben genommen. Aber es könnte Menschen geben, die meinen, dass Sie indirekt für sein Unglück verantwortlich sind, indem Sie ihn nicht wieder eingestellt haben.«

»Aha, und dann wäre die Entführung meines Sohnes also eine Art Rache dafür – interessanter Gedanke.«

Peter Bunde sieht während seiner Worte fast amüsiert aus. Als hätte er soeben ein fehlendes Teilchen für ein kompliziertes Puzzle gefunden.

Er lehnt sich zurück und scheint eine Weile über Zacks Theorie zu sinnieren. Dann sagt er: »Wissen Sie, unsere Jobs sind eigentlich gar nicht so unterschiedlich. Als Ermittler müssen Sie versuchen, sich in die Köpfe der Täter hineinzuversetzen und zu verstehen, wie sie denken. Ich arbeite ganz ähnlich. Mithilfe von

Psychologie versuche ich zu verstehen, wie meine Player denken, aber natürlich nicht, um sie festzunehmen, sondern um sie so gut wie möglich zu unterhalten. Ich bin schon immer ein totaler Spielenerd gewesen, deshalb verstehe ich besser als alle anderen, wie man wirklich unterhaltsame Spiele kreiert. So richtig geile, bunte Sachen.«

Zack erinnert sich an das, was Rudolf über das Unternehmen berichtet hat. Dass Echidna Games sich einen Namen geschaffen hat, indem sie süchtig machende Spiele entwickeln. Onlinespiele und banale kleine Apps, die erwachsene Menschen dazu bringen, alles um sich herum zu vergessen. In einem Artikel im *Wall Street Journal* wurde sogar behauptet, dass immer mehr dieser Gamer ihren Job verlieren, weil sie einfach nicht aufhören können, auch während der Arbeitszeit zu spielen.

Peter Bunde weiß offenbar, wie man Geld mit den Schwächen der Menschen verdient. Und wie man sie lenken kann. Genau wie ein Drogendealer.

Aber was hat Niklas' Tod mit alldem zu tun?

Auf ihn muss ich mich jetzt konzentrieren, denkt Zack. Und auf die Suche nach Albert. Aber ich kann mich überhaupt nicht konzentrieren, wenn ich nicht ein bisschen Chemie einwerfe.

Zack spürt, wie die Sucht kommt und ihn überrumpelt.

Er fühlt sich ohnmächtig.

Am liebsten würde er nach Hause laufen, den Fußbodenbelag in der Ecke aufreißen und eine Handvoll Pillen schlucken. Was auch immer.

Wieder schaut er zum Fenster, sieht sein zerschlagenes Gesicht, das sich in der frischgeputzten Scheibe spiegelt.

Jetzt keine Chemie.

Kapiert?

Nimm dich zusammen. Deniz hat recht: Reiß dich mal am Riemen.

Niklas zuliebe. Und für Ismail und Albert.

Sie verlassen das Büro von Echidna Games, ohne viel mehr darüber zu wissen, wer Albert gekidnappt haben könnte. Während sie am Fahrstuhl warten, hören sie Peter Bundes Stimme: »Arbeit! Kreativität! Be all you can be, entertain!«, schreit er, dass alle auf der Etage es hören müssen.

46

Die Finger tanzen über die Tastatur, als Sirpa die Personendaten sämtlicher Mitarbeiter von Echidna Games ins System eingibt.

Eine leere Taschentuchpackung liegt zusammengeknüllt auf ihrem Schreibtisch, aber die Tränen sind inzwischen durch ein noch höheres Arbeitstempo als üblich ersetzt worden. Sie arbeitet wie eine Maschine, versucht, alle Gedanken an Niklas und seine Familie auszuschalten. Normalerweise ist sie nicht so gefühlsduselig, und die Weinkrämpfe verwundern sie, aber die Tränen haben sich nicht aufhalten lassen.

Sie checkt die Ziffern noch einmal, um sich zu vergewissern, dass sie sich auch nicht vertippt hat, weiß aber eigentlich schon vorher, dass alles stimmt. Normalerweise macht sie dabei keine Fehler.

Sie will gerade die Personendaten mit dem Vorstrafenregister vergleichen, als ein akustisches Zeichen ihr meldet, dass eine Mail eingetroffen ist.

Reflexartig überprüft sie den Absender, bevor sie die Mail öffnet.

LeOn2@gmail.com

Die Knie brennen.

Da ist er wieder. Niklas' Mörder.

Und die Mailadresse des Absenders ist fast dieselbe wie letztes Mal.

Sirpa macht sich nicht erst die Mühe, sich über ihren Laptop in das Netzwerk des Cafés einzuloggen, sondern öffnet die Mail sofort.

Ein neuer Link. Mit einer ähnlichen URL wie letztes Mal.

Sie hebt den Blick vom Bildschirm und schaut über die Bürolandschaft.

Am liebsten würde sie Zack, Deniz und Rudolf zu sich rufen. Aber die sind alle unterwegs. Ihre einzige Gesellschaft besteht aus vier Polizeianwärtern, die hierher beordert wurden, um bei der Ermittlungsarbeit zu helfen.

Sie starrt auf den Link.

Zögert.

Will ihn nicht öffnen.

Dann holt sie mehrere Male tief Luft. Stöpselt die Kopfhörer in den Computer und klickt auf den Link.

Zuerst glaubt sie, denselben Film noch einmal zu sehen. Alles ist so wohlbekannt. Der Käfig, der Junge in der Ecke, die Uhr, die den Countdown anzeigt.

Aber etwas ist anders.

Sie beugt sich näher zum Bildschirm.

Verdammt noch mal.

Das ist ein anderer Junge.

Und sie meint ihn wiederzuerkennen.

Ist das nicht der Kleine, der auf Lidingö entführt wurde? Ist er auch ermordet worden?

Sirpa versucht, auf der Bedienfläche des Mediaplayers den Pausenbutton zu drücken, während sie nach dem Foto von Albert Bunde sucht, das sich irgendwo in ihren gespeicherten Mails befinden muss.

Aber der Film hält nicht an.

Warum nicht?

Der Schmerz strahlt von den Knien in den ganzen Körper aus, als ihr die Antwort klar wird.

Weil ich keinen aufgezeichneten Film sehe.

Sondern eine Livesendung.

Sie schaut auf die Ziffern, die den Countdown runterzählen.

02:04:07:13

Und vergleicht sie mit der Digitalanzeige ihrer eigenen Uhr. 15:15 Uhr. Das bedeutet, dass die Zeit um 19:12 am Sonntagabend vorbei ist.

Warum dieses Mal ein so kurzer Zeitraum? Warum nicht dreißig Tage wie beim letzten Mal? Ist der Countdown eine Art Code? Und wie kann ich den knacken, wenn ich nicht einmal weiß, wann die Aufnahme begonnen hat?

Der Film läuft weiter, während Sirpa Albert Bundes Foto auf einem anderen Bildschirm aufruft.

Sie sieht sich den Jungen im Käfig an. Es besteht kein Zweifel.

Es ist Albert Bunde, der da hockt.

Sie lässt die Nachrichtenseiten durchlaufen, findet dort aber nichts über ihn. Oder zumindest noch nicht. Es scheint, als hätten die Medien nicht einmal etwas von der Entführung erfahren.

Sirpa ruft Douglas an und informiert ihn über den Film.

»Ich bin in fünf Minuten bei dir«, sagt er.

Dann sucht sie auf LiveLeak und bei den größten Suchmaschinen. Sie ruft die Presseabteilung an und fragt nach, ob die Medien schon nach irgendeinem Link gefragt haben.

Nein. Nichts.

Der Link scheint also dieses Mal nicht an die Redaktionen geschickt worden zu sein, sondern nur an die Polizei.

Warum?

Oder ist es gar nicht derselbe Absender, sondern ein Trittbrettfahrer?

Unwahrscheinlich.

Sie denkt an Alberts Eltern. Sie müssen informiert werden. Aber damit will sie warten, bis Douglas den Film gesehen hat.

Da geschieht etwas auf dem Bildschirm. Der Junge wimmert und kriecht schnell auf die andere Käfigseite.

Jemand kommt herein.

Der Mann in der Löwenverkleidung. Derselbe wie letztes Mal. Kein Trittbrettfahrer.

Sirpa kriegt keine Luft.

Der Mann bewegt sich langsam um den Käfig herum, die dichte Löwenmähne fällt weich auf seine mit Fell bekleideten breiten Schultern.

Albert rutscht weg von ihm, in die Mitte des Käfigs, und verfolgt den Mann die ganze Zeit mit seinem Blick.

Sirpa sieht, dass die Unterlippe des Jungen zittert, hört sein Schluchzen.

»Mama«, sagt er leise und erweckt fast den Anschein, als wäre er sich selbst dessen gar nicht bewusst. »Mama.«

Der Löwe umkreist den Jungen weiter. Runde um Runde.

Er sagt nichts.

Knurrt nur leise.

47

Zack und Deniz stecken mit ihrem Auto im Stau auf der Kungsgatan und hören dem Meteorologen zu, der vor kräftigen Schneeböen aus östlicher Richtung warnt und berichtet, dass für mehrere Distrikte eine Unwetterwarnung der Stufe zwei ausgerufen wurde.

»Doch zunächst wird eine weitere Nacht mit richtig niedrigen

Temperaturen erwartet, im östlichen Svealand bis zu 25 Grad unter null«, sagt der Wetterfrosch gutgelaunt.

Zack starrt auf die Menschen da draußen. Gut gekleidet, aber in Anbetracht des Wetters ziemlich unpassend. Dicke Jacken, Jeans. Zu dünne Schuhe an den Füßen.

Kein Wunder, dass sie verfroren aussehen.

Die Schlange rollt langsam weiter. In einer Toreinfahrt sitzt ein Bettler mit einem McDonald's-Becher vor sich im Schnee. Zehn Meter weiter noch einer.

»Frierst du?«, fragt Deniz und deutet mit dem Kopf auf seine Hände.

Er schaut nach unten.

Die Hände zittern.

Es kommt ihm schon ganz normal vor.

Er merkt es gar nicht mehr.

Als wäre er ein Achtundzwanzigjähriger mit Parkinson.

Ob ich von meinem chaotischen Lebenswandel bleibende Schäden davontragen werde?

Ein SMS-Signal ertönt in der Innentasche, er holt sein Handy heraus. Die Nachricht ist von Sirpa.

Sobald er den ersten Satz gelesen hat, zittert seine Hand nicht mehr. Die Eiseskälte von den Straßen der Stadt durchdringt seinen Körper.

»Der Mörder hat einen neuen Link geschickt«, sagt er zu seiner Kollegin. »Und jetzt sitzt Albert Bunde im Käfig.«

Deniz bremst so heftig, dass der Wagen trotz des geringen Tempos anfängt zu schlingern.

»Was? Ist Albert tot?«, fragt sie.

»Nein, Sirpa schreibt, dass es dieses Mal ein Livestream ist. Und dass wir nur zwei Tage Zeit haben. Es gibt eine Uhr, die den Countdown anzeigt.«

Zack klickt auf den Link.

Dieselbe Berghöhle. Derselbe Käfig.

Aber ein neuer Junge.

Er trägt keine verschlissene Kleidung wie Ismail. Aber er ist genauso einsam. Genauso verängstigt.

Hier geht es nicht um Erpressung, denkt Zack. Albert soll getötet werden.

Hunderte von Bildern huschen ihm durch den Kopf. Stella Bunde, weinend in ihrer Villa. Ismail mit dem ausgehackten Auge. Niklas' Gesicht, das ihn vom Foto im Büro anlächelt. Sein Gedärm auf dem Boden. Die blutigen Klauen des Löwen. Albert, der läuft. Albert, der schreit. Albert, dessen Körper zerfetzt wird. Albert, der …

Der Wagen hinter ihnen hupt, und Zack zuckt so heftig zusammen, dass er das Telefon fallen lässt.

»Halt die Schnauze, du blöder Kerl«, schreit Deniz und zeigt dem Fahrer den Mittelfinger.

Erneut hupt der Fahrer hinter ihnen, dieses Mal aber langanhaltend, und Deniz löst ihren Sicherheitsgurt.

»Ich falte den zusammen.«

Zack legt ihr eine Hand auf die Schulter.

»Bleib sitzen. Es ist nicht seine Schuld, dass Albert in dem Käfig hockt.«

»Natürlich nicht, aber warum muss er dauernd hupen? Er ist doch auch nicht schneller zu Hause, wenn ich keinen Sicherheitsabstand zum Wagen vor uns einhalte.«

Mit einem fliegenden Start fährt sie einige Meter vor.

Das sind die Dinge, über die sich normale Leute aufregen, denkt Zack. Dass sie beim Stop-and-go-Verkehr nicht schnell genug vorankommen.

Und währenddessen passieren solche Dinge.

Er schaut wieder aufs Display.

Ein Kind in einem Käfig.

Albert ist jetzt aufgestanden, er kommt näher zur Kamera. Starrt durch die Gitterstäbe.

»Hallo«, ruft er leise. »Hallo. Ist da jemand?«

Doch offenbar ist niemand dort.

Zum Glück, denkt Zack.

Er schaut sich den Jungen näher an, sieht seinen verängstigten Blick, und ihm fällt ein, wem er ähnelt.

Die Gerüche kehren zurück. Das Geräusch seines eigenen Atems. Der Blutgeschmack im Mund.

In der Nacht damals war er lange gelaufen. Länger, als er es für möglich gehalten hatte, mit dem anderen Jungen auf dem Rücken.

Zack trug die Schuld an dem, was passiert war. Aber er hatte es nicht gewollt. Es war anders gelaufen als gedacht.

Er lief und lief. Hatte schon ein großes Stück der Wiese überquert, als er den Fuß schräg aufsetzte und hinfiel. Den Jungen verlor und selbst auf den Rücken fiel.

Und dann blieb er im Gras liegen. Spürte den Blutgeruch.

Vom Blut des anderen.

Und er lernte, dass der Tod so riecht.

Das Handy vibriert in seiner Hand und lässt ihn erneut zusammenzucken.

Es ist Abdula. Zack spricht nicht so gern mit ihm, wenn Kollegen in der Nähe sind, aber er hat das Gefühl, dass dieses Gespräch wichtig ist.

»Ja, Zack am Apparat«, sagt er möglichst förmlich.

»Hallo, ich will mich kurzfassen, da du ja wohl nicht allein bist«, antwortet Abdula. »Ich habe mich ein bisschen umgehört, und es scheint tatsächlich zu stimmen, das mit dem Russisch Roulette.«

Zack holt Stift und Block aus dem Handschuhfach und schreibt sich eine Adresse auf.

»Ich kenne die Straße nicht«, sagt er zu Abdula, »wo liegt die?«

»Ich glaube in Stocksund. Und offensichtlich soll heute Abend dort wieder gespielt werden.«

Stocksund, dort haben sie Ismail gefunden. Und jetzt soll dort in der Nähe Russisch Roulette gespielt werden. Was Johan Krusegård wahrscheinlich auch getan hat. Dem wiederum Peter Bunde die kalte Schulter zeigte – dessen Sohn jetzt im gleichen Käfig hockt, in dem auch Ismail gesessen hat.

Irgendwie hängt alles zusammen.

Aber wie?

»Wie sicher bist du dir?«, fragt Zack.

»Habe ich mich jemals geirrt?«

48

Zack betrachtet die Ölgemälde in Douglas Justes Büro. Sie sind aus seinem Privatbesitz, und er muss sie vor Kurzem ausgetauscht haben, denn Zack kennt keines davon. Auf einem sind gestapelte Stühle in verschiedenen Brauntönen abgebildet, auf einem anderen eine Frau, die sich die Hände vor die Augen hält.

Unter den Bildern sitzt Douglas in der Hocke und dreht das Schloss des kleinen Safes hin und her.

Die massive Tür öffnet sich, und aus einer schwarzen Schublade holt er eine Sig Sauer und zwei Magazine heraus. Dann steht er auf und reicht beides Zack.

Verwundert starrt Zack die Waffe an.

Als Douglas ihn zu sich ins Zimmer gerufen hat, fürchtete er zunächst, es könnten verschwommene Fotos von ihm auf dem Schreibtisch liegen, wie er Drogen am Fridhemsplan kauft.

Dass er von den Ermittlungen ausgeschlossen oder ganz gefeuert werde.

Er schaut seinen Chef an. Das ist gegen die Vorschriften. Genau wie damals in Skärholmen.

»Komm schon, nimm sie. Du wirst sie heute Abend brauchen. Aber danach will ich sie wieder zurückhaben.«

Douglas streckt ihm die Sig Sauer und die Munition entgegen, als hielte er einem misstrauischen Tier saftiges Futter entgegen.

»Aber …«

»Ja, ich weiß, ich kann damit ziemlich auf die Schnauze fallen. Sogar den Job verlieren. Und wir haben einiges, worüber wir uns unterhalten müssen, du und ich. Aber das tun wir später. Während all dieser Jahre habe ich nie erlebt, dass Niklas sich in einem Fall so engagiert hat wie in diesem. Wir müssen ihn lösen, seinetwegen. Und dabei den hinter Gitter bringen, der ihn umgebracht hat. Und da kann ich in meiner Truppe keinen zahnlosen Polizisten gebrauchen.«

Sirpa würde am liebsten die Tastatur auf den Boden schmeißen.

Sie hatte gedacht, es würde dieses Mal leichter sein, die Quelle aufzuspüren, da es sich ja um einen Livestream handelt. Aber es scheint, als springe der Mörder die ganze Zeit zwischen verschiedenen Servern hin und her, noch dazu in unterschiedlichen Ländern. Vor allem in Turkmenistan und Usbekistan.

Sie geht davon aus, dass er Server gehackt oder gekauft hat. Und sich ganz bewusst Länder ausgesucht hat, in denen Interpol nicht agieren kann.

Das Bürotelefon klingelt.

Auch das würde sie nur zu gern auf den Boden werfen, doch stattdessen holt sie zweimal tief Luft und meldet sich: »Kriminalinspektorin Sirpa Hemälainen.«

Am anderen Ende der Leitung erklingt eine männliche Stimme: »Guten Tag. Mein Name ist Peter Bunde. Ich habe einen Link zugespielt bekommen, der zeigt, dass mein Sohn in einem Käfig gefangen gehalten wird.«

49

Die stillgelegte Regummierungswerkstatt liegt am Ende einer Einbahnstraße. Das Gebäude sieht aus wie ein riesiger Schuhkarton, mit weißen, fensterlosen Plattenwänden und einem Flachdach, dessen Ränder mit brüchiger Teerpappe verklebt sind. Die Straßenlaternen funktionieren nicht mehr, und die siebzehn Autos, die vor dem Gebäude parken, werden von der herannahenden Nacht fast gänzlich geschluckt.

Aus einer Seitentür an der Stirnseite dringt ein schwacher Lichtschein. Nicht stark, aber doch ausreichend, um die Silhouette eines großgewachsenen Türstehers zu erkennen.

Zack schaut wieder auf die Uhr. 21:56.

Noch vier Minuten.

Er hockt neben Deniz auf einem großen Felsbrocken in einem Wäldchen, etwa fünfundzwanzig Meter vom Haus entfernt.

Bei jedem Einatmen verklebt die Nase, und die Fingerspitzen sind bereits eiskalt.

Schnell öffnet und schließt er die Hände und versucht, dadurch die Durchblutung besser in Gang zu kriegen.

Vierundzwanzig Grad minus.

So etwas hat er noch nicht erlebt.

In der Ferne reckt sich ein alter Industrieschornstein über den Fichtengipfeln in den Himmel. Der Schornstein, auf dem Ismail festgebunden war.

Zack schaut hinüber.

Ismail, Krusegård, Roulettespiel, Echidna Games und Albert Bunde. Irgendwie hängt alles zusammen, und sie sind jetzt hier, um das fehlende Puzzleteilchen zu finden.

21:57 Uhr.

Zack kontrolliert ein letztes Mal die Sig Sauer und dankt Douglas im Stillen, dass er ihm die Waffe besorgt hat.

Soll sich die Interne Ermittlung doch in die Hosen machen.

Er drückt den Knopf im Ohr zurecht und schaut wieder zum Gebäude hinüber. Wirklich ein guter Platz für illegale Aktivitäten. Abgelegen, am Ende einer Industriestraße. Dank des Wäldchens gut vor fremden Blicken geschützt.

Welcher Widerstand wird sie da drinnen erwarten? Wenn dort tatsächlich Russisch Roulette gespielt wird, befindet sich mindestens eine scharfgeladene Waffe in den Räumen. Wahrscheinlich hat der Wachmann ebenfalls eine.

Und andere vielleicht auch.

Nach Douglas' Einschätzung ein offensichtliches Risiko für einen Schusswechsel, weshalb er ihnen die Ressourcen des Mobilen Einsatzkommandos zur Verfügung gestellt hat.

Deniz sieht Zack an.

»Alles okay?«

Er nickt.

»Und du?«

»Ich bin bereit.«

21:58 Uhr.

Ein letzter Kontrollruf wird über Funk ausgesendet. Die Mannschaft des Einsatzkommandos hat ihre Positionen eingenommen. Vier Mann haben Posten hinter einem Lieferwagen am anderen Ende des Gebäudes bezogen. Weitere vier verstecken sich zusammen mit Zack und Deniz in dem Wäldchen.

Zehn Mann insgesamt. Und weitere Verstärkung ist in der

Nähe, falls sie gebraucht wird. In einem Radius von ein paar hundert Metern stehen drei Funkwagen an möglichen Fluchtwegen postiert.

21:59 Uhr.

Zack zieht die schusssichere Weste unter seiner Jacke zurecht.

Abdula, du hast hoffentlich recht mit deinem Tipp?

Aber Zack hat selten Grund gehabt, an seinem Freund zu zweifeln, muss jedoch zugeben, dass Abdula trotz allem nicht mehr der Alte ist.

Ein letzter Blick zu seiner Kollegin.

Sie ist ganz die alte Deniz.

Konzentriert, jeder Muskel angespannt.

Zuverlässig.

Die beste Partnerin, die man haben kann.

Bisher hat sie sicher das Gleiche von ihm gedacht. Aber jetzt nicht mehr.

Also, reiß dich am Riemen.

Das werde ich. Versprochen.

22:00 Uhr.

Zack steht auf und schleicht auf das Gebäude zu. Damit der Wachmann ihn nicht entdecken kann, nimmt er einen Umweg.

Er huscht auf den Parkplatz und gelangt fast lautlos zur Längsseite des Gebäudes. Dort bleibt er stehen, sieht, wie Nielsen vom Einsatzkommando seinen Platz hinter dem Lieferwagen verlässt und sich dem Gebäude von der anderen Seite nähert.

Zack geht vorsichtig weiter zur Stirnseite, dorthin, wo der Wachmann steht. Er hört Nielsens ruhige Stimme im Ohr: »Alles ruhig hier. Ich gehe weiter.«

Zack schaut vorsichtig um die Ecke. Der Türsteher steht reglos da und starrt vor sich hin. Groß wie ein Berggorilla.

Ein leises Geräusch lässt den Gorilla den Kopf zur anderen Seite drehen, in die Richtung, in der Nielsen sich befindet. Er schiebt die Hand in die Jackentasche, holt eine Waffe heraus und bewegt sich langsam auf die Hausecke zu.

»Der Kerl geht auf dich zu«, flüstert Zack in sein Mikrophon, das am Jackenrevers befestigt ist.

Er bekommt eine ebenso geflüsterte Antwort: »Bitte wiederholen.«

Der Gorilla scheint Nielsens Stimme gehört zu haben, denn er steht angespannt da, die Pistole auf die Hausecke gerichtet.

Wenn Nielsen sich jetzt zeigt, ist es gelaufen.

Zack hebt seine Pistole. Zielt auf das rechte Bein des Kerls.

Wartet ab.

Der Schuss wird sie warnen, den ganzen Einsatz platzen lassen.

Stattdessen hustet er. Laut und deutlich.

Der Gorilla dreht sich um. Sucht nach der Geräuschquelle.

Aber Zack hat wieder hinter dem Gebäude Schutz gesucht und sagt ins Mikrophon: »Jetzt, Nielsen. Er steht mit dem Rücken zu dir.«

Eine Sekunde später hört er den Gorilla stöhnen und zu Boden fallen.

Zack springt vor und sieht Nielsen hinter dem Mann stehen. Den Elektroschocker hält er noch immer hoch erhoben in der Hand.

Sie schleppen den schweren Türsteher an die Wand, bringen ihn in eine sitzende Position und fesseln seine Hände hinterm Rücken an eine Regenrinne.

Zack atmet schwer. Die eiskalte Luft beißt in der Lunge, aber er kümmert sich nicht darum.

Er will jetzt rein.

Mitten in den Sumpf.

Nielsen ruft die übrige Mannschaft herbei. Zwei Polizisten postieren sich rechts und links des Eingangs. Sie zögern eine Sekunde, bevor sie die Tür aufreißen. Sie sind auf alles gefasst.

Doch nichts passiert.

Zack schaut hinein.

Eine Treppe führt zur nächsten geschlossenen Tür.

Er geht voran. Schleicht die Treppe hinunter. Drückt das Ohr an die Tür und hört laute Stimmen aus dem Raum dahinter. Er dreht sich zu Deniz und den anderen Kollegen um und gibt ihnen durch Gesten zu verstehen, dass sie ihr Ziel erreicht haben.

Alle ziehen ihre Waffe.

Zack drückt die Klinke runter.

Abgeschlossen.

Damit niemand abhauen kann, ohne zu bezahlen?

Er holt zwei Mal tief Atem. Die Luft um ihn herum scheint vor Leben zu vibrieren.

Nirgends würde er jetzt lieber sein als hier, genau hier.

Er tritt die Tür auf.

Und sieht nichts als Rücken. Leute, die auf ihren Stühlen stehen und alle in eine Richtung starren, während sie herumgrölen wie Fußballhooligans vor dem Zusammentreffen mit dem Gegner.

Mindestens dreißig Personen sind im Raum. Vielleicht noch mehr.

Die Luft ist schwer und feucht vom Zigarettenrauch, und bis jetzt hat ihn noch niemand bemerkt. Das laute Geschrei hat das Geräusch der aufgetretenen Tür überdeckt.

Deniz und drei andere Polizeibeamte kommen in den Raum. Stellen sich neben Zack und starren auf den brodelnden Menschenhaufen.

Jemand schlägt weiter hinten im Lokal auf einen Tisch, und der Lärm nimmt weiter zu.

Was gucken die sich da an?

Zack geht einen Schritt zur Seite, versucht, zwischen den Rücken etwas zu erkennen.

Da.

Er sieht ihn. Ganz allein an einem kleinen runden Tisch inmitten der aufgeputschten Zuschauer sitzt ein junger Mann. In seinem Blick liegt Todesangst, er hat eine Pistole auf den eigenen Kopf gerichtet und ist umringt von Menschen, die schreien und winken, die mit den Füßen aufstampfen und ihn anfeuern.

Noch hat niemand die Polizisten entdeckt.

Die Hand des jungen Mannes zittert. Er hat Tränen in den Augen und schiebt die Pistolenmündung von seiner Schläfe weg, aber gleich ist jemand da und drückt die Waffe wieder an Ort und Stelle. Gibt ihm mit der Handfläche einen Schlag auf den Kopf, und jetzt hält der junge Mann die Pistole dort, wo sie sein soll.

Er schließt die Augen.

Ein Schuss löst sich.

Alle verstummen.

Der junge Mann verdreht die Augen, bis nur noch das Weiße zu sehen ist.

Aber er sitzt immer noch auf dem Stuhl.

Er lebt.

In dieser Kammer des Revolvers war offenbar keine Patrone, und mehrere Personen drehen sich verwundert um, fragen sich, woher der Schuss dann kam.

Sie entdecken Zack, sehen seine ausgestreckte Hand mit der Sig Sauer und den Zementstaub, der von der Decke rieselt, aus dem Loch, in das die Kugel eingedrungen ist. Und hinter ihm Deniz und die uniformierten Beamten mit gezogenen Waffen.

Ein kurzer Moment der Verwirrung. Dann wird ein weiterer Schuss abgefeuert.

Aus dem Kopf des jungen Mannes spritzt eine Blutfontäne.

»Nein!«, schreit Zack und wirft sich nach vorn.

Stühle fallen um, Menschen werden zur Seite gestoßen, fallen hin oder laufen herum, ohne zu wissen, wohin.

Zack drängt sich vor zu dem jungen Mann. Immer noch schießt das Blut aus seinem Schädel, doch der Strahl ist bereits schwächer geworden.

Zack drückt seine Handfläche auf das offene Loch in der Schläfe, um das Blut zu stoppen, sieht aber selbst ein, wie sinnlos das ist.

Er schaut sich um.

Auf einem Podium jenseits des Tisches sind zwei Männer im Anzug aufgestanden. Einer von ihnen hat sich einen großen Blechkasten unter den Arm geklemmt. Der andere hält eine Pistole in der Hand.

Zack wirft sich zur Seite. Zwei Schüsse werden kurz nacheinander abgefeuert, und er sieht, wie der Anzugmann mit der Waffe in sich zusammensackt, in beiden Beinen steckt eine Kugel.

Zack dreht den Kopf und sieht Deniz breitbeinig hinter sich stehen, die Dienstwaffe immer noch auf den Mann gerichtet, den sie soeben angeschossen hat. Dann wird sie von einem Zuschauer beiseitegestoßen, und als Zack sich wieder in Richtung Podium dreht, sieht er den Mann mit dem Blechkasten durch eine Hintertür fliehen.

Er folgt ihm sofort und gelangt in einen dunklen Flur, an dessen Wand Felgen und alte Autoreifen gestapelt sind. Es tropft aus einem Rohr, ein paar Stromkabel knacken und sprühen Funken. Der Mann mit dem Blechkasten stolpert über eine Palette und fällt hin. Er versucht, wieder aufzustehen, aber da ist Zack schon über ihm und drückt ihn mit dem Gesicht an die Wand.

Der Rest ist Routine. Das Knie in den Rücken, die Arme des Mannes nach hinten und dann die Handschellen heraus und um die Gelenke.

Zack hebt den Blechkasten vom Boden. Der Deckel springt auf, und ein ganzes Bündel an Geldscheinen fällt heraus.

Der Kasten ist voller Tausendkronenscheine. Einige davon sind mit einem Gummiband gebündelt, andere lose.

Zack sammelt die heruntergefallenen Scheine auf, drückt sie zurück in den Kasten und macht den Deckel zu.

Dann zieht er den Mann hoch und führt ihn zurück in den Kellerraum.

Die Einsatzkräfte haben inzwischen alle Männer an einer Wand aufgereiht. Mit dem Gesicht zum Beton, die Beine gespreizt.

Deniz steht vor der aufgetretenen Tür und telefoniert.

Vielleicht mit Douglas.

Das Gesicht des jungen Mannes liegt auf der runden Tischplatte. Immer noch tropft Blut auf den Fußboden.

Zack betrachtet ihn. Dunkles Haar. Ein goldener Ring im Ohr.

Er sieht nicht älter aus als zwanzig.

Warum hast du dich erschossen, du Idiot?

Es war doch schon alles vorbei.

50

Vernehmungsraum Nummer sieben: Ein rechteckiger Tisch mit weißer Platte, grüne Wände mit Kritzeleien, wacklige Holzstühle und ein eingewachsener Geruch nach Angst, Schweiß und Erbrochenem, gegen das kein Reinigungsmittel ankommt.

Der Mann auf der anderen Tischseite, der Zack und Deniz gegenübersitzt, heißt Alexander Denkert. Ihm fällt es schwer, länger als zehn Sekunden zu schweigen.

Die Vernehmung hat noch gar nicht angefangen, aber er hat bereits gefragt, ob er einen Anwalt anrufen könne, was sie wohl meinen, wie lange er hier werde sitzen müssen, ob sie seine Familie aus der Sache raushalten und ob sie die Heizung nicht ein bisschen höher drehen könnten.

Zack mustert ihn. Er ist fasziniert davon, was die Nervosität mit gewissen Menschen anstellt.

Alexander Denkert fährt sich zum wiederholten Male mit den Händen durch das nach hinten gekämmte Haar, zieht das Jackett seines Dressman-Anzugs zurecht und spielt an der Schürfwunde und der Beule auf der Stirn herum, die er sich bei seinem Fluchtversuch zugezogen hat.

Deniz wendet sich an Zack.

»Das wird wohl auf Anstiftung zum Mord hinauslaufen, oder? Wahrscheinlich auch noch auf Mordversuch. Wer weiß, wie viele Leute bisher in diesen Räumen ums Leben gekommen sind? Ich habe das Gefühl, dass wir bei diesem Kerl über lebenslänglich reden können, oder was glaubst du?«

Zack beugt sich zu ihr und flüstert ihr etwas zu laut ins Ohr: »Ich denke, wir sollten es erst einmal ruhig angehen lassen. Ich glaube ja nicht, dass er der Kopf hinter dem Ganzen ist.«

»Genau!«, sagt Alexander Denkert und sieht aus, als würde er am liebsten aufstehen und Zack umarmen. »Das stimmt. Ich bin nur ein kleines Rädchen in dem großen Spiel. Es gibt andere, hoch oben, die die Fäden in der Hand halten. Die uns wie Marionettenpuppen lenken.«

Deniz schaut ihn an und zischt: »Und wer hat Sie gebeten, etwas zu sagen?«

»Aber … aber er hat doch gesagt, dass …«

»Sie reden nur, wenn Sie gefragt werden, kapiert?«

»Ja, aber Sie können ruhig auf ihn hören. Er hat ja gesagt …«

Deniz schlägt fest mit der Faust auf den Tisch.

»Haben Sie das kapiert?«

Alexander Denkert nickt mehrere Male und schweigt.

Zack lächelt ihn an.

»Sie müssen meine Kollegin entschuldigen. Es ist nur so: Der Mann, der sich da drinnen erschossen hat, das ist ihr Cousin.«

Alexander Denkert starrt sie mit offenem Mund an.

Der Trick mit dem Cousin scheint wieder einmal zu funktionieren.

Es ist so lächerlich einfach, mit den Vorurteilen zu spielen, die viele Menschen zu Migranten, ihren vielen Verwandten und der Blutrache haben.

Alexander Denkert sieht jetzt noch nervöser aus.

Seine Lippen bewegen sich lautlos, wie die eines Fisches, der an Land liegt und nach Luft schnappt, aber bevor er doch wieder etwas sagen kann, fährt Zack fort: »Sie haben erwähnt, dass es Leute gibt, die höher in der Hierarchie stehen. Es ist wichtig für uns zu erfahren, um wen es sich dabei handelt. Davon haben nicht nur wir etwas, sondern auch Sie.«

»Aber dann müssen Sie mir versprechen, dass ich anonym bleibe und Personenschutz bekomme.«

Deniz beugt sich lächelnd zu ihm vor: »Ich kann Ihnen eines versprechen, nämlich dass ich dafür sorgen werde, dass Sie schon am ersten Tag im Knast die Seife im Duschraum aufsammeln müssen.«

Alexander Denkert schaut Zack mit flehendem Blick an, als erhoffte er sich von ihm eine Bestätigung, dass die Kollegin sich nur einen Spaß erlaubt.

Zack gibt sich alle Mühe, mitleidig auszusehen.

»Sie hat gute Kontakte nach Kumla und nach Hall. Und in einer der beiden Justizvollzugsanstalten werden Sie landen, wenn Sie nicht mit uns zusammenarbeiten. Aber es kann natürlich auch ganz anders laufen. Geben Sie uns einfach ein paar Namen.«

Alexander Denkert fährt sich wieder mit der Hand durchs Haar, zupft am Jackett und scheint nachzudenken.

Dann beugt er sich über den Tisch vor und flüstert Zack zu: »Peter Bunde.«

Zacks Magen zieht sich zusammen wie bei der ersten steilen Abfahrt auf einer Achterbahn.

Peter Bunde.

Der Geschäftsführer von Echidna Games. Dessen Sohn bei dem Löwen in einem Käfig sitzt.

Wie sie schon vermutet haben. Alles hängt zusammen.

Aber wie?

»Er ist der Boss eines großen Computerspieleunternehmens, das mit einem Russisch-Roulette-Spiel fürs Handy großen Erfolg hatte«, fährt Alexander Denkert fort. »Aber das hat ihm nicht gereicht. Er wollte das Spiel in die Wirklichkeit holen. Und genau das hat er dann gemacht.«

»Und was ist Ihre Rolle dabei?«, fragt Deniz.

»Peter und ich, wir kennen uns seit der Schulzeit. Ich habe eine Firma, die Konkursimmobilien aufkauft, und vor ein paar Monaten hat er sich gemeldet und erzählt, dass er nach einem geeigneten Lokal für eine neue Art von … Geschäft sucht. Ich hatte gerade diese Regummierungswerkstatt gekauft, und so ist es dann gelaufen.«

»Und warum sind Sie nicht zur Polizei gegangen, als Sie erfahren haben, um was für ein Geschäft es sich da handelt?«, fragt Deniz.

Alexander Denkert schaut zu Boden.

»Weil er mir Geld angeboten hat. Viel Geld.«

»Aber Sie selbst haben doch auch an diesem Todesspiel teilgenommen. Das haben wir mit eigenen Augen gesehen.«

Alexander Denkert blickt wieder auf. Er scheint sich zu schämen.

»Das war Teil der Abmachung. Peters Angebot hat einen alten Traum in mir geweckt, nämlich einen Schärenkreuzer von Gustaf

Estlander zu kaufen. Kennen Sie den Mann? Er war in den 1930er-Jahren Schwedens bester Yachtkonstrukteur und ein ganz fantastischer …«

»Wie verdienen Sie Geld bei dem Spiel?«, unterbricht Deniz ihn.

»Als Zuschauer muss man zwanzigtausend Kronen in bar bezahlen. Wir nehmen zehntausend, und der Rest wird in eine Kasse gelegt, die an den Spieler geht. Je mehr Kugeln in der Trommel sind, desto mehr Geld kann der Spieler verdienen.«

»Und wenn der Spieler stirbt?«

»Dann geht alles an uns.«

Zack überschlägt die Summen. Heute Abend waren dreißig Leute im Lokal, abgesehen von Denkert und seinem Kollegen. Das bedeutet, sie haben allein für den Eintritt dreihunderttausend Kronen kassiert. Und dazu kommen noch die Wetteinsätze.

Er denkt an die Vernehmung von Peter Bunde.

Wie er über den Wert von Unterhaltung gesprochen hat.

Hier kennt die Unterhaltung keine Grenzen, nur den Tod.

Ihm muss das Leben anderer Menschen vollkommen gleichgültig sein.

Aber wo kommt der Löwenmann ins Spiel?

Sie müssen Peter Bunde vorladen. Ihn ausquetschen über alles, was er weiß.

Zack beobachtet Alexander Denkert, der über den Tisch gebeugt dasitzt, den Kopf auf die Hände gestützt. Es scheint, als hätte er erst jetzt begriffen, was er getan hat.

»Es gibt noch mehr«, murmelt er.

»Was sagen Sie?«, hakt Zack nach.

Alexander Denkert blickt auf.

»Der Typ, der heute Abend gestorben ist, das war nicht der Erste. Es gibt noch mehr.«

»Wie viele?«

»Vier. Ich musste mithelfen, eine der Leichen wegzuschaffen. Wir haben sie in einen Container in Söder geworfen. Das war einfach schrecklich. Ich hatte das Gefühl, zu einer Mafia zu gehören.«

Raymond Nilsson hat also richtig geschätzt, denkt Zack. Johan Krusegård hat sich bei einer Partie Russisch Roulette erschossen, anschließend wurde er in den Container an der Kocksgatan geworfen, und zwar von Alexander Denkert und noch jemandem, höchstwahrscheinlich dem angeschossenen Mann, der momentan gerade im Karolinska operiert wird.

»Und die anderen drei?«, fragt Zack.

»Ich weiß, wo die Leichen sind. Ich kann Ihnen die Orte nennen.«

Nach der Vernehmung stimmen sich Zack und Deniz auf dem Flur kurz mit Douglas ab.

»Es sieht immer mehr so aus, als wäre der Löwenmann ein Feind von Peter Bunde«, sagt Zack. »Vielleicht ein Angehöriger von einem der vier, die beim Roulettespielen gestorben sind. Jemand, der sich rächen will, indem er einen aus Peter Bundes Familie tötet.«

»Ich werde dafür sorgen, dass die von Denkert genannten Orte sobald wie möglich durchsucht werden«, sagt Douglas.

»Aber welche Rolle hat Ismail bei der ganzen Sache?«, fragt Deniz.

»Vielleicht war er nur ein Werkzeug«, bemerkt Zack.

»Wie meinst du das?«

»Indem der Mörder Ismail tötete, hat er seine Botschaft verbreitet. Und dafür gesorgt, dass niemand sie übersieht. Wenn Peter und Stella Bunde ihren Sohn live in dem Käfig beobachten, wissen sie genau, was geschehen wird. Was ihre Qual nur noch vergrößert.«

»Dann hat er einen unschuldigen Jungen getötet, um die Leiden der Familie Bunde zu vergrößern?«, kontert Deniz. »Aber wenn dem so ist, warum hat er uns dann auch den Link geschickt?«

»Weil er davon ausgeht, dass die Familie Bunde uns so oder so informieren wird. Dann kann er das auch gleich selbst machen«, meint Zack.

Deniz schaut Douglas an.

»Sollen wir Bunde zur Vernehmung einbestellen?«, fragt sie. »Und versuchen, ihn auszuquetschen?«

Douglas überlegt kurz und antwortet dann: »Wartet mit der Vernehmung bis morgen früh. Es ist schon spät. Und der Staatsanwalt würde nie zustimmen, dass wir ihn allein aufgrund von Denkerts Behauptungen verhaften. Wir warten noch ab und sehen erst einmal, was die Suche nach den anderen Leichen bringt.«

»Und wenn ihn jemand warnt?«

»Wer sollte das tun? Alle, die in dem Kellerraum anwesend waren, sind vorläufig arrestiert. Wir warten erst einmal ab. Wenn ihr mich jetzt bitte entschuldigt. Ich will die Suche nach den drei Leichen koordinieren.«

Douglas holt sein Handy heraus und geht den Flur entlang.

Zack schaut auf sein eigenes Telefon und klickt den Livestream an.

Albert liegt zusammengekauert unter einer Decke in dem Käfig und scheint zu schlafen.

Zack fragt sich, ob er wohl friert.

Und ob er sich dessen bewusst ist, dass die Uhr ständig runterzählt.

Sie haben nur noch einen Tag und achtzehn Stunden Zeit.

51

Samstag, der 24. Januar

Es geht auf drei Uhr nachts zu, als die Polizeitruppe nach einstündiger Suche einen erschossenen Mann findet, der ganz unten in einem Müllcontainer liegt, vollkommen unbekleidet.

Der Tote hat unzählige Fettpolster, und die Polizisten sind gezwungen, einen Spieß zu Hilfe zu nehmen, um die festgefrorene Leiche loszubekommen.

»Wie sollen wir den rauskriegen? Der wiegt doch mindestens hundertfünfzig Kilo«, bemerkt einer der Beamten.

Sein Kollege schaut hinüber zur Baustelle am Tollare torg in Nacka.

»Vielleicht können wir uns morgen früh dort drüben einen Kranwagen leihen.«

Die Steine in der Höhle sind vereist und nass, und die beiden Polizeianwärter rutschen auf dem Weg in die Tiefe mehrmals aus.

»Siehst du was?«, ruft der Jüngere.

»Nein, gar nichts. Doch, warte. Da unten. Da liegt etwas. Ich glaube, das ist ein Mann.«

Vorsichtig kriecht er die letzten Meter hinunter.

Der Mann liegt auf der Seite, mit dem Rücken zu ihnen, und hat eine Jeans und einen dunkelblauen Kapuzenpullover an. Das eine Bein ist in einem merkwürdigen Winkel gebeugt, aus dem linken Unterarm ragt ein Knochen hervor.

Als wäre er einfach hinuntergeworfen worden.

Vorsichtig dreht der Beamte den Körper um. Sieht dem Toten ins Gesicht.

Das ist kein Mann.

Das ist ein Teenager. Mit dichtem, lockigem Haar.

Erst als er mit dem behandschuhten Finger tastet, entdeckt er das tiefe Loch oberhalb des rechten Ohrs.

Zack liegt in seinem Bett und starrt an die Decke.

Als er nach Hause kam, lag ein dicker A4-Umschlag von der Distriktsbehörde hinter der Tür.

Seine Akten.

Sein erster Impuls war, den Umschlag aufzureißen, um der Wahrheit über sein eigenes Leben und seine Mutter näherzukommen.

Doch dann hat er ihn beiseitegelegt.

Er weiß, dass seine Mutter nicht nur ein guter Mensch war. Aber wie viel Böses hatte sie in sich, und warum?

Und hat das etwas mit ihrer Ermordung zu tun?

Diese Fragen müssen erst einmal warten. Er will jetzt nicht abgelenkt werden, es gibt wichtigere Dinge. Die Uhr tickt zum Countdown. Der Junge muss gerettet werden.

Zack dreht sich auf die Seite. Macht fest die Augen zu.

Ich muss jetzt schlafen, ich brauche Ruhe.

Er überlegt, ob er zu Mera fahren soll. Sie wollte heute Abend auf irgendeine Premiere, ist aber sicher inzwischen zu Hause. Er will sie anrufen, aber irgendwie auch nicht.

Sein Gehirn weigert sich, herunterzufahren. Die Gedanken sausen ihm im Kopf herum, unsortiert und in hoher Geschwindigkeit.

Er bleibt noch einige Minuten lang liegen. Dann gibt er auf. Er geht, hebt die zerrissene Ecke des Fußbodenbelags hoch, öffnet das Versteck und holt zwei Tabletten heraus. Stesolid.

Ich brauche etwas.

Nein, dann lasse ich Niklas im Stich. Und Albert. Und Ismail.

Aber ich tue es ja für die drei. Ich muss schlafen. Sonst kann ich den Fall nicht lösen.

Er geht in die Küchenecke und gießt Wasser in ein Glas. Betrachtet die kleinen weißen Tabletten.

Dann geht er in die Toilette und spült sie runter.

Und bereut es, sobald er sie in der Schüssel herumwirbeln sieht.

Er legt sich neben dem Bett auf den Boden und macht in rasendem Tempo Liegestütze. Sechzig schafft er normalerweise problemlos am Stück, aber nicht jetzt. Die Arme zittern bereits nach fünfzig heftig, und er schreit laut auf, als er seinen Körper zwingt, die letzten zehn auch noch zu machen.

Dann lässt er sich auf den Rücken rollen und ruht aus. Schöpft Kraft für hundert Sit-ups.

Bei jedem Atemzug wird der Körper schwerer, als würde er von einer unbekannten Kraft auf den Boden gedrückt.

Endlich schläft er ein, während draußen der Schnee fällt und Stockholm in ein weißes, eisiges Leichentuch hüllt.

52

Es ist zwanzig vor acht Uhr morgens, und die Schuhe versinken in der weichen Auslegeware, als die Empfangsdame vom Grand Hotel ihnen den Weg zum Fitnessraum zeigt, der einen Teil von Stockholms exklusivstem Spa bildet. Hierfür hat nur die selbsternannte Elite einen Mitgliedsausweis.

Zack gähnt.

Er ist kurz vor sieben mit steifem Rücken aufgewacht, nach knapp vier Stunden Schlaf auf dem harten Boden.

Er hat von Niklas geträumt. Sie saßen irgendwo in der Sonne zusammen und haben gelacht, dass ihnen die Tränen kamen. Worüber, daran kann er sich nicht mehr erinnern. In Wirklichkeit haben sie niemals so miteinander gelacht.

Zack ist vom Boden aufgestanden und hat in der Küchenschublade nach einem Teelicht gesucht. Das hat er entzündet und so seine eigene Gedenkstunde für den ermordeten Kollegen abgehalten.

Auch Deniz sieht blass aus. Zwei Nächte nacheinander, in denen sie auf Menschen schießen musste. Dieses Mal ist zwar niemand ums Leben gekommen, und der Mann, auf den sie schoss, ist nicht einmal ernsthaft verletzt, aber nach so einem Erlebnis können die wenigsten Menschen gut schlafen. Es braucht Zeit, bis das Adrenalin den Körper wieder verlässt, bis die Gedanken verblassen.

Sie durchqueren die Ruhezone: dampfende Becken, schwarzes Bodenmosaik und zischende Whirlpools. Dann öffnet die Empfangsdame eine Tür.

»Bitte schön«, sagt sie.

Der Fitnessraum ist klein, aber die Geräte sind neu und der Mahagonifußboden glänzend gebohnert. Auf einer Anrichte stehen vier verschiedene Sorten Wasser, und durch das Fenster sind das königliche Schloss und Strömmen zu sehen, wo sich ein Boot in der Kälte vorankämpft.

Nur vier Personen befinden sich in den Räumen, einer davon ist Peter Bunde. Er trägt eine enganliegende rosa Trainingshose und ein stramm sitzendes, ebenfalls rosa Sporthemd aus einem Material, das teuer aussieht. Mit Kopfhörern läuft er auf einem Laufband, das Handy hat er in einem gelben Sportarmband am rechten Oberarm. Der Bauch wippt bei seinen Bewegungen, die ihn nicht voranbringen.

Als sie näherkommen, entdeckt er sie im Spiegel und wirkt sichtlich gequält.

Er nimmt die Kopfhörer ab, läuft aber weiter.

»Habt ihr ihn gefunden?«, fragt er atemlos.

»Nein, aber wir müssen mit Ihnen reden«, erwidert Deniz.

»Worüber?«

»Über Russisch Roulette.«

»Habt ihr Probleme, die App runterzuladen?«

»Nein, aber ein einundzwanzigjähriger junger Mann hatte große Probleme, als er das Spiel gestern Abend gespielt hat. Möchten Sie wissen, was passiert ist?«, fragt Zack.

Peter Bunde antwortet nicht. Er läuft weiter, oder besser gesagt, er schlurft, hält aber konstant 7,1 Kilometer pro Stunde.

»Ihm wurde ein Loch in den Kopf geschossen, und er ist gestorben. Traurig, nicht wahr?«

Peter Bunde sieht verstohlen zur Seite. Ein grauhaariger Mann schwitzt gleich neben ihm an einem Twist-Stepper, doch auch er hat Stöpsel in den Ohren und scheint von dem Gespräch nichts mitzubekommen.

»Und was hat das mit mir zu tun?«, fragt Peter Bunde und starrt erneut sein eigenes Spiegelbild an.

Zack bekommt wieder das Gefühl, dass Peter Bunde sich in einer anderen Welt befindet als sie, irgendwo dort, wo alles nur fiktiv ist. Sogar ein richtiges Loch in einem richtigen Kopf.

Zack beugt sich schnell vor und zieht den Stecker vom Laufband. Peter Bunde stolpert nach vorn und schlägt mit dem Brustkorb auf das Display.

Der grauhaarige Mann auf dem Twist-Stepper schnappt sich sein Handtuch und die Wasserflasche und verlässt eilig den Raum. Die anderen beiden Männer im Fitnessstudio folgen seinem Beispiel.

»Das hätte ja wirklich nicht sein müssen«, sagt Peter Bunde, doch ihn scheint die Scham mehr zu bedrücken als der körperliche Schmerz.

»Dass sich ein junger Mann gestern Abend in den Kopf geschossen hat, damit Sie es sich leisten können, den Mitgliedsbeitrag in einem Club wie diesem hier zu zahlen – das hätte wirklich nicht sein müssen«, kontert Deniz.

Peter Bunde starrt sie an, als hätte sie einen Knall.

»Wenn ich wollte, könnte ich mir diesen Fitnessclub hier kaufen, Sie brauchen sich also keine Sorgen zu machen, was meine Finanzen betrifft.«

»Dann ist es ja wohl noch unnötiger, Geschäfte zu machen, bei denen Menschenleben auf dem Spiel stehen«, lässt Deniz nicht locker. »Drei Tote haben wir bis jetzt gefunden. Zwei werden wir noch vor Ende dieses Tages finden.«

Peter Bunde zieht sein rosa Hemd über den Bauch. Es raschelt leise.

»Sollte es tatsächlich Menschen geben, die Russisch Roulette spielen, wie Sie behaupten, dann tun sie das, weil sie es wollen. Sie suchen den ultimativen Spielkick. Und diejenigen, die zuschauen, die suchen die ultimative Unterhaltung. Entertainment auf die Spitze getrieben.«

»Dann sehen Sie das also als eine Entwicklung aus der App?«, fragt Deniz.

Peter Bunde greift nach einem lila Frotteehandtuch, das an einem Handgriff des Laufbands hängt, und wischt sich die Stirn ab.

»Ich sage dazu gar nichts. Ich rede rein generell.«

»Was für ein Gefühl ist es eigentlich, am Tod anderer Menschen zu verdienen?«, fragt Zack.

Peter Bunde lächelt ihn an.

»Wäre ich schuld an dem, was Sie mir vorwerfen, dann würde meine Antwort ungefähr so lauten: Es gibt Menschen, die klettern ohne Sicherung auf den Berg oder fahren abseits der Pisten zwischen Gletscherspalten Ski. Sie müssen dem Tod ins Auge sehen, um zu spüren, dass sie leben. Das brauchen sie, das ist ihre Art von Unterhaltung. Und ich biete ihnen nur den Rahmen für ein Erlebnis, das sie sich sonst woanders holen würden.«

Zack beschließt, Bundes Spiel mitzuspielen.

»Dann würde ich fragen, wie jemand sich entscheiden kann, Geld am Tod anderer zu verdienen?«

»Die Leute bezahlen tausend Kronen für ein Gramm Kokain. Wer Russisch Roulette anbietet, sorgt für einen eindeutig stärkeren Kick. Sollte man sich das nicht bezahlen lassen?«

»Aber es sterben Menschen dabei.«

»Menschen sterben auch an einer Überdosis. Menschen sterben überall und zu jeder Zeit. Im Übrigen ist es kein Verbrechen, sich das Leben zu nehmen. Es gibt Leute, die werden erst im Tod glücklich.«

»Es gibt anderes, wofür wir Sie festnehmen könnten«, sagt Deniz. »Zum Beispiel Verstoß gegen das Waffengesetz und Glücksspiel. Illegales Geldspiel könnte noch dazukommen und dass Sie Räume für illegale Tätigkeiten zur Verfügung stellen. Wenn wir dann noch beweisen können, dass einige der Spieler hoch verschuldet waren und gezwungen wurden, sich die Pistole an den Kopf zu halten, dann kämen deutlich schwerwiegendere Straftaten hinzu. Schwere widerrechtliche Drohung, Erpressung. Soll ich weitermachen?«

Peter Bunde hat sich auf einer gepolsterten Sitzbank niedergelassen und wischt sich erneut die Stirn ab.

»Wollen Sie mich jetzt einbuchten? Haben Sie wirklich etwas gefunden, womit Sie beweisen können, dass ich damit was zu tun habe?«, fragt er.

Zack gibt keine Antwort. Stattdessen geht er in den Eingangsbereich des Fitnessstudios, ruft Douglas an, berichtet ihm von dem Gespräch und dass sie Bunde festnehmen wollen.

Aber Douglas erklärt nur kurz: »Wir haben nichts Greifbares gegen ihn in der Hand. Sein Name steht nicht auf dem Mietvertrag für die Räume, und der Staatsanwalt würde nicht zulassen, dass wir ihn festhalten.«

»Das kann doch nicht dein Ernst sein?«

»Immer mit der Ruhe, Zack«, sagt Douglas. »Bitte vergiss nicht, worauf wir uns bei unseren Ermittlungen eigentlich konzentrieren sollten. Mord an einem Kollegen und einem Kind. Und Entführung eines zweiten Kindes, dessen Leben in Gefahr ist. Peter Bundes eigener Sohn. Glaubst du wirklich, dass er in diese Sachen involviert ist? Ich habe gerade mit Östman gesprochen. Er meint nicht, dass Bunde überhaupt zum Täterprofil passt, und ich bin geneigt, ihm zuzustimmen. Fragt lieber Bunde, was er selbst glaubt, wer hinter dem Kidnapping steckt.«

Zack beendet das Gespräch und schlägt dann mit der Hand gegen die Wand. Er ist wütend über die Nachgiebigkeit seines Chefs, sobald jemand mit fetter Brieftasche ankommt.

Aber in einem Punkt hat Douglas recht: Sie müssen eine Liste mit denkbaren Tätern aufstellen.

Zack geht zurück in den Trainingsraum.

»Wir nehmen Sie nicht mit, Bunde«, sagt er. »Jetzt nicht. Wir haben nur noch knapp anderthalb Tage, um Albert zu finden, und Sie müssen uns helfen. Wer hätte ein Interesse daran, Ihrem Kind Schaden zuzufügen? Und warum?«

Peter Bunde scheint einen Moment lang nachzudenken. Dann steht er von der Bank auf und sagt: »Der Börsengang. Viele waren unzufrieden und meinten, wir Miteigner würden die Seele des Unternehmens verkaufen, nur um uns selbst zu bereichern. Andere haben sich geärgert, weil sie auch gern ein Stück vom Kuchen gehabt hätten. Aber es können nicht alle gleichzeitig gewinnen. Only the winners.«

»Können Sie uns Namen nennen?«, fragt Deniz.

Peter Bunde zählt, ohne zu zögern, vier Namen auf.

»Die ersten drei sind bei Echidna angestellt, der vierte war es einmal. Ich hätte außerdem noch Johan Krusegård nennen können. Aber der ist ja schon tot.«

»Woran Sie schuld sind«, bemerkt Deniz.

Peter Bunde reagiert nicht auf diese direkte Anklage, sondern fragt stattdessen: »Sie haben doch genug Ressourcen zur Verfügung? Für die Suche nach Albert, meine ich.«

Und zum ersten Mal sieht es so aus, als mache sich Peter Bunde ernsthaft Sorgen um seinen Sohn.

53

Sirpa sitzt im kalten Lichtschein ihres Computers und isst Apfelschnitze, die bereits braun werden.

Sie beobachtet den Livestream, der auf dem einen Bildschirm die ganze Zeit läuft. Albert sitzt im Schneidersitz im Käfig und isst einen Hamburger aus einer McDonald's-Tüte.

Sein Haar ist zerzaust, der Pyjama schmutzig an den Knien. Er schlingt den Hamburger in wenigen Bissen hinunter. Dann stürzt er sich auf die Schachtel mit Pommes frites.

Sirpa fragt sich, ob das vielleicht seine erste Mahlzeit seit der Entführung ist.

Und eventuell auch seine letzte.

Das darf nicht sein.

Aber wie sollen sie ihn finden? Es muss eine Möglichkeit geben.

Sie hat neue Köder im Netz ausgelegt. Hat dem Absender der E-Mail mit dem Link zum Livestream eine Antwort geschickt, die ebenfalls einen Link enthält. Nun hofft sie, dass er versucht sein wird, ihn anzuklicken. Damit hätte sie die Kontrolle über seinen Computer und sein Mailkonto.

Aber bisher hat er sich nicht reinlegen lassen. Und sie ist auch nirgends sonst auf seine Mailadresse gestoßen. Weder im offenen noch im verborgenen Teil des Netzes.

Sie nimmt an, dass der Absender die Mailadresse extra eingerichtet hat, um den Link mit dem Livestream zu schicken, und das Konto anschließend wieder gelöscht hat.

Genau wie damals, als er den Film mit Ismail schickte.

Also beschließt sie, die Taktik zu ändern. Nicht mehr den zu jagen, den sie nicht finden kann, sondern stattdessen die Information auszunutzen, die sie tatsächlich zur Verfügung hat.

Sie hat mehrere Standfotos aus der Livesendung kopiert und außerdem ein paar Varianten fertiggestellt, in denen sie den Käfig aus der Gebirgshöhle herausretuschiert hat. Mithilfe eines ziemlich anspruchsvollen Programms für die Wiedererkennung von Bilddetails hat sie dann das Netz nach ähnlichen Bildern durchsucht.

Aber bis jetzt waren die angebotenen Vergleichsbilder nicht ergiebig. Eine Grotte in Bodie in Kalifornien, eine andere im Schauinsland in Deutschland.

Sie hört im Livestream Schritte und setzt sich die Kopfhörer auf, um besser hören zu können.

Das Geräusch endet.

Aber sie hört etwas anderes.

Atemzüge.

Die Atemzüge des Löwen?

Er scheint direkt hinter der Kamera zu stehen.

Er macht sich an ihr zu schaffen. Es ist ein kratzendes Geräusch zu hören, und das Bild wackelt.

Die Linse wird kurz abgedeckt.

Mit einem Lappen.

Er reinigt sie. Will die Qualität verbessern.

Warum das?

Was hat er vor?

Das Bild ist wieder ruhig.

Es sind keine Atemzüge mehr zu hören, keine Schritte.

Ist er weggegangen?

Sirpa schaut zu Albert. Er scheint nichts gehört zu haben und sucht in der Schachtel nach den letzten Pommes frites. Dann öffnet er den Getränkebecher und versucht, mit weit geöffnetem Mund die letzten Tropfen Limo aufzufangen.

Gerade als Sirpa sich dem anderen Bildschirm widmen will, entdeckt sie rechts oben im Bildausschnitt etwas, das sie vorher nicht gesehen hat.

Ein kleines viereckiges Schild an der Wand hinter dem Käfig.

Es muss ins Bild geraten sein, als der Mann an der Kamera beschäftigt war.

Sie macht ein Foto davon und öffnet Photoshop, um es heranzuzoomen und die Bildqualität zu verbessern.

Es ist ein rostiges Metallschild. Scheint schon seit hundert Jahren an der Felswand zu hängen.

Aber was steht darauf?

Sie versucht, noch näher heranzuzoomen, und arbeitet an der Schärfe. Doch es nützt nichts. Es ist zu dunkel in der Felshöhle, und das Schild ist zu weit entfernt.

Sie kann vier Worte erahnen und von den anderen nur einzelne Buchstaben.

WARNUNG VOR SCHWEB ST
ROTE AMPE LEUCHTET
SEILW BRAU

Einige Buchstaben sind mit Rostflecken bedeckt oder scheinen verwittert zu sein.

Sie startet eine neue Netzsuche nach passenden Bildern.

Von den fünf Treffern verwirft sie die ersten zwei.

Aber der dritte …

Sie erkennt den Riss wieder, der über das ganze Blechschild verläuft. Die Rostflecken.

Sie zoomt auf das hochauflösende Bild und liest den Text.

WARNUNG VOR SCHWEBENDER LAST
WENN ROTE LAMPE LEUCHTET,
IST SEILWINDE IN GEBRAUCH

Unter dem Bild befindet sich ein kurzer Text, der eine Entdeckungstour in eine geschlossene Kaverne beschreibt, aber es steht nichts darüber, wo es gemacht wurde.

Sie schaut nach, auf welcher Website das Bild gefunden wurde. Es ist eine Seite für Urban Explorers, also Menschen, die in stillgelegte U-Bahn-Schächte, verlassene Felshöhlen und alte Industriegebäude gehen, einfach so zum Vergnügen und aus Neugier.

Sirpa weiß, dass diese Urban Explorers nie verraten, wo sie was entdeckt haben. Sie machen verlockende Fotos von ihrem Abenteuer, ohne jedoch zu berichten, wo sie gewesen sind.

Doch dieses Mal muss es eine Ausnahme geben.

Der Ersteller der Homepage benutzt ein Pseudonym, das aber nicht besonders geschickt gewählt ist.

Vielleicht reicht das für Lieschen Müller, denkt Sirpa, aber nicht für mich.

54

»Darf ich für einen Moment um eure Aufmerksamkeit bitten«, sagt Douglas und stellt sich mitten ins Großraumbüro. Neben ihm steht eine große Blondine.

Sie kann nicht älter als fünfundzwanzig sein, denkt Deniz und mustert die Frau. Ihre Jeans, den grauen Pullover, das volle Haar und das unsichere Lächeln, das ihre schmalen Wangen fast rund aussehen lässt.

Douglas räuspert sich und sagt: »Ich darf euch Sandra Sjöholm vorstellen. Sie wird erst mal die Stelle von Niklas übernehmen. Ich weiß, das kommt jetzt etwas plötzlich, aber in dieser Situation geht es nicht anders.«

Es bleibt vollkommen still.

Es scheint, als ginge ihnen erst jetzt auf, dass Niklas tatsächlich niemals zurückkommen wird. Dass jemand anderes auf seinem Stuhl sitzen wird.

Als hätte es ihn nie gegeben.

Douglas übergibt Sandra Sjöholm das Wort, und sie erzählt, dass sie sechsundzwanzig ist, zwei Monate bei der Landespolizei war und vorher als Ermittlerin bei der Abteilung für Gewaltverbrechen in Uppsala gearbeitet hat.

Jung, denkt Deniz. Zu jung.

Aber Zack war nicht älter, als er zur Sondereinheit kam, ruft sie sich in Erinnerung. Obwohl er immer älter geschätzt wurde, als er eigentlich ist.

Sie muss ein echtes Wunderkind sein, denkt sie. Doch Sandra Sjöholm spielt sich keineswegs in den Vordergrund, und Douglas sagt nur: »Sandra wird eine Bereicherung fürs Team sein. Rudolf, kümmerst du dich um sie? Vielleicht kann sie dich heute zu den Vernehmungen begleiten?«

»Einverstanden«, stimmt Rudolf hinter seinem Schreibtisch zu.

Dann dreht Douglas sich um, geht in sein Büro und lässt Sandra Sjöholm allein mitten im Raum stehen. Sie scheint darauf zu warten, dass die anderen aufstehen, zu ihr kommen und sie willkommen heißen, aber stattdessen widmen sie sich alle ihren Aufgaben.

Deniz starrt auf den Computerbildschirm. Eigentlich sollte sie sich vorstellen und dieser Sandra einen etwas leichteren Start am neuen Arbeitsplatz geben.

Aber sie kann jetzt nur an Niklas denken. An seinen zerfetzten Körper, das Gesicht, aus dem alles Leben verschwunden ist.

»Und, wie fühlst du dich?«, fragt Rudolf Gräns, nachdem sie sich in den Wagen gesetzt haben und losgefahren sind Richtung Vasastan.

Seine schwarze Ray Ban und der beigefarbene Mantel lassen ihn wie einen Privatdetektiv in einem Film Noir aus den Fünfzigerjahren aussehen.

»Gut«, antwortet Sandra Sjöholm, und das meint sie auch so.

Sie hat erst eine Stunde in Rudolfs Gesellschaft verbracht, fühlt sich aber allein durch seine Stimme beruhigt und gut aufgehoben.

In der ersten Viertelstunde hatte sie das Gefühl, die Zusammenarbeit mit ihm wäre eine unlösbare Aufgabe. Als hätte ihr Chef sich einen bösen Scherz erlaubt, indem er ihr weisgemacht hatte, sie werde mindestens einen Monat mit den Allerbesten zusammenarbeiten, und dann zugelassen hatte, dass Douglas Juste sie mit einem blinden Greis zusammenbrachte. Der sie als Erstes darum bat, ihm einen Gerichtsbericht vorzulesen.

Fast so, als wollte er sie testen. Um zu sehen, wie sie reagiert.

Offensichtlich hat sie richtig reagiert. Denn nur wenige Minuten später begann Rudolf die Ermittlungen mit ihr zu diskutieren, und da erst wurde ihr klar, dass sie ihn unterschätzt hatte.

Jetzt sitzt sie mit ihm im Wagen und ist unterwegs zu der letzten Person auf der Liste möglicher Feinde von Peter Bunde. Inzwischen hat sie eher den Eindruck, einen Traumpartner bekommen zu haben. Sicher. Klug. Zuverlässig auf eine altmodische Art.

Außerdem: Ein männlicher Polizeibeamter, der ihr nicht auf den Busen starrt. Der sie nur danach beurteilt, was sie sagt und was sie tut.

Sandra Sjöholm hat die Polizeihochschule mit Auszeichnung absolviert und bereits zwei eigene Ermittlungen in Uppsala hinter sich, die drei Gerichtsurteile nach sich zogen. Aber häufig sehen die Kollegen nichts anderes in ihr als eine süße Sechsundzwanzigjährige mit blondem Haar und Körbchengröße D.

Mit der Zeit hat sie gelernt, das auszunutzen. Sowohl bei Vernehmungen als auch beim Aufstieg auf der Karriereleiter. Sie hat eingesehen, dass ein Push-up-BH, kombiniert mit ein oder zwei offenen Knöpfen, viele Türen öffnen kann.

Aber bei diesem Partner nicht. Hier ist ihr Intellekt ihre einzige Waffe.

Sandra Sjöholm biegt auf die Norrtullsgatan ein und findet einen Parkplatz nur wenige Meter von ihrem Ziel entfernt.

»Wie gehst du normalerweise bei einer Vernehmung vor?«, fragt sie, als sie den Motor ausschaltet. »Soll ich mich zurückhalten und erstmal zuhören?«

»Da ich mich mehr in den Fall reingelesen habe, fange ich wohl besser an. Aber du kannst dann gern mit einsteigen«, antwortet Rudolf. »Das Einzige, worum ich dich bitten möchte, ist, dass du unter allen Umständen bei einem höflichen Ton bleibst. Damit kommt man am weitesten.«

Das Haus hat keinen Fahrstuhl, also müssen sie die Treppen hoch zum dritten Stock nehmen. Sandra denkt, wie gut, dass Rudolf nicht das heruntergekommene Treppenhaus sehen muss, in dem die schmutzig gelbe Farbe von den Wänden abblättert.

Daniel Markuson öffnet die Tür nach dem dritten Klingeln.

Sein Gesicht ist langgezogen und knochig, das weiße T-Shirt mit dem ausgeleierten Halsbündchen hängt locker über den klapprigen Schultern und dem mageren Körper. Das Haar ist fettig und ungekämmt, dunkle Ringe unter den Augen lassen ihn älter aussehen als vierunddreißig Jahre.

Er streckt ihnen nicht die Hand zur Begrüßung hin.

Sein Blick flackert, und er vermeidet es, Sandra Sjöholm in die Augen zu schauen.

Sie fragt sich, ob er überhaupt bemerkt hat, dass Rudolf nicht sehen kann, oder ob es ihm einfach egal ist.

»Sie möchten vielleicht einen Kaffee?«, fragt er.

Die beiden nehmen sein Angebot an und folgen ihm in die Küche.

Die Luft in der Wohnung erinnert an die IT-Abteilung der Polizei. Trocken und staubig, erwärmt von dem Gebläse der Computer.

Im Wohnzimmer sieht Sandra Sjöholm den Grund dafür. Fünf Computerbildschirme stehen eng beieinander auf einem wackligen Tisch, von denen drei eingeschaltet sind. Auf dem Boden daneben liegt ein Stapel mit Festplatten und zwei Routern.

Auf dem Küchentisch steht ein geöffneter Laptop neben einem Paket Kellogg's Chocolate Frosties. Daniel Markuson klappt ihn zusammen und legt ihn auf die Mikrowelle. Dann füllt er den Wasserkocher und stellt drei verschiedene Becher und eine Dose Nescafé auf den Tisch.

»Sie wollen mit mir über Peter Bunde reden, oder?«, sagt er, noch bevor Rudolf überhaupt eine Frage hat stellen können.

»Das stimmt«, bestätigt Rudolf.

»Er hat viele Talente, dieser Mann, und das Vermögen, andere zu manipulieren. Ständig buhlt er um Aufmerksamkeit und versucht, exzentrisch zu wirken, mit seiner knallbunten Kleidung, seinen lauten Kommentaren und seinen bescheuerten Süßigkeiten und seinem dicken Bauch. Aber er ist die reinste Mogelpackung. In Wirklichkeit liebt er es zu regieren und zu dominieren. Wäre er ein Politiker, er könnte Schweden in null Komma nichts in eine Diktatur wie Hitlerdeutschland verwandeln.«

Sandra Sjöholm ist verwundert darüber, wie offen Daniel Markuson ist, als hätte er nur darauf gewartet, endlich sagen zu dürfen, was er von seinem früheren Chef hält.

Er schüttet sich drei gehäufte Teelöffel Kaffeepulver in seinen Becher und fährt fort: »Mit Bunde an seiner Seite kann man es unglaublich weit bringen, aber wenn er sich gegen einen richtet, ist die Sache gelaufen. Dann bekommt man zu hören, was für einen niedrigen IQ man doch hat. Und wird gefeuert. Und das ist nur der Anfang.«

»Das ist nur der Anfang?«, fragt Rudolf nach.

»Ich bin ein ziemlich schneller Programmierer, wenn ich das von mir selbst behaupten darf, aber Bunde hat falsche Gerüchte über mich verbreitet, deshalb bin ich arbeitslos. Bald muss ich mich wohl verkaufen und für irgendwelche Kleinunternehmen WordPress-Seiten gestalten oder so was in der Art, aber ganz so tief gesunken bin ich noch nicht.«

Es blubbert in dem Wasserkocher, und Daniel Markuson steht langsam auf, um das Wasser zu holen. Während er durch die Küche geht, hebt er kaum die Füße vom Boden. Seine gesamte Erscheinung ist geprägt von Resignation. Aus den Berichten weiß Sandra Sjöholm, dass ihre Kollegen einen ganz ähnlichen Eindruck von ihren Gesprächspartnern bekommen haben, die Peter Bunde als potenzielle Feinde genannt hat.

Daniel Markuson schenkt auch den Beamten Wasser ein, setzt sich wieder und sagt: »Nun ja, immerhin lebe ich noch. Und das tun nicht alle.«

»Wie meinen Sie das?«, fragt Rudolf und kippt einen Löffel Kaffeepulver in seinen Becher.

»Sie haben doch sicher von Acke Johansson gehört?«

»Nein«, antwortet Rudolf. »Zumindest ich nicht.«

»Er hat sich vor vier Monaten das Leben genommen. Hat sich an einem Druckerkabel erhängt. Ich bin überzeugt davon, dass Peter Bunde ihn dazu gebracht hat.«

»Warum glauben Sie das?«

»Echidna Games hat ein Handyspiel für Russisch Roulette auf den Markt gebracht, bei dem hält man das Handy statt eines echten Revolvers an die Schläfe. Das wurde ein richtiger Erfolg, besonders in den USA, aber Acke hasste dieses Spiel, er fand es einfach abstoßend. Und der Meinung waren auch andere, Acke war aber der Einzige, der sich traute, es rundheraus zu sagen. Natürlich wurde er rausgeschmissen, und das vor versammelter Mannschaft. Peter hat das richtig inszeniert. Er stand an Ackes Schreibtisch und spuckte Gift und Galle über seinen Untergebenen aus. Ich weiß noch genau, was er gesagt hat: ›Ohne mich bist du doch nur ein Tier in einem Käfig. Und wenn die Tür geöffnet wird, dann kommen solche Tiere nicht in der Freiheit zurecht.‹«

Rudolf steht auf.

»Entschuldigen Sie mich für einen Augenblick«, sagt er, und zum ersten Mal findet Sandra, dass sein Tonfall angestrengt klingt.

»Ich muss eben telefonieren.«

Er verlässt die Küche und geht in den Flur, ohne irgendwo anzustoßen.

Ist er wirklich blind?, fragt sie sich.

Oder sieht er eigentlich mehr als jeder andere?

55

Zack und Deniz sitzen im Café Hilma Sofia gegenüber dem Polizeigebäude und haben jeder ein Sandwich und einen Espresso vor sich stehen. Sie kommen gerade von Gubbängen. Dort haben sie mit der Mutter des jungen Mannes gesprochen, den die Kollegen letzte Nacht erschossen in einer Höhle aufgefunden hatten – dank Alexander Denkerts Angaben.

Die Mutter war zusammengebrochen.

Ihr einziger Sohn war tot.

Zack musste sie halten und trösten, während Deniz sich abmühte, die notwendigen Informationen von ihr zu erfahren. Aber die Frau hatte weder von Echidna Games noch von Peter Bunde gehört.

Sie konnte ihnen nur sagen, wie der beste Freund ihres Sohnes hieß, der jedoch seit zwei Wochen in Dubai war.

Wieder mussten sie einen Namen auf der Liste möglicher Täter streichen. Laut Douglas hatte die Befragung der Angehörigen des anderen Mannes, der Russisch Roulette gespielt hatte, auch nichts ergeben.

Zack und Deniz sitzen schweigend im Café.

Sie sind sich bewusst, dass die Uhr hinter Alberts Käfig unerbittlich weiterläuft.

Zack steht auf, um noch einen Kaffee zu holen, als ihre Handys gleichzeitig klingeln. Er setzt sich wieder. Meldet sich und hört konzentriert zu, während er feststellt, dass auch Deniz wichtige Informationen von ihrem Gesprächspartner zu bekommen scheint.

»Du zuerst«, sagt er, als beide Gespräche beendet sind.

»Das war Rudolf«, sagt Deniz und gibt wieder, was sie über den ehemaligen Angestellten bei Echidna Games zu hören bekommen hat.

»Rudolf hat die Informationen gegengecheckt. Laut Polizeibericht hat Acke Johansson sich tatsächlich erhängt. Was heißt, dass Peter Bunde in all das verwickelt sein muss. Wer sonst würde so ein Gleichnis wie das mit dem Tier im Käfig benutzen? Wenn es nicht sein eigener Sohn wäre, der da im Käfig sitzt, würde ich sogar annehmen, dass er der Löwe ist.«

»Und wenn es gar nicht sein Sohn ist?«, fragt Zack.

Deniz schaut ihn mit hochgezogenen Augenbrauen an.

»Wie meinst du das?«

»Stella Bunde hat mich eben angerufen. Sie hat mir erzählt, dass Peter Bunde nicht Alberts Vater ist.«

»Was?«

»Im Jahr vor Alberts Geburt hatte sie eine kurze Affäre. Offensichtlich hat Peter erst vor ein paar Wochen davon erfahren.«

»Es ist höchste Zeit, noch einmal mit Peter Bunde zu reden«, sagt Deniz. »Ich hole den Wagen. Was meinst du, ob er auch an einem Samstag im Büro ist?«

»Zumindest klang es nicht so, als wäre er zu Hause.«

Zack blickt seiner Kollegin nach, als diese über die Straße läuft und die Abkürzung durch die Passausgabestelle zur Tiefgarage nimmt.

Sein Kopf brummt. Kann es sein, dass Peter Bunde selbst hinter der Entführung seines Sohnes steckt? Ist er deshalb an seinem Arbeitsplatz geblieben, als Stella Bunde ihn anrief und ihm erzählte, dass Albert verschwunden ist?

Und wo befand er sich in dieser Nacht? Vielleicht war er gar nicht in London, wie er es seiner Frau weisgemacht hat.

Der Junge, den er für seinen Sohn gehalten hat, der es aber gar nicht ist.

Will er sich auf diese Art und Weise an seiner untreuen Ehefrau rächen?

Er selbst kann nicht der Löwenmann sein, dazu ist er zu dick und zu klein. Aber er kann der Kopf hinter den Aufnahmen sein. Er kann derjenige sein, der diese Todesspiele arrangiert.

Kann jemand so krank sein?

Ein Psychopath vielleicht.

Ist Peter Bunde einer? Ist es deshalb so schwer, ihn zu packen zu kriegen?

»Erzähl mir, woran du denkst«, sagt Deniz, nachdem sie Zack aufgelesen hat und auf die Fleminggatan einbiegt.

»Dass Peter Bunde vielleicht schon lange plant, mit seinen Todesspielen einen Schritt weiter zu gehen, indem er bizarre Katz-und-Maus-Spiele mit entführten Kindern inszeniert. Dass er vielleicht geplant hat, unbegleitete Flüchtlingskinder dafür zu benutzen, dann aber die Wahrheit über Albert erfahren und daraufhin beschlossen hat, ihn in den Käfig zu stecken.«

»In dem Fall weiß Peter Bunde, wer der Mann in dem Löwenkostüm ist. Was bedeuten würde, dass er Niklas' Mörder deckt.«

»Und dass er in hohem Grade der Beihilfe zum Mord schuldig ist.«

»Sollten wir das nicht mit Douglas besprechen?«, fragt Deniz. »Und ihm mitteilen, dass wir Bunde noch einmal vernehmen wollen? Aber vielleicht sagt er dazu Nein. Ich habe den Eindruck, dass er den Ball gegenüber Bunde möglichst flach halten will.«

»Egal, wir können nicht mehr warten. Wir haben nur noch knapp einen Tag Zeit.«

Die tätowierte Empfangsdame bei Echidna Games sitzt an ihrem Platz und erklärt, dass sich Peter Bunde in einer wichtigen, eigens einberufenen Vorstandssitzung befindet und nicht gestört werden darf.

Zack und Deniz ignorieren sie und gehen weiter ins Großraumbüro.

Fast die Hälfte der Plätze ist besetzt mit Programmierern, trotz des Wochenendes. Sie fragen einen davon, wo der Konferenzraum liegt, und gehen dorthin. Die Empfangsdame läuft ihnen hinterher und fordert sie auf, stehenzubleiben.

»Lassen Sie mich wenigstens zuerst hineingehen und Peter Bunde mitteilen, dass er Besuch hat.«

»Das erzählen wir ihm selbst«, erwidert Zack und reißt die Tür zum Konferenzraum auf.

Zehn Personen sitzen um einen ovalen Tisch in blaurotem Zebramuster.

An der Stirnseite sitzt die Leiterin des Meetings, eine hagere Frau um die Sechzig mit dunklem Jackett, weißer Bluse und eiskalten Augen. In der Hand hält sie einen kleinen Holzhammer.

Zack erkennt sie sofort wieder: Olympia Karlsson, die Vorsitzende des Heraldus-Konzerns, eines der Schwergewichte in der schwedischen Wirtschaftswelt.

Vielleicht das größte Schwergewicht.

In wie vielen Vorständen sitzt sie eigentlich?

»Guten Tag. Wie können wir Ihnen helfen?«, fragt sie, und ihre Stimme ist sanft, hat aber einen drohenden Unterton. Wie ein in Seide eingehüllter Dolch.

Sie sieht Zack an, als wisse sie, wer er ist. Und als könne sie ihn nicht leiden. Sie schaut auf ihn herab, ja, fast scheint sie ihn zu hassen.

Merkt sie, dass ich nur ein Junge aus den Vororten bin, ohne Stammbaum? Ist das so deutlich zu sehen? Oder liegt es nur an meinem zerschlagenen Gesicht?

Zack hält ihrem Blick stand. Er verabscheut ihr Machtspiel, ihre Überlegenheit. Sie weicht keinen Zoll zurück, ändert nur den Griff um den Holzhammer in ihrer Hand, so dass sie ihn jetzt wie eine Pistole hält.

»Wir müssen mit Peter Bunde sprechen«, sagt Zack.

Peter Bunde, der dieses Mal einen geblümten Kaftan aus grober Baumwolle trägt, hebt eine Augenbraue.

»Schon wieder? Wie Sie sehen, bin ich momentan beschäftigt, aber Sie können in ungefähr fünfundvierzig Minuten wiederkommen, dann können wir das regeln.«

»Jetzt sofort!«, sagt Zack.

Er lässt seinen Blick durch den Raum schweifen, und da sieht er sie.

Die Frau, mit der er in der besagten Nacht getanzt hat.

Die außerirdisch Schöne.

Die Erbin.

Olympia Karlssons Tochter.

Es fällt ihm immer noch nicht ein, wie sie heißt, aber das,

was mit ihm geschieht, als sich ihre Blicke kreuzen, erschreckt ihn.

Sie sitzt Peter Bunde fast gegenüber, und als sie Zack ansieht, schickt sie ihm ein kurzes Lächeln, die Einladung zu einem Kontakt, bevor sie wieder auf ihre Papiere schaut.

Sie erkennt mich wieder.

Sein Herz schlägt schneller.

Er möchte ihren Blick erneut einfangen, versuchen, darin zu lesen, doch der magische Augenblick ist vorbei. Peter Bunde ist aufgestanden und kommt ihnen entgegen, murmelt dabei etwas in der Richtung, dass es schnell gehen werde, und wenig später stehen sie schon wieder im Flur.

»Ja?«, fragt er. »Was ist denn so wichtig, dass es nicht einen Moment warten kann?«

»Sind Sie nicht neugierig zu erfahren, ob wir vielleicht Ihren Sohn gefunden haben?«, fragt Deniz.

»Dann würden Sie nicht so wütend aussehen wie eben, als Sie ins Meeting hereingeplatzt sind.«

»Oder interessiert es Sie einfach gar nicht, da Sie und Albert ja nicht blutsverwandt sind?«, fährt Deniz fort.

Peter Bunde antwortet nicht gleich.

»Hat Stella es Ihnen erzählt?«, fragt er schließlich.

»Ich kann verstehen, dass es schrecklich für Sie gewesen sein muss, als Sie das erfahren haben«, sagt Deniz. »Das ist eine Nachricht, die Menschen dazu bringen kann, schlimme Sachen zu tun.«

»Was meinen Sie damit?«

»Sie haben uns doch selbst erzählt, wie schwer Sie arbeiten, damit Ihr Sohn später etwas erbt. Und dann stellt sich heraus, dass er ein Bastard ist. Man kann ja verstehen, dass ein so verletzter Mann sich irgendwie rächen will.«

»Meinen Sie etwa, ich selbst hätte etwas mit der Entführung zu tun? Sie sind ja nicht ganz gescheit. Ich bitte Sie!«

Peter Bundes Bauch hüpft unter dem Kaftan, seine Wangen verfärben sich.

»Was haben Sie getan in der Nacht, als Albert verschwand?«, fragt Zack.

»Ich war in London bei einer Besprechung.«

»Können Sie das beweisen?«

»Ja, Sie können Bilder davon sehen, wenn Sie wollen.«

Peter Bunde holt sein Handy heraus, öffnet den Foto-Ordner und blättert darin.

»Hier, bitte schön, da sehen Sie es. Hier stehe ich spätabends mit ein paar Kollegen und trinke Gin-Tonic, mit Blick aufs London Eye. Und hier …«

Er blättert zum nächsten Bild. Ein albernes Selfie, das Peter Bunde und zwei Kollegen in einer Flughafenbar zeigt, jeder mit seiner Bloody Mary in der Hand.

»Hier trinken wir unser Frühstück in Heathrow um 07.12 Uhr morgens. Genügt das?«

»Schicken Sie mir die Bilder«, sagt Zack und nennt ihm schnell seine Handynummer.

Ein paar Sekunden später gibt sein Mobiltelefon einen Klingelton von sich, und er schickt Peter Bundes Fotos weiter an die Kriminaltechniker zur Überprüfung.

»Warum hat Acke Johansson sich das Leben genommen?«, fragt Deniz.

»Was weiß ich? Glauben Sie etwa, damit habe ich auch noch was zu tun?«

»Haben Sie?«

»Natürlich nicht. Ich habe ihm gekündigt, aber das ist ja wohl nicht verboten, oder? Bisher jedenfalls noch nicht.«

»Sie haben ihn ein Tier im Käfig genannt«, sagt Zack.

»Tatsächlich? Daran kann ich mich nicht erinnern, aber vielleicht habe ich das, ja. Das wäre zumindest ein ziemlich passender Vergleich. Er war der Typ, der eine strenge Hand brauchte, um überhaupt etwas zustande zu bringen.«

»Was meinten Sie damit, dass ein Tier im Käfig es nur selten überlebt, wenn man es freilässt?«

»Sie scheinen ja eine ganze Menge darüber zu wissen, was ich mal gesagt habe. Werde ich etwa abgehört?«

»Bitte beantworten Sie meine Frage«, sagt Deniz nur.

»Das bedeutet, dass eine antriebsschwache Person Gefahr läuft, aus der Bahn geworfen zu werden, wenn ihr ein energischer Übergeordneter fehlt, der sie richtig führt. Ein Gamemaster. Und genau das ist ja wohl auch passiert.«

»Wie meinen Sie das?«

»Soweit ich gehört habe, fühlte Acke sich ziemlich verloren, nachdem er keinen Job mehr hatte.«

»Haben Sie dafür gesorgt, dass er keinen neuen Job gefunden hat?«, fragt Zack.

Peter Bunde schmunzelt.

»So groß ist meine Macht nun auch wieder nicht. Aber natürlich tauscht man mit anderen Chefs hier und da ein paar Informationen aus, welche Angestellten die eigenen Erwartungen erfüllen und welche nicht.«

Peter Bunde schaut auf die Uhr, dann auf die Tür zum Konferenzraum.

»Nun gut. Werde ich wegen irgendeiner Sache verdächtigt?«, fragt er.

»Nein«, antwortet Zack.

»In diesem Fall entschuldigen Sie mich jetzt bitte, denn es gibt ziemlich wichtige Dinge, um die ich mich kümmern muss. Und bei Ihnen ja wohl auch, nicht wahr?« Peter Bunde geht noch am Großraumbüro vorbei, in dem die Programmierer sitzen.

»Create, entertain!«, schreit er laut.

Dann geht er zurück zum Konferenzraum.

56

Die Uhr zeigt kurz nach zehn am Samstagabend, aber auf allen Plätzen in den Räumen der Sondereinheit sitzen extra hinzugezogene Kriminalkommissare und Assistenten und schreiben, lesen, telefonieren, nehmen Hinweise entgegen oder schauen sich die neuen Filme der Überwachungskameras an, die aus dem Umkreis der Tankstelle am Järva krog eingetroffen sind.

Bis jetzt gibt es immer noch keine neue Spur. Keine der von Peter Bunde namentlich genannten Personen konnte mit Alberts Entführung in Verbindung gebracht werden. Auch Sirpa ist es nicht gelungen, etwas Brauchbares herauszubekommen.

Am Whiteboard an der Wand sind die Namen diverser Felshöhlen im Umkreis von hundert Kilometern um Orminge herum aufgelistet. Die bereits kontrollierten sind durchgestrichen, aber immer noch gibt es eine ganze Menge, die untersucht werden müssen.

Zack holt sich einen frischen Kaffee und schaut kurz einem der Assistenten über die Schulter. Er sieht einen Schnelldurchlauf, bei dem die Menschen sich ruckartig draußen in der Kälte hin und her bewegen.

Das Telefon klingelt. Eine Nachricht von der Kriminaltechnik. Peter Bundes Selfies aus London sind authentisch, sein Alibi hält.

Zack schenkt sich Kaffee ein und geht zu Sirpas Schreibtisch.

»Wie läuft es mit diesem Urban-Explorer-Typen?«

»Hier ist er«, antwortet sie und reicht Zack ein paar Ausdrucke.

Er betrachtet das Schwarzweißfoto eines Mannes mit kurzrasiertem Kopf und hartem Blick und liest: Alexis Hamrén, 24 Jahre alt, aus Jordbro bei Stockholm. Taucht mehrfach im Vorstrafenregister auf, wegen Schmierereien, Sachbeschädigung und unerlaubtem Eindringen.

»Er hat unter seinem Namen Alexis Hamrén weder einen Handyvertrag noch ein Konto in den sozialen Medien«, sagt Sirpa, »aber ich habe die Nummer eines Prepaidtelefons, die er bei einem Gerichtsverfahren vor ein paar Jahren angegeben hat. Ich probiere es immer wieder, doch bis jetzt habe ich noch niemanden erreicht. Und es ist kein Anrufbeantworter eingeschaltet.«

»Hat er irgendwelche Angehörige?«

»Ich habe eine Festnetznummer und eine Handynummer seiner Eltern. Und bei beiden habe ich eine Nachricht hinterlassen.«

Zack gibt ihr die Unterlagen zurück und schaut auf den Livestream mit Albert im Käfig, der die ganze Zeit am Bildschirm auf Sirpas Schreibtisch läuft.

Die digitalen Ziffern zählen rückwärts, und jede Sekunde hallt in seinem Kopf wider wie ein Hammerschlag.

Nur noch einundzwanzig Stunden. Dann geht der Löwe erneut auf Jagd.

Zack schaut den verängstigten Jungen an, der mit angezogenen Beinen in einer Ecke des Käfigs sitzt.

Hast du damit etwas zu tun, Peter Bunde?

Bist du so krank?

Tommy Östman hält nichts von dieser Theorie. Er ist immer noch der Meinung, Peter Bunde passe nicht ins Profil, auch nicht als Organisator des Ganzen.

Aber wenn man Russisch Roulette organisieren kann, dann kann man doch wohl auch einen eiskalten Mord organisieren?

Zack denkt an das Gespräch mit ihm vor der Tür des Konferenzraums. An Peter Bundes nonchalantes Auftreten und an Olympia Karlssons Eiseskälte. An das warme Lächeln ihrer Tochter.

Das eine ganz neue Art von Sehnsucht in ihm geweckt hat.

Wie kann er nur für einen Menschen so empfinden, von dem er gar nichts weiß? Mit dem er noch nie gesprochen hat? Und was empfindet er eigentlich genau?

Etwas anderes als sonst. Er will nicht einfach mit ihr schlafen, nein, er möchte ihr nahe sein. Als gehörten sie irgendwie zusammen, wären durch Fäden verbunden, durch Gefühle, die nicht zu benennen sind.

Als gäbe es etwas Unausweichliches zwischen ihnen.

Oder spielt sie nur mit ihm?

Spielt sie ein Spiel?

Wie Peter Bunde.

Manchmal kommt Zack das ganze Dasein wie ein Spiel vor. Ein Spiel, in dem er nur eine Spielfigur ist, die von jemand anderem weitergeschoben wird.

Das Handy vibriert in seiner Tasche, und er holt es heraus. Es ist eine SMS von Abdula.

Sitze in der Scheiße. Melde dich.

Zack holt seine Jacke und verlässt das Büro. Er nimmt den Fahrstuhl nach unten und tritt aus dem Polizeigebäude auf die Straße.

In der Ferne sieht er die neue Kollegin Sandra Sjöholm, die gerade zur U-Bahn-Station in der Bergsgatan geht.

Hübsch, denkt er. Aber hätte Douglas nicht warten können, bis er uns einen Ersatz für Niklas präsentiert? Und uns ein wenig Zeit geben?

Nein.

Stattdessen her mit einem Greenhorn, einer Blondine.

Sofort schämt er sich für seine Gedanken.

Er war vor gar nicht so langer Zeit selbst an ihrer Stelle. Dieser junge Star mit der raketenhaften Karriere.

Er will sie nicht behandeln, wie viele ältere Kollegen ihn behandelt haben.

Er muss ihr eine Chance geben. Schließlich ist es nicht ihre Schuld, dass Niklas ermordet wurde. Und vielleicht bleibt sie ja nur für einen Monat.

Er geht zum Wasser hinunter. Schnell erstarrt das Gesicht in der Kälte, und er hat das Gefühl, als erfröre die Lunge allein durchs Atmen.

Er ruft Abdula zurück. Dieser geht schon nach dem ersten Signal ran. Als klebte er am Hörer und wartete nur darauf, dass Zack sich meldet.

»Ich brauche deine Hilfe«, sagt er.

»Was ist passiert?«

»Sie haben mir den Arsch aufgerissen, aber das ist meine eigene Schuld. Ich habe eine größere Partie Schnee von einem Händler gekauft, den ich nicht vorher gründlich gecheckt habe.«

»Wie viel?«

»Vier Kilo. Brauchte Bares für eine Investition.«

Vier Kilo.

Genug für zehn Jahre Knast.

»Was für eine Investition?«

Zack fühlt sich wie ein Vernehmungsleiter und stellt fest, dass Abdula das gar nicht gefällt.

»Ist doch scheißegal. Das Problem ist, dass ich drei Kilo davon an den Shootingstar von Husby verkauft habe. Aarash Alam heißt er. Stammt aus Afghanistan, aggressiv und launisch.«

Zack kennt den Namen. Er weiß, dass die Polizei ihn als eine Hauptursache für die wachsende Kriminalität im Stockholmer Stadtteil Husby ansieht.

»Er hat gezahlt, wie es sich gehört«, fährt Abdula fort. »Das Problem ist, dass der Stoff Scheiße war. Bis zum Letzten gestreckt. Ich hätte ihm ebenso gut Maisstärke aus dem Supermarkt verkaufen können.«

Zack denkt an das Koks, das er sich im Dovas reingezogen hat. Das ihn überhaupt nicht angeturnt hat. Das muss was aus dieser Partie gewesen sein.

Später in derselben Nacht hatte Abdula guten Stoff im Angebot. Vielleicht haben sie ihn reingelegt, indem sie ihn ein paar kleine Proben haben testen lassen, um ihm dann eine minderwertige Partie anzudrehen.

Ein Klassiker.

Aber Abdula würde doch nie auf so einen einfachen Trick reinfallen?

Früher nicht.

Aber seit er im Krankenhaus war, ist er nicht mehr der Alte.

»Hast du das Geld noch?«, fragt Zack.

»Ja, und da kommst du ins Spiel. Sie werden mich irgendwohin bestellen, um das Geschäft zu canceln, wie sie es so elegant nennen, und ich möchte, dass du mitkommst.«

»Und deine eigenen Leute?«

»Zwei von denen nehme ich mit. Aber ich möchte dich im Hintergrund wissen, als einen extra Bodyguard.«

Einen Moment lang schweigt Zack. Er kann doch nicht als Leibwächter bei einem Drogengeschäft auftreten. Das geht einfach nicht.

Andererseits handelt es sich um seinen besten Freund.

Einen Freund, der sowohl sein Leben als auch das von Deniz gerettet hat, vor nicht einmal einem Jahr.

»Was glaubst du, wann wird das sein?«

Bitte, wann auch immer, denkt Zack, nur nicht jetzt.

»Das kann schon heute sein. Oder morgen. Oder in einer Woche.«

»Okay«, sagt Zack. »Kein Problem.«

Doch nachdem er aufgelegt hat, denkt er, dass es sehr wohl ein Problem ist, und zwar ein gigantisches.

Aarash Alam hat sich in der Hierarchie hochgearbeitet und kann sich auf keinen Fall mit einer höflichen Entschuldigung von Abdula zufriedengeben. Er muss ein Exempel statuieren. Zeigen, dass er keiner ist, den man ungestraft reinlegen kann.

Und das muss Abdula auch klar sein.

Aber hat er eine andere Wahl?

Nein.

Und jetzt zieht er Zack mit rein.

Das Gefühl, ein Teilchen in den Intrigen anderer zu sein, überfällt ihn erneut. Als spiele da jemand mit ihm. Bringe ihn dazu, in eine Richtung zu gehen, in die er selbst gar nicht gehen will.

Jetzt hat er das Ufer erreicht. Der Riddarfjärden ist bis Södermalm so gut wie zugefroren. Nur eine schmale Fahrrinne in der Mitte wird von der Berufsschifffahrt freigehalten, wie ein letzter Streifen Hoffnung.

Aber bald wird auch der von Eis bedeckt sein.

Zack schaut auf die Uhr. 22.35 Uhr.

Wir schaffen das nicht.

Albert wird sterben.

Zack ist todmüde.

Er weiß, er sollte lieber nach Hause fahren und sich ein paar Stunden ausruhen, um anschließend wieder ins Büro zu gehen.

Aber er braucht etwas.

Einen Schuss.

Ein paar Lines. Um die Sinne zu schärfen.

Er sieht Niklas' lächelndes Gesicht vor sich.

Hört Albert, der um Hilfe ruft.

Ismail.

Reiß dich zusammen.

Jetzt kein Koks.

Die Frustration ist fast unerträglich.

Er winkt ein Taxi heran.

57

Wen sehe ich vor mir?

Wessen Gesicht?

Zack drückt Mera mit seinem Körper ins Bett. Spürt, wie sie ihn umhüllt, und er wippt vor und zurück.

Das hier ist heute Nacht seine Droge.

Das hier und sonst nichts. Das muss reichen.

Er macht sich schwer, und sie schließt die Augen. Seine Stöße werden immer härter.

Er ist weit weg.

Und zugleich ganz nah.

Meras Wangenknochen.

Hebes.

Die der Erbin.

Die Augenlider, die Stirn, der Mund, die Lippen, der Atem, die Bewegungen.

Sie heißt Hebe. Das hat er im Netz herausgefunden.

Hebe. Die Schönste aller Schönen.

Hebe, Mera. Beide sind jetzt hier, und er spürt die weiche Baumwolle des Bettlakens an den Ellenbogen. Hebes feuchte Wärme, und er will ihren Namen flüstern, beißt sich aber auf die Zunge, flüstert: »Mera, Mera, Mera.«

Warum genügt ihm das nicht?

Er versucht, schneller zu kommen, doch es braucht seine Zeit.

Was Mera nicht zu bemerken scheint, denn sie ist in einer anderen Welt, einer, in der er selbst gern wäre.

Er kommt kurz und hart. Das bedeutet nichts.

Hinterher schläft Mera auf seinem Arm ein. Ihr Atem an seinem Hals fühlt sich warm an.

Zack starrt an die Decke, an die gitterförmigen Schatten, die von dem Licht der Straßenlaternen gebildet werden, das durch die Sprossenfenster fällt.

Gitter.

Die sieht Albert, wenn er in seinem Käfig auf dem Rücken liegt.

Zack fragt sich, ob der Junge wohl schlafen kann. Ob er Angst im Dunkeln hat. Ob er weiß, dass der Löwe plant, ihn keine weitere Nacht erleben zu lassen.

Nie wieder.

Zack schließt die Augen. Er lauscht Meras ruhigen Atemzügen und wünscht sich, er könnte auch einfach loslassen.

Aber er kann nicht.

Ob Mera wohl etwas Beruhigendes im Badezimmerschrank hat? Valium oder was auch immer.

Aber du wolltest doch nichts nehmen.

Halt die Schnauze.

Du bist unkonzentriert, Zack. Ohne Fokus.

Sensei Hiro hatte recht.

Er hat das verloren, was er besaß, das, was ihn gut gemacht hat.

Jetzt ist er nur noch einer von vielen. Wenn überhaupt. Und deshalb wird Albert sterben.

Er kneift fest die Augen zu. Versucht, die Gedanken wegzuschieben.

Leise hört er das SMS-Signal seines Telefons irgendwo in der Nähe. Er öffnet die Augen und sucht das Handy auf dem Nachttisch. Sieht es nicht. Dann liegt es wohl in der Gesäßtasche der Jeans, die über einem Stuhl hängt.

Soll er drauf pfeifen?

Nein, es könnte etwas wegen Albert sein.

Wieder ein Signal.

Wie oft hat er nicht schon gedacht, er müsse dieses nervige Doppelsignal ausschalten?

Er klettert aus dem Bett. Mera murmelt leise im Schlaf, sucht nach seinem Arm.

Zack findet das Telefon in der Hosentasche und öffnet die Mailbox. Die Nachricht ist von Ester.

Bist du zu Hause? Kann ich runterkommen?

Es ist fast Mitternacht. Sie hat ihm noch nie so spät eine SMS geschickt.

Und er schafft es nicht.

Nicht jetzt.

Er legt das Handy auf den Nachttisch, ohne ihr eine Antwort zu schicken.

Dann kriecht er wieder zu Mera. Sie hat sich auf die Seite gedreht, und er nimmt sie in den Arm. Presst die Nase in ihr Haar.

Erneut meldet das Telefon sich.

Aber was soll's.

Kann sie nicht aufhören, zu nerven?

Er bleibt eine Weile so liegen, kann sich aber nicht entspannen, solange er nicht gesehen hat, wer ihm geschrieben hat.

Es könnte einer seiner Kollegen sein.

Oder Abdula.

Bitte, nicht er.

Allein der Gedanke, sich wieder anzuziehen und in irgendeinem zugigen Hinterhof Wache halten zu müssen, weckt in ihm den heftigen Wunsch, sich einfach die Decke über den Kopf zu ziehen und nie wieder aufzuwachen.

Er dreht sich um und greift nach dem Handy.

Die SMS kommt von einem unbekannten Absender.

Zack. Fahr sofort zum Tegnérlunden. Es geht um den aktuellen Fall. Komm allein und behalt diese Nachricht für dich. Eine neue SMS folgt bald.

Jemand anderes dirigiert jetzt das Spiel.

Zwingt ihn in eine Richtung, in die er nicht gehen will.

Scheiß drauf.

Hier kann ich so oder so nicht liegen bleiben.

Das Taxi fährt durch eine erfrorene Hauptstadt.

Zack lehnt den Kopf gegen die Scheibe. Kein einziger Mensch ist auf den Straßen zu sehen.

Alles erfroren, alles tot.

Was auch keine Rolle mehr spielt.

»Das ist jetzt meine dritte Fahrt zum Tegnérlunden heute Abend«, sagt der Taxifahrer, ein Mann in den Fünfzigern mit Pferdeschwanz und starkem Söderdialekt. »Ist da was Besonderes los?«

»Nicht, dass ich wüsste«, erwidert Zack und versucht, so uninteressiert wie möglich zu klingen, um diese Diskussion zu beenden.

»Ach so«, sagt daraufhin der Fahrer. »Ich dachte nur, dass da was los ist, weil sie wohl aus allen Ecken der Stadt hinwollen. Vom Stadtrand und aus Östermalm.«

Zack richtet sich auf und schaut den Fahrer im Rückspiegel an.

»Woher kamen die anderen?«

»Einer aus Husby und der andere aus Fisksätra.«

Husby.

Aarash Alam.

Hat das Ganze trotz allem etwas mit Abdula zu tun?

Zacks Hand fährt zum Holster. Er streift das geriffelte Muster des Pistolenkolbens. Und ist froh, dass er Douglas' Ermahnung, die geliehene Waffe zurückzugeben, ignoriert hat. Außerdem hat Douglas ihn auch nicht wieder daran erinnert.

Das Taxi arbeitet sich im Zickzack durch diverse Einbahnstraßen vor, schließlich hält es am Straßenrand vor einem Restaurant in der Tegnérgatan. Zack bezahlt und springt raus, zieht sich Mütze und Handschuhe über und geht das letzte Stück zu Fuß.

Wieder meldet sich das Handy. Eine neue SMS.

Sie enthält eine Hausnummer, einen Türcode und eine kurze Anweisung.

Geh in den Keller. Gleicher Türcode. Geh dann weiter zum Schutzraum.

Zack weiß ungefähr, wo der Eingang liegt. Vor wenigen Jahren hatte er Sex mit einem Mädchen, das zwei Hausnummern weiter wohnte.

Aber er geht nicht dorthin, sondern in den Park. Und dort auf einen Hügel, um sich einen Überblick zu verschaffen.

Er versucht sich, so gut es geht, von den Straßenlaternen fernzuhalten und sucht nach frischen Fußspuren im Schnee oder anderen Zeichen menschlicher Aktivitäten.

Doch er findet nichts.

Durch ein paar nackte Zweige kann er den Hauseingang sehen.

Keine Wache davor.

Keine Bewegung.

Nur Dunkelheit und kalte Stille.

Ein Gedanke kommt ihm, der ihm eigentlich widerstrebt: Hat Abdula ihn hierhergelockt, damit er die Abreibung verpasst bekommt, die er selbst erwartet?

Hat er der Husby-Bande klarmachen können, dass es Zack ist, der hinter der schlechten Ware steckt?

Er verlässt den Park und überquert die Straße, tippt den Code ein und öffnet die Tür.

Geht hinein.

Bleibt stehen, lauscht.

Nichts.

Er geht die Treppe hinunter in den Keller. Hier gelangt er zu einer weiteren Tür. Wieder tippt er den Code ein und öffnet sie.

Vor ihm erstreckt sich ein dunkler Flur. Auf beiden Seiten Reihen von Holztüren mit Vorhängeschloss, die zu Kellerverschlägen führen.

Der runde Lichtschalter leuchtet rot in der Dunkelheit. Zack betätigt ihn nicht, sondern schleicht leise in der Dunkelheit weiter.

Am Ende des Flurs befindet sich eine große Eisentür von der Art, die für Schutzräume verwendet wird.

Was befindet sich dahinter?

Er sieht die gefangengehaltenen Kinder wieder vor sich.

Schmutzig. Ausgemergelt.

Albert?

In was für ein Loch kommt er dieses Mal?

Er drückt die Tür auf.

Ein neuer Flur.

Und ein Mann. Klein, mit rundem Bauch. Er trägt ein weißes Hemd und eine weite braune Wollhose.

»Willkommen«, sagt er, als hätte er Zack erwartet, und gibt ihm mit einer Geste zu verstehen, dass er hineingehen soll.

Ein paar Meter weiter ergießt sich gelbes Licht aus der offenen Tür zu einem angrenzenden Raum auf den Flur.

Von dort sind Geräusche zu hören. Ein leises Stimmengemurmel.

Und etwas anderes.

Das spezielle Geräusch einer Revolvertrommel, die sich dreht.

58

Ester liegt mit hinter dem Kopf verschränkten Händen auf dem Bett und guckt an die Decke, an die Schimmelflecken und die Risse, die zusammen die Form eines Gesichts bilden.

Das Laken ist glatt und duftet blumig nach dem Waschmittel. Sie hat das Bett neu bezogen, ihres und das ihrer Mutter, bevor sie sich schlafen gelegt hat. Hatte gehofft, dass ihre Mutter sich freuen würde, aber die hat es nicht einmal gemerkt, sondern ist nur unter die Decke gekrochen und eingeschlafen.

Ester wünscht sich, sie könnte genauso leicht einschlafen.

Momentan braucht sie dafür Stunden. Und hier drinnen bekommt sie keine Luft, obwohl das Fenster offensteht.

Sie ist zwölf Jahre alt und hat das Gefühl, als wäre ihr Leben zu Ende, noch bevor es überhaupt angefangen hat.

Die Sterne leuchten durch das schmutzige kleine Dachfenster, das über Albert Bundes Käfig in die Felswand gesprengt wurde.

Die Müdigkeit trübt seinen Blick, trotzdem starrt er ununterbrochen hoch, auch wenn die Augen brennen. Denn wenn er die Augen schließt, tauchen schreckliche Bilder in seinem Kopf auf. Dann sieht er sich selbst auf dem Boden liegen, während der Mann seine Klauen in Alberts Körper rammt, dass das Blut aufspritzt. Wie sie es in den Horrorfilmen tun, die er oft bei Calle hat sehen dürfen.

Er hasst es, wenn es weh tut.

Im letzten Winter hat er stundenlang geheult, weil er vor der Reise nach Thailand eine Spritze bekommen sollte, und als er endlich ins Behandlungszimmer kam und die Krankenschwester sich mit der Spritze näherte, musste er sich übergeben.

Jetzt drohen keine weiteren Spritzen.

Nur Krallen.

Und spritzendes Blut.

Er wird mich töten.

Bitte, lass es schnell gehen.

Soll er es machen, während ich schlafe, damit ich nicht schreien muss.

Aber ich will nicht sterben.

Ich bin doch noch nicht einmal dreizehn.

Und wie sollen Mama und Papa mich finden, wenn ich tot bin? Sie wissen doch gar nicht, wo ich bin.

Ich weiß es ja selbst nicht einmal.

Wie lange bin ich jetzt schon hier?

Wie lange bin ich schon in diesem Loch?, fragt Zack sich.

Eine Stunde?

Zwei?

Hat es jemals etwas anderes gegeben als das Hier und Jetzt?

Aber selbst die Gegenwart scheint sich aufzulösen. Zack spürt den beißenden Rauch und den Schweißgeruch nicht mehr, riecht nicht den fauligen Atem in seinem Nacken. Er sieht nur die fünfte Kugel, die in die abgegriffene Trommel des belgischen Revolvers geschoben wird.

Fünf Kugeln.

16,6 Prozent Überlebenschance.

Aber ich muss abdrücken.

Muss das Kind retten.

Er drückt die Mündung an seine Schläfe. Kaltes Metall an warme, feuchte Haut.

Vier Mal hat er bereits die Mündung an seine Schläfe gehalten und abgedrückt. Vier Mal war die entsprechende Kammer in der Revolvertrommel leer.

Er spürt keine Angst mehr. Keinen Widerstand.

Er will die Pistole dort haben.

Muss sie dort haben.

Nichts sonst ist noch von Bedeutung.

Langsam drückt er mit dem Finger den Abzug durch.

Immer weiter, immer weiter.

Es gibt keine andere Möglichkeit.

Doch. Es muss sie geben.

Wenn du stirbst, dann stirbt auch Albert.

Und anschließend weitere Kinder.

Die Bewegung des Fingers kommt ins Stocken. Die Umgebung ist wieder schärfer zu sehen. Die Gerüche kehren zurück.

Er schaut auf. Sieht den Geierhals, der ihn mit wässrigen Augen und halb heraushängender Zunge anstarrt. Macht sich die Enge bewusst. All die aufgeregten Menschen in dem Schutzraum. Die abgestandene Luft. Die Todessehnsucht.

Jemand nimmt einen Schluck Whisky direkt aus der Flasche. Statesman. Vierzigprozentiger Fusel.

Auf dem Tisch vor ihm befindet sich der Plastikkorb mit einem einzigen braunen Umschlag darin.

Anfangs lagen dort fünf Umschläge. Er hat für jede Kugel, die er in den Revolver geschoben hat, einen öffnen dürfen.

Alle waren sie leer.

In dem fünften muss der Hinweis stecken.

Der Hinweis worauf? Auf den Ort, an dem Albert gefangen gehalten wird? Auf Niklas' und Ismails Mörder?

Er hat keine Ahnung, was sich in dem Umschlag verbirgt oder was er hier eigentlich tut. Er wird jetzt sterben. Sterben mit dem Wissen, dass einem zwölfjährigen Jungen schon bald die Haut von scharfen Krallen zerfetzt wird. Sterben mit dem Wissen, dass er weder Niklas' noch Ismails Vermächtnis gerecht geworden ist. Sondern Peter Bunde noch reicher gemacht hat.

Eifrig werden um ihn herum Wetten abgeschlossen.

Zack starrt den Geierhals an, der das Spiel hier unten leitet. Er registriert den abgestandenen Atem aus dessen halbgeöffnetem Mund.

Zack lächelt.

Der Geierhals erwidert das Lächeln, zeigt seine gelbbraunen Zähne.

Da stürzt Zack sich vor, packt den Kerl an seinem vergilbten Hemd, zieht ihn über den Tisch und setzt ihm die Pistole an die Schläfe.

»Jetzt machen wir das so«, zischt Zack auf Englisch. »Entweder du sagst allen Idioten hier, sie sollen zehn Schritte zurücktreten, oder ich drücke ab.«

Es wird mucksmäuschenstill im Keller. Niemand rührt sich. Es wagt nicht einmal jemand zu blinzeln.

Zack drückt die Revolvermündung noch fester an die Schläfe des Geierhalses.

»Du hast die Chance eins zu sechs. Wer weiß, vielleicht ist ja heute dein Glückstag?«

»Geht zurück!«, schreit der Alte. »Zurück, habe ich gesagt.«

Und die Leute weichen zurück. Langsam und widerstrebend.

Zack schaut sich eilig um. Er versucht herauszufinden, ob jemand etwas im Schilde führt. Aber alle sehen nur vollkommen verblüfft aus.

Einer der beiden Türsteher hat die Hand in der Jacke, lässt sie jedoch dort. Wartet ab. Der andere sieht genauso überrumpelt aus wie alle anderen.

Zack steht auf und zieht den Geierhals mit sich. Er stellt sich hinter ihn, mit dem Rücken zur Wand, die Pistolenmündung wie festgeklebt an der Schläfe des Alten.

Jetzt ist es Zack, der das Spiel leitet.

Er flüstert dem Geierhals ins Ohr: »Hast du mir die SMS geschickt?«

»Nein.«

»Wer dann?«

»Keine Ahnung. Als wir heute Nachmittag hier aufgeschlossen haben, stand der Korb mit den Umschlägen schon auf dem Tisch. Daneben lag ein Zettel, auf dem stand, was wir tun sollen, wenn ein junger blonder Mann auftaucht, um zu spielen.«

Das Englisch des Geierhalses ist fast fehlerfrei, aber Stimme und sein schwerer Körper zittern vor Nervosität.

»Kann ich den Zettel sehen?«

»Den habe ich verbrannt. Genau, wie es draufstand.«

»Wie sah die Handschrift aus?«

»Auffällig zierlich, als hätte eine Frau das geschrieben.«

Eine Frau?, denkt Zack. Das kann nicht sein.

Aber auch ein Mann kann eine zierliche Handschrift haben.

»Steckt Peter Bunde dahinter?«

»Wer?«

»Der Mann, der das Russisch Roulette in Stocksund organisiert hat.«

»Der Mann ist raus aus dem Spiel. Das hier ist eine größere Nummer. Eine sehr viel Größere. Hier geht es um ganz andere Kaliber.«

Die Menschen im Kellergewölbe werden langsam unruhig. Fangen an zu murmeln, zu flüstern.

Zack weiß, dass bald etwas passieren wird.

Er muss raus hier.

»Was für Kaliber?«

»Was weiß ich?«

»Sollen sie doch so groß sein, wie sie wollen. Dieser Ort hier wird jedenfalls geschlossen.«

Zack wirft einen Blick auf den Plastikkorb, der auf dem Tisch liegt. Der letzte Umschlag liegt ungeöffnet darin.

»Nimm den Umschlag«, befiehlt Zack dem Geierhals. »Sofort!«

Der Alte streckt sich vor und nimmt ihn in die Hand.

»Gut. Und jetzt werden wir hier rausgehen, du und ich. Und du sagst deinen Kunden, dass sie sich währenddessen nicht von der Stelle rühren und ruhig bleiben. Los.«

Der Geierhals beginnt zu reden, während Zack ihn seitwärts zum Ausgang mit sich zieht.

»Und jetzt sagst du den Wachleuten, sie sollen zur Seite gehen«, befiehlt Zack.

Der Alte sagt etwas auf Arabisch, und Zack fragt sich, ob Abdula nicht trotz allem irgendwie in die Sache hier verwickelt ist.

»Kennst du Abdula?«, zischt er dem Geierhals ins Ohr.

»Ich kenne mehrere Abdulas. Welchen meinst du?«

Die Wachleute haben sich nicht gerührt. Der eine hat immer noch seine Hand in der Jacke.

»Und Aarash Alam?«

»Wen?«

»Ist auch egal. Sag es den Wachleuten noch mal, aber dieses Mal auf Englisch. Und sie sollen außerdem die Hände hinter den Kopf legen.«

Langsam gehorchen die Wachleute. Sie weichen ein paar Schritte zurück und legen ihre groben Hände hinter ihre noch gröberen Nacken.

Zack zieht den Geierhals mit sich auf den Flur.

Jetzt gibt es nur noch ein Hindernis: den höflichen Mann, der hinter der Eingangstür zum Schutzraum stand und ihn so nett willkommen hieß.

Der Mann schaut Zack erschrocken an, als er sich mit der Pistole an der Schläfe des Geierhalses nähert.

»Das Spiel ist vorbei«, sagt Zack. »Mach die Tür auf.«

Der Mann gehorcht augenblicklich.

Zack macht einen Schritt über die hohe Schwelle. Dann lässt er den Geierhals los, reißt ihm den Umschlag aus der Hand, stößt ihn nach hinten und zieht die schwere Tür mit einem Knall zu.

Und rennt davon.

Hinaus in die kalte Nacht.

Die Kälte schmerzt in der Brust.

Aber jetzt sind die Schritte immer näher zu hören.

Da hinten in den Schatten ist jemand. Aber wer?

Ester geht schneller.

Sie bereut, überhaupt rausgegangen zu sein.

Aber sie musste es tun.

Sie hat das Gefühl, als würde ihr zu Hause alle Energie entzogen. Als drängte sich ein Chor von Stimmen in sie und flüsterte ihr zu, dass es sowieso nichts nützt. Dass sie immer dort bleiben wird. Dass sie niemals nach Paris kommen wird.

Jetzt läuft sie fast. Aus Angst vor dem, was sie jagt.

Schneller, immer schneller trommeln ihre Schuhe über den schneebedeckten Bürgersteig.

Wer ist hinter mir her?

Durch die kalte Luft schießen ihm die Tränen in die Augen.

Aber es geht darum, den Vorsprung auszubauen.

Zack biegt nach links in die Drottninggatan ein. Dann rechts in die Rådmansgatan, links in die Holländargatan und weiter hoch zum Observatorielunden.

Er wird langsamer. Dreht sich suchend um. Eigentlich können sie nicht wissen, wo er ist. Wenn sie ihn überhaupt verfolgt haben.

Er stellt sich unter eine Straßenlaterne und öffnet den Umschlag.

Faltet den Papierbogen auseinander.

Dreht ihn um.

Doch auch darauf steht nichts.

Das darf nicht wahr sein.

Aber es ist wahr.

Und irgendwo tief in sich begreift er, dass es gar nicht anders hätte sein können.

Er ist reingelegt worden. Es gab nie eine Spur, nur ein tödliches Spiel, das in einer weiteren Leiche mit einem Loch im Kopf hätte resultieren können, wenn er nicht weggelaufen wäre.

Er sinkt auf die Knie, knüllt das Papier zusammen und wirft es so weit weg wie nur möglich.

Dann legt er sich in den Schnee.

Schaut zu den Sternen hoch.

Atmet jetzt etwas ruhiger.

Wer treibt da ein Spiel mit mir?, fragt er sich.

Wer will, dass ich sterbe?

Jetzt kann Ester ihn sehen. Groß, die Hände in den Taschen, die Kapuze seiner dunklen Winterjacke über den Kopf gezogen. Er ist zwanzig Meter hinter ihr um die Ecke gebogen, und obwohl sie läuft, wird er sie mit seinem entschlossenen, großen Schritt einholen.

Sie muss weiter.

Nach Hause.

Sofort.

Aber die Angst macht ihre Bewegungen steif und unsicher. Wieder dreht sie sich um, sieht, dass der unbekannte Mann noch näher gekommen ist, und ihr wird klar, dass er wirklich hinter ihr her ist.

Dass er deshalb hier auf der Straße ist.

Sie biegt um die letzte Straßenecke und läuft jetzt so schnell sie kann. Schließlich gelangt sie zum Kungsholms Strand. Die Haustür liegt nur noch zwanzig Meter entfernt, aber wird sie das schaffen? Und was ist, wenn er sieht, in welches Haus sie gegangen ist?

Da löst sich eine dunkle Gestalt aus den Schatten vor ihrer Haustür und macht einen Schritt hinaus auf den Bürgersteig.

Sie sind zu zweit. Ester hat keine Chance.

Es ist aus.

»Ester?«, fragt der Mann am Hauseingang.

Sie erkennt die Stimme.

Zack.

Ihr Herz explodiert.

Sie wirft sich in seine Arme und bohrt den Kopf in seine Jacke, und als sie sich wieder umdreht, ist niemand mehr hinter ihr.

»Was ist passiert?«, fragt Zack.

Sie hält ihn immer noch fest umschlungen.

»Ich weiß es nicht. Er ist mir gefolgt, und ich habe Angst gekriegt.«

»Wer?«

»Ein Mann.«

»Mit dem Mann werde ich mich mal unterhalten. Warte drinnen.«

Er versucht, sich von ihr loszumachen, aber sie hält ihn fest und sagt: »Nein, geh nicht. Geh nie wieder weg von mir.«

59

Sie sitzen auf Zacks Sofa. Ester mit ihrer zweiten Tasse Tee, Zack mit seiner zweiten Dose Carlsberg Export.

Er hat bis jetzt noch nie in ihrer Anwesenheit Alkohol getrunken, doch in dieser Nacht scheint das nicht mehr wichtig zu sein.

Er hat den Tod herausgefordert, eins ums andere Mal, da unten im Keller. Dabei hat es ihm gar nichts genützt.

Das Metall an der Schläfe. Der Klick.

Der Körper so voller Adrenalin, dass er hätte platzen können, alle anderen Gefühle wurden von der Todesnähe in die Flucht geschlagen.

Das war wunderbar.

Aber was kommt danach?

Der ewige Überdruss.

Ester stellt ihre Tasse auf den Tisch und lehnt sich an ihn.

Sie hat ihm in dieser Nacht von ihrer Mutter erzählt, davon, wie es ihr wirklich zu Hause geht. Hat sich Zack in einer Art und Weise geöffnet, wie sie es noch nie zuvor getan hat, einen Teil der unterdrückten Wut und Resignation herausgelassen.

Jetzt sitzen sie schweigend nebeneinander. Es ist inzwischen halb drei, und das Mädchen gähnt.

Zack nimmt einen Schluck aus der Bierdose, denkt an den Mann, der sie verfolgt hat.

Ihm wurde eiskalt, als sie sich vor der Haustür in seine Arme geflüchtet hat. Er hat gedacht, es wäre Niklas' und Ismails Mörder, der auf der Jagd nach seinem nächsten Opfer war.

Sobald sie in seiner Wohnung angekommen waren, klickte er auf den Link mit dem Livestream aus der Berghöhle und sah, wie der Mann in dem Löwenfell um den Käfig schlich, in dem Albert schlief.

Also konnte er es nicht gewesen sein.

Trotzdem sorgte Zack dafür, dass eine Streife die nähere Umgebung abfuhr, und er gab den Kollegen die Beschreibung weiter, die Ester von ihrem Verfolger geliefert hatte.

Doch das brachte nichts.

Gab es den Mann vielleicht gar nicht, war das nur ein Geschöpf, das der Phantasie eines einsamen Mädchens entsprungen war?

Ihm fällt die SMS ein, die sie ihm früher geschickt hat. Sie hatte ihn gebraucht. Und er hatte sich nicht drum gekümmert.

Er leert die Dose, lehnt sich auf dem Sofa zurück und legt die Füße auf den Tisch.

Ester atmet immer schwerer an seiner Schulter. Sie scheint eingeschlafen zu sein.

Er sollte auch schlafen. Die Muskeln sind bereits im Ruhemodus, aber das Gehirn arbeitet weiterhin.

Er will den Revolver wieder an der Schläfe spüren.

Welcher Kick kann größer sein? Nicht einmal Drogen bescheren ihm eine so intensive Empfindung.

Aber das war eine einmalige Sache. Nur diese Nacht und danach nie wieder.

Er denkt an den leeren Papierbogen im Umschlag.

Jemand hat ihn in die Falle gelockt. Jemand, der wusste, dass er verzweifelt nach neuen Spuren sucht.

Wer?

Zack spürt das weiche Sofapolster im Nacken und schließt die Augen.

Schläft ein, mit einer schlummernden Zwölfjährigen neben sich.

60

Rudolf Gräns hat heftigen Kaffeedurst, als er zusammen mit Sandra Sjöholm in den Aufzug des Mietshauses in Aspudden steigt. Er hat letzte Nacht zu wenig geschlafen und hatte gerade erst seinen Fuß in das Großraumbüro gestellt, als er schon wieder losmusste. Ohne Kaffee.

Und das war Sandra Sjöholms Schuld. Oder eher ihr Verdienst.

»Ich habe Ulrika Johansson zu fassen gekriegt. Sie ist für ein Gespräch mit uns bereit, wenn wir sofort losfahren«, hatte sie gesagt, sobald Rudolf die Tür zur Sondereinheit geöffnet hatte.

Also fuhren sie los.

Ulrika Johansson ist die Schwester von Acke Johansson, dem Programmierer, der sich das Leben genommen hat, nachdem er bei Echidna Games rausgeschmissen worden war. Rudolf hofft, dass sie etwas über ihren Bruder erzählen kann, das ihnen mehr Informationen über Peter Bunde gibt. Oder Information über was auch immer, das mit diesem Fall zu tun hat.

Obwohl alle fast Tag und Nacht arbeiten, kommen sie nicht weiter. Jeder Verdächtige ist untersucht worden, jede Felshöhle, die sie durchsucht haben, hat sich als leer erwiesen. Und kurz nach sieben Uhr heute Abend wird die Zeit abgelaufen sein.

Sie verlassen den Fahrstuhl im vierten Stock, und Sandra Sjöholm klingelt an der Tür.

Rudolf hört, wie jemand da drinnen am Schloss hantiert, und hofft, in wenigen Sekunden den Duft von frischgebrühtem Kaffee erschnuppern zu dürfen.

Die Tür geht auf – doch als Einziges registriert er nur ein Unbehagen.

Zuerst kann er nicht sagen, warum. Die Frau klingt munter und fröhlich, und Sandra Sjöholm tritt ein, als wenn nichts wäre.

Rudolf folgt ihr in den Wohnungsflur und reicht Ulrika Johansson die Hand, und da erkennt er die Ursache seines Unbehagens.

Es ist der Geruch.

Der Geruch nach Krankenhaus.

Der sitzt in ihrer Kleidung. In ihrem Haar. In ihrer Haut. Und für Rudolf ist dieser Geruch für alle Zeiten mit Dunkelheit verknüpft.

Buchstäblich.

Das hat er auch gemerkt, als er vor ein paar Tagen zur Routinekontrolle war, und er hasst diesen Geruch.

Es gibt Polizeikollegen, die von sich behaupten, sie hätten »in die tiefste Finsternis geschaut«, wenn sie von etwas Schrecklichem reden. Aber sie haben keine Ahnung, wovon sie da reden.

Er wird niemals vergessen, wie er nach der Gehirnblutung aufwachte und dachte, es wäre Nacht oder man hätte ihn in einen vollkommen verdunkelten Raum geschoben. Wie er dann erfuhr, dass es mitten am Tag war, das Fenster offenstand und die Junisonne von einem leuchtendblauen Himmel schien.

Für die anderen.

Nicht für ihn.

Nie wieder für ihn.

»Sie müssen entschuldigen, wenn ich müde aussehe«, sagt Ulrika Johansson. »Ich komme gerade von meiner Nachtschicht. Hätten Sie nicht angerufen, wäre ich jetzt schon im Bett.«

»Wir stören nicht lange«, versichert Sandra Sjöholm.

Sie nimmt Rudolfs Mantel und hängt ihn auf einen Bügel, und Rudolf spürt, dass Ulrika Johansson ihn ansieht. Er nimmt an, dass sie seine schwarze Sonnenbrille und den weißen Stock bemerkt hat und sich fragt, wie ein blinder Mensch nur bei der Polizei arbeiten kann.

Aber Rudolf kann sich gut ein Bild von einer Person machen, allein anhand dessen, was er hört und spürt. Und da Ulrika Johanssons Stimme schräg von unten zu ihm dringt, zieht er den Schluss, dass sie ungefähr eins sechzig groß ist. Er hört auch ihre Schritte über den Flur, sie sind leiser, als bei ihrer Größe zu erwarten wäre, deshalb nimmt er an, dass sie ziemlich schmal sein muss, vielleicht sogar mager.

Aber eine Stimme kann natürlich auch täuschen. Wenn er nicht bereits wüsste, dass Ulrika Johansson sechsundvierzig Jahre alt ist, hätte ihre helle, mädchenhafte Stimme ihn verleitet, sie auf ungefähr dreißig zu schätzen.

Sie führt die beiden Beamten ins Wohnzimmer, und der Geruch nach Krankenhaus wird noch stärker. Als benutzte sie die Putzmittel des Krankenhauses, wenn sie bei sich selbst saubermachte.

»Möchten Sie einen Kaffee?«, fragt sie.

»Nein, danke. Ich trinke keinen Kaffee«, erklärt Sandra Sjöholm.

»Ich verzichte auch, vielen Dank«, sagt Rudolf.

Der Geruch nach Reinigungsmittel hat die Erinnerung an den bitteren Krankenhauskaffee geweckt und effektiv den Kaffeedurst abgetötet.

»War Acke in irgendwas Kriminelles verwickelt?«, fragt Ulrika Johansson, und Rudolf kann die Unruhe in ihrer Stimme hören.

»Nein, nicht dass ich wüsste«, antwortet er. »Das ist auch nicht der Grund, warum wir hier sind. Es geht um seinen früheren Arbeitsplatz Echidna Games. Der steht nämlich unter Verdacht, kriminelle Machenschaften zu betreiben, und deshalb wollten wir gern wissen, ob Acke vor seinem Tod etwas über die Firma erzählt hat.«

Rudolf hört, wie sie sich Kaffee einschenkt.

Spürt sofort den bitteren Geschmack im Mund.

Erinnert sich an die Panik, die ihn so oft im Krankenhausbett überfiel.

Wie er überlegte, dasselbe wie Acke Johansson zu tun. Seinem Leben ein Ende zu setzen.

Alles war ihm besser erschienen als diese Dunkelheit.

»Nein, als Sie angerufen haben, ist mir in den Sinn gekommen, dass ich mich kaum an etwas aus den letzten Monaten erinnere. Alles war so durcheinander.«

»Hat er Ihnen nie von seinem Chef erzählt, Peter Bunde?«

»Ich habe ihn natürlich gefragt, warum er in seiner Firma aufgehört hat, aber da hat er nur erklärt, dass es nicht möglich sei, für einen Menschen wie Peter Bunde zu arbeiten. Ich habe dann nicht weiter darüber nachgedacht, sondern bin davon ausgegangen, dass er bald wieder in einer neuen Firma anfangen würde, oder eine eigene gründen. Aber stattdessen … hat Gustaf ihn tot aufgefunden. Er hat sich in seiner Wohnung erhängt. Hat ein Kabel an einem Haken in der Decke befestigt, sich eine Schlinge um den Hals gelegt und dann den Stuhl weggetreten, auf dem er stand. Das war schrecklich. Und es kam völlig unerwartet. Hätte ich nur gewusst, wie deprimiert er war, hätte ich dafür gesorgt, dass er Hilfe bekommt. Aber ich wäre nie auf den Gedanken gekommen, dass er sich das Leben nehmen wollte.«

»Entschuldigung, aber wer ist Gustaf?«, fragt Sandra Sjöholm.

»Gustaf ist mein jüngster Bruder. Er ist vierunddreißig Jahre alt, zwei Jahre jünger als Acke. Ihn hat sein Tod mit aller Wucht getroffen. Sein großer Bruder war sehr wichtig für ihn. Man kann fast sagen, dass Acke ihm einmal das Leben gerettet hat.«

»Inwiefern?«

»Gustaf hat früher zwei Videoshops geführt, einen am Brommaplan und einen in Stocksund, aber er hat sich ziemlich verschuldet, und als der Markt zusammenbrach, stand er am Rande des Ruins und hat vollkommen den Mut verloren. Gustaf hatte keinen Kontakt mehr zu anderen Menschen und saß den ganzen Tag nur vor dem Computer. Was sehr merkwürdig war, denn Gustaf ist immer schon sehr sportlich gewesen. Seine Hobbys waren Klettern und Höhlenerkundung. Oder Speläologie, er legte immer Wert darauf, dass man es so nannte. Doch nachdem die Firma Konkurs gegangen war, wurde er vollkommen passiv.«

Ulrika Johansson reibt sich die Hände, als wollte sie Creme darauf verteilen.

»Acke war der Einzige, der in dieser Zeit noch mit ihm reden konnte. Und ihn mal aus dem Haus locken. Sie sind sogar zusammen in die Provence gefahren. Dort gibt es offenbar gute Klettermöglichkeiten. Danach sah es so aus, als könnte Gustafs Leben wieder weitergehen. Aber dann musste er Acke tot in der Wohnung finden, und seitdem habe ich das Gefühl, als hätte ich auch Gustaf verloren.«

»Wie meinen Sie das?«, fragt Sandra Sjöholm.

»Er ist so merkwürdig geworden. Hat die ganze Zeit nur von Rache geredet. Selbst auf der Beerdigung.«

»Wann haben Sie ihn das letzte Mal gesehen?«

»Ja, das war auf der Beerdigung.«

»Wann war die?«, fragt Rudolf.

»Am 15. November. Seitdem rufe ich ihn fast jeden Tag an, aber er geht so gut wie nie ans Telefon, und wenn, dann murmelt er nur etwas. Ein Bekannter, den ich hier bei Coop getroffen habe, erzählte mir, dass Gustaf ständig ins Fitnessstudio geht und Krafttraining macht wie ein Verrückter, und das ist ja eigentlich ganz erfreulich. Ich hatte befürchtet, dass er nur noch am Computer sitzt.«

Rudolf hört, dass Sandra etwas auf ihren Notizblock schreibt. Er lehnt sich auf dem Sofa zurück, sein Interesse an diesem Gustaf wird immer größer.

Klettern, Höhlen, gute Computerkenntnisse. Kräftig und sportlich. Hatte einen Laden in Stocksund.

Das sind ein paar zu viele Teilchen, die zusammenpassen.

»Meine Frage klingt jetzt vielleicht merkwürdig«, sagt Rudolf, »aber hatte Gustaf ein spezielles Verhältnis zu Löwen?«

Er hört, wie Ulrika Johansson die Kaffeetasse auf den Tisch stellt.

»Lustig, dass Sie das fragen. Er liebt den Tierpark Kolmården. Im Sommer wollte er immer wieder dorthin fahren. Und dann mussten wir bei den Löwen Picknick machen. Das war Tradition. Acke und ich fanden die Löwen ja eher langweilig, die liegen doch die meiste Zeit nur da und dösen. Aber Gustaf konnte ihnen stundenlang zuschauen.«

Sie verstummt. Sandras Bleistiftspitze, die auf dem Papier kratzt, ist das Einzige, was zu hören ist.

»Warum fragen Sie nach den Löwen?«, will Ulrika Johansson wissen. »Hat das etwas mit dem Fall zu tun, in dem Sie ermitteln?«

»Das kann ich mir nicht vorstellen«, antwortet Rudolf.

61

Zack und Deniz sitzen an einem Tisch im Büro und gehen neue Tipps aus der Bevölkerung durch, als Douglas eilig auf sie zukommt und ihnen erzählt, was Rudolf Gräns und Sandra Sjöholm über Gustaf Johansson in Erfahrung gebracht haben.

»Er wohnt in der Helsingörsgatan in Kista. Vier Mann vom Mobilen Einsatzkommando sind schon auf dem Weg dorthin. Leistet ihr ihnen Gesellschaft?«

Deniz und Zack schnappen sich ihre Jacken und laufen zum Fahrstuhl.

Minuten später tippt Deniz die Adresse ins GPS des Volvos, während Zack bereits aus der Garage herausfährt.

Das Handy vibriert in der Tasche und ihm wird ganz kalt.

Nicht jetzt, Abdula.

Nicht jetzt.

Er zieht das Handy aus der Tasche und liest die SMS.

Danke, dass ich bei dir schlafen durfte. Ich habe die Teetasse abgewaschen.

Zack lässt sich zurück in den Sitz sinken, schickt ein »Daumen hoch« an Ester und fährt dann weiter auf die E4 Richtung Norden.

Er hat weder Deniz noch den anderen etwas über das nächtliche Russisch Roulette erzählt.

Es hat ja doch nichts gebracht.

Und sie würden das nie verstehen.

Der Fahrstuhl in Gustaf Johanssons Treppenhaus ist vollgeschmierter als jeder andere, den Zack bisher gesehen hat, außerdem stinkt es dort leicht nach Urin.

Sie steigen im fünften Stock aus, warten auf zwei Beamte vom Einsatzkommando, die die Treppen genommen haben, und klingeln dann.

Gustaf Johansson öffnet nicht.

Zack gibt dem Einsatzleiter ein Zeichen. Zwanzig Sekunden später sind sie drinnen und haben alle Räume der Wohnung gesichert.

Zack und Deniz gehen hinein.

Die Wohnung ist anonym wie ein Ausstellungsraum bei Ikea. Ein Bett mit weißer Tagesdecke. Ein Bücherregal mit dem *Sakrileg* und einigen Büchern von John Grisham und Jan Guillou. Ein graues Ecksofa. Ein Flachbildfernseher auf einer weißen TV-Anrichte.

Nichts gibt einen Hinweis darauf, dass Gustaf Johansson ihr Mann sein könnte. Keine Bücher über Höhlen, keine Plakate mit Löwen und keine Kletterausrüstung.

Die Bücherregale und der Tisch sind verstaubt, aber es gibt Spuren im Staub, die darauf hindeuten, dass bis vor Kurzem noch andere Dinge hier gestanden haben.

Sie öffnen einige Schränke und Schubladen, finden jedoch nichts Bemerkenswertes. Nur weitere Spuren, die besagen, dass Gustaf Johansson das Nötigste eingepackt haben und dann verschwunden sein muss.

»Zumindest sieht es so aus, als käme er her, um die Post zu holen«, sagt Zack, als sie in den Flur zurückgehen.

»Oder es gibt einen Nachsendeantrag.«

»Ja, aber es gibt doch immer irgendwas, das durchrutscht und trotzdem an die alte Adresse geschickt wird.«

Zack öffnet den Kühlschrank. Eine Ketchupflasche, eine Dose Thunfisch, ein paar Karotten.

Wo bist du, Gustaf Johansson?

Und warum hast du deine persönlichen Gegenstände aus deiner Wohnung entfernt?

Sirpa Hemälainen vergrößert das Bild, bis es fast den gesamten Bildschirm ausfüllt. Dann vergleicht sie das Gesicht des jungen Mannes mit dem deutlich neueren Passfoto.

»Sieh selbst«, fordert sie Douglas Juste auf, der neben ihr steht und sich über den Bildschirm beugt. »Das ist er doch, oder?«

Douglas betrachtet die beiden Bilder eine Weile. Schweigend. Dann sagt er: »Ruf Zack an.«

Sie tippt seine Kurzwahlnummer ins Bürotelefon ein.

»Ich habe etwas gefunden«, sagt sie, als er sich meldet. »Gustaf Johansson hat 1999 als Touristenführer in einem alten Bergwerk in Striberg gearbeitet. Seine Schwester, Ulrika Johansson, bei der Rudolf und Sandra heute Morgen waren, hat ein altes Nostalgiebild aus der Zeit auf ihre Facebookseite gestellt.«

Zack schweigt, Sirpa ist klar, dass er genau wie sie zuvor seine Schlüsse aus der Information zieht.

Sie können die Höhle des Löwen gefunden haben.

»Striberg, wo liegt das?«, fragt Zack.

»In einer alten Grubengegend in Bergslagen, vierzig Kilometer nördlich von Örebro. Gustaf ist dort aufgewachsen. Und weißt du was? Die Grube ist vor sechs Jahren nach einem Erdrutsch für Touristen gesperrt. Was bedeutet, dass derjenige, der sich in den Gängen auskennt, das Bergwerk jetzt ganz für sich allein hat.«

»Was sagt Douglas?«

»Er ist der Meinung, dass ihr sofort hinfahren sollt. Er hat schon die Polizei in Örebro alarmiert und veranlasst, dass die einige Männer dorthin schicken.«

Sirpa schickt Zack die Koordinaten des Bergwerks und einige andere Informationen, die sie über die Gegend erhalten hat.

Auf dem anderen Bildschirm sieht sie, wie Albert gegen die Gitterstäbe gelehnt in dem Käfig sitzt und mit dem Strohhalm von seiner gestrigen Mahlzeit spielt. Sein Blick ist starr, er scheint gar nicht zu merken, was seine Finger da tun.

Die Digitaluhr zeigt 00:07:43:31 an.

Wir sind unterwegs, will sie dem Jungen zurufen.

Wenn du wirklich dort bist.

Gustaf Johansson scheint der richtige Mann zu sein. Es kann sein, dass er den Tod seines großen Bruders Acke rächen will. Und wie rächt man sich am besten an einem Mann, der ein Vermögen mit Internetspielen und Todeswetten gemacht hat? Man schnappt sich sein Kind, setzt es einem Todesspiel aus und stellt den Film online.

Aber befindet sich der Käfig wirklich im Bergwerk von Striberg?

Sie versucht, weiter Alexis Hamrén und seine Eltern zu erreichen, schickt Streifenwagen aus, deren Besatzung mögliche Zeugen befragen, aber alles ohne Resultat.

Steif steht sie auf und geht zum Kaffeeautomaten.

Sie denkt an Zeus, ihren dreijährigen Rhodesian Ridgeback. Auch heute wird sie mittags nicht mit ihm Gassi gehen können. Gestern hatte er eine große Pfütze im Wohnzimmer hinterlassen, als sie nach Hause kam. Als eine Art Rache dafür, dass sie so lange fort ist.

In diesem verdammten Winter wollen sich anscheinend alle nur rächen.

62

Striberg war in der ersten Hälfte des 20. Jahrhunderts ein wohlhabender kleiner Industrieort. Heute ist es ein vergessenes Kaff, in einer Gegend voller verriegelter und zugenagelter Läden und Zu-verkaufen-Schilder.

Und Wald.

Überall Wald.

Hohe, schneebedeckte Tannen, die in Habachtstellung am Straßenrand stehen und das Gefühl vermitteln, man fahre in einem Tunnel.

Kurz vor Örebro hat der Schneefall an Stärke zugenommen, und jetzt fallen die Schneeflocken dicht an dicht vom Himmel herab.

Auf der rechten Seite kommen sie an ein paar Häusern vorbei. Vergessene Weihnachtskerzenständer leuchten in zwei der Fenster.

»Das war Striberg«, sagt Deniz, »jetzt müssen wir gleich abbiegen.«

Zack ist so schnell gefahren, wie es in diesem Schneeunwetter auf den Straßen von Bergslagen überhaupt möglich ist. Sie haben für die Fahrt nur etwas mehr als zwei Stunden gebraucht, aber er wünschte, sie hätten doppelt so schnell fahren können. Es geht auf drei Uhr zu. Sie haben nur noch eine Stunde, dann setzt die Dämmerung ein. Und Albert hat nur noch viereinhalb Stunden zu leben.

Deniz hat während der Fahrt Kontakt mit Douglas und Sirpa gehalten, aber von beiden nur schlechte Nachrichten bekommen. Nicht eine Spur, weder von Gustaf Johansson noch von Alexis Hamrén, trotz der Bewachung beider Wohnungen. Kein Treffer in den letzten untersuchten Felshöhlen und kein brauchbarer Tipp von der Öffentlichheit, obwohl Familie Bunde sich schließlich damit einverstanden erklärt hat, dass die Medien Namen und Foto von Albert veröffentlichen.

Zack biegt auf einen gewundenen Waldweg südwestlich von der Gemeinde ein. Nach ein paar hundert Metern fährt er dann rechts ab und sieht einen Mannschaftswagen, der mitten auf dem Weg steht.

Zack stellt sich hinter ihn, vier Polizisten steigen aus und gehen den beiden Ermittlern in dem Schneetreiben entgegen.

»Hallo, ich heiße Tommy Nordin«, erklärt ein sehniger Kommissar von fast zwei Meter Körperlänge. »Willkommen in Bergslagen.«

Zack und Deniz begrüßen ihn und seine Kollegen. Einer von ihnen schaut Zack direkt ins Gesicht und fragt: »Bist du gegen eine Wand gelaufen?«

»Fast«, antwortet Zack. »Danke, dass ihr kommen konntet.«

»Wir hatten heute sowieso nur jede Menge Zwangsvollstreckungen und anderen langweiligen Kram auf dem Plan«, erklärt Tommy Nordin. »Aufgrund des Schnees können wir leider nicht näher heranfahren, aber es sind nur noch ein paar hundert Meter zu gehen. Und wir haben etwas Interessantes gefunden. Kommt.«

Er umrundet den Mannschaftswagen und hockt sich hin.

»Seht ihr?«

Tiefe, halb zugeschneite Spuren führen den Waldweg entlang.

»Die können nicht älter als zwei Tage sein, sonst wären sie bereits unter dem Schnee begraben«, sagt Tommy Nordin. »Freitagmorgen hat es hier ziemlich kräftig geschneit, aber seitdem nicht mehr, bis es vor ungefähr einer Stunde wieder angefangen hat.«

Zack wischt ein wenig Neuschnee aus einer der zehn Zentimeter tiefen Spuren, bevor er seinen eigenen Stiefel hineinstellt.

»Ich tippe mal, es war ein Mann, der hier entlanggelaufen ist. Er dürfte Schuhgröße vierundvierzig haben«, sagt er.

Einer der Polizisten aus Örebro holt zwei Sicherungsseile heraus, die er sich über die Schulter hängt. Dann verteilt er Stirnlampen an Zack und Deniz.

Tommy Nordin geht voran und kämpft sich mit großen Schritten durch den Schnee.

»Du warst es doch, der letztes Jahr die Wölfe gefunden hat, oder?«, fragt er Zack. »Widerliche Geschichte, das damals.«

»Na, ihr habt doch auch genug Dreck, in dem ihr wühlen müsst. Ich habe das Gefühl, jedes Mal, wenn es um zerstückelte Leichen oder Vergewaltigungsserien geht, taucht Örebro in den Nachrichten auf.«

»Stimmt, das waren noch bessere Zeiten, als wir in erster Linie dafür bekannt waren, dass unser Wasserturm aussieht wie ein Pilz«, erwidert er lachend.

Sie kämpfen sich den Weg entlang. Große Felsbrocken ragen an beiden Seiten hoch, und Äste hängen wie geisterhafte Arme über ihnen, als wollte der Wald die Eindringlinge fangen und sie in sein dichtes, eisiges Innere ziehen.

Tommy Nordin biegt nach einer Weile nach links ab, auf einen unsichtbaren, hügeligen Pfad.

»Da vorne ist es«, sagt er und zeigt auf einen riesigen Felsen am Ende einer Schlucht. Ein Metallgitter bedeckt ein schwarzes Loch im Gestein, aber drei der Stangen sind herausgebrochen, und es ist eine halbmetergroße Öffnung entstanden.

Sie nähern sich eilig ihrem Ziel. Ein paar Meter vor dem Eingang sieht Zack Teile eines alten Schilds aus dem Schnee herausragen.

Er bürstet es ab.

ZUTRITT VERBOTEN
LEBENSGEFAHR BEI BETRETEN DES GELÄNDES
VORSICHT – OFFENER SCHACHT
GEFAHR VON GERÖLLLAWINEN

Tommy Nordin liest über seine Schulter hinweg mit.

»Ich war dabei, als der Eingang nach dem großen Einsturz vor ein paar Jahren abgesperrt wurde. Es war reines Glück, dass niemand zu Schaden gekommen ist«, sagt er. »Wir müssen vorsichtig sein.«

»Gibt es noch einen anderen Eingang?«

»Nicht dass ich wüsste.«

Deniz geht an ihnen vorbei, zwängt sich zwischen den Eisenstangen hindurch und verschwindet im Bergschlund.

Zack und die anderen Männer folgen ihr.

Sofort wird die Kälte rauer, die Dunkelheit kompakter. Eiszapfen wachsen wie Stalagmiten aus dem Boden und drohen die Besucher aufzuspießen, die auf den glatten Steinen ausrutschen.

»Heimeliges Örtchen«, sagt Zack leise und schaltet seine Stirnlampe ein.

Deniz fährt mit ihrer Taschenlampe über die Decke und Wände der Höhle. An der Decke befinden sich reihenweise zerbrochene Glühbirnen in kleinen Metallkäfigen.

Dann bleibt sie auf einmal stehen. Auch Zack hält inne.

»Hast du das gehört?«, flüstert sie.

»Ja, es klang so, als wäre jemand gegen einen Stein getreten.«

Zack gibt den anderen zu verstehen, dass sie sich bereithalten sollen. Sie ziehen wortlos ihre Waffen und gehen langsam weiter.

Zack muss an Niklas denken, der ebenfalls in einer dunklen Felshöhle herumschlich, wo er von dem Löwen überrascht und wo ihm der Bauch aufgeschlitzt wurde.

Er umklammert den Pistolenkolben fester, leuchtet mit der

Lampe nach unten und versucht, keine kleineren Steine loszutreten.

Der Schein der Stirnlampen schneidet Lichtschwerter in die kompakte Finsternis. Jeder kleine Vorsprung wirft monsterhafte Schatten an die Höhlenwand.

Ein Seitengang öffnet sich rechts, endet aber bereits nach wenigen Metern vor einem riesigen Geröllhaufen.

Deniz geht ein paar Schritte hinein und fährt mit dem Lichtkegel über das Geröll. Der Gang scheint bis an die Decke versperrt zu sein.

»Das war wirklich nicht übertrieben mit der Einsturzgefahr«, flüstert sie.

Zack geht den Haupttunnel weiter. Er entdeckt ein morsches Geländer, das ein quadratisches Loch am Boden einrahmt, und tritt näher. Vorsichtig beugt er sich über das Geländer und leuchtet in das Loch hinein.

Eine alte Holzleiter führt hinunter in die Finsternis.

Wird Albert da unten gefangen gehalten?

Die anderen kommen hinzu und schauen auch vorsichtig hinunter.

»Diese Leiter sieht nicht besonders stabil aus«, flüstert Tommy Nordin.

»Nein, aber haben wir eine Wahl?«, erwidert Zack. »Der Junge, den wir suchen, hat nicht mehr lange zu leben.«

Er bittet um eines der Sicherungsseile. Das eine Ende befestigt er an dem Teil des Geländers, der am solidesten aussieht, und knotet sich das andere um die Brust. Dann kriecht er unter dem Geländer hindurch und klettert nach unten.

Bereits die dritte Stufe gibt unter seinen Füßen nach. Die verrotteten Holzstücke stürzen hinab in die Tiefe und schlagen irgendwo tief da unten auf.

Gut gemacht, Zack.

Jetzt hat der Löwe dich gehört und kann in aller Ruhe mit seinen Krallen und dem Skalpell auf dich warten.

Er klettert weiter hinunter. Umgeben von der dichtesten Finsternis, die er je erlebt hat.

Nach ungefähr zehn Metern öffnet sich ein Gang direkt neben der Leiter.

Er leuchtet hinein. Reihen von morschen Balken sind zu sehen, die einst hier aufgestellt wurden, um das Gewölbe abzustützen.

Soll er weiter hinuntersteigen oder hier hineingehen?

Er leuchtet nach unten. Der Schein wird unten von irgendetwas reflektiert.

Spiegelblankes Eis bedeckt die gesamte Öffnung.

Die Höhle ist voller Wasser. Sie kommen nicht weiter hinunter.

Er muss stattdessen den Gang erkunden.

Am liebsten würde er Deniz bitten, auch herunterzukommen, aber er traut sich nicht, so laut zu rufen.

Also versucht er es per Funk, doch das Kommunikationssystem ist hier unter der Erde mausetot. Er zieht das Handy heraus und sieht nach, ob es hier Empfang gibt. Ja, ein Strich. Unglaublich. Aber der Akku ist so gut wie leer. Er hat gestern vergessen, das Handy aufzuladen.

Also schickt er eine SMS an Deniz. Dann löst er das Sicherungsseil und geht in den Gang hinein, der sich leicht nach unten neigt. Das Gewölbe ist so niedrig, dass er nur geduckt laufen kann.

Wie haben Menschen hier arbeiten können?

Wie oft haben sie überhaupt Tageslicht gesehen?

Er schrammt sich die Schulter an einem hervorstehenden Felsen auf und meint, weiter unten ein Echo davon zu hören. Als wollte der Berg jemanden vor seiner Ankunft warnen.

Deniz taucht aus der Dunkelheit hinter ihm auf. Tommy Nordin und die anderen folgen ihr.

»Die reinste Albtraumhöhle«, flüstert Zack ihr zu.

»Ach, ich habe schon schlimmere erlebt«, flüstert sie zurück und überholt ihn.

Er schaut ihr nach und erinnert sich daran, was sie von ihrer Flucht über die Berge in Kurdistan erzählt hat. Wie sie die Wölfe hörte, die sich ihr näherten, und wie sie und ihr kleiner Bruder sich tief in eine Felshöhle zwängen mussten, um ihnen zu entkommen. Wie sie die Wölfe sehen konnte, die mit ihren hungrigen, kalten Augen hineinspähten.

Sie gehen weiter. Der Weg ist leicht geneigt. Die Luft ist noch rauer geworden und dringt durch jedes Kleidungsstück, kühlt ihre feuchten Rücken und lässt Zack erzittern.

Mit dem Fuß stößt er gegen etwas, und ein lautes Echo hallt im gesamten Berg wider.

Sie ziehen erneut ihre Waffen, und Zack leuchtet auf den Boden, versucht zu erkennen, gegen was er getreten ist.

Eine Red-Bull-Dose.

Er hebt sie auf. Schnuppert an ihr. Kann den süßlich-klebrigen Duft riechen.

Die ist vor nicht allzu langer Zeit geöffnet worden.

Tommy Nordin bückt sich und hebt auch etwas auf.

»Was ist das?«, fragt Zack.

»Eine alte Filmdose, du weißt schon, in denen man früher Filmrollen aufbewahrt hat, bevor es Digitalkameras gab.«

Er öffnet sie, zieht ein Stück zusammengerolltes Papier heraus und hält es in das Licht der Stirnlampe.

Sechs Namen sind in unterschiedlichen Handschriften in eine Spalte gekritzelt worden. Hinter jedem Namen stehen Datum und Uhrzeit. Der letzte ist von vorgestern.

»Ich glaube nicht, dass der Typ, der hier herumgelaufen ist, euer Mann war«, sagt Tommy Nordin. »Das waren welche, die Geocaching betreiben.«

Deniz geht weiter in den Gang hinein, während Zack in der Hocke sitzen bleibt.

Das darf nicht wahr sein, denkt er. Wir haben die Spur von irgendeinem Idioten verfolgt, der mit seinem Handy ein GPS-Orientierungsspiel spielt.

»Wir kommen hier nicht weiter!«, ruft Deniz aus der Dunkelheit.

Zack steht auf und eilt zu ihr. Er sieht, wie sich Deniz' Lichtkegel in dem dunklen Eis spiegelt, das sich wie ein hochglanzpolierter Fußboden über den ganzen Tunnellauf gelegt hat.

Albert ist nicht hier.

Sie haben wertvolle Zeit damit vergeudet, sich in diese ungastliche Sackgasse zu begeben.

Zack hat das Gefühl, als würde der Berg ihn verhöhnen. Am liebsten würde er laut losbrüllen. Und damit die Lawine in Gang setzen, die den gesamten Berg letztendlich in sich zusammenfallen lässt.

Er schaut auf die Uhr.

Albert hat noch drei Stunden und siebenunddreißig Minuten zu leben.

63

Der Rückweg scheint kein Ende zu nehmen. Die Scheibenwischer arbeiten auf höchster Stufe, um die dicken Flocken wegzuschieben, die in immer kürzeren Abständen auf die Windschutzscheibe treffen. Die Fahrbahn ist voller Schneematsch und die Straße ziemlich voll. Offenbar alles Autofahrer, die nach dem Wochenende auf dem Heimweg Richtung Stockholm sind.

Zack und Deniz sitzen schweigend nebeneinander, sie sind sich nur zu bewusst, dass die Zeit bald abgelaufen ist und dass sie nicht die geringste Spur haben, der sie nachgehen könnten.

Jeder einzelne Polizeibeamte im östlichen Svealand scheint momentan an diesem Fall zu arbeiten, aber bisher ohne Resultat.

Der Verkehr wird immer dichter, und auf der Höhe von Enköping stoßen sie auf zwei Rettungswagen, die unterwegs zu einem schweren Verkehrsunfall vor Västerås sind.

Eine Viertelstunde später ruft Abdula an.

»Ich bin zum Treffen mit den Afghanen um Punkt achtzehn Uhr ins Kebab Heaven in Husby bestellt worden. Ich brauche dich dort.«

»Ich kann nicht. Wir sind in einer kritischen Situation.«

»Geht es um diesen Bonzenjungen? Da kann ich dir eine nette Information geben.«

»Und zwar?«

»Ein Typ, den ich kenne, hat sich vor Kurzem den Film mit dem ersten Jungen angeguckt, diesem Zigeuner, weißt du. Er hat den Ort wiedererkannt und gesagt, da war er mal auf einer total abgedrehten Party vor ein paar Monaten. Das ist in …«

»Wo? Hallo? Abdula, hallo? Wo liegt die Höhle?«

Zack schaut auf sein Telefon. Das Display ist schwarz. Der Akku ist leer.

»Verdammte Scheiße. Wo ist das Ladegerät?«

»Das sollte im Handschuhfach liegen«, sagt Deniz. »Mit wem hast du telefoniert?«

Zack reißt das Fach auf, schmeißt Servicehefte, Bonbonpapier und CDs hinunter.

»Da ist es aber nicht.«

»Dann nimm mein Handy.«

»Ich habe Abdulas Nummer nicht im Kopf. Er wechselt ja alle zwei Monate den Anbieter.«

Zack sucht in dem Fach zwischen den Sitzen, tastet den Boden unter seinem und dem Fahrersitz ab. Dreht sich dann um und sucht in den Taschen auf der Rückseite der vorderen Sitze.

Kein Ladegerät.

»So ein Scheiß! Irgendein Idiot muss das Ladegerät mitgenommen haben. Ich wette, das war Koltberg. Und was machen wir jetzt?«

»Weißt du, wo Abdula steckt?«

Zack schaut auf die Uhr.

»Nein, aber ich weiß, wo er in fünfundvierzig Minuten sein wird.«

Sirpa wählt Alexis Hamréns Nummer sicher schon zum fünfzigsten Mal.

Er muss sie zu der Höhle führen, in der sich Albert befindet. Jetzt. Sofort.

»Der Teilnehmer ist momentan nicht erreichbar. Bitte versuchen ...«

Sie wirft den Hörer so hart auf das Telefon, dass es über den Tisch rutscht.

Wo ist er?

Rudolf ist es gelungen, Alexis Hamréns Eltern aufzutreiben, aber die sagen, sie hätten keine Ahnung, wo er sein könnte, und es klang nicht so, als hätten sie eine besonders gute Beziehung zu ihrem Sohn.

Sirpa schaut auf den Bildschirm.

Albert weint leise.

Noch zwei Stunden und acht Minuten.

»Das hier gefällt mir nicht«, erklärt Deniz, während sie am Ikea in Barkarby vorbeifahren. »Das gefällt mir ganz und gar nicht.«

»Hast du einen besseren Plan?«, fragt Zack.

Sie gibt keine Antwort.

Aber zumindest scheint sie sich ein wenig beruhigt zu haben.

Eine halbe Stunde zuvor, als er ihr erzählte, dass er Abdula versprochen hatte, ihm zu helfen, hat sie ihn angeschrien, dass ihre Stimme sich überschlug.

»Du bist doch krank, Zack! Weißt du das eigentlich? Wie kannst du bereit sein, bei so einem verdammten Dealerkrieg den Leibwächter zu spielen? Wir sollten diesen Idioten hinter Schloss und Riegel bringen, statt ihn zu schützen. Ist es das, was du unter dich zusammenreißen verstehst?«

»Sind alle deine Freundinnen so zuverlässig und halten sich brav an die Gesetze?«, hatte er erwidert. »Die aus Hässelby zum Beispiel, Sübeide. War sie nicht vor ein paar Jahren in diverse Schaufenstereinbrüche verwickelt?«

»Sie ist inzwischen clean und arbeitet als Personal Trainer.«

»Und wenn sie nicht clean geworden wäre – hättest du dann alle Brücken abgebrochen? Oder wärst du zur Stelle, wenn sie deine Hilfe braucht?«

Deniz hatte nichts mehr gesagt, sondern nur aus dem Fenster geschaut. Jeder Gesichtsmuskel war angespannt.

»Abdula hat auch dein Leben gerettet«, hatte Zack gesagt.

»Das weiß ich selbst.«

»Und er kann uns jetzt helfen, ein weiteres Leben zu retten. Außerdem ist es nicht einmal ein Umweg, wenn wir nach Husby fahren. Albert kann dort ganz in der Nähe gefangen gehalten werden.«

»Wie kommst du plötzlich darauf?«

»Gustaf Johansson wohnt in Kista, Ismails letzter Anruf kam vom Järva krog, und er wurde dort und vor einem Supermarkt im Norden von Solna auf Überwachungskameras entdeckt. Es stimmt schon, was Östman gesagt hat: Sucht im nächsten Umkreis.«

Eine Weile hatten sie schweigend dagesessen. Dann hatte Zack gesagt: »Ich reiße mich zusammen, versprochen. Es gibt nichts, was mir wichtiger wäre.«

Und dann hatten sie über eine mögliche Taktik gesprochen.

Zack sollte in den Kebabladen gehen und auf Abdula warten, während Deniz im Auto sitzen blieb. Wenn Aarash Alam und seine Bande noch nicht in Sicht waren, würde er Abdula fragen, wo Albert gefangen gehalten wurde. Anschließend würde er Deniz den Ort über Funk mitteilen, so dass sie den Rettungseinsatz initiieren konnte.

Zack selbst würde bleiben, das Treffen beobachten und anschließend in einem Taxi folgen.

Ganz einfach.

Deniz biegt von der 275 ab, in die Danmarksgatan in Husby.

»Und wenn es zum Schusswechsel kommt, wie willst du erklären, dass du dort warst?«

»Ich werde sagen, wie es ist, nämlich dass ich eine Kontaktperson treffen wollte, die mir gesagt hat, sie hätte entscheidende Informationen über Albert. Dass diese Kontaktperson noch andere Geschäfte in diesem Kebabladen zu erledigen hatte, müssen wir ja nicht gewusst haben.«

Sie kommen an dem roten Klinkerbau des Schwimmbads vorbei und fahren unter einer Fußgängerbrücke auf den Bürgersteig.

Zack steigt aus dem Wagen und schaut sich um. Es wütet jetzt ein richtiger Schneesturm, und kein Mensch scheint sich draußen aufzuhalten. Er öffnet den Kofferraum und zieht sich die schusssichere Weste unter der Daunenjacke an, bevor er sich die Handyohrstöpsel in die Ohren steckt, sie an das Funkgerät anschließt und einen Testanruf bei Deniz macht.

Dann beugt er sich durch das heruntergelassene Fenster auf der Beifahrerseite und sagt: »Parke in Sichtweite vom Kebab Heaven, aber nicht zu nahe. Okay?«

Sie legt ihre Hand auf seine und schaut ihm in die Augen.

»Sei verdammt vorsichtig. Geh kein zu großes Risiko ein.«

Er lächelt sie an. »Wir sehen uns gleich wieder.«

Dann läuft er die Treppe zur Fußgängerbrücke hoch und geht durch den dezimeterhohen Neuschnee aufs Einkaufszentrum zu. Schaut auf die Uhr. 17.42 Uhr.

Er hat Deniz nicht gesagt, wie schlimm es kommen kann. Nur, dass Abdula eine Schuld zu begleichen hat. Er hat nichts davon erwähnt, dass die Waren, die Aarash Alam gekauft hat, von schlechter Qualität waren.

Trotzdem weiß sie um die Gefahr.

Sei verdammt vorsichtig.

Auf dem Weg hierher hat er den Kebabladen in Deniz' Smartphone gegoogelt. Neueröffnet. Offensichtlich sehr beliebt. Vielleicht wird doch alles ruhig ablaufen? Die werden Abdula ja wohl nicht vor großem Publikum abknallen?

Oder wollen sie genau das? Publikum bei der Hinrichtung?

Nicht, solange ich in der Nähe bin, denkt er.

Abdula hat in Skärholmen eine Kugel abbekommen, die für Zack bestimmt war. Und in gewisser Weise ist das der Grund, warum er jetzt in der Scheiße sitzt.

Die Kugel hat mehr als nur Muskeln und wichtige Blutgefäße zerrissen. Sie hat auch Abdulas Psyche zerbrochen.

Die Sache heute Abend kann schiefgehen.

Es kann sein, dass die Husbybande ein Zeichen setzen will.

Dann riskiere ich, mir selbst eine Kugel einzufangen, denkt Zack.

Eine Kugel, die Abdula retten kann.

Die zugleich aber auch Albert tötet.

64

Langsam schiebt der Mann seine Hände in die Löwenklauen. Biegt die Finger und sieht, wie die schwarzen Krallen der Bewegung folgen. Das Licht der Glühbirne wird am glänzenden Schwarz der Krallen reflektiert, und die Spitzen sehen aus, als könnten sie gehärteten Stahl durchdringen.

Noch anderthalb Stunden.

Dann sollen die Klauen das tun, wozu sie geschaffen wurden.

Aufschlitzen.

Zerreißen. Rache üben.

Zeigen, wer am stärksten ist.

Ein Knurren steigt aus seiner Kehle hoch. Er muss sich nicht einmal mehr verstellen, das kommt ganz natürlich. Kein Gefühl ist ihm vertrauter als dieses, die Gleichgültigkeit des Raubtiers der Beute gegenüber und die Freude auf das Töten.

Eine Stunde und neunundzwanzig Minuten.

Wie Peter Bunde sich jetzt wohl fühlen mag? Ob er jedes Mal, wenn der Minutenzeiger weiterrückt, vor Schmerzen jammert? Ob er Reue spürt? Ob er sich in seiner lächerlichen Kleidung albern findet? Ob er endlich einsieht, dass die Realität die Realität ist und kein Spiel?

Jetzt ist es zu spät.

Er hat meinen Bruder wie Müll behandelt.

Mit ihm gespielt.

Ihn dazu gebracht, sein eigenes Leben zu beenden.

Jetzt bin ich an der Reihe zu spielen.

Mit seinem Sohn.

Eine Stunde und achtundzwanzig Minuten.

Er geht mit federndem Schritt zum Käfig. Sieht, wie Albert sofort zur anderen Seite rutscht.

Wie er sich gegen die Gitterstäbe drückt und am ganzen Körper zittert.

Seine Beute. Seine geliebte Beute.

Er brüllt. Laut und langgezogen.

Ich bin das wütende Löwenmännchen von Kolmården, das Tier, von dem ich immer geträumt habe, wenn die dortigen Zootiere faul und satt im Safaripark lagen.

Ich bin alles, was die Löwen in ihrer Gefangenschaft nicht sind.

Ich bin stark. Ich bin frei.

Die Pfütze unter Alberts Pyjamahose wird immer größer.

Siehst du das, Peter Bunde?

Siehst du, wie dein Sohn leidet?

Fühlst du seinen Schmerz? So, wie ich den meines Bruders gefühlt habe?

Aber damals war ich schwach.

Ein Opfer der Umstände.

Doch jetzt ist alles anders.

Jetzt bin ich der Gamemaster, der bestimmt, was passieren soll.

Ich bin der Löwe.

Eine Stunde und siebenundzwanzig Minuten.

Langsam trottet er um den Käfig herum, eine Runde nach der anderen. Das Löwenfell streicht weich über seine Haut, warm und leicht rau. Er wird eins damit und spürt, dass er Teil von etwas Größerem ist. Dass die Götter auf seiner Seite sind.

Sie haben ihm die ganze Zeit den Weg gezeigt.

Haben ihn auf die rechte Bahn geleitet.

Eigentlich hatte er mit Albert anfangen wollen, doch dann gaben sie ihm Ismail.

Eine Stunde und sechsundzwanzig Minuten.

Er denkt an diesen verblüffenden Zufall. Wie er aus dem Coop kam, mit einer Einkaufstüte in der Hand, und wie Ismail in diesem Moment auf ihn zuging und um Geld bettelte.

Zuerst wollte er ihn verscheuchen, wie er es immer mit Bettlern tut, doch dann brachte ihn irgendetwas auf eine Idee.

Er hockte sich neben den Jungen, fragte ihn, wer er sei und was er hier tue. Gab ihm einen Apfel aus seiner Tüte und brachte ihn dazu, Vertrauen zu fassen und mehr zu erzählen, als er eigentlich vorgehabt hatte.

Ein wunderbarer Schauer durchlief seinen Körper, als er begriff, dass der Junge weggelaufen war – und dass er keine Angehörigen hatte, die nach ihm suchten.

Ismail – eine Gabe der Götter für ihren Löwen.

Ein Übungsobjekt.

Eine Möglichkeit, die Methode zu verfeinern.

Zum ersten Mal zum Löwen zu werden, ganz und gar. Eine Vorübung für die Rache.

Doch es wurde mehr als eine Übung. Es wurde größer, besser, als er je geahnt hatte.

Und er hat den Göttern wahrlich gedankt. Hat ihnen Ismail präsentiert, hoch oben, hat Mond und Sterne seinen Körper streicheln lassen.

Eine Stunde und fünfundzwanzig Minuten.

Nicht einmal dieser herumschnüffelnde Polizeibeamte hatte seine Euphorie dämpfen können. Ganz im Gegenteil, das unerwartete Eindringen in die neue Löwenhöhle, die er noch nicht fertig eingerichtet hatte, war ein weiterer Beweis dafür gewesen, wie weit seine großartige Verwandlung bereits gediehen war.

Er hatte den Mann getötet, schnell und effektiv. Hatte die Dunkelheit ausgenutzt. War zum Löwen geworden, ohne überhaupt das Fell benutzen zu müssen.

Inzwischen kommt sie von innen, die Kraft.

Sie erfüllt sein ganzes Wesen.

Und dieses Mal werden nicht nur die Götter sein Opfer bewundern dürfen.

Wenn Peter Bunde morgen früh aus seinem Bürofenster schaut, wird er geradewegs in seine schlimmsten Albträume starren.

Noch eine Stunde und vierundzwanzig Minuten.

65

Im Kebab Heaven mischt sich der Geruch frischer Wandfarbe mit dem nach Frittierfett.

Zack hat sich einen Tisch in einer Ecke ausgesucht. Am liebsten säße er allein dort, aber der Laden ist voll, und so ist er gezwungen, den Tisch mit einem Paar in den Zwanzigern zu teilen. Aber glücklicherweise scheinen sie nur Augen füreinander zu haben.

Er knüllt das Papier zusammen, in das der Döner eingewickelt war, und wischt sich den Mund ab. Er hatte gedacht, dass er vor lauter Anspannung gar nichts würde essen können, doch die Düfte haben trotz allem seinen Appetit geweckt. Und der Döner war gut. Richtig gut. Offenbar ist es dem Imbissbesitzer gelungen, die perfekte Balance zwischen einem klassischen Döner auf die Hand und dem phantastischen französischen Döner aus der Kungsgatan zu finden, den sogar Mera ab und zu isst.

Zack sitzt mit dem Rücken zur Wand. Er versucht, mit ihr zu verschmelzen, aber ihm ist schon klar, dass er mit seinen blonden Locken und der winterblassen Haut in diesem Laden auffällt.

Eine Kellnerin mit großen braunen Augen räumt das Tablett und den Müll vom Tisch ab. Ein junger Typ mit schmierigem Haar und gigantischen Kopfhörern um den Hals klopft ihr auf den Po, als sie an ihm vorbeikommt, woraufhin seine drei Kumpel laut lachen.

Sie wehrt ihn ab, doch er mustert ihren Körper von oben bis unten und sagt: »Nun komm schon, du magst das doch. Ich kann dir geben, wovon du träumst.«

Seine Freunde brüllen wieder vor Lachen.

Idioten, denkt Zack und schaut auf die Uhr. 17.58 Uhr.

Er wischt sich mit der Serviette den Schweiß von der Stirn. Die Schutzweste und die gefütterte Jacke lassen ihn dahinschmelzen.

Er holt sein Handy heraus und tut so, als läse er seine Nachrichten, während er den Blick diskret durch den Raum wandern lässt.

Noch kein Abdula in Sicht. Und auch kein Aarash Alam, soweit er sehen kann.

Wer die Helfer des Afghanen sind, das hat er noch nicht herausbekommen. Und auch nicht, wer zu Abdula gehört. Er hat das Gefühl, das könnte hier drinnen eigentlich jeder sein. Reichlich viel Gockelgetue hier im Laden. Jede Menge Testosteron.

Wie letzte Nacht, denkt er.

Wenn es nach der Statistik ginge, dürfte er jetzt gar hier nicht sitzen.

Er schiebt diesen Gedanken beiseite.

Zwei ältere Männer verlassen die Bar und unterhalten sich dabei laut. Auf dem Weg nach draußen halten sie die Tür für einen bulligen, hochgewachsenen Mann in glänzender blauer Daunenjacke auf.

Abdula. Mit einer schwarzen Sporttasche über der Schulter. Allein, ohne seine Gorillas. Die warten sicher draußen, denkt Zack, außerdem hat er ja mich hier drinnen als Backup.

Abdula geht scheinbar entspannt zwischen den Tischen entlang, doch sein flackernder Blick überprüft jede Ecke.

Sein Blick streift Zack nur kurz, und der hat den Eindruck, dass sein Kumpel danach etwas entspannter atmet, als er sich an dem Tisch niederlässt, den die älteren Männer soeben verlassen haben.

Abdula schiebt einen zurückgelassenen Bierdeckel beiseite und legt einen Arm auf die Tischplatte. Stellt die Tasche zwischen die Füße und vermeidet bewusst, noch einmal in Zacks Richtung zu schauen.

Zack will gerade aufstehen, um sich an Abdulas Tisch zu setzen, da reißen drei Männer die Tür auf und betreten das Lokal. Zwei Muskelpakete und ein sehniger Typ. Sie sehen aus, als hätten sie gerade Kinder zum Frühstück verzehrt.

Ihnen folgt ein Vierter.

Aarash Alam.

Mit Sonnenbrille, Anzug und einem weißen Kunstpelz, der ihm über die Schultern hängt. Der Kragen umhüllt seinen langen Hals wie eine luftige Kumuluswolke.

Wie eine afghanische Parodie auf Snoop Dogg, denkt Zack und bleibt erst einmal an seinem Tisch sitzen.

Das Gemurmel wird leiser, und die Gäste im Lokal scheinen sich die größte Mühe zu geben, vollkommen uninteressiert zu wirken. Der Blick des Typen an Zacks Tisch bekommt etwas Gehetztes, und er hört, wie er seiner Freundin zuflüstert, dass sie sich auf gar keinen Fall umdrehen solle.

Was sie natürlich sofort tut.

Was viele andere auch tun.

Aarash Alam schreitet durch das Lokal, als gehörte es ihm. Und Zack versteht jetzt, warum er sich ausgerechnet diesen Ort ausgesucht hat.

Um zu zeigen, wozu er in der Lage ist.

Um zu zeigen, was passiert, wenn man sich mit dem Häuptling von Husby anlegt.

Zacks rechte Hand tastet unter der Jacke nach dem Pistolenkolben. Schweiß läuft ihm den Rücken hinunter.

Gleich wird etwas geschehen.

Er lehnt sich auf seinem Stuhl zurück und spielt mit dem Handy, während er versucht, aus dem Augenwinkel im Blick zu behalten, was passiert.

Der eine Muskelprotz hat sich vor die Tür gestellt. Der andere und der sehnige Mann haben sich an Abdulas Tisch niedergelassen, aber den Platz gegenüber von Abdula frei gelassen.

Aarash Alam setzt sich dorthin, schlägt ein Bein übers andere. Die schwarzen Lederschuhe glänzen wie vulkanisches Glas.

Die Kellnerin kommt an ihren Tisch und räumt schnell den Müll der vorherigen Gäste ab, wobei sie sich offensichtlich bei Aarash Alam entschuldigt.

Dieser betrachtet seine Fingernägel und nickt. Dann bohrt er seinen Blick in Abdulas und sagt etwas, das Zack nicht versteht.

Abdula erwidert nichts.

Das Muskelpaket an der Tür scannt mittlerweile das Lokal. Sein Blick bleibt an Zack hängen, der wiederum mit den Augen das Handydisplay fixiert. Lange Zeit vermeidet er es, überhaupt aufzuschauen.

Stattdessen lauscht er. Es fällt ihm schwer, die einzelnen Worte zu verstehen, aber das Gespräch zwischen Abdula und Aarash Alam scheint in ruhigem Ton zu verlaufen. Abdulas Stimme klingt angestrengt, aber fest.

Nach dreißig Sekunden mit der Nase im Mobiltelefon geht Zack das Risiko ein und schaut hoch. Das Muskelpaket hat jetzt seinen Blick auf Abdula gerichtet, und das Gespräch hat seinen Charakter geändert. Es ist hitziger geworden.

Abdula breitet die Arme aus, dann nimmt er die Tasche hoch und sieht aus, als wollte er sie dem sehnigen Mann überreichen.

Aarash Alam lacht und schüttelt den Kopf, als hätte Abdula gerade einen guten Witz erzählt.

Und dann nickt er einem der Muskelprotze zu, der sofort Abdula die eine Hand in die Seite drückt.

Zack hält nach einer Waffe Ausschau, doch der Gorilla hat die Hand im Jackenärmel versteckt, so dass die Pistole oder das Messer für neugierige Blicke verborgen sind.

Abdula schaut aus dem Fenster, scheint nach jemandem zu suchen. Aarash Alam folgt amüsiert seinem Blick, dann holt er etwas aus der Tasche, das in ein Stück Stoff eingewickelt ist.

»Ich dachte, wir haben dir deutlich gemacht, dass du allein herkommen sollst«, sagt er mit lauterer Stimme als bisher. »Aber wir haben da draußen zwei deiner Freunde gefunden, und die wollten wohl trotz allem ihre *Finger* im Spiel haben.«

Er wickelt das Päckchen auf dem Tisch aus, und reflexartig weicht Abdula zurück.

Zack kann sehen, was dort liegt.

Zwei abgehackte Finger. Beide mit einem Ring, damit Abdula sie wiedererkennen kann.

Aarash Alam lächelt, als er sieht, wie Abdula die blutigen Finger anstarrt. Dann steht er auf, und der Muskelprotz mit der Waffe sorgt dafür, dass auch Abdula aufsteht.

Zack sitzt angespannt da, die Hand auf dem Pistolenkolben.

Das eine Muskelpaket führt Abdula auf die Küchentür zu.

Nicht gut.

Der Sehnige geht voran, mit Abdulas Tasche in der Hand, es folgt der Bodybuilder mit Abdula, anschließend Aarash Alam und zum Schluss der Hüne, der Wache an der Tür geschoben hat.

Zack möchte am liebsten hinterherrennen, aber ihm ist klar, dass es sich hier um eine Falle handelt. Höchstwahrscheinlich steht der eine von Aarash Alams Männern hinter der Küchentür und wartet nur darauf, sich auf denjenigen zu stürzen, der hereinkommt.

Zack geht an den Tisch mit den vier jungen Männern und zieht den kräftigen Typen mit dem fettigen Haar hoch, der vorhin die Kellnerin angebaggert hatte.

»Was zum Teufel willst du?«, schreit dieser, aber Zack dreht ihm nur den Arm auf den Rücken und zischt: »Du kommst mit mir.«

Keiner der anderen Gäste rührt auch nur einen Finger.

Zack schiebt den fluchenden Kerl vor sich auf die Küchentür zu. Drückt die Klinke mit dem Ellenbogen runter und gibt dem Mann dann einen so heftigen Stoß, dass die Tür auffliegt und der Kerl in die Küche stolpert.

Der Muskelprotz hinter der Tür wirft sich sofort auf den Mann und legt ihm seinen riesenhaften Arm um den Hals. Als er das Klicken des Teleskopschlagstocks hört, dreht er sich um, doch da ist es schon zu spät. Er ist ohnmächtig, noch bevor er auf den Boden trifft.

Der junge Typ ist auf die Knie gesunken und schnappt nach Luft. Zack schiebt ihn mit einem Tritt zur Seite und geht weiter in die Küche.

Drei Männer mit Schürzen und weißer Arbeitskleidung starren ihm erschrocken nach, als er weiter zur Hintertür läuft.

Dort befindet sich eine Laderampe, und er muss sich eine Hand vor die Augen halten, damit der Schnee ihm nicht in die Augen peitscht. Er blinzelt und erkennt einen schwarzen Audi Q mit getönten Scheiben, der fast in ein parkendes Taxi rutscht, als er mit hoher Geschwindigkeit vom Parkplatz herunterfährt.

Sie haben Abdula mitgenommen.

Und werden ihn töten.

Er ruft Deniz an.

»Fahr auf die Rückseite. Sofort!«

Er hört sie schreien: »Verdammter Scheiß!«

Der Audi ist bald außer Sicht. Der Taxifahrer ist aus seinem Wagen ausgestiegen und schreit ihm etwas hinterher.

»Es eilt!«, ruft Zack in den Hörer. »Sie haben Abdula.«

»Und wir haben einen Platten«, erwidert sie und Zack hört über Funk, wie sie die Wagentür öffnet. »Es steckt ein Messer im Reifen.«

Zack rennt zum Taxi. Der Fahrer hat sich wieder ins Auto gesetzt und isst weiter seinen Döner.

»Ich zahle den doppelten Tarif, wenn du dein Essen wegwirfst und diesem Wagen da folgst.«

Der Fahrer wischt sich ein wenig Dönersauce aus dem Schnurrbart und sagt: »Spring rein.«

Noch bevor Zack die Tür hinter sich zugezogen hat, ist der Wagen losgefahren, und der Fahrer schlittert vom Parkplatz auf die Straße, dass der Schneematsch in alle Richtungen hochspritzt.

»Was sind das nur für Idioten? Haben sie auch versucht, dich anzufahren?«, fragt er, während er einigen Frauen in Burka hinterherhupt, die vor dem Wagen über die Straße laufen.

»So etwas in der Art«, erwidert Zack.

Das Taxi ist in der Fünfzigerzone bereits auf neunzig Stundenkilometer, aber der Audi fährt noch schneller.

Zack schaut auf die Uhr. Albert hat nur noch eine Stunde Zeit.

Alles geht zum Teufel.

66

Der Immobilienmakler Peter Larzon steckt den Schlüssel in die Tür zum Büro im dritten Stock der Vasagatan 15. Morgen früh soll er potentiellen Mietern die Räume zeigen, und er will sicher sein, dass alles in Ordnung ist. Seit zwei Monaten, als er den Auftrag bekam, ist er nicht mehr hier gewesen. Es war immer etwas anderes dazwischengekommen.

Die Lage ist gut, doch das Haus soll in ein paar Jahren gründlich renoviert werden, und die meisten Firmen haben kein Interesse an kurzfristigen Verträgen. Aber jetzt hat ein Telekommunikationsunternehmen angebissen.

Er stampft den restlichen Schnee von seinen Ballyloafers, öffnet die Tür und wird von Kälte und abgestandener Luft empfangen.

Das Objekt hat einen Besprechungsraum, drei Büros und eine gemeinsame Küche. Jemand hat die Tür zu dem Raum geschlossen, der auf die Vasagatan zeigt, und im Flur liegt Baumaterial.

Peter Larzon seufzt verärgert. Hier waren doch gar keine Schönheitsreparaturen geplant? Der Besitzer der Immobilie hatte erklärt, dass vor der Grundrenovierung hier nichts mehr gemacht werden sollte.

Vielleicht musste irgendetwas akut repariert werden, denkt er und öffnet die geschlossene Tür.

Was ist das?

Mitten im Zimmer thront eine große Holzkonstruktion.

Ein zusammenklappbarer Arbeitstisch aus Leichtmetall steht daneben. Werkzeug, Bretter, Plastikdosen mit Nägeln und Schrauben.

Woran erinnert ihn diese Konstruktion?

An einen riesigen Galgen.

Tatsächlich, das ist ein Galgen, oder?

Peter Larzon macht einige Schritte ins Zimmer, und jetzt sieht er das Seil, das von dem kräftigen horizontalen Holzbalken herunterhängt. Die Schlinge. Die Räder unter der Konstruktion, so dass der Galgen problemlos über den Boden gerollt werden kann.

Er spürt, wie sich sein Magen zusammenzieht. Er dreht sich um. Lauscht. Aber er ist allein hier.

Er tritt ans Fenster zur Vasagatan. Unten Schneetreiben. Menschen, die sich gegen den Wind stemmen, und als er den Blick hebt, sieht er direkt in die Räume des berühmten Unternehmens Echidna Games.

Er schaut auf die Fensterbank.

Dort liegt eine Zeichnung. Die Skizze eines Galgens, mit einem kleinen Jungen in der Schlinge. Auf dem Bild ist das Fenster geöffnet und die Konstruktion so dicht herangeschoben, dass der Galgen hinausragt und der Jungenkörper frei vor der Fassade hängt, für alle Blicke zugänglich.

Peter Larzon schließt die Augen. Ihm fallen die ausführlichen Medienberichte über den entführten Jungen ein, den Sohn des Geschäftsführers von Echidna Games.

Kann das hier damit zusammenhängen?

Er holt sein Handy heraus und wählt die 110.

Der Audi riecht nach Neuwagen, er hat ein vergoldetes Lenkrad, mit schwarzem Leder überzogene Sitze und Bildschirme in den Nackenstützen.

Abdula sitzt zwischen den beiden Gorillas eingeklemmt und kämpft darum, den Atem ruhig zu halten.

Aarash Alam sitzt auf dem Beifahrersitz. Er zupft den weißen Pelz zurecht, dreht den Kopf und sagt zu Abdula: »Ich muss um Entschuldigung bitten wegen des eiligen Aufbruchs, aber jetzt gehen wir zu körperlichen Aktivitäten über, und da passt es besser mit ein wenig Abgeschiedenheit. Es wäre doch schade, den Fußboden in unserem hübschen neuen Kebabrestaurant schmutzig zu machen, nicht wahr?«

Abdula schließt die Augen und versucht, ruhig zu bleiben.

Er hat Leute bedroht, sie geschlagen oder auf sie geschossen. Aber er hat noch nie jemanden gefoltert und war selbst nie körperlicher oder seelischer Folter ausgesetzt.

Er weiß, was sein Vater hat ertragen müssen, bevor es ihm gelang, mit der Familie aus Marokko zu fliehen. Peitschenhiebe, Elektroschocks, immer wieder schmerzhafte Schläge auf die Fußsohlen.

Und jetzt soll offenbar auch sein Sohn gefoltert werden.

Er hat davon gehört, wie die Husby-Afghanen ihre Feinde behandeln. Sie fesseln sie auf einen Stuhl und drehen ihnen grobe Schrauben in die Knie.

In die Hoden.

Und in die Augen.

Er schiebt das Bild fort und will sich lieber auf den Weg konzentrieren.

Wohin wollen sie?

Sie sind auf einen kleinen holprigen Pfad mitten im Wald abgebogen.

Ist das überhaupt eine befahrbare Straße? Sie kommt ihm eher wie ein Fahrradweg vor.

Er vermutet, dass sie irgendwo zwischen Sollentuna und Jakobsberg sind. Aber das ist bei dem dichten Schnee, der vor den Scheiben herumwirbelt, schwer auszumachen.

Er wünschte, er könnte gar nichts sehen. Wenn sie ihm eine Stofftasche über den Kopf gezogen hätten, würde das nämlich bedeuten, dass sie ihn am Leben lassen wollten.

Er schaut auf seine Hände. Denkt an die Finger in dem Stofffetzen.

Was haben sie mit André und Malik gemacht? Haben sie sich damit begnügt, jedem nur einen Finger abzuschneiden?

Höchstwahrscheinlich nicht.

Er sieht Maliks zwei Kinder vor sich. Vor nur zwei Wochen hat er mit ihnen aus Spaß auf dem Sofa gekämpft.

Ist ihr Papa jetzt tot?

Wenn ja, hofft er nur, dass es schnell gegangen ist.

Ein großes Gebäude, das aussieht wie eine Lagerhalle, taucht im Wald auf. Der Audi parkt an der Längsseite, und Abdula muss schlucken. Das Muskelpaket neben ihm steigt aus und gibt ihm zu verstehen, dass er folgen soll.

Der Kerl hält jetzt eine gröbere Waffe in der Hand. Eine MAC-10. Ein klassisches Ghetto-Gun. Spritzt seine zwanzig Kugeln in Sekunden aus, und das ohne irgendwelche Sperenzien.

Der sehnige Afghane schließt ein kräftiges Vorhängeschloss auf und öffnet die Tür.

Abdula kann mit Mühe die von der Sonne verblichenen Worte »Järva Paintball« auf einem rostigen Schild über der Tür erkennen, bevor er ins Innere gestoßen wird und Spinnweben ins Gesicht bekommt.

Der Sehnige schaltet eine tragbare, batteriebetriebene Standleuchte ein, und Abdula sieht einen vollgeschmierten Empfangstresen direkt vor sich und ein paar leere Regale an der Wand hinter ihnen. Links eine Reihe aufgetretener Türen und rechts ein Flur, der ins Dunkle führt.

»Wir haben diesen Platz erst vor ein paar Wochen gefunden«, sagt Aarash Alam hinter seinem Rücken zu Abdula. »Ganz gemütlich, oder was meinst du?«

Sie gehen den Flur entlang und kommen in einen Raum, der an einen verlassenen Hangar erinnert.

Leer, bis auf die Betonpfeiler, die die Decke stützen. Und den Metallstuhl, der allein im Raum steht, mitten auf dem Betonboden.

Der kalte Schein der Batterieleuchte lässt die verchromten Stuhlbeine skelettartige Schatten an die Wände werfen.

Abdula sieht eingetrocknete, schwarze Pfützen auf dem Boden vor dem Stuhl. Dann sieht er die Werkzeugkiste. Bei ihrem Anblick wollen ihn seine Beine kaum noch tragen.

67

Sirpa beendet das Telefongespräch mitten in einem Satz und steht auf, um sich einen Kaffee aus der Büroküche zu holen.

Was für ein umständlicher Alter.

Der Oberst, mit dem sie gerade gesprochen hat, gilt als Experte für alte unterirdische Verteidigungsanlagen in und um Stockholm. Sirpa hat ihm erklärt, worum es ging, und ihn gebeten, sich den Livestream mit Albert anzuschauen, um herauszufinden, ob er möglicherweise die Felshöhle wiedererkennt.

Doch obwohl sie ihm gleich zu Beginn gesagt hat, dass ihnen die Zeit davonrennt, kam der Alte die ganze Zeit mit immer neuen verstaubten Anekdoten.

»Nun ja«, hat er mit zittriger Stimme gesagt, »das erinnert mich ein wenig an die unterirdische Zentrale in Norduppland, oder nein, doch nicht so ganz. Das war eine richtig schöne Anlage, das können Sie mir glauben, ich habe viele gute Erinnerungen daran. Beispielsweise an den Auftrag, als wir …«

Und da hat sie den Hörer aufgelegt.

Während der Automatenkaffee in die Tasse rinnt, hört sie die Mitteilung im Polizeifunk, dass es im Schneechaos einen schweren Verkehrsunfall gegeben hat. Die gesamte E4 ist auf der Höhe von Helenelund blockiert.

Nichts könnte Sirpa jetzt weniger interessieren.

Sie denkt an den Galgen in den Räumen in der Vasagatan, Douglas Juste hat gerade eine Truppe hingeschickt, um das zu überprüfen.

Offenbar ist es Gustaf Johansson, der plant, sich zu rächen. Der möchte, dass Peter Bunde seinen eigenen Sohn erhängt vor seinem Bürofenster sehen soll.

Das Ganze wird immer widerwärtiger.

Sie reibt sich die Schläfen, versucht, neu zu denken.

Welche Möglichkeiten haben sie noch nicht versucht?

Was haben sie übersehen?

Das Telefon auf ihrem Schreibtisch klingelt erneut.

Bestimmt ist es dieser alte Oberst, der sich wundert, warum sie den Hörer aufgelegt hat.

Sie humpelt zurück.

»Sirpa Hemälainen«, meldet sie sich.

»Wer sind Sie?«

Die Stimme klingt, als gehöre sie einem wütenden jungen Mann.

»Spreche ich mit Alexis Hamrén?«, fragt Sirpa.

Endlich ein Treffer. Jetzt wird sich alles klären.

»Sie haben mich wohl tausend Mal angerufen. Was wollen Sie von mir?«

»Ich arbeite bei der Stockholmer Polizei, und wir brauchen Ihre Hilfe. Ich war auf Ihrer Homepage, und jetzt …«

»Ich helfe keinen Bullen.«

Klick.

»Hallo. Hallo?«

Sie probiert es mit einem Rückruf.

»Der gewünschte Teilnehmer ist momentan nicht erreichbar.«

Sie wirft den Hörer auf den Apparat, dass die Gabel knackt.

»Verflucht noch mal!«

Hinter sich hört sie die Schritte von Rudolf Gräns und Sandra Sjöholm.

»War das unser Urban Explorer?«, fragt Rudolf.

»Ja.«

»Hast du herausgekriegt, wo er sich befindet?«

»Nein. Und er hat sein Telefon ausgeschaltet.«

Weder Rudolf noch Sandra Sjöholm sagen etwas, aber das ist Antwort genug.

Damit ist die letzte Chance geplatzt.

Aus irgendeinem Grund wird Sirpa wütend auf Sandra Sjöholm.

Sie hat überhaupt nichts zu den Ermittlungen beigetragen, diese vollbusige Blondine.

Oder vielleicht ja doch?

Vielleicht war sie gar nicht so schlecht bei den Vernehmungen, die sie zusammen mit Rudolf geführt hat?

Aber das ist jetzt sowieso vollkommen egal.

Albert hat nur noch dreiundvierzig Minuten zu leben.

In der Zeit werden sie ihn nicht finden.

Der Polizeifunk spuckt weitere Informationen über Verkehrsunfälle aus. Es scheint, als wäre jede Straße in den nördlichen und westlichen Vororten von Staus betroffen, weil die Rückkehrer aus dem Wochenende alternative Routen suchen, um die Sperrung zu umfahren. Es werden mehr als zehn Wagen gemeldet, die von der Fahrbahn abgekommen sind. Sogar eine Funkstreife ist auf dem Weg zu einem der Unfallorte in den Straßengraben gerutscht.

Auf dem Bildschirm ist zu sehen, dass Albert jetzt wie ein nervöses Tier im Zoo in seinem Käfig herumläuft. Hin und her, hin und her.

Sirpa hört, wie er versucht zu singen, vielleicht, um sich selbst Mut zu machen, aber die Worte kommen nur stoßweise und klingen eher nach einem Flüstern als nach einem Lied.

Noch zweiundvierzig Minuten.

Zweiundvierzig jämmerliche Minuten.

Weiß Albert das? Geht er deshalb in dem Käfig herum?

Plötzlich bleibt der Junge mitten im Schritt stehen. Er starrt in die Kamera und scheint zu lauschen. Dabei zittert er am ganzen Körper.

Sirpa setzt sich die Kopfhörer auf und versucht, ebenfalls zu lauschen. Im Hintergrund sind schwache Geräusche zu hören. Wie ein Schlurfen. Und ein leises Knurren.

Als stünde der Mann in dem Löwenfell irgendwo hinter der Kamera und machte sich bereit.

»Du darfst das nicht«, flüstert Sirpa. »Du darfst das nicht.«

Und ihr wird bewusst, dass sie trotz allem bis jetzt noch gehofft hatte. Dass sie in ihrem tiefsten Inneren fest davon überzeugt gewesen ist, dass sie dieses Rätsel rechtzeitig lösen.

Doch dem ist nicht so.

Albert wird sterben.

Seine Mutter wird zusehen, wie es geschieht. Und sein Vater.

Der Gedanke ist unerträglich.

Da vibriert Sirpas Handy auf dem Schreibtisch. Es ist eine verborgene Nummer, die anruft, und irgendetwas sagt ihr, dass der Anruf wichtig ist.

Ist es Alexis Hamrén, der seine Meinung geändert hat?

Bitte lass es nicht den Obersten sein, der sauer ist, weil sie aufgelegt hat.

»Hallo, hier ist Sirpa Hemälainen.«

»Hier ist Peter Bunde, Alberts Vater.«

Sirpa sitzt kerzengerade auf ihrem Stuhl.

»Ja, bitte?«

»Ich gebe Ihnen jetzt die Koordinaten des Ortes, an dem Albert gefangen gehalten wird.«

Sirpa versucht, die richtigen Worte zu finden, bringt aber nur stotternd heraus: »Aber wie …«

»Das erkläre ich Ihnen später«, unterbricht Peter Bunde sie, »wenn Sie einen Trupp losgeschickt haben. Hier kommen die Koordinaten.«

68

Das Taxi ruckelt durch ein Niemandsland. Es scheint, als hielte die Dunkelheit den Wald fest in ihren Klauen, trotz der hellen Schneedecke.

Zack hat versucht, Deniz über Funk eine Wegbeschreibung zu geben, aber das Navi des Taxis ist kaputt, und er weiß nicht, ob er alles richtig wiedergegeben hat. Haben sie die zweite oder die dritte Abfahrt genommen? Und was stand auf dem letzten Straßenschild? Alles verschwindet in Dunkelheit und Schneetreiben. Außerdem steckt Deniz' Taxi in irgendeinem Verkehrsstau fest. Offensichtlich wird momentan gerade eine Art Rekord in Auffahrunfällen und Von-der-Fahrbahn-Abkommen aufgestellt.

Er schaut hinaus. Versucht, sich zu orientieren, aber er sieht nur Bäume, Finsternis und Schnee. Schwirrenden, peitschenden Schnee, der den Himmel wie nadelscharfe Löwenkrallen zerreißt.

Wo zum Teufel sind wir?, fragt Zack sich.

Und wo ist der schwarze Audi?

Da sieht er ihn. Er steht weiter vorn auf einer Lichtung, vor einer großen dunklen Wand, angeleuchtet von den Autoscheinwerfern.

»Bleiben Sie bitte hier stehen, und schalten Sie die Beleuchtung aus. Sofort!«, sagt er.

Der Taxifahrer gehorcht, und der Audi versinkt in der Dunkelheit.

Zack zieht einen Fünfhunderter aus der Tasche und gibt ihn dem Fahrer.

»Setzen Sie so leise wie möglich und mit ausgeschalteten Scheinwerfern zurück, und parken Sie hundert Meter weiter weg, dann kriegen Sie noch einmal genauso viel, wenn ich zurückkomme.«

Zack verlässt das Taxi und läuft in der Reifenspur des Audis auf das Gebäude zu. Dabei hält er nach möglichen Wachleuten Ausschau, entdeckt aber keine. In dem Schneegestöber sieht man sowieso nichts.

Sollte aber jemand mit einem Fernglas dastehen und auf ihn warten, ist die Sache gelaufen. Doch er hat keine andere Wahl. Er läuft weiter bis an die Häuserwand und bleibt erst stehen, als er einen Schrei hört.

Abdulas Schrei.

Sofort setzt sich Zack wieder in Bewegung.

Wo ist die verdammte Tür? Da.

Er zieht die Sig Sauer und will die Klinke drücken.

Abgeschlossen.

Er sucht seine Taschenlampe und richtet den Lichtkegel auf das Schloss. Es glänzt im Schein der Lampe und wirkt in der rostigen Tür erstaunlich neu. Zum Glück ist es kein besonders anspruchsvolles Modell.

Zack bearbeitet das Schloss, aber seine Finger sind steif von der Kälte, und es geht langsamer voran als üblich.

Dreißig Sekunden.

Fünfundvierzig.

Der Riegel im Schloss löst sich.

Im Ohrstöpsel piepst es. Er hofft, dass es Deniz ist, die sagt, dass sie direkt hinter ihm ist, aber er hört Sirpas Stimme.

Im Laufschritt entfernt er sich ein paar Meter von der Tür.

»Hallo«, meldet er sich flüsternd.

»Zack, Peter Bunde hat die Felshöhle lokalisiert, ich habe ihn auf der anderen Leitung. Albert wird in einer alten unterirdischen Pulverfabrik festgehalten. Und du befindest dich nur drei Kilometer davon entfernt.«

Alles wird deutlicher. Der Herzschlag, die Konturen der Bäume. Die Kälte an seinen Wangen und der Dampf, der aus seinem Mund quillt.

»Was?«, sagt er. »Und woher weißt du, dass ich in der Nähe bin?«

»Über die Ortungsfunktion des Polizeifunks. Auf meinem Bildschirm kann ich deine Einheit auf einer Karte sehen. Und ich habe gerade mit Deniz gesprochen. Sie wird versuchen, zu Fuß dorthin zu kommen, doch sie wird es nicht schaffen. Du bist deutlich näher dran. Aber du hast nur noch zwanzig Minuten Zeit. Nein, neunzehn.«

Und Abdula?, denkt Zack. Er stirbt, wenn ich jetzt abhaue.

Und wenn ich bleibe, stirbt Albert.

Wer soll leben dürfen, wer sterben?

Ich kann das nicht entscheiden.

Niemand kann das.

»Wer ist sonst noch auf dem Weg dorthin?«, fragt er.

»Jede Menge Einsatzwagen sind alarmiert worden, aber die brauchen alle ihre Zeit. Die ganze E4 ist durch irgend so einen Verkehrsunfall blockiert, und inzwischen sind auch sämtliche kleineren Straßen in den nördlichen und westlichen Vororten voll. Einige davon sind schon blockiert. Und ein Hubschrauber hat bei diesem Wetter gar keinen Sinn. Du bist der Einzige, der es rechtzeitig dorthin schaffen kann.«

Und der Einzige, der Abdula retten kann, denkt Zack.

Wer soll leben dürfen, wer sterben?

Keiner soll sterben.

Es sind schon zu viele gestorben. Ismail. Und Niklas.

Ich werde beide retten.

»Sirpa, ich melde mich in zwei Minuten bei dir. Bis gleich!«

»Was?«

Er schaltet seinen Empfänger aus, geht wieder zur Tür und schiebt sie mit der einen Hand vorsichtig auf, während er sich dicht an der Wand hält und erwartet, jeden Moment beschossen zu werden.

Neunzehn Minuten.

Sicher nur noch achtzehn. Oder siebzehn.

Nichts passiert. Niemand schießt, und Zack schlüpft durch die Türöffnung. Er sieht Licht am anderen Ende eines Flurs und hört leise Stimmen.

Jemand hält am Ende des Flurs Wache, mit der Pistole in einer Hand, aber der Mann hat Zack den Rücken zugedreht und scheint vollkommen fasziniert zu sein von dem, was da weiter hinten vor sich geht.

Zack zielt auf den Mann, senkt dann aber die Pistole.

Sie gehört Douglas. Was, wenn die Techniker eine Kugel in einem afghanischen Körper finden, eine Kugel aus einer Waffe, die dem Chef der Sondereinheit gehört? Und wie soll er erklären, dass er sie hier drinnen abgefeuert hat, zu einem Zeitpunkt, zu dem er doch unterwegs sein sollte, um Albert zu retten?

Und die wichtigste Frage überhaupt: Wie werden Aarash Alam und die übrigen Kerle reagieren, wenn sie den Schuss hören?

Zuerst werden sie Abdula umbringen, um seine Befreiung zu verhindern. Und dann werden sie Schutz suchen und aus drei Richtungen auf Zack zielen.

Und damit ist die Sache gelaufen.

Aber die Uhr tickt.

Zack schiebt sich die Pistole in den Bund seiner Jeans und schleicht vorsichtig weiter vor, dankbar für die dicken Gummisohlen seiner Stiefel.

Da drinnen sagt eine Stimme etwas, auf den Kommentar folgt ein höhnisches Lachen. Auch der Wachmann lacht, und Zack nutzt die Gelegenheit, sich näher heranzupirschen.

Er sieht Abdula in einem großen Raum. Man hat ihn mit Gaffa-Tape auf einem Stuhl festgebunden. Sein Kopf ist vorgebeugt, Blut und Speichel laufen in einem Rinnsal aus seinem Mund.

Der sehnige Mann geht vor Abdula in die Knie und nimmt etwas aus einem Werkzeugkasten.

Aarash Alam und einer seiner Muskelprotze schauen zu. Dann sagt der Boss etwas in höhnischen Ton zu Abdula. Die anderen lachen.

Und dann hört Zack das Geräusch eines elektrischen Schraubendrehers.

Abdula starrt wie verhext auf das Werkzeug und die lange Schraube, die an ihrem Ende klebt, während die Männer um ihn herum erneut lachen.

Die Schraube wird auf Abdulas Knie gerichtet.

»Nein, nein!«, schreit er und zieht und zerrt mit dem ganzen Körper an den Fesseln, um von dem Stuhl loszukommen.

Zack klopft dem Wachmann auf die Schulter. Der dreht sich um und bekommt fast im selben Moment einen Schlag auf den Kehlkopf. Zack reißt ihm die Glock aus der Hand.

Den ersten Schuss feuert er bereits ab, bevor der Wachmann auf dem Boden aufschlägt.

Der Mann mit dem Schraubendreher wird zur Seite geschleudert, als die Kugel sich in seine Schulter bohrt.

Zack zielt auf das andere Muskelpaket, doch der Kerl rollt sich geschickt auf die Seite, und Zacks Kugel schlägt in die Wand ein.

Der Muskelmann zieht seine MAC-10 hoch und feuert aufs Geratewohl eine Salve in Zacks Richtung ab, während er gleichzeitig Aarash Alam aus der Schusslinie zieht.

Zack gibt einen weiteren Schuss auf die beiden fliehenden Männer ab und läuft zu Abdula, packt die Rückenlehne des Stuhls und zerrt seinen Kumpel hinter sich mit auf den Flur.

Abdula ist schwer, und die Metallbeine des Stuhls schrammen laut über den Boden, während Zack sich viel zu langsam in Deckung begibt.

Nun komm schon, feuert er sich selbst an. Schneller!

Er gibt zwei weitere Schüsse ab, um die Afghanen auf Abstand zu halten. Dann klickt die Glock.

Das Geräusch hallt durch das ganze Gebäude.

Zack sucht nach seiner Sig Sauer, wird aber nach hinten geworfen, noch ehe er den Schuss gehört hat. Der Stuhl kippt um und Abdula schreit, als sein Kopf auf dem Boden aufschlägt.

Jetzt erst spürt Zack den Schmerz in der Schulter. Als hätte ihn ein Riese aus der antiken Sagenwelt mit einer Keule geschlagen.

Er kommt wieder auf die Beine.

Zwei Kugeln schlagen in der Wand hinter ihm ein.

Zack bekommt die Rückenlehne des Stuhls wieder zu fassen und zerrt mit einem heftigen Ruck den darauf liegenden Abdula in Sicherheit, neben den bewusstlosen Wachmann.

Seine Schulter fühlt sich wie glühende Lava an, während er die Jackentaschen des Wachmanns nach weiteren Magazinen für die Glock durchsucht.

Er findet eins und schiebt es in die Pistole. Dann befreit er Abdulas Hände, gibt ihm die Waffe und fragt: »Alles in Ordnung?«

»Jetzt ja.«

Schritte sind aus dem Raum zu hören, den sie gerade verlassen haben.

Zack kämpft mit dem Gaffa-Tape an Abdulas Fußgelenken.

Wie lange mag ich schon hier drin gewesen sein? Zwei Minuten? Drei?

Dann hat Albert noch fünfzehn Minuten zu leben.

Ich werde es nicht schaffen, ihn zu retten.

Die Schritte kommen immer näher.

»Los, wir hauen ab«, sagt Zack.

Sie laufen den Flur entlang, reißen die Haustür auf und werfen sich zur Seite, genau in dem Moment, als hinter ihnen eine Maschinengewehrsalve aus der MAC-10 ertönt.

Die Kugeln treffen nur die Wand, dann sind hastige Schritte auf dem Flur zu hören.

»Schnell«, sagt Zack, »in den Wald.«

Der Schnee schüttet nur so vom Himmel herab, als sie das Gebäude umrunden und die Bäume erreichen. Struppige Kiefern und dorniges Gebüsch schlagen ihnen ins Gesicht, trotzdem kommen sie gut voran und immer tiefer in den Wald.

»Ich weiß, wo Albert ist«, sagt Abdula zwischen keuchenden Atemstößen.

»Ich auch. In einer alten Pulverfabrik ganz in der Nähe.«

Zack hört hinter sich Stimmen. Er sieht den Lichtschein einer Taschenlampe wie eine glühende Kugel in der Dunkelheit schweben.

»Worauf wartest du dann noch?«, fragt Abdula, während er geschmeidig über einen schneebedeckten Baumstamm springt. »Hau ab und rette den Jungen.«

»Und du?«

Abdula bleibt stehen und beginnt rückwärts in seinen eigenen Fußspuren zu gehen.

»Was machst du da?«, fragt Zack. »Die sind doch gleich hier.«

»Diese Typen geben nie auf. Wenn es sein muss, werden sie die ganze Nacht unsere Spur verfolgen. Aber ich denke gar nicht daran, mich länger von diesen afghanischen Teufeln jagen zu lassen.«

Abdula geht einige Meter in seiner Spur zurück, dann macht er einen Riesensatz zur Seite, hinter ein dichtes Kiefergestrüpp.

»Hau ab«, sagt er wieder, »um diese Idioten hier kümmere ich mich.«

Zack schaut ihn an, sieht wieder den alten, selbstsicheren Abdula vor sich.

Er geht mit sich selbst drei Sekunden lang zu Rate, dann rennt er weiter. Durch den Wald, in Richtung Taxi.

Bitte, lass den Mann nicht weggefahren sein.
Das Taxi steht noch dort.
Sogar in der richtigen Fahrtrichtung.
Zack springt hinein.
»Jetzt hauen wir ab«, sagt er, »aber schnell.«

69

Sirpa verfolgt Zacks Bewegungen auf der Karte. Sie lässt seine Position nicht eine Sekunde aus den Augen.

»In ungefähr hundert Metern kommt ihr zu einer Kreuzung, wo drei Straßen aufeinandertreffen. Dort biegt ihr nach links auf einen etwas kurvigen Kiesweg ab. Ihr habt noch acht Minuten Zeit.«

Ihr Tempo scheint hoch zu sein. Hauptsache, sie fahren nicht zu schnell. Es darf nicht damit enden, dass auch das Taxi mit Zack im Straßengraben landet.

»Zack, achte darauf, dass ihr auf der Fahrbahn bleibt.«

»Der Taxifahrer hat mir gerade erzählt, dass er in Kaschmir aufgewachsen ist«, sagt Zack. »Dort ist er auf deutlich schlimmeren und stärker verschneiten Wegen gefahren als hier. Oh shit!«

»Was ist passiert?«

»Er hat die Kurve wie ein Rallyefahrer genommen. Aber wir sind immer noch auf der Fahrbahn. Wie läuft es mit den anderen?«

»Schlecht. Keiner wird es rechtzeitig schaffen. Auf den Straßen herrscht vollkommenes Chaos. Der Notruf ist wegen Überlastung zusammengebrochen.«

Sirpa schaut konzentriert auf den Bildschirm.

Wird er es wirklich schaffen?

»Deine Annahme, Zack, dass es sich um Rache handelt, stimmt übrigens«, erklärt sie. »Der Mörder plant, Alberts Körper an einen

Galgen gegenüber von Peter Bundes Büro zu hängen. Die Besatzung eines Streifenwagens war dort und hat uns Bilder von einem großen Galgen geschickt, den jemand dort gebaut hat. – Jetzt kommt ihr gleich auf eine Kreuzung. Fahrt geradeaus weiter und dann bis ans Ende der Straße.«

Sie hört, wie Zack die Information an den Taxifahrer weitergibt.

Dann schaut sie wieder auf die Karte.

Sind sie wirklich schnell genug?

Noch sechs Minuten.

Während sie darauf wartet, dass Zack sich wieder meldet, fällt ihr das merkwürdige Gespräch mit Peter Bunde ein.

»Wie haben Sie den Ort gefunden?«, hatte sie gefragt.

»Ich habe die Bilder vom Film mit Fotos aus dem Netz verglichen.«

»Das habe ich auch, aber ohne Erfolg.«

»Gut mitgedacht. Aber ich habe sie mit besseren Bildern verglichen. Dafür habe ich eine Datenbank des Militärs gehackt.«

Peter Bunde hatte berichtet, wie intensiv er sich mit der Suche nach Albert befasst und sogar eine außerordentliche Vorstandssitzung einberufen hatte, um Vorschläge zu sammeln, wie man an besonders einflussreiche Menschen dieser Gesellschaft herankommen könnte.

»Warum haben Sie nicht stattdessen mit uns zusammengearbeitet?«, hatte Sirpa gefragt.

»Weil ich wusste, dass ich gezwungen sein würde, gegen die Gesetze zu verstoßen«, war seine Antwort gewesen. Dann hatte er eine Weile geschwiegen, bevor er fortfuhr: »Albert ist mein Sohn. Ganz gleich, was irgendwelche DNA-Proben sagen.«

Danach hatte er aufgelegt, und nur wenige Sekunden später hatte Zack zurückgerufen.

Jetzt knackt es im Funkgerät, und sie hört Zack fluchen.

»Was ist los?«

»Wir stecken fest. Der Weg ist total zugeschneit, und die Räder drehen durch. Ich muss laufen.«

»Okay, du hast ungefähr achthundert Meter vor dir.«

Sie hört, wie die Wagentür zugeschlagen wird.

Hört Zacks Schritte im Schnee.

Vier Minuten.

Deniz hat ihr mal erzählt, dass Zack beim letzten Test hundert Meter in zwölf Sekunden geschafft hat, aber da trug er keine Winterstiefel und lief auch keinen zugeschneiten Waldweg entlang.

Der Punkt bewegt sich jetzt deutlich langsamer, und Sirpa hört Zacks Keuchen über den Funk.

Die Anzeige der Digitaluhr scheint sich immer schneller zu bewegen. Zack nähert sich dem Ziel, aber er ist noch nicht da, und er hat nicht einmal mehr zwei Minuten Zeit.

»Zack, du kommst gleich auf eine kleine Wiese. Überquer sie und lauf dann wieder in den Wald. Dort solltest du einen Berg sehen, der sich vor dir erhebt.«

»Okay«, sagt er. »Ich bin jetzt auf der Wiese.«

»In diesem Berg befindet sich die alte Pulverfabrik. Da drinnen ist Albert.«

Sirpa zoomt die Karte größer. Deniz ist immer noch mehr als einen Kilometer entfernt, und keiner der anderen blauen Punkte ist auch nur in der Nähe des Ziels.

»Ich sehe die Tür«, sagt Zack per Funk. »Habe nur noch fünfundzwanzig Meter.«

»Nein, nein!«, ruft Sirpa.

»Was ist los?«, keucht Zack.

»Die Tür zu Alberts Käfig hat sich geöffnet.«

70

Das Geräusch der Sig Sauer hallt zwischen den Bäumen wider, und das Schloss fliegt in Einzelteilen auseinander.

Zack reißt die Tür auf. Die starken Schmerzen von der Schusswunde in der Schulter verursachen ihm Übelkeit. Er tastet sich in der Dunkelheit vor, während er eilig die Taschenlampe aus der Jackentasche zieht.

Rostige Kabel laufen die rauen Bergwände entlang, und Teile des Bodens sind mit Eis bedeckt.

Er gelangt an eine weitere Tür. Zieht sie auf. Hier strömt ihm Wärme entgegen, und der Schein einer Petroleumlampe, die an einem Haken von der Decke hängt, erleuchtet schwach den Raum.

Dann sieht er den Käfig.

Den leeren Käfig.

Wo ist Albert?

Von weiter hinten in der unterirdischen Fabrik ist ein Knurren zu hören.

Und die verzweifelten Schreie eines Kindes.

Er folgt den Geräuschen.

Der Gang wird breiter, öffnet sich zu einem größeren Raum, der nur schwach beleuchtet ist.

Hier liegt jede Menge Schrott herum. Ein rostiges Reserveaggregat, das aussieht, als stammte es noch aus dem Zweiten Weltkrieg, eine Kiste mit schimmligen Gasmasken, reihenweise Gegenstände, die aussehen wie riesige Badewannen und zusammengebrochene Holzregale.

Zack zieht ein aufgehängtes Tarnnetz zur Seite, und der Schmerz in seiner Schulter meldet sich erneut, aber er achtet nicht darauf, sondern läuft einfach weiter. Schaut sich in alle Richtungen um. Kein Junge zu sehen.

Komme ich zu spät?

Dann ist das Knurren wieder zu hören, dazu ein dumpfes Geräusch, das von den Felswänden widerhallt, und Alberts Schrei.

Ein lauter Schmerzensschrei.

Zack umrundet eine der riesigen Wannen und stolpert beinahe über einen umgefallenen Tisch.

Er spürt, wie Blut von seiner Schulter herunterläuft, über die Brust.

Und dann sieht er ihn.

Den Löwen.

Er beugt sich über einen Jungen, der bäuchlings auf dem Boden liegt, mit zerrissenem Pyjamaoberteil und blutigem Rücken.

Albert.

»Polizei! Hände über den Kopf!«, ruft Zack.

Der Löwe dreht langsam den Kopf, und zunächst sieht Zack nichts außer den kugelrunden schwarzen Augen, der breiten Schnauze und den gewaltigen Reißzähnen. Dann wird er sich des Menschengesichts dahinter bewusst. Sieht einen Mund, der vor Hass verzerrt ist.

Albert bewegt sich leicht. Jammert.

Es ist noch nicht zu spät.

»Wie kannst du es wagen?«, fragt der Mann, und die Worte klingen eher wie ein Knurren als wie die Rede eines Menschen.

Die dichte Löwenmähne hängt ihm wie eine Perücke über die Schultern, und der große Körper steckt in einem Kostüm aus gelbbraunem Fell. Es ist über der Brust zugeknöpft und reicht dem Mann bis zu den Waden.

Er steht auf, geht ein paar entschlossene Schritte auf Zack zu, und wieder dringt ein Knurren aus seiner Kehle.

Zackt zielt auf seine Unterschenkel und gibt einen Schuss ab.

Der Löwe fällt zusammen, fauchend. Er bleibt auf dem Boden liegen, atmet schwer.

Zack geht einen Schritt näher, bleibt aber stehen, als er sieht, dass der Löwe sich wieder aufrichtet, geschmeidig und ohne sichtbare Zeichen von Blut.

Als der Löwe sich ihm erneut nähert, weicht er zurück und schießt erneut, dieses Mal auf das andere Bein. Der Löwe zuckt zusammen, bleibt jedoch stehen. Dann lächelt er und fragt höhnisch: »Glaubst du, dass deine Kugeln mich treffen können?«

Zack weicht noch weiter zurück. Er versteht nicht, was hier passiert. Warum blutet der Mann nicht?

Der Löwe hebt die Arme. Zeigt seine Krallen.

Blut tropft von ihnen herab.

Alberts Blut.

Eine der Krallen ist länger als die anderen.

Das ist keine Kralle, erkennt Zack. Das ist ein zehn Zentimeter langes Skalpell.

Wieder schießt Zack auf das Monster, dieses Mal auf die Brust.

Der Körper des Löwen wird zur Seite geschleudert, als hätte er einen Schlag abbekommen, aber schnell gewinnt er wieder das Gleichgewicht, und mit einem Fauchen wirft er sich auf Zack.

Sirpa sitzt wie festgenagelt auf ihrem Stuhl und starrt auf den Bildschirm.

Sie sieht nur den leeren Käfig, aber irgendwo im Hintergrund sind die Geräusche eines heftigen Kampfes zu hören.

Auf der interaktiven Karte am anderen Bildschirm sieht sie, dass Deniz sich der Pulverfabrik nähert. Ein Stück weiter entfernt gibt es drei Streifenwagen, die aus anderen Richtungen dorthin unterwegs sind.

Aber alle werden noch mehrere Minuten brauchen, bis sie am Ziel sind.

Alles hängt jetzt von Zack ab.

Von ihm und niemandem sonst.

Der Löwe ist über ihm. Zack versucht, den Kopf zu drehen, um den Zähnen zu entkommen, die an seine Kehle wollen.

Und um das Skalpell fernzuhalten.

Die scharfe Klinge glänzt in der Dunkelheit, sie kann ihm jeden Moment ganz einfach die Kehle durchschneiden.

Die Reißzähne des Löwen befinden sich gefährlich nahe an Zacks Augen, und die ganze Zeit nähert sich die Klinge immer weiter dem Hals. Zack versucht, die mit den Krallen versehene Hand wegzudrücken, aber der Löwe ist stärker.

Womit kämpfe ich hier eigentlich?

Ist das überhaupt ein Mensch?

Blut strömt aus Zacks Schulter, aber er spürt keinen Schmerz mehr. Das Adrenalin hat die Herrschaft übernommen.

Fest stößt er dem Löwen das Knie in den Schritt, und endlich bekommt er die Reaktion, auf die er gewartet hat. Der Löwe schreit, es ist ein menschlicher Schrei, und für einen Moment ist er nicht mehr der Überlegene.

Das Skalpell ist nicht mehr so nahe.

Zack nimmt all seine Kraft zusammen und wirft den Löwen auf die Seite. Es gelingt ihm, der Klinge auszuweichen, doch er spürt, wie seine Jacke aufgeschlitzt wird.

Schnell kommt er wieder auf die Füße, zieht den Teleskopschlagstock aus dem Holster und klickt mit dem Handgelenk, woraufhin der Stock in voller Länge herausschießt.

Aber auch der Löwe ist auf die Füße gekommen. Er knurrt, springt auf Zack zu und lässt Krallen und das Skalpell durch die Luft zischen. Zack versucht auszuweichen, doch der Mann ist überraschend schnell, und Zack spürt, wie ihm die Haut an der Wange aufgeschlitzt wird.

Der Schmerz in der Schulter hat sich durch den Adrenalinnebel gekämpft. Jetzt sieht Zack alles doppelt. Das muss an dem Blutverlust liegen.

Sensei Hiros Worte hallen in seinem Kopf wider.

Du bist unkonzentriert, Zack. Ohne Fokus.

Jetzt nicht mehr.

Er blinzelt. Der Blick ist wieder scharf.

Und der Löwe attackiert ihn von Neuem, aber dieses Mal weicht Zack besser aus und zielt mit dem Schlagstock auf die Schläfe.

Der Löwe schwankt, und Zack schlägt erneut zu. Dieses Mal auf den Hinterkopf. Und dann auf die Nase. Den Rücken, die Seite, in die Kniekehle.

Der Löwe kippt.

Als er hinfällt, landet er auf der Pfote mit dem Skalpell.

Und bleibt auf dem Bauch liegen.

Röchelt.

Er hustet Blut.

Ist er etwa in sein eigenes Skalpell gefallen?

Zack hockt sich neben ihn, dreht ihm den einen Arm hinter den Rücken und holt die Handschellen heraus.

Sie passen nicht.

Die Hand, oder besser die Pfote, ist zu breit.

Der Löwe versucht, sich knurrend loszureißen. Er dreht seinen Körper, bekommt die Hand frei, die unter seinem Bauch eingeklemmt war, und wedelt mit dem Skalpell und den Krallen vor Zacks Hals herum.

Zack schiebt die andere Hand seines Gegners auf dem Rücken immer höher, bis das Knurren in ein schmerzhaftes Stöhnen übergeht.

»Bleib ruhig liegen«, sagt Zack. »Die Maskerade ist vorbei.«

Er versucht, die andere Pfote von der Hand zu ziehen, um die Handschellen anlegen zu können. Packt die Klaue und zieht, so fest er kann.

Es funktioniert. Die ganze Tatze folgt, und eine äußerst menschliche Hand kommt darunter zum Vorschein.

Das Gleiche will er mit der Pfote machen, in der das Skalpell steckt.

Doch dem Löwen gelingt es, sich auf den Rücken zu drehen.

Verflucht noch mal.

Zack lässt die nackte Hand des Löwen los und schlägt ihm ins Gesicht. Einmal, zweimal.

Der Löwe landet unsanft mit dem Hinterkopf auf dem rauen Steinfußboden und bleibt still liegen. Jetzt kann Zack ihm auch die zweite Pfote abziehen. Er wirft sie weg und umschließt das eine Handgelenk mit der Handschelle.

Dann schleppt er das Monster zur Wand, schiebt die Handschelle um ein verrostetes Rohr und fesselt auch die zweite Hand.

Er packt die Mähne mit beiden Händen, reißt den Löwenkopf herunter und entblößt ein rotwangiges Gesicht mit zerzaustem, verschwitztem Haar.

Gustaf Johansson.

Rudolf hatte recht.

Das Geräusch eines weinenden Kindes lässt ihn herumfahren. Er läuft zu Albert hinüber, der auf die Knie hochgekommen ist und sich ans Schulterblatt fasst.

Zack hockt sich neben ihn, ihm ist schwindlig von dem Blutverlust durch die Wunde an der Schulter.

Lange hält er das nicht mehr aus.

Da hört er ein schepperndes Geräusch hinter sich und sieht, wie der Junge die Augen aufreißt.

Zack richtet sich auf wackligen Beinen auf, dreht sich um und erblickt Gustaf Johansson, der auf ihn zukommt.

Seine Handgelenke sind immer noch gefesselt, aber in den Fäusten hält er das rostige Eisenrohr, das er von der Wand hat reißen können.

Schnell stellt Zack sich schützend vor den Jungen, während Gustaf Johansson schon mit lautem Brüllen das Rohr hebt.

Zack pariert den Angriff mit einem hohen Tritt. Er kann mit der Schuhsohle das Rohr wegkicken, dann wirft er sich nach vorn und schlägt Gustaf Johansson mit aller Kraft auf den Kehlkopf.

Dieser öffnet und schließt den Mund, immer wieder, wie ein krankes Tier, er sieht nicht Zacks Ellenbogen, der von unten auf sein Kinn zielt.

Der Kopf fliegt nach hinten, ein knackendes Geräusch ist zu hören, als mehrere Nackenwirbel zerbrechen.

Er ist schon tot, bevor er auf dem Boden ankommt.

Zack atmet schwer und muss mehrere Male blinzeln, um die doppelten Bilder wegzuwischen.

Die Schulter pocht, und der Boden schwankt unter seinen Füßen wie ein Schiffsdeck.

Unsicher dreht er sich um und kniet sich erneut neben Albert, der die ganze Zeit auf dem Boden gehockt hat, mit geschlossenen Augen, die Hände auf den Ohren.

»Es ist vorbei«, sagt Zack und legt ihm eine Hand auf die Schulter.

Ich habe ihn gerettet.

Den Jungen.

Ich habe euren Mörder getötet, Ismail und Niklas.

Ich habe es geschafft.

Zack schaut Albert an und zieht ihm vorsichtig die Hände von den Ohren.

»Darf ich mir deinen Rücken ansehen?«, fragt er.

Albert nickt, und Zack zieht vorsichtig die zerfetzte Pyjamajacke hoch.

Drei blutende Schnitte verlaufen quer über das eine Schulterblatt. Der eine ist ziemlich tief, aber der Blutverlust ist nicht beunruhigend.

»Muss ich jetzt sterben?«, fragt Albert.

»Nein«, antwortet Zack. »Du wirst nach Hause zu deinen Eltern fahren.«

Dann wird ihm schwarz vor Augen.

71

Montag, der 26. Januar

Zack sitzt auf dem Sofa und streicht Ester übers Haar, spürt, wie ihr Kopf immer schwerer wird auf seinen Knien. Es zieht in der Schulter und in der Wange von den Stichen, aber die Tabletten vertreiben die Schmerzen, und er fühlt sich angenehm schläfrig.

Der Fernsehbildschirm ist schwarz, das Rollo heruntergelassen. Esters Atem geht ruhig und regelmäßig, und diese Ruhe strahlt auch auf ihn aus.

Als er am Morgen direkt aus dem Krankenhaus zur Arbeit kam, hatte er erwartet, von Douglas gelobt zu werden. Schließlich hatte er den Jungen gerettet und den Mörder getötet.

Doch stattdessen gab es nur Vorwürfe.

»Was hattest du in Husby zu suchen?«, war Douglas' erste Frage, als Zack in sein Büro kam.

»Ich bin einem wichtigen Tipp nachgegangen.«

»Von afghanischen Drogenhändlern?«

»Nein, von einem meiner besten Informanten. Er hat von glaubwürdigen Quellen die Auskunft zugespielt bekommen, dass in der Nähe Menschen gefoltert werden. Und er meinte, Albert könnte dort zu finden sein.«

»Du hast also keine Ahnung, wie es sein kann, dass Aarash Alam, der Anführer eines großen kriminellen Netzwerks in Husby, und drei andere Männer vor ein paar Stunden dort in der Gegend tot aufgefunden wurden?«

»Nein.«

Douglas hatte ihn misstrauisch angesehen, schien sich aber mit der Antwort zufriedenzugeben.

Und Zack musste sich alle Mühe geben, nicht vor lauter Erleichterung zu grinsen.

Vier Tote, aber keiner davon war Abdula.

Zack hat schon das Schlimmste befürchtet, als es ihm nicht gelang, vom Krankenbett aus Abdulas Nummer zu erreichen.

Jetzt weiß er es. Abdula ist untergetaucht.

Wahrscheinlich hat er seine Sim-Karte in einen Mülleimer geworfen und das Land verlassen. Hat sich mit dem Geld, das er in der Tasche hatte, ein Flugticket in sein Lieblingsland Brasilien gekauft.

Und was ist mit seinen Männern? Vielleicht sind sie mit einem abgehackten Finger davongekommen. Oder aber ihre Leichen sind einfach noch nicht gefunden worden.

Ester bewegt sich leicht im Schlaf, und Zack zieht die Decke wieder über ihre Schultern.

Ihm fällt ein, was sie über den Mann gesagt hat, der sie verfolgte. Er fragt sich, wer das wohl gewesen sein kann.

Gibt es etwas, was sie ihm nicht erzählt hat?

Offenbar hatte sie bereits Angst, bevor sie sich auf ihren Spaziergang gemacht hat.

Zack greift nach seinem Handy, das auf dem Couchtisch liegt. Er liest noch einmal die SMS, in der sie ihn gefragt hat, ob sie herunterkommen dürfe.

Dann löscht er sie. Er will nicht daran erinnert werden, dass er sie im Stich gelassen hat.

Stattdessen öffnet er die Mitteilung, die er nur wenige Minuten später bekam, die ihn zu dem Russisch Roulette in Tegnérlunden führte.

Es geht um den aktuellen Fall. Komm allein und behalt diese Nachricht für dich.

Wer hat ihm das geschickt?

Er hatte auf Peter Bunde getippt, oder vielleicht sogar Abdula. Aber beide kann er inzwischen ausschließen.

Wer war es also?

Jemand, der mit ihm spielen wollte. Ihn tot sehen wollte.

Da kommen viele infrage.

Er behält das Handy in der Hand. Sieht sein Gesicht, das sich im Display spiegelt, den langen roten Strich, der über die linke Wange verläuft.

Laut Koltberg war das Löwenfell des Mörders innen mit einem hochtechnologischen, schusssicheren Material ausgekleidet, weich und geschmeidig, weit dem überlegen, was sie bei der Polizei in ihren Westen haben.

Wie der arbeitslose Gustaf Johansson es sich leisten konnte, so etwas zu kaufen, und wie er überhaupt daran gekommen ist, das werden sie wohl niemals erfahren.

So viele Fragen, auf die Zack keine Antworten hat.

Er legt die Füße auf den Couchtisch, vorsichtig, um Ester nicht zu wecken, und stößt dabei an die schwarze Lederaktentasche. Die Tasche mit den Ermittlungsunterlagen zu seiner Mutter.

Der dicke Umschlag von der Distriktsbehörde liegt daneben. Er zieht ihn näher, öffnet die Kopie seiner Akte auf gut Glück und fängt an zu lesen.

Als er drei Jahre alt war, wurde er in die Notaufnahme des Krankenhauses St. Göran gebracht, mit blauen Flecken an Beinen und Armen. Der Arzt notiert zunächst den Verdacht auf Kindesmisshandlung, ändert aber später seine Meinung, nachdem er den überzeugenden Bericht des Vaters gehört hat, der ihm erzählt, dass Zack von einem Klettergerüst gefallen war.

Stimmt das? Oder hat sein Vater gelogen, um seine Mutter zu schützen? War er so krank, dass er nicht gegen sie aufbegehren und mich nicht schützen konnte? Oder lag das an etwas anderem?

Anscheinend gab es keine Anzeige beim Jugendamt.

Zack blättert weiter.

Noch ein Krankenbericht, gut ein Jahr später verfasst.

Dieses Mal ein gebrochener Arm.

An die betreffende Nacht kann er sich erinnern.

Wie er auf dem Flickenteppich in der Küche lag und wie sein linker Arm vor Schmerzen pochte.

Du musst das gewesen sein, Mama, denkt er.

Und als er das Wort »Fraktur« liest, werden die Erinnerungen deutlicher. Wie die Mama eine gusseiserne Pfanne in die Luft hebt, wie er schreit und versucht, ihr zu entkommen, es aber nicht schafft, wie Mama besinnungslos vor Wut ist und mit voller Kraft die Bratpfanne auf seinen Arm schlägt.

Warum? Was hat dich so rasend gemacht, Mama?

Dabei hatte er doch geglaubt zu wissen, wer sie war, wie sie war. Jetzt weiß er es nicht mehr. Die Zärtlichkeiten und die sanften Worte, an die er sich erinnert, werden von dunklen Momenten und rasender Wut überlagert.

Bilder einer Mama, die herumschrie.

Die ihn schlug.

Er liest weiter.

Der Armbruch wird im Krankenbericht damit erklärt, dass er von der Schaukel gefallen sei, als sie an ihrem höchsten Punkt war, und auf den Zaun fiel, der den Spielplatz umgab.

Und wieder glaubt der Arzt dem Vater.

Der sie beschützt hat.

Warum hat er sie beschützt?

Zack lehnt sich wieder auf dem Sofa zurück.

Er blättert zurück und gelangt zu den allerersten Aufzeichnungen. Doch dort, wo er Formulare über seine Geburt erwartet hat, ist nichts. Und es gibt auch keine Unterlagen über irgendwelche offiziellen Routineuntersuchungen vor seinem achtzehnten Lebensmonat. Als hätte er bis zu diesem Alter gar nicht existiert.

Jemand muss Teile seiner Akte entfernt haben.

Aber wer?

Und warum?

Wer war ich in meinen ersten anderthalb Lebensjahren?

Er versucht weiterzulesen, doch der Text verschwimmt vor seinen Augen.

Er legt den Papierstapel neben sich und Ester aufs Sofa. Dann schließt er die Augen.

Er ist müde, so müde.

Da sieht er ein Augenpaar vor sich.

Augen, die ihn anlächeln.

Sie gehören nicht Mera. Sie gehören Hebe, Olympia Karlssons Tochter. Hebe.

Er sucht ihre Handynummer heraus. Am liebsten würde er ihr sofort eine SMS schicken und nach vorn schauen. Nicht zurück wie in den Krankenakten.

Sie weiß, wer ich bin, oder? Der Blick, den sie ihm im Büro von Echidna Games zuwarf, bestätigt das.

Er nimmt das Telefon wieder auf.

Sucht ihre Nummer, doch er schreibt keine Nachricht.

Er will, will gleichzeitig aber auch nicht.

Was soll sie denn mit einem wie mir? Und ich mit ihr?

Ihre Augen sind so blau wie seine eigenen, und er möchte sie nahe bei sich haben, sie kennenlernen, sie ohne Sinn und Verstand lieben.

Zack lässt sich in der Dunkelheit treiben, hinaus in eine Galaxis voller Sterne und schwarzer Löcher.

Komm, Zack, flüstert es aus den Löchern. *Komm zu uns.*

Er weiß, sie werden ihn verschlingen, ihn vernichten.

Und er weiß: Er muss in sie eintauchen, in sie alle.

Wie ein Sternbild am Nachthimmel bilden sie ihr ganz eigenes Muster: die sieben winzigen weißen Punkte in der dunklen Pupille.

Olympia Karlsson sieht die Punkte im Wandspiegel. Die hat es immer schon in ihrem rechten Auge gegeben.

Hebe hat sie nicht. Trotzdem ähneln sich unsere Augen, denkt sie. Die gleiche Tiefe. Als enthielten sie ein ganzes Universum.

Als könnten sie weiter sehen als die Augen anderer Menschen.

In der Geschäftswelt ist Olympia Karlsson dafür bekannt. Für ihre Fähigkeit, in die Zukunft schauen zu können, immer und immer wieder Beschlüsse zu fassen, die dem Heraldus-Konzern langfristig Vorteile verschaffen. Immer wieder Erneuerungen und Veränderungen zu wagen, und zwar zur rechten Zeit.

Olympia Karlsson löst ihren Blick vom Spiegel und betrachtet stattdessen das Foto, das auf dem klassizistischen Schreibtisch aus schwarzgestrichener Eiche mit Intarsien aus vierundzwanzigkarätigem Gold liegt. Das heimlich geschossene Foto dieser degenerierten kleinen Ester Nilsson.

Sie zerknüllt es und wirft es in den Papierkorb. Dann schaut sie durch die hohen Sprossenfenster des palastähnlichen Hauses auf Lidingö hinaus. Sie sieht, wie große Schneeflocken fallen und sich wie Watte auf den eisbedeckten Fjord legen.

Sie fallen, wie sie es in allen Zeiten taten.

Wie eine Erinnerung daran, dass es Kräfte gibt, die außerhalb ihrer Kontrolle sind.

Am Ende wird alles zusammenbrechen.

Sie sucht mit den Fingern nach dem Revolver auf dem Schreibtisch. Nimmt ihn hoch und wiegt ihn in der Hand. Sie schätzt sein Gewicht.

Aus einer Schreibtischschublade nimmt sie eine Schachtel mit Patronen heraus, schiebt eine davon in die Trommel der Waffe.

Dreht ihn.

Schaut sich im Spiegel an.

Wer zögert, wird übersprungen.

Wer zögert, ist schwach.

Wer zögert, stirbt.

Wer etwas wagt, gewinnt das Leben.

Sie setzt den Revolver an die Schläfe, sieht die Waffe an ihrem Kopf im Spiegel und drückt ab.

Klick.

Noch einmal. Und noch einmal.

Klick, klick.

Langsam drückt sie den Abzug erneut, hält aber auf halbem Wege inne.

Wer lenkt es eigentlich?

Sie mustert ihr Spiegelbild.

Eine dreiundsechzigjährige Frau mit markanten Wangenknochen und Augen, bar jeglicher Menschlichkeit, starrt sie an.

Sie drückt ab.

Das Gesicht wird zerrissen, und Spiegelscherben regnen über das Gold des Schreibtischs, spitzer als der Schnee, der auf Stockholms Eis fällt.